Arsène Lupin, gentleman cambrioleur

Les confidences d'Arsène Lupin

DU MÊME AUTEUR

DANS LA MÊME COLLECTION

2. *Arsène Lupin contre Herlock Sholmès.*
L'Aiguille creuse.

3. *Le Bouchon de cristal.*
La Demoiselle aux yeux verts.

4. *813 : La double vie d'Arsène Lupin.*
Les Trois Crimes d'Arsène Lupin.

5. *L'Île aux trente cercueils.*

6. *Les Huit Coups de l'horloge.*
La Demeure mystérieuse.

Maurice Leblanc

Arsène Lupin

Arsène Lupin
gentleman cambrioleur

*

Les confidences d'Arsène Lupin

Préface de Michel Bussi

ARCHIPOCHE

Notre catalogue est consultable à l'adresse suivante :
https://www.lisez.com/archipoche/44

Éditions Archipoche
92, avenue de France
75013 Paris

ISBN 978-2-3773-5949-3

Préface

Maurice Leblanc est un écrivain trop méconnu, et Arsène Lupin un personnage très encombrant.

On réduit souvent l'œuvre de Leblanc à son héros, le gentleman-cambrioleur, l'un des personnages les plus connus de la littérature française avec d'Artagnan, le capitaine Nemo ou Jean Valjean. Arsène Lupin est à ce point célèbre qu'il a éclipsé en grande partie la postérité de son auteur, mais également la qualité de son œuvre littéraire.

On résume aujourd'hui volontiers les aventures d'Arsène Lupin à des récits rocambolesques dont les codes ont été définis au fil de leurs nombreuses adaptations, qu'elles soient théâtrales, cinématographiques, télévisuelles (sous les traits fameux de Georges Descrières), musicales ou plus récemment sous forme de manga. En 2020, une nouvelle série était annoncée à grand renfort de publicité et c'est le très populaire Omar Sy qui incarnera le rôle du gentleman-cambrioleur.

Au fil des réinterprétations du mythe lupinien, ce héros est devenu un archétype : séducteur, élégant, distingué, insaisissable, un peu mégalomane… Un portrait souvent bien éloigné du modèle original inventé par Maurice Leblanc, lequel a beaucoup évolué au gré des romans. Dans ses premières aventures, Arsène Lupin est présenté comme le prince des voleurs, escroc tout-puissant et amoral, profondément anarchiste. À partir de la Première Guerre mondiale, il se mue progressivement en héros national cocardier, défendant l'honneur de la France face à l'ennemi d'outre-Rhin qu'il se plaît à ridiculiser. Quelques romans plus tard, sur ses vieux jours oserait-on dire – même si, bien entendu, Lupin ne prend pas une ride –, Arsène se transforme en justicier, se substituant à la police ou devenant lui-même détective privé, et défend l'honneur des jeunes filles face une galerie d'odieux criminels.

Trois vies donc, pour une même postérité. Le lecteur des volumes de cette collection pourra se rendre compte de lui-même que Lupin, de confidences en combat singulier contre Herlock Sholmès, est un malfaiteur farceur et canaille, jusqu'à l'apothéose de *L'Aiguille creuse* où notre gentleman est ni plus ni moins présenté comme étant à la tête du plus grand empire criminel mondial, avec port privé, sous-marin et réseau universel de télégraphie.

Après le terrible drame personnel qui clôt son aventure la plus connue, c'est un Lupin grave et désenchanté qui apparaît, n'affrontant plus des policiers un peu sots (Béchoux et Ganimard) ou un Sholmès trop rigide, mais des ennemis dangereux et sans scrupules, tel l'infâme Daubrecq dans *Le Bouchon de cristal* ou le sanguinaire comte Vorski dans *L'Île aux trente cercueils*.

Mais assez parlé de Lupin ! Il a eu sa part de gloire, il l'a encore. Évoquons son père, trop oublié. Une preuve s'il en est : sa ville natale, Rouen, ne jure que par Flaubert, Maupassant et Corneille, qui trustent les noms de ponts, rues, places et lycées… et rien, ou presque, pas même une rue ou une statue pour ce pauvre Maurice ! Heureusement, il lui reste Étretat et son Clos Lupin. Rarement un personnage et un auteur auront autant été associés à un haut lieu touristique. Et tant que l'aiguille d'Étretat se dressera au large des falaises de Normandie, la mémoire d'Arsène Lupin demeurera.

On ne le dira jamais assez : Maurice Leblanc fut un grand écrivain, un auteur majeur dans l'histoire de la littérature policière, dont l'influence et le génie ont été largement sous-estimés.

En premier lieu, Leblanc peut sans contestation être considéré comme l'inventeur du polar ésotérique, c'est-à-dire de ce roman policier dont la résolution repose sur une énigme historique ou géographique, mêlant habilement faits réels et pure invention. C'est aujourd'hui un genre majeur, où se sont illustrés Umberto Eco, de Dan Brown et bien d'autres, mais c'est Leblanc qui en a inventé les codes, dans *L'Aiguille creuse* bien sûr (le fameux trésor des rois de France), mais aussi dans la plupart de ses autres romans. Nul avant lui n'avait eu l'idée de mêler une énigme policière à des rébus, des pictogrammes, des figures géométriques symboliques, des mots de passe ou des codes secrets. La mode actuelle des *escape games* n'est qu'un des derniers avatars de ces enquêtes que Maurice Leblanc a popularisées avec succès.

Autre marque de son génie : l'ingéniosité de ses énigmes. N'en donnons qu'un seul exemple. On prétend souvent qu'avec *Le Crime de Roger Ackroyd*,

Agatha Christie a inventé l'astuce du coupable narrateur. On oublie que, dans la première aventure de Lupin (qui raconte son arrestation), Arsène en est à la fois le narrateur et le coupable ! La reine Agatha n'avait alors que quinze ans…

En relisant les œuvres complètes de Maurice Leblanc, on est en permanence surpris par l'inventivité de ses intrigues. Ses romans et nouvelles abordent presque toutes les facettes de la littérature policière : crime en chambre close, évasion impossible, usurpation d'identité, huis clos étouffant, méchant tout-puissant… et la plupart des astuces qu'il invente fixent les codes du genre.

Un exemple, parmi beaucoup d'autres, offre une idée de son génie visionnaire. La nouvelle « La Dame à la hache », dans le recueil des *Huit coups de l'horloge*, rassemble tous les codes du thriller avec *serial killer* : *modus operandi*, signature, acte ritualisé, traumatisme d'enfance… au point qu'on pourrait croire qu'il en définit les règles. Nous sommes en 1923, et si depuis des centaines de livres ont raconté la traque de *serial killers*, on en cherchera vainement avant « La Dame à la hache ».

Ce sens de l'intrigue explique sans doute la pérennité de l'œuvre de Maurice Leblanc. De fait, les aventures d'Arsène Lupin se lisent encore très bien de nos jours, alors que nombre de ses contemporains de la Belle Époque sont définitivement démodés. *L'Aiguille creuse* est encore étudiée dans les collèges. Mais, au-delà de l'astuce de ses histoires, les qualités littéraires de Leblanc doivent aussi être soulignées. Débarrassé de l'ambition d'être le nouveau Maupassant, Leblanc adopte une écriture étonnamment moderne. Tout va vite dans ses récits. Même si les atmosphères sont particulièrement bien rendues (mention spéciale à la très effrayante *Île aux trente cercueils*), les descriptions se bornent au strict minimum. Les héros sont eux aussi le reflet de cette modernité, loin du naturalisme de Zola, Balzac, Hugo ou Maupassant. Ils utilisent le télégraphe, la voiture, l'avion, le téléphone, les journaux, ils s'affranchissent de l'espace (c'est la grande caractéristique de Lupin) et de leur environnement : la Normandie, arrière-pays romantique et bourgeois de Paris, devient le terrain de jeu de cette révolution moderne.

À cette liste de bonnes raisons de relire Maurice Leblanc, on pourrait encore ajouter que plusieurs de ses œuvres, telles que *813*, ont été publiés sous forme de feuilletons, dans la grande tradition des rebondissement permanents, et que l'humour, notamment dans les premières aventures de Lupin, est très présent, avec de délicieuses pointes d'autodérision.

Relire les romans de Maurice Leblanc, c'est donc s'offrir une traversée fascinante dans une incroyable diversité d'ambiances policières et revenir aux racines, à l'essence, à la naissance du roman à suspense.

Mon premier roman, intitulé *Code Lupin*, rendait hommage au talent de Maurice Leblanc. En 2005, le centenaire d'Arsène et ma relecture éblouie de ses œuvres (dont je n'avais, je dois l'avouer, qu'un vague souvenir d'adolescent) m'avaient donné l'envie de publier sa biographie romancée. Sans lui, peut-être mes premiers romans n'auraient-ils jamais paru – et les suivants, par voie de conséquence, n'auraient-ils jamais vu le jour.

Avec Jules Verne et Alexandre Dumas, Maurice Leblanc fait assurément partie des très rares écrivains français parvenus à se faire une place dans la culture populaire mondiale. Longue vie à Lupin, donc ! Mais inutile de s'en faire pour lui : ce plus que centenaire a désormais assuré sa postérité. Revenons plutôt à ses origines en redécouvrant la fantaisie débridée de ses aventures.

Michel BUSSI

Arsène Lupin, gentleman cambrioleur

L'arrestation d'Arsène Lupin

L'étrange voyage ! Il avait si bien commencé cependant ! Pour ma part, je n'en fis jamais qui s'annonçât sous de plus heureux auspices. *La Provence* est un transatlantique rapide, confortable, commandé par le plus affable des hommes. La société la plus choisie s'y trouvait réunie. Des relations se formaient, des divertissements s'organisaient. Nous avions cette impression exquise d'être séparés du monde, réduits à nous-mêmes comme sur une île inconnue, obligés, par conséquent, de nous rapprocher les uns des autres.

Et nous nous rapprochions...

Avez-vous jamais songé à ce qu'il y a d'original et d'imprévu dans ce groupement d'êtres qui, la veille encore, ne se connaissaient pas, et qui, durant quelques jours, entre le ciel infini et la mer immense, vont vivre de la vie la plus intime, ensemble vont défier les colères de l'Océan, l'assaut terrifiant des vagues, la méchanceté des tempêtes et le calme sournois de l'eau endormie ?

C'est, au fond, vécue en une sorte de raccourci tragique, la vie elle-même, avec ses orages et ses grandeurs, sa monotonie et sa diversité, et voilà pourquoi, peut-être, on goûte avec une hâte fiévreuse et une volupté d'autant plus intense ce court voyage dont on aperçoit la fin au moment même où il commence.

Mais, depuis plusieurs années, quelque chose se passe qui ajoute singulièrement aux émotions de la traversée. La petite île flottante dépend encore de ce monde dont on se croyait affranchi. Un lien subsiste, qui ne se dénoue que peu à peu en plein Océan, et peu à peu, en plein Océan, se renoue. Le télégraphe sans fil ! Appel d'un autre univers d'où l'on recevrait des nouvelles de la façon la plus mystérieuse qui soit ! L'imagination n'a plus la ressource d'évoquer des fils de fer au creux desquels glisse l'invisible message. Le mystère est plus insondable encore, plus poétique aussi, et c'est aux ailes du vent qu'il faut recourir pour expliquer ce nouveau miracle.

Ainsi, les premières heures, nous sentîmes-nous suivis, escortés, précédés même par cette voix lointaine, qui, de temps en temps, chuchotait à l'un de nous quelques paroles de là-bas. Deux amis me parlèrent. Dix autres, vingt autres nous envoyèrent à tous, au travers de l'espace, leurs adieux attristés ou souriants.

Or, le second jour, à cinq cents milles des côtes françaises, par une après-midi orageuse, le télégraphe sans fil nous transmettait une dépêche dont voici la teneur :

Arsène Lupin à votre bord, première classe, cheveux blonds, blessure avant-bras droit, voyage seul, sous le nom de R…

À ce moment précis, un coup de tonnerre violent éclata dans le ciel sombre. Les ondes électriques furent interrompues. Le reste de la dépêche ne nous parvint pas. Du nom sous lequel se cachait Arsène Lupin, on ne sut que l'initiale.

Il se fût agi de toute autre nouvelle, je ne doute point que le secret en eût été scrupuleusement gardé par les employés du poste télégraphique, ainsi que par le commissaire du bord et par le commandant. Mais il est de ces événements qui semblent forcer la discrétion la plus rigoureuse. Le jour même, sans qu'on pût dire comment la chose avait été ébruitée, nous savions tous que le fameux Arsène Lupin se cachait parmi nous.

Arsène Lupin parmi nous ! L'insaisissable cambrioleur dont on racontait les prouesses dans tous les journaux depuis des mois ! L'énigmatique personnage avec qui le vieux Ganimard, notre meilleur policier, avait engagé ce duel à mort dont les péripéties se déroulaient de façon si pittoresque ! Arsène Lupin, le fantaisiste gentleman qui n'opère que dans les châteaux et les salons, et qui, une nuit, où il avait pénétré chez le baron Schormann, en était parti les mains vides et avait laissé sa carte, ornée de cette formule : « Arsène Lupin, gentleman cambrioleur, reviendra quand les meubles seront authentiques. » Arsène Lupin, l'homme aux mille déguisements : tour à tour chauffeur, ténor, bookmaker, fils de famille, adolescent, vieillard, commis-voyageur marseillais, médecin russe, torero espagnol !

Qu'on se rende bien compte de ceci : Arsène Lupin allant et venant dans le cadre relativement restreint d'un transatlantique, que dis-je ! dans ce petit coin des premières où l'on se retrouvait à tout instant, dans cette salle à manger, dans ce salon, dans ce fumoir ! Arsène Lupin, c'était peut-être ce monsieur… ou celui-là… mon voisin de table… mon compagnon de cabine…

— Et cela va durer encore cinq fois vingt-quatre heures ! s'écria le lendemain miss Nelly Underdown, mais c'est intolérable ! J'espère bien qu'on va l'arrêter.

Et s'adressant à moi :

— Voyons, vous, monsieur d'Andrézy, qui êtes déjà au mieux avec le commandant, vous ne savez rien ?

J'aurais bien voulu savoir quelque chose pour plaire à miss Nelly ! C'était une de ces magnifiques créatures qui, partout où elles sont, occupent aussitôt la place la plus en vue. Leur beauté autant que leur fortune éblouit. Elles ont une cour, des fervents, des enthousiastes.

Élevée à Paris par une mère française, elle rejoignait son père, le richissime Underdown, de Chicago. Une de ses amies, lady Jerland, l'accompagnait.

Dès la première heure, j'avais posé ma candidature de flirt. Mais, dans l'intimité rapide du voyage, tout de suite son charme m'avait troublé, et je me sentais un peu trop ému pour un flirt quand ses grands yeux noirs rencontraient les miens. Cependant elle accueillait mes hommages avec une certaine faveur. Elle daignait rire de mes bons mots et s'intéresser à mes anecdotes. Une vague sympathie semblait répondre à l'empressement que je lui témoignais.

Un seul rival peut-être m'eût inquiété, un assez beau garçon, élégant, réservé, dont elle paraissait quelquefois préférer l'humeur taciturne à mes façons plus « en dehors » de Parisien.

Il faisait justement partie du groupe d'admirateurs qui entourait miss Nelly, lorsqu'elle m'interrogea.

Nous étions sur le pont, agréablement installés dans des rocking-chairs. L'orage de la veille avait éclairci le ciel. L'heure était délicieuse.

— Je ne sais rien de précis, mademoiselle, lui répondis-je, mais est-il impossible de conduire nous-mêmes notre enquête, tout aussi bien que le ferait le vieux Ganimard, l'ennemi personnel d'Arsène Lupin ?

— Oh ! oh ! vous vous avancez beaucoup !

— En quoi donc ? Le problème est-il si compliqué ?

— Très compliqué.

— C'est que vous oubliez les éléments que nous avons pour le résoudre.

— Quels éléments ?

— *Primo*, Lupin se fait appeler monsieur R…

— Signalement un peu vague.

— *Secundo*, il voyage seul.

— Si cette particularité vous suffit !

— *Tertio*, il est blond.

— Et alors ?

— Alors nous n'avons plus qu'à consulter la liste des passagers et à procéder par élimination.

J'avais cette liste dans ma poche. Je la pris et la parcourus.

— Je note d'abord qu'il n'y a que treize personnes que leur initiale désigne à notre attention.

— Treize seulement ?

— En première classe, oui. Sur ces treize messieurs R…, comme vous pouvez vous en assurer, neuf sont accompagnés de femmes, d'enfants ou de domestiques. Restent quatre personnages isolés : le marquis de Raverdan…

— Secrétaire d'ambassade, interrompit miss Nelly, je le connais.

— Le major Rawson…

— C'est mon oncle, dit quelqu'un.

— M. Rivolta…

— Présent, s'écria l'un de nous, un Italien dont la figure disparaissait sous une barbe du plus beau noir.

Miss Nelly éclata de rire.

— Monsieur n'est pas précisément blond.

— Alors, repris-je, nous sommes obligés de conclure que le coupable est le dernier de la liste.

— C'est-à-dire ?

— C'est-à-dire, M. Rozaine. Quelqu'un connaît-il M. Rozaine ?

On se tut. Mais miss Nelly, interpellant le jeune homme taciturne dont l'assiduité près d'elle me tourmentait, lui dit :

— Eh bien, monsieur Rozaine, vous ne répondez pas ?

On tourna les yeux vers lui. Il était blond.

Avouons-le, je sentis comme un petit choc au fond de moi. Et le silence gêné qui pesa sur nous m'indiqua que les autres assistants éprouvaient aussi cette sorte de suffocation. C'était absurde d'ailleurs, car enfin rien dans les allures de ce monsieur ne permettait qu'on le suspectât.

— Pourquoi je ne réponds pas ? dit-il, mais parce que, vu mon nom, ma qualité de voyageur isolé et la couleur de mes cheveux, j'ai déjà procédé à une enquête analogue, et que je suis arrivé au même résultat. Je suis donc d'avis qu'on m'arrête.

Il avait un drôle d'air, en prononçant ces paroles. Ses lèvres minces comme deux traits inflexibles s'amincirent encore et pâlirent. Des filets de sang strièrent ses yeux.

Certes, il plaisantait. Pourtant sa physionomie, son attitude nous impressionnèrent. Naïvement, miss Nelly demanda :

— Mais vous n'avez pas de blessure ?

— Il est vrai, dit-il, la blessure manque.

D'un geste nerveux il releva sa manchette et découvrit son bras. Mais aussitôt une idée me frappa. Mes yeux croisèrent ceux de miss Nelly : il avait montré le bras gauche.

Et ma foi, j'allais en faire nettement la remarque, quand un incident détourna notre attention. Lady Jerland, l'amie de miss Nelly, arrivait en courant.

Elle était bouleversée. On s'empressa autour d'elle, et ce n'est qu'après bien des efforts qu'elle réussit à balbutier :

— Mes bijoux, mes perles !… on a tout pris !…

Non, on n'avait pas tout pris, comme nous le sûmes par la suite ; chose bien plus curieuse : on avait choisi !

De l'étoile en diamants, du pendentif en cabochons de rubis, des colliers et des bracelets brisés, on avait enlevé, non point les pierres les plus grosses, mais les plus fines, les plus précieuses, celles, aurait-on dit, qui avaient le plus de valeur tout en tenant le moins de place. Les montures gisaient là, sur la table. Je les vis, tous nous les vîmes, dépouillées de leurs joyaux comme des fleurs dont on eût arraché les beaux pétales étincelants et colorés.

Et pour exécuter ce travail, il avait fallu, pendant l'heure où lady Jerland prenait le thé, il avait fallu, en plein jour, et dans un couloir fréquenté, fracturer la porte de la cabine, trouver un petit sac dissimulé à dessein au fond d'un carton à chapeau, l'ouvrir et choisir !

Il n'y eut qu'un cri parmi nous. Il n'y eut qu'une opinion parmi tous les passagers, lorsque le vol fut connu : c'est Arsène Lupin. Et de fait, c'était bien sa manière compliquée, mystérieuse, inconcevable… et logique cependant, car s'il était difficile de recéler la masse encombrante qu'eût formée l'ensemble des bijoux, combien moindre était l'embarras avec de petites choses indépendantes les unes des autres, perles, émeraudes et saphirs.

Et au dîner, il se passa ceci : à droite et à gauche de Rozaine, les deux places restèrent vides. Et le soir on sut qu'il avait été convoqué par le commandant.

Son arrestation, que personne ne mit en doute, causa un véritable soulagement. On respirait enfin. Ce soir-là on joua aux petits jeux. On dansa. Miss Nelly, surtout, montra une gaieté étourdissante qui me fit voir que, si les hommages de Rozaine avaient pu lui agréer au début, elle ne s'en souvenait guère. Sa grâce acheva de me conquérir. Vers minuit, à la clarté sereine de la lune, je lui affirmai mon dévouement avec une émotion qui ne parut pas lui déplaire.

Mais le lendemain, à la stupeur générale, on apprit que, les charges relevées contre lui n'étant pas suffisantes, Rozaine était libre.

Fils d'un négociant considérable de Bordeaux, il avait exhibé des papiers parfaitement en règle. En outre, ses bras n'offraient pas la moindre trace de blessure.

— Des papiers ! des actes de naissance ! s'écrièrent les ennemis de Rozaine, mais Arsène Lupin vous en fournira tant que vous voudrez ! Quant à la blessure, c'est qu'il n'en a pas reçu… ou qu'il en a effacé la trace !

On leur objectait qu'à l'heure du vol, Rozaine – c'était démontré – se promenait sur le pont. À quoi ils ripostaient :

– Est-ce qu'un homme de la trempe d'Arsène Lupin a besoin d'assister au vol qu'il commet ?

Et puis, en dehors de toute considération étrangère, il y avait un point sur lequel les plus sceptiques ne pouvaient épiloguer : Qui, sauf Rozaine, voyageait seul, était blond, et portait un nom commençant par *R* ? Qui le télégramme désignait-il, si ce n'était Rozaine ?

Et quand Rozaine, quelques minutes avant le déjeuner, se dirigea audacieusement vers notre groupe, miss Nelly et lady Jerland se levèrent et s'éloignèrent.

C'était bel et bien de la peur.

Une heure plus tard, une circulaire manuscrite passait de main en main parmi les employés du bord, les matelots, les voyageurs de toutes classes : M. Louis Rozaine promettait une somme de dix mille francs à qui démasquerait Arsène Lupin, ou trouverait le possesseur des pierres dérobées.

– Et si personne ne me vient en aide contre ce bandit, déclara Rozaine au commandant, moi, je lui ferai son affaire.

Rozaine contre Arsène Lupin, ou plutôt, selon le mot qui courut, Arsène Lupin lui-même contre Arsène Lupin, la lutte ne manquait pas d'intérêt !

Elle se prolongea durant deux journées. On vit Rozaine errer de droite et de gauche, se mêler au personnel, interroger, fureter. On aperçut son ombre, la nuit, qui rôdait.

De son côté, le commandant déploya l'énergie la plus active. Du haut en bas, en tous les coins, *La Provence* fut fouillée. On perquisitionna dans toutes les cabines, sans exception, sous le prétexte fort juste que les objets étaient cachés dans n'importe quel endroit, sauf dans la cabine du coupable.

— On finira bien par découvrir quelque chose, n'est-ce pas ? me demandait miss Nelly. Tout sorcier qu'il soit, il ne peut faire que des diamants et des perles deviennent invisibles.

— Mais si, lui répondais-je, ou alors il faudrait explorer la coiffe de nos chapeaux, la doublure de nos vestes, et tout ce que nous portons sur nous.

Et lui montrant mon kodak, un 9 × 12 avec lequel je ne me lassais pas de la photographier dans les attitudes les plus diverses :

— Rien que dans un appareil pas plus grand que celui-ci, ne pensez-vous pas qu'il y aurait place pour toutes les pierres précieuses de lady Jerland ? On affecte de prendre des vues et le tour est joué.

— Mais cependant j'ai entendu dire qu'il n'y a point de voleur qui ne laisse derrière lui un indice quelconque.

— Il y en a un : Arsène Lupin.

— Pourquoi ?

— Pourquoi ? parce qu'il ne pense pas seulement au vol qu'il commet, mais à toutes les circonstances qui pourraient le dénoncer.

— Au début, vous étiez plus confiant.

— Mais, depuis, je l'ai vu à l'œuvre.

— Et alors, selon vous ?

— Selon moi, on perd son temps.

Et de fait, les investigations ne donnaient aucun résultat, ou du moins, celui qu'elles donnèrent ne correspondait pas à l'effort général : la montre du commandant lui fut volée.

Furieux, il redoubla d'ardeur et surveilla de plus près encore Rozaine avec qui il avait eu plusieurs entrevues. Le lendemain, ironie charmante, on retrouvait la montre parmi les faux-cols du commandant en second.

Tout cela avait un air de prodige, et dénonçait bien la manière humoristique d'Arsène Lupin, cambrioleur, soit, mais dilettante aussi. Il travaillait par goût et par vocation, certes, mais par amusement aussi. Il donnait l'impression du monsieur qui se divertit à la pièce qu'il fait jouer, et qui, dans la coulisse, rit à gorge déployée de ses traits d'esprit et des situations qu'il imagina.

Décidément, c'était un artiste en son genre, et quand j'observais Rozaine, sombre et opiniâtre, et que je songeais au double rôle que tenait sans doute ce curieux personnage, je ne pouvais en parler sans une certaine admiration.

Or, l'avant-dernière nuit, l'officier de quart entendit des gémissements à l'endroit le plus obscur du pont. Il s'approcha. Un homme était étendu, la tête enveloppée dans une écharpe grise très épaisse, les poignets ficelés à l'aide d'une fine cordelette.

On le délivra de ses liens. On le releva, des soins lui furent prodigués.

Cet homme, c'était Rozaine.

C'était Rozaine assailli au cours d'une de ses expéditions, terrassé et dépouillé. Une carte de visite fixée par une épingle à son vêtement portait ces mots: « Arsène Lupin accepte avec reconnaissance les dix mille francs de M. Rozaine. »

En réalité, le portefeuille dérobé contenait vingt billets de mille.

Naturellement, on accusa le malheureux d'avoir simulé cette attaque contre lui-même. Mais, outre qu'il lui eût été impossible de se lier de cette façon, il fut établi que l'écriture de la carte différait absolument de l'écriture de Rozaine, et ressemblait au contraire, à s'y méprendre, à celle d'Arsène Lupin, telle que la reproduisait un ancien journal trouvé à bord.

Ainsi donc, Rozaine n'était plus Arsène Lupin. Rozaine était Rozaine, fils d'un négociant de Bordeaux ! Et la présence d'Arsène Lupin s'affirmait une fois de plus, et par quel acte redoutable !

Ce fut la terreur. On n'osa plus rester seul dans sa cabine, et pas davantage s'aventurer seul aux endroits trop écartés. Prudemment on se groupait entre gens sûrs les uns des autres. Et encore, une défiance instinctive divisait les plus intimes. C'est que la menace ne provenait pas d'un individu isolé, surveillé, et par-là même moins dangereux. Arsène Lupin, maintenant, c'était... c'était tout le monde. Notre imagination surexcitée lui attribuait un pouvoir miraculeux et illimité. On le supposait capable de prendre les déguisements les plus inattendus, d'être tour à tour le respectable major Rawson, ou le noble marquis de Raverdan, ou même, car on ne s'arrêtait plus à l'initiale accusatrice, ou même telle ou telle personne connue de tous, ayant femme, enfants, domestiques.

Les premières dépêches sans fil n'apportèrent aucune nouvelle. Du moins le commandant ne nous en fit point part, et un tel silence n'était pas pour nous rassurer.

Aussi, le dernier jour parut-il interminable. On vivait dans l'attente anxieuse d'un malheur. Cette fois, ce ne serait plus un vol, ce ne serait plus une simple agression, ce serait le crime, le meurtre. On n'admettait pas qu'Arsène Lupin s'en tînt à ces deux larcins insignifiants. Maître absolu du navire, les autorités réduites à l'impuissance, il n'avait qu'à vouloir, tout lui était permis, il disposait des biens et des existences.

Heures délicieuses pour moi, je l'avoue, car elles me valurent la confiance de miss Nelly. Impressionnée par tant d'événements, de nature déjà inquiète, elle chercha spontanément à mes côtés une protection, une sécurité que j'étais heureux de lui offrir.

Au fond, je bénissais Arsène Lupin. N'était-ce pas lui qui nous rapprochait ? N'était-ce pas grâce à lui que j'avais le droit de m'abandonner aux plus beaux rêves ? Rêves d'amour et rêves moins chimériques, pourquoi ne pas le confesser ? Les Andrézy sont de bonne souche poitevine, mais leur blason est quelque peu dédoré, et il ne me paraît pas indigne d'un gentilhomme de songer à rendre à son nom le lustre perdu.

Et ces rêves, je le sentais, n'offusquaient point Nelly. Ses yeux souriants m'autorisaient à les faire. La douceur de sa voix me disait d'espérer.

Et jusqu'au dernier moment, accoudés aux bastingages, nous restâmes l'un près de l'autre, tandis que la ligne des côtes américaines voguait au-devant de nous.

On avait interrompu les perquisitions. On attendait. Depuis les premières jusqu'à l'entrepont où grouillaient les émigrants, on attendait la minute suprême où s'expliquerait enfin l'insoluble énigme. Qui était Arsène Lupin ? Sous quel nom, sous quel masque se cachait le fameux Arsène Lupin ?

Et cette minute suprême arriva. Dussé-je vivre cent ans, je n'en oublierai pas le plus infime détail.

— Comme vous êtes pâle, miss Nelly, dis-je à ma compagne qui s'appuyait à mon bras, toute défaillante.

— Et vous ! me répondit-elle, ah ! vous êtes si changé !

— Songez donc ! cette minute est passionnante, et je suis si heureux de la vivre auprès de vous, miss Nelly. Il me semble que votre souvenir s'attardera quelquefois…

Elle n'écoutait pas, haletante et fiévreuse. La passerelle s'abattit. Mais avant que nous eûmes la liberté de la franchir, des gens montèrent à bord, des douaniers, des hommes en uniforme, des facteurs.

Miss Nelly balbutia :

— On s'apercevrait qu'Arsène Lupin s'est échappé pendant la traversée que je n'en serais pas surprise.

— Il a peut-être préféré la mort au déshonneur, et plonger dans l'Atlantique plutôt que d'être arrêté.

— Ne riez pas, fit-elle, agacée.

Soudain je tressaillis, et comme elle me questionnait, je lui dis :

— Vous voyez ce vieux petit homme debout à l'extrémité de la passerelle ?

— Avec un parapluie et une redingote vert-olive ?

— C'est Ganimard.

— Ganimard ?

— Oui, le célèbre policier, celui qui a juré qu'Arsène Lupin serait arrêté de sa propre main. Ah ! je comprends que l'on n'ait pas eu de renseignements de ce côté de l'Océan. Ganimard était là ! et il aime bien que personne ne s'occupe de ses petites affaires.

— Alors Arsène Lupin est sûr d'être pris ?

— Qui sait ? Ganimard ne l'a jamais vu, paraît-il, que grimé et déguisé. À moins qu'il ne connaisse son nom d'emprunt…

— Ah ! dit-elle, avec cette curiosité un peu cruelle de la femme, si je pouvais assister à l'arrestation !

— Patientons. Certainement Arsène Lupin a déjà remarqué la présence de son ennemi. Il préférera sortir parmi les derniers, quand l'œil du vieux sera fatigué.

Le débarquement commença. Appuyé sur son parapluie, l'air indifférent, Ganimard ne semblait pas prêter attention à la foule qui se pressait entre les deux balustrades. Je notai qu'un officier du bord, posté derrière lui, le renseignait de temps à autre.

Le marquis de Raverdan, le major Rawson, l'Italien Rivolta, défilèrent, et d'autres, et beaucoup d'autres… Et j'aperçus Rozaine qui s'approchait.

Pauvre Rozaine ! il ne paraissait pas remis de ses mésaventures !

— C'est peut-être lui tout de même, me dit miss Nelly… Qu'en pensez-vous ?

— Je pense qu'il serait fort intéressant d'avoir sur une même photographie Ganimard et Rozaine. Prenez donc mon appareil, je suis si chargé.

Je le lui donnai, mais trop tard pour qu'elle s'en servît. Rozaine passait. L'officier se pencha à l'oreille de Ganimard, celui-ci haussa légèrement les épaules, et Rozaine passa.

Mais alors, mon Dieu, qui était Arsène Lupin ?

— Oui, fit-elle à haute voix, qui est-ce ?

Il n'y avait plus qu'une vingtaine de personnes. Elle les observait tour à tour, avec la crainte confuse qu'il ne fût pas, *lui*, au nombre de ces vingt personnes.

Je lui dis :

— Nous ne pouvons attendre plus longtemps.

Elle s'avança. Je la suivis. Mais nous n'avions pas fait dix pas que Ganimard nous barra le passage.

— Eh bien, quoi ? m'écriai-je.

— Un instant, monsieur, qui vous presse ?

— J'accompagne mademoiselle.

— Un instant, répéta-t-il d'une voix plus impérieuse.

Il me dévisagea profondément, puis il me dit, les yeux dans les yeux :

— Arsène Lupin, n'est-ce pas ?

Je me mis à rire.

— Non, Bernard d'Andrézy, tout simplement.

— Bernard d'Andrézy est mort il y a trois ans en Macédoine.

— Si Bernard d'Andrézy était mort, je ne serais plus de ce monde. Et ce n'est pas le cas. Voici mes papiers.

— Ce sont les siens. Comment les avez-vous, c'est ce que j'aurai le plaisir de vous expliquer.

— Mais vous êtes fou ! Arsène Lupin s'est embarqué sous le nom de *R*.

— Oui, encore un truc de vous, une fausse piste sur laquelle vous les avez lancés, là-bas. Ah ! vous êtes d'une jolie force, mon gaillard. Mais cette fois, la chance a tourné. Voyons, Lupin, montrez-vous beau joueur.

J'hésitai une seconde. D'un coup sec, il me frappa sur l'avant-bras droit. Je poussai un cri de douleur. Il avait frappé sur la blessure encore mal fermée que signalait le télégramme.

Allons, il fallait se résigner. Je me tournai vers miss Nelly. Elle écoutait, livide, chancelante.

Son regard rencontra le mien, puis s'abaissa sur le kodak que je lui avais remis. Elle fit un geste brusque, et j'eus l'impression, j'eus la certitude qu'elle comprenait tout à coup. Oui, c'était là, entre les parois étroites de chagrin noir, au creux du petit objet que j'avais eu la précaution de déposer entre ses mains avant que Ganimard ne m'arrêtât, c'était bien là que se trouvaient les vingt mille francs de Rozaine, les perles et les diamants de lady Jerland.

Ah ! je le jure, à ce moment solennel, alors que Ganimard et deux de ses acolytes m'entouraient, tout me fut indifférent, mon arrestation, l'hostilité des gens, tout, hors ceci : la résolution qu'allait prendre miss Nelly au sujet de ce que je lui avais confié.

Que l'on eût contre moi cette preuve matérielle et décisive, je ne songeais même pas à le redouter, mais cette preuve, miss Nelly se déciderait-elle à la fournir ?

Serais-je trahi par elle ? perdu par elle ? Agirait-elle en ennemie qui ne pardonne pas, ou bien en femme qui se souvient et dont le mépris s'adoucit d'un peu d'indulgence, d'un peu de sympathie involontaire ?

Elle passa devant moi, je la saluai très bas, sans un mot. Mêlée aux autres voyageurs, elle se dirigea vers la passerelle, mon kodak à la main.

Sans doute, pensai-je, elle n'ose pas, en public. C'est dans une heure, dans un instant, qu'elle le donnera.

Mais, arrivée au milieu de la passerelle, par un mouvement de maladresse simulée, elle le laissa tomber dans l'eau, entre le mur du quai et le flanc du navire.

Puis, je la vis s'éloigner.

Sa jolie silhouette se perdit dans la foule, m'apparut de nouveau et disparut. C'était fini, fini pour jamais.

Un instant, je restai immobile, triste à la fois et pénétré d'un doux attendrissement, puis je soupirai, au grand étonnement de Ganimard :

— Dommage, tout de même, de ne pas être un honnête homme…

C'est ainsi qu'un soir d'hiver, Arsène Lupin me raconta l'histoire de son arrestation. Le hasard d'incidents dont j'écrirai quelque jour le récit avait noué entre nous des liens… dirai-je d'amitié ? Oui, j'ose croire qu'Arsène Lupin m'honore de quelque amitié, et que c'est par amitié qu'il arrive parfois chez moi à l'improviste, apportant, dans le silence de mon cabinet de travail, sa gaieté juvénile, le rayonnement de sa vie ardente, sa belle humeur d'homme pour qui la destinée n'a que faveurs et sourires.

Son portrait ? Comment pourrais-je le faire ? Vingt fois j'ai vu Arsène Lupin, et vingt fois c'est un être différent qui m'est apparu… ou plutôt le même être dont vingt miroirs m'auraient renvoyé autant d'images déformées, chacune ayant ses yeux particuliers, sa forme spéciale de figure, son geste propre, sa silhouette et son caractère.

— Moi-même, me dit-il, je ne sais plus bien qui je suis. Dans une glace je ne me reconnais plus.

Boutade, certes, et paradoxe, mais vérité à l'égard de ceux qui le rencontrent et qui ignorent ses ressources infinies, sa patience, son art du maquillage, sa prodigieuse faculté de transformer jusqu'aux proportions de son visage, et d'altérer le rapport même de ses traits entre eux.

— Pourquoi, dit-il encore, aurais-je une apparence définie ? Pourquoi ne pas éviter ce danger d'une personnalité toujours identique ? Mes actes me désignent suffisamment.

Et il précise avec une pointe d'orgueil :

– Tant mieux si l'on ne peut jamais dire en toute certitude : Voici Arsène Lupin. L'essentiel est qu'on dise sans crainte d'erreur : Arsène Lupin a fait cela.

Ce sont quelques-uns de ces actes, quelques-unes de ces aventures que j'essaie de reconstituer, d'après les confidences dont il eut la bonne grâce de me favoriser, certains soirs d'hiver, dans le silence de mon cabinet de travail…

Arsène Lupin en prison

Il n’est point de touriste digne de ce nom qui ne connaisse les bords de la Seine, et qui n’ait remarqué, en allant des ruines de Jumièges aux ruines de Saint-Wandrille, l’étrange petit château féodal du Malaquis, si fièrement campé sur sa roche, en pleine rivière. L’arche d’un pont le relie à la route. La base de ses tourelles sombres se confond avec le granit qui le supporte, bloc énorme détaché d’on ne sait quelle montagne et jeté là par quelque formidable convulsion. Tout autour, l’eau calme du grand fleuve joue parmi les roseaux, et des bergeronnettes tremblent sur la crête humide des cailloux.

L’histoire du Malaquis est rude comme son nom, revêche comme sa silhouette. Ce ne fut que combats, sièges, assauts, rapines et massacres. Aux veillées du pays de Caux, on évoque en frissonnant les crimes qui s’y commirent. On raconte de mystérieuses légendes. On parle du fameux souterrain qui conduisait jadis à l’abbaye de Jumièges et au manoir d’Agnès Sorel, la belle amie de Charles VII.

Dans cet ancien repaire de héros et de brigands, habite le baron Nathan Cahorn, le baron Satan, comme on l’appelait jadis à la Bourse où il s’est enrichi un peu trop brusquement. Les seigneurs du

Malaquis, ruinés, ont dû lui vendre, pour un morceau de pain, la demeure de leurs ancêtres. Il y a installé ses admirables collections de meubles et de tableaux, de faïences et de bois sculptés. Il y vit seul, avec trois vieux domestiques. Nul n'y pénètre jamais. Nul n'a jamais contemplé dans le décor de ces salles antiques les trois Rubens qu'il possède, ses deux Watteau, sa chaire de Jean Goujon, et tant d'autres merveilles arrachées à coups de billets de banque aux plus riches habitués des ventes publiques.

Le baron Satan a peur. Il a peur non point pour lui, mais pour les trésors accumulés avec une passion si tenace et la perspicacité d'un amateur que les plus madrés des marchands ne peuvent se vanter d'avoir induit en erreur. Il les aime, ses bibelots. Il les aime âprement, comme un avare ; jalousement, comme un amoureux.

Chaque jour, au coucher du soleil, les quatre portes bardées de fer qui commandent les deux extrémités du pont et l'entrée de la cour d'honneur, sont fermées et verrouillées. Au moindre choc, des sonneries électriques vibreraient dans le silence. Du côté de la Seine, rien à craindre : le roc s'y dresse à pic.

Or, un vendredi de septembre, le facteur se présenta comme d'ordinaire à la tête-de-pont. Et, selon la règle quotidienne, ce fut le baron qui entrebâilla le lourd battant.

Il examina l'homme aussi minutieusement que s'il ne connaissait pas déjà, depuis des années, cette bonne face réjouie et ces yeux narquois de paysan, et l'homme lui dit en riant :

— C'est toujours moi, monsieur le baron. Je ne suis pas un autre qui aurait pris ma blouse et ma casquette.

— Sait-on jamais ? murmura Cahorn.

Le facteur lui remit une pile de journaux. Puis il ajouta :

– Et maintenant, monsieur le baron, il y a du nouveau.

– Du nouveau ?

– Une lettre… et recommandée, encore.

Isolé, sans ami ni personne qui s'intéressât à lui, jamais le baron ne recevait de lettre, et tout de suite cela lui parut un événement de mauvais augure dont il y avait lieu de s'inquiéter. Quel était ce mystérieux correspondant qui venait le relancer dans sa retraite ?

– Il faut signer, monsieur le baron.

Il signa en maugréant. Puis il prit la lettre, attendit que le facteur eût disparu au tournant de la route, et après avoir fait quelques pas de long en large, il s'appuya contre le parapet du pont et déchira l'enveloppe. Elle portait une feuille de papier quadrillé avec cet en-tête manuscrit : Prison de la Santé, Paris. Il regarda la signature : *Arsène Lupin*. Stupéfait, il lut :

Monsieur le baron,

Il y a, dans la galerie qui réunit vos deux salons, un tableau de Philippe de Champaigne d'excellente facture et qui me plaît infiniment. Vos Rubens sont aussi de mon goût, ainsi que votre plus petit Watteau. Dans le salon de droite, je note la crédence Louis XIII, les tapisseries de Beauvais, le guéridon Empire signé Jacob et le bahut Renaissance. Dans celui de gauche, toute la vitrine des bijoux et des miniatures.

Pour cette fois, je me contenterai de ces objets qui seront, je crois, d'un écoulement facile. Je vous prie donc de les faire emballer convenablement et de les expédier à mon nom (port payé), en gare des Batignolles, avant huit jours... faute de quoi, je ferai procéder moi-même à leur déménagement dans la nuit du mercredi 27 au jeudi 28 septembre. Et, comme de juste, je ne me contenterai pas des objets sus-indiqués.

Veuillez excuser le petit dérangement que je vous cause, et accepter l'expression de mes sentiments de respectueuse considération.

Arsène LUPIN

P.-S. – *Surtout ne pas m'envoyer le plus grand des Watteau. Quoique vous l'ayez payé trente mille francs à l'Hôtel des Ventes, ce n'est qu'une copie, l'original ayant été brûlé, sous le Directoire, par Barras, un soir d'orgie. Consulter les* Mémoires *inédits de Garat.*

Je ne tiens pas non plus à la châtelaine Louis XV dont l'authenticité me semble douteuse.

Cette lettre bouleversa le baron Cahorn. Signée de tout autre, elle l'eût déjà considérablement alarmé, mais signée d'Arsène Lupin !

Lecteur assidu des journaux, au courant de tout ce qui se passait dans le monde en fait de vol et de crime, il n'ignorait rien des exploits de l'infernal cambrioleur. Certes, il savait que Lupin, arrêté en Amérique par son ennemi Ganimard, était bel et bien incarcéré, que l'on instruisait son procès – avec quelle peine ! Mais il savait aussi que l'on pouvait s'attendre à tout de sa part. D'ailleurs, cette connaissance exacte du château, de la disposition des tableaux et des meubles, était un indice des plus redoutables. Qui l'avait renseigné sur des choses que nul n'avait vues ?

Le baron leva les yeux et contempla la silhouette farouche du Malaquis, son piédestal abrupt, l'eau profonde qui l'entoure, et haussa les épaules. Non, décidément, il n'y avait point de danger. Personne au monde ne pouvait pénétrer jusqu'au sanctuaire inviolable de ses collections.

Personne, soit, mais Arsène Lupin ? Pour Arsène Lupin, est-ce qu'il existe des portes, des ponts-levis, des murailles ? À quoi servent les obstacles les mieux imaginés, les précautions les plus habiles, si Arsène Lupin a décidé d'atteindre tel but ?

Le soir même, il écrivit au procureur de la République à Rouen. Il envoyait la lettre de menaces et réclamait aide et protection.

La réponse ne tarda point : le nommé Arsène Lupin étant actuellement détenu à la Santé, surveillé de près, et dans l'impossibilité d'écrire, la lettre ne pouvait être que l'œuvre d'un mystificateur. Tout le démontrait, la logique et le bon sens, comme la réalité des faits. Toutefois, et par excès de prudence, on avait commis un expert à l'examen de l'écriture, et, l'expert déclarait que, malgré certaines analogies, cette écriture n'était pas celle du détenu.

« Malgré certaines analogies » : le baron ne retint que ces trois mots effarants, où il voyait l'aveu d'un doute qui, à lui seul, aurait dû suffire pour que la justice intervînt. Ses craintes s'exaspérèrent. Il ne cessait de relire la lettre. « Je ferai procéder moi-même au déménagement. » Et cette date précise : la nuit du mercredi 27 au jeudi 28 septembre !…

Soupçonneux et taciturne, il n'avait pas osé se confier à ses domestiques, dont le dévouement ne lui paraissait pas à l'abri de toute épreuve. Cependant, pour la première fois depuis des années, il éprouvait le besoin de parler, de prendre conseil. Abandonné par la justice de son pays, il n'espérait plus se défendre avec ses propres ressources, et il fut sur le point d'aller jusqu'à Paris et d'implorer l'assistance de quelque ancien policier.

Deux jours s'écoulèrent. Le troisième, en lisant ses journaux, il tressaillit de joie. *Le Réveil de Caudebec* publiait cet entrefilet :

Nous avons le plaisir de posséder dans nos murs, voilà bientôt trois semaines, l'inspecteur principal Ganimard, un des vétérans du service de la Sûreté. M. Ganimard, à qui l'arrestation d'Arsène Lupin, sa dernière prouesse, a valu une réputation européenne, se repose de ses longues fatigues en taquinant le goujon et l'ablette.

Ganimard ! voilà bien l'auxiliaire que cherchait le baron Cahorn ! Qui mieux que le retors et patient Ganimard saurait déjouer les projets de Lupin ?

Le baron n'hésita pas. Six kilomètres séparent le château de la petite ville de Caudebec. Il les franchit d'un pas allègre, en homme que surexcite l'espoir du salut.

Après plusieurs tentatives infructueuses pour connaître l'adresse de l'inspecteur principal, il se dirigea vers les bureaux du *Réveil*, situés au milieu du quai. Il y trouva le rédacteur de l'entrefilet qui, s'approchant de la fenêtre, s'écria :

— Ganimard ? mais vous êtes sûr de le rencontrer le long du quai, la ligne à la main. C'est là que nous avons lié connaissance, et que j'ai lu par hasard son nom gravé sur sa canne à pêche. Tenez, le petit vieux que l'on aperçoit là-bas, sous les arbres de la promenade.

— En redingote et en chapeau de paille ?

— Justement ! Ah ! un drôle de type, pas causeur et plutôt bourru.

Cinq minutes après, le baron abordait le célèbre Ganimard, se présentait et tâchait d'entrer en conversation. N'y parvenant point, il aborda franchement la question et exposa son cas.

L'autre écouta, immobile, sans perdre de vue le poisson qu'il guettait, puis il tourna la tête vers lui, le toisa des pieds à la tête d'un air de profonde pitié, et prononça :

— Monsieur, ce n'est guère l'habitude de prévenir les gens que l'on veut dépouiller. Arsène Lupin, en particulier, ne commet pas de pareilles bourdes.

— Cependant…

— Monsieur, si j'avais le moindre doute, croyez bien que le plaisir de fourrer encore dedans ce cher Lupin l'emporterait sur toute autre considération. Par malheur, ce jeune homme est sous les verrous.

— S'il s'échappe ?…

— On ne s'échappe pas de la Santé.

— Mais, lui…

— Lui, pas plus qu'un autre.

— Cependant…

— Eh bien, s'il s'échappe, tant mieux, je le repincerai. En attendant, dormez sur vos deux oreilles, et n'effarouchez pas davantage cette ablette.

La conversation était finie. Le baron retourna chez lui, un peu rassuré par l'insouciance de Ganimard. Il vérifia les serrures, espionna les domestiques, et quarante-huit heures encore se passèrent pendant lesquelles il arriva presque à se persuader que, somme toute, ses craintes étaient chimériques. Non, décidément, comme l'avait dit Ganimard, on ne prévient pas les gens que l'on veut dépouiller.

La date approchait. Le matin du mardi, veille du 27, rien de particulier. Mais à trois heures, un gamin sonna. Il apportait une dépêche.

Aucun colis en gare Batignolles. Préparez tout pour demain soir.

ARSÈNE.

De nouveau, ce fut l'affolement, à tel point qu'il se demanda s'il ne céderait pas aux exigences d'Arsène Lupin.

Il courut à Caudebec. Ganimard pêchait à la même place, assis sur un pliant. Sans un mot, il lui tendit le télégramme.

— Et après ? fit l'inspecteur.

— Après ? mais c'est pour demain !

— Quoi ?

— Le cambriolage ! le pillage de mes collections !

Ganimard déposa sa ligne, se tourna vers lui, et, les deux bras croisés sur sa poitrine, s'écria d'un ton d'impatience :

— Ah ! ça, est-ce que vous vous imaginez que je vais m'occuper d'une histoire aussi stupide !

— Quelle indemnité demandez-vous pour passer au château la nuit du 27 au 28 septembre ?

— Pas un sou, fichez-moi la paix.

— Fixez votre prix, je suis riche, extrêmement riche.

La brutalité de l'offre déconcerta Ganimard qui reprit, plus calme :

— Je suis ici en congé et je n'ai pas le droit de me mêler…

— Personne ne le saura. Je m'engage, quoi qu'il arrive, à garder le silence.

— Oh ! il n'arrivera rien.

— Eh bien, voyons, trois mille francs, est-ce assez ?

L'inspecteur huma une prise de tabac, réfléchit, et laissa tomber :

— Soit. Seulement, je dois vous déclarer loyalement que c'est de l'argent jeté par la fenêtre.

— Ça m'est égal.

— En ce cas… Et puis, après tout, est-ce qu'on sait avec ce diable de Lupin ! Il doit avoir à ses ordres toute une bande… Êtes-vous sûr de vos domestiques ?

— Ma foi…

— Alors, ne comptons pas sur eux. Je vais prévenir par dépêche deux gaillards de mes amis qui nous donneront plus de sécurité… Et maintenant, filez, qu'on ne nous voie pas ensemble. À demain, vers les neuf heures.

*

Le lendemain, date fixée par Arsène Lupin, le baron Cahorn décrocha sa panoplie, fourbit ses armes, et se promena aux alentours de Malaquis. Rien d'équivoque ne le frappa.

Le soir, à huit heures et demie, il congédia ses domestiques. Ils habitaient une aile en façade sur la route, mais un peu en retrait, et tout au bout du château. Une fois seul, il ouvrit doucement les quatre portes. Après un moment, il entendit des pas qui s'approchaient.

Ganimard présenta ses deux auxiliaires, grands gars solides, au cou de taureau et aux mains puissantes, puis demanda certaines explications. S'étant rendu compte de la disposition des lieux, il ferma soigneusement et barricada toutes les issues par où l'on pouvait pénétrer dans les salles menacées. Il inspecta les murs, souleva les tapisseries, puis enfin il installa ses agents dans la galerie centrale.

— Pas de bêtises, hein ? On n'est pas ici pour dormir. À la moindre alerte, ouvrez les fenêtres de la cour et appelez-moi. Attention aussi du côté de l'eau. Dix mètres de falaise droite, des diables de leur calibre, ça ne les effraye pas.

Il les enferma, emporta les clés, et dit au baron :

— Et maintenant, à notre poste.

Il avait choisi, pour y passer la nuit, une petite pièce pratiquée dans l'épaisseur des murailles d'enceinte, entre les deux portes principales, et qui était, jadis, le réduit du veilleur. Un judas s'ouvrait sur le pont, un autre sur la cour. Dans un coin on apercevait comme l'orifice d'un puits.

— Vous m'avez bien dit, monsieur le baron, que ce puits était l'unique entrée des souterrains, et que, de mémoire d'homme, elle est bouchée ?

— Oui.

— Donc, à moins qu'il n'existe une autre issue ignorée de tous, sauf d'Arsène Lupin, ce qui semble un peu problématique, nous sommes tranquilles.

Il aligna trois chaises, s'étendit confortablement, alluma sa pipe et soupira :

— Vraiment, monsieur le baron, il faut que j'aie rudement envie d'ajouter un étage à la maisonnette où je dois finir mes jours, pour accepter une besogne aussi élémentaire. Je raconterai l'histoire à l'ami Lupin, il se tiendra les côtes de rire.

Le baron ne riait pas. L'oreille aux écoutes, il interrogeait le silence avec une inquiétude croissante. De temps en temps il se penchait sur le puits et plongeait dans le trou béant un œil anxieux.

Onze heures, minuit, une heure sonnèrent.

Soudain, il saisit le bras de Ganimard qui se réveilla en sursaut.

— Vous entendez ?

— Oui.

— Qu'est-ce que c'est ?

— C'est moi qui ronfle !

— Mais non, écoutez…

— Ah ! parfaitement, c'est la corne d'une automobile.

— Eh bien ?

— Eh bien, il est peu probable que Lupin se serve d'une automobile comme d'un bélier pour démolir votre château. Aussi, monsieur le baron, à votre place, je dormirais… comme je vais avoir l'honneur de le faire à nouveau. Bonsoir.

Ce fut la seule alerte. Ganimard put reprendre son somme interrompu, et le baron n'entendit plus que son ronflement sonore et régulier.

Au petit jour, ils sortirent de leur cellule. Une grande paix sereine, la paix du matin au bord de l'eau fraîche, enveloppait le château. Cahorn radieux de joie, Ganimard toujours paisible, ils montèrent l'escalier. Aucun bruit. Rien de suspect.

— Que vous avais-je dit, monsieur le baron ? Au fond, je n'aurais pas dû accepter… Je suis honteux…

Il prit les clés et entra dans la galerie.

Sur deux chaises, courbés, les bras ballants, les deux agents dormaient.

— Tonnerre de nom d'un chien ! grogna l'inspecteur.

Au même instant, le baron poussait un cri :

— Les tableaux !… la crédence !…

Il balbutiait, suffoquait, la main tendue vers les places vides, vers les murs dénudés où pointaient les clous, où pendaient les cordes inutiles. Le Watteau, disparu ! les Rubens, enlevés ! les tapisseries, décrochées ! les vitrines, vidées de leurs bijoux !

— Et mes candélabres Louis XVI !… et le chandelier du Régent !… et ma Vierge du XIIe !…

Il courait d'un endroit à l'autre, effaré, désespéré.

Il rappelait ses prix d'achat, additionnait les pertes subies, accumulait des chiffres, tout cela pêle-mêle, en mots indistincts, en phrases inachevées. Il trépignait, il se convulsait, fou de rage et de douleur. On aurait dit un homme ruiné qui n'a plus qu'à se brûler la cervelle.

Si quelque chose eût pu le consoler, c'eût été de voir la stupeur de Ganimard. Contrairement au baron, l'inspecteur ne bougeait pas lui. Il semblait pétrifié, et d'un œil vague il examinait les choses. Les fenêtres ? fermées. Les serrures des portes ? intactes. Pas de brèche au plafond. Pas de trou au plancher. L'ordre était parfait. Tout cela avait dû s'effectuer méthodiquement, d'après un plan inexorable et logique.

— Arsène Lupin… Arsène Lupin, murmura-t-il, effondré.

Soudain, il bondit sur les deux agents, comme si la colère enfin le secouait, et il les bouscula furieusement et les injuria. Ils ne se réveillèrent point !

— Diable, fit-il, est-ce que par hasard ?...

Il se pencha sur eux et, tour à tour, les observa avec attention : ils dormaient, mais d'un sommeil qui n'était pas naturel.

Il dit au baron :

— On les a endormis.

— Mais qui ?

— Eh lui, parbleu !... ou sa bande, mais dirigée par lui. C'est un coup de sa façon. La griffe y est bien.

— En ce cas, je suis perdu, rien à faire.

— Rien à faire.

— Mais c'est abominable, c'est monstrueux.

— Déposez une plainte.

— À quoi bon ?

— Dame ! essayez toujours... la justice a des ressources...

— La justice ! mais vous voyez bien par vous-même... Tenez, en ce moment, où vous pourriez chercher un indice, découvrir quelque chose, vous ne bougez même pas.

— Découvrir quelque chose avec Arsène Lupin ! Mais, mon cher monsieur, Arsène Lupin ne laisse jamais rien derrière lui ! Il n'y a pas de hasard avec Arsène Lupin ! J'en suis à me demander si ce n'est pas volontairement qu'il s'est fait arrêter par moi, en Amérique !

— Alors, je dois renoncer à mes tableaux, à tout ! Mais ce sont les perles de ma collection qu'il m'a dérobées. Je donnerais une fortune pour les retrouver. Si on ne peut rien contre lui, qu'il dise son prix !

Ganimard le regarda fixement.

— Ça, c'est une parole sensée. Vous ne la retirez pas ?

— Non, non, non. Mais pourquoi ?

— Une idée que j'ai.

— Quelle idée ?

— Nous en parlerons si l'enquête n'aboutit pas… Seulement, pas un mot de moi, si vous voulez que je réussisse.

Il ajouta entre ses dents :

— Et puis, vrai, je n'ai pas de quoi me vanter.

Les deux agents reprenaient peu à peu connaissance avec cet air hébété de ceux qui sortent du sommeil hypnotique. Ils ouvraient des yeux étonnés, ils cherchaient à comprendre. Quand Ganimard les interrogea, ils ne se souvenaient de rien.

— Cependant, vous avez dû voir quelqu'un ?

— Non.

— Rappelez-vous ?

— Non, non.

— Et vous n'avez pas bu ?

Ils réfléchirent, et l'un d'eux répondit :

— Si, moi, j'ai bu un peu d'eau.

— De l'eau de cette carafe ?

— Oui.

— Moi aussi, déclara le second.

Ganimard la sentit, la goûta. Elle n'avait aucun goût spécial, aucune odeur.

— Allons, fit-il, nous perdons notre temps. Ce n'est pas en cinq minutes que l'on résout les problèmes posés par Arsène Lupin. Mais, morbleu ! je jure bien que je le repincerai. Il gagne la seconde manche. À moi la belle !

Le jour même, une plainte en vol qualifié était déposée par le baron de Cahorn contre Arsène Lupin, détenu à la Santé !

*

Cette plainte, le baron la regretta souvent quand il vit le Malaquis livré aux gendarmes, au procureur, au juge d'instruction, aux journalistes, à tous les curieux qui s'insinuent partout où ils ne devraient pas être.

L'affaire passionnait déjà l'opinion. Elle se produisait dans des conditions si particulières, le nom d'Arsène Lupin excitait à tel point les imaginations, que les histoires les plus fantaisistes remplissaient les colonnes des journaux et trouvaient créance auprès du public.

Mais la lettre initiale d'Arsène Lupin, que publia *L'Écho de France* (et nul ne sut jamais qui en avait communiqué le texte), cette lettre où le baron Cahorn était effrontément prévenu de ce qui le menaçait, causa une émotion considérable. Aussitôt des explications fabuleuses furent proposées. On rappela l'existence des fameux souterrains. Et le parquet influencé poussa ses recherches dans ce sens.

On fouilla le château du haut en bas. On questionna chacune des pierres. On étudia les boiseries et les cheminées, les cadres des glaces et les poutres des plafonds. À la lueur des torches, on examina les caves immenses où les seigneurs du Malaquis entassaient jadis leurs munitions et leurs provisions. On sonda les entrailles du rocher. Ce fut vainement. On ne découvrit pas le moindre vestige de souterrain. Il n'existait point de passage secret.

Soit, répondait-on de tous côtés, mais des meubles et des tableaux ne s'évanouissent pas comme des fantômes. Cela s'en va par des portes et par des fenêtres, et les gens qui s'en emparent, s'introduisent et s'en vont également par des portes et des fenêtres. Quels sont ces gens ? Comment se sont-ils introduits ? Et comment s'en sont-ils allés ?

Le parquet de Rouen, convaincu de son impuissance, sollicita le secours d'agents parisiens. M. Dudouis, le chef de la Sûreté, envoya ses meilleurs limiers de la brigade de fer. Lui-même fit un séjour de quarante-huit heures au Malaquis. Il ne réussit pas davantage.

C'est alors qu'il manda l'inspecteur principal Ganimard dont il avait eu si souvent l'occasion d'apprécier les services.

Ganimard écouta silencieusement les instructions de son supérieur, puis, hochant la tête, il prononça :

— Je crois que l'on fait fausse route en s'obstinant à fouiller le château. La solution est ailleurs.

— Et où donc ?

— Auprès d'Arsène Lupin.

— Auprès d'Arsène Lupin ! Supposer cela, c'est admettre son intervention.

— Je l'admets. Bien plus, je la considère comme certaine.

— Voyons, Ganimard, c'est absurde. Arsène Lupin est en prison.

— Arsène Lupin est en prison, soit. Il est surveillé, je vous l'accorde. Mais il aurait les fers aux pieds, des cordes aux poignets et un bâillon sur la bouche, que je ne changerais pas d'avis.

— Et pourquoi cette obstination ?

— Parce que, seul Arsène Lupin est de taille à combiner une machine de cette envergure, et de la combiner de telle façon qu'elle réussisse… comme elle a réussi.

— Des mots, Ganimard !

— Qui sont des réalités. Mais voilà, qu'on ne cherche pas de souterrain, de pierres tournant sur un pivot, et autres balivernes de ce calibre. Notre individu n'emploie pas des procédés aussi vieux jeu. Il est d'aujourd'hui, ou plutôt de demain.

— Et vous concluez ?

— Je conclus en vous demandant nettement l'autorisation de passer une heure avec lui.

— Dans sa cellule ?

— Oui. Au retour d'Amérique nous avons entretenu, pendant la traversée, d'excellents rapports, et j'ose dire qu'il a quelque sympathie pour celui qui a su l'arrêter. S'il peut me renseigner sans se compromettre, il n'hésitera pas à m'éviter un voyage inutile.

Il était un peu plus de midi lorsque Ganimard fut introduit dans la cellule d'Arsène Lupin. Celui-ci, étendu sur son lit, leva la tête et poussa un cri de joie.

— Ah ! ça, c'est une vraie surprise. Ce cher Ganimard, ici !

— Lui-même.

— Je désirais bien des choses dans la retraite que j'ai choisie… mais aucune plus passionnément que de vous y recevoir.

— Trop aimable.

— Mais non, mais non, je professe pour vous la plus vive estime.

— J'en suis fier.

— Je l'ai toujours prétendu : Ganimard est notre meilleur détective. Il vaut presque – vous voyez comme je suis franc –, il vaut presque Sherlock Holmes. Mais, en vérité, je suis désolé de n'avoir à vous offrir que cet escabeau. Et pas un rafraîchissement ! pas un verre de bière ! Excusez-moi, je suis là de passage.

Ganimard s'assit en souriant, et le prisonnier reprit, heureux de parler :

— Mon Dieu, que je suis content de reposer mes yeux sur la figure d'un honnête homme ! J'en ai assez de toutes ces faces d'espions et de mouchards qui passent dix fois par jour la revue de mes poches et de ma modeste cellule, pour s'assurer que je ne prépare pas une évasion. Fichtre, ce que le gouvernement tient à moi !...

— Il a raison.

— Mais non ! je serais si heureux qu'on me laissât vivre dans mon petit coin !

— Avec les rentes des autres.

— N'est-ce pas ? Ce serait si simple ! Mais je bavarde, je dis des bêtises, et vous êtes peut-être pressé. Allons au fait, Ganimard ! Qu'est-ce qui me vaut l'honneur d'une visite ?

— L'affaire Cahorn, déclara Ganimard, sans détour.

— Halte-là ! une seconde... C'est que j'en ai tant d'affaires ! Que je trouve d'abord dans mon cerveau le dossier de l'affaire Cahorn... Ah ! voilà, j'y suis. Affaire Cahorn, château du Malaquis, Seine-Inférieure... Deux Rubens, un Watteau, et quelques menus objets.

— Menus !

— Oh ! ma foi, tout cela est de médiocre importance. Il y a mieux ! Mais il suffit que l'affaire vous intéresse… Parlez donc, Ganimard.

— Dois-je vous expliquer où nous en sommes de l'instruction ?

— Inutile. J'ai lu les journaux de ce matin. Je me permettrai même de vous dire que vous n'avancez pas vite.

— C'est précisément la raison pour laquelle je m'adresse à votre obligeance.

— Entièrement à vos ordres.

— Tout d'abord ceci : l'affaire a bien été conduite par vous ?

— Depuis *A* jusqu'à *Z*.

— La lettre d'avis ? le télégramme ?

— Sont de votre serviteur. Je dois même en avoir quelque part les récépissés.

Arsène ouvrit le tiroir d'une petite table en bois blanc qui composait avec le lit et l'escabeau tout le mobilier de sa cellule, y prit deux chiffons de papier et les tendit à Ganimard.

— Ah ! ça mais, s'écria celui-ci, je vous croyais gardé à vue et fouillé pour un oui ou pour un non. Or vous lisez les journaux, vous collectionnez les reçus de la poste…

— Bah ! ces gens-là sont si bêtes ! Ils décousent la doublure de ma veste, ils explorent les semelles de mes bottines, ils auscultent les murs de cette pièce, mais pas un n'aurait l'idée qu'Arsène Lupin soit assez niais pour choisir une cachette aussi facile. C'est bien là-dessus que j'ai compté.

Ganimard, amusé, s'exclama :

— Quel drôle de garçon vous faites ! Vous me déconcertez. Allons, racontez-moi l'aventure.

— Oh ! oh ! comme vous y allez ! Vous initier à tous mes secrets… vous dévoiler mes petits trucs… C'est bien grave.

— Ai-je eu tort de compter sur votre complaisance ?

— Non, Ganimard, et puisque vous insistez…

Arsène Lupin arpenta deux ou trois fois sa chambre, puis s'arrêtant :

— Que pensez-vous de ma lettre au baron ?

— Je pense que vous avez voulu vous divertir, épater un peu la galerie.

— Ah ! voilà, épater la galerie ! Eh bien, je vous assure, Ganimard, que je vous croyais plus fort. Est-ce que je m'attarde à ces puérilités, moi, Arsène Lupin ! Est-ce que j'aurais écrit cette lettre si j'avais pu dévaliser le baron sans lui écrire ? Mais comprenez donc, vous et les autres, que cette lettre est le point de départ indispensable, le ressort qui a mis toute la machine en branle. Voyons, procédons par ordre, et préparons ensemble, si vous voulez, le cambriolage du Malaquis.

— Je vous écoute.

— Donc, supposons un château rigoureusement fermé, barricadé, comme l'était celui du baron Cahorn. Vais-je abandonner la partie et renoncer à des trésors que je convoite, sous prétexte que le château qui les contient est inaccessible ?

— Évidemment non.

— Vais-je tenter l'assaut comme autrefois, à la tête d'une troupe d'aventuriers ?

— Enfantin !

— Vais-je m'y introduire sournoisement ?

— Impossible.

— Reste un moyen, l'unique à mon avis, c'est de me faire inviter par le propriétaire dudit château.

— Le moyen est original.

— Et combien facile ! Supposons qu'un jour, ledit propriétaire reçoive une lettre, l'avertissant de ce que trame contre lui un nommé Arsène Lupin, cambrioleur réputé. Que fera-t-il ?

— Il enverra la lettre au procureur.

— Qui se moquera de lui, *puisque ledit Lupin est actuellement sous les verrous*. Donc, affolement du bonhomme, lequel est tout prêt à demander secours au premier venu, n'est-il pas vrai ?

— Cela est hors de doute.

— Et s'il lui arrive de lire dans une feuille de chou qu'un policier célèbre est en villégiature dans la localité voisine…

— Il ira s'adresser à ce policier.

— Vous l'avez dit. Mais, d'autre part, admettons qu'en prévision de cette démarche inévitable, Arsène Lupin ait prié l'un de ses amis les plus habiles de s'installer à Caudebec, d'entrer en relations avec un rédacteur du *Réveil*, journal auquel est abonné le baron, de laisser entendre qu'il est un tel, le policier célèbre, qu'adviendra-t-il ?

— Que le rédacteur annoncera dans *Le Réveil* la présence à Caudebec dudit policier.

— Parfait, et de deux choses l'une : ou bien le poisson – je veux dire Cahorn – ne mord pas à l'hameçon, et alors rien ne se passe. Ou bien, et c'est l'hypothèse la plus vraisemblable, il accourt, tout frétillant. Et voilà donc mon Cahorn implorant contre moi l'assistance de l'un de mes amis !

— De plus en plus original.

— Bien entendu, le pseudo-policier refuse d'abord son concours. Là-dessus, dépêche d'Arsène Lupin. Épouvante du baron qui supplie de nouveau mon ami, et lui offre tant pour veiller à son salut. Ledit ami accepte, amène deux gaillards de notre bande, qui, la nuit, pendant que Cahorn est gardé à vue par son protecteur, déménagent par la fenêtre un certain nombre d'objets et les laissent glisser, à l'aide de cordes, dans une bonne petite chaloupe affrétée *ad hoc*. C'est simple comme Lupin.

— Et c'est tout bêtement merveilleux, s'écria Ganimard, et je ne saurais trop louer la hardiesse de la conception et l'ingéniosité des détails. Mais je ne vois guère de policier assez illustre pour que son nom ait pu attirer, suggestionner le baron à ce point.

— Il y en a un, et il n'y en a qu'un.

— Lequel ?

— Celui du plus illustre, de l'ennemi personnel d'Arsène Lupin, bref, de l'inspecteur Ganimard.

— Moi !

— Vous-même, Ganimard. Et voilà ce qu'il y a de délicieux : si vous allez là-bas et que le baron se décide à causer, vous finirez par découvrir que votre devoir est de vous arrêter vous-même, comme vous m'avez arrêté en Amérique. Hein ! la revanche est comique : je fais arrêter Ganimard par Ganimard !

Arsène Lupin riait de bon cœur. L'inspecteur, assez vexé, se mordait les lèvres. La plaisanterie ne lui semblait pas mériter de tels accès de joie.

L'arrivée d'un gardien lui donna le loisir de se remettre. L'homme apportait le repas qu'Arsène Lupin, par faveur spéciale, faisait venir du restaurant voisin. Ayant déposé le plateau sur la table, il se retira.

Arsène s'installa, rompit son pain, en mangea deux ou trois bouchées et reprit :

— Mais, soyez tranquille, mon cher Ganimard, vous n'irez pas là-bas. Je vais vous révéler une chose qui vous stupéfiera : l'affaire Cahorn est sur le point d'être classée.

— Hein !

— Sur le point d'être classée, vous dis-je.

— Allons donc, je quitte à l'instant le chef de la Sûreté.

— Et après ? Est-ce que M. Dudouis en sait plus long que moi sur ce qui me concerne ? Vous apprendrez que Ganimard – excusez-moi –, que le pseudo-Ganimard est resté en fort bons termes avec le baron. Celui-ci, et c'est la raison principale pour laquelle il n'a rien avoué, l'a chargé de la très délicate mission de négocier avec moi une transaction, et, à l'heure présente, moyennant une certaine somme, il est probable que le baron est rentré en possession de ses chers bibelots. En retour de quoi, il retirera sa plainte. Donc, plus de vol. Donc il faudra bien que le parquet abandonne…

Ganimard considéra le détenu d'un air stupéfait.

— Et comment savez-vous tout cela ?

— Je viens de recevoir la dépêche que j'attendais.

— Vous venez de recevoir une dépêche ?

— À l'instant, cher ami. Par politesse, je n'ai pas voulu la lire en votre présence. Mais si vous m'y autorisez…

— Vous vous moquez de moi, Lupin.

— Veuillez, mon cher ami, décapiter doucement cet œuf à la coque. Vous constaterez par vous-même que je ne me moque pas de vous.

Machinalement Ganimard obéit, et cassa l'œuf avec la lame d'un couteau. Un cri de surprise lui échappa. La coque, vide, contenait une feuille de papier bleu. Sur la prière d'Arsène, il la déplia. C'était un télégramme, ou plutôt une partie de télégramme auquel on avait arraché les indications de la poste. Il lut : « Accord conclu. Cent mille balles livrées. Tout va bien. »

— Cent mille balles ? fit-il.

— Oui, cent mille francs ! C'est peu, mais enfin les temps sont durs… Et j'ai des frais généraux si lourds ! Si vous connaissiez mon budget… un budget de grande ville !

Ganimard se leva. Sa mauvaise humeur s'était dissipée. Il réfléchit quelques secondes, embrassa d'un coup d'œil toute l'affaire, pour tâcher d'en découvrir le point faible. Puis il prononça d'un ton où il laissait franchement percer son admiration de connaisseur :

— Par bonheur, il n'en existe pas des douzaines comme vous, sans quoi il n'y aurait plus qu'à fermer boutique.

Arsène Lupin prit un petit air modeste et répondit :

— Bah ! il fallait bien se distraire, occuper ses loisirs… d'autant que le coup ne pouvait réussir que si j'étais en prison.

— Comment ! s'exclama Ganimard, votre procès, votre défense, l'instruction, tout cela ne vous suffit donc pas pour vous distraire ?

— Non, car j'ai résolu de ne pas assister à mon procès.

— Oh ! oh !

Arsène Lupin répéta posément :

— Je n'assisterai pas à mon procès.

— En vérité !

— Ah ! ça, mon cher, vous imaginez-vous que je vais pourrir sur la paille humide ? Vous m'outragez. Arsène Lupin ne reste en prison que le temps qu'il lui plaît, et pas une minute de plus.

— Il eût peut-être été plus prudent de commencer par ne pas y entrer, objecta l'inspecteur d'un ton ironique.

— Ah ! monsieur raille ? monsieur se souvient qu'il a eu l'honneur de procéder à mon arrestation ? Sachez, mon respectable ami, que personne, pas plus vous qu'un autre, n'eût pu mettre la main sur moi, si un intérêt beaucoup plus considérable ne m'avait sollicité à ce moment critique.

— Vous m'étonnez.

— Une femme me regardait, Ganimard, et je l'aimais. Comprenez-vous tout ce qu'il y a dans ce fait d'être regardé par une femme que l'on aime ? Le reste m'importait peu, je vous jure. Et c'est pourquoi je suis ici.

— Depuis bien longtemps, permettez-moi de le remarquer.

— Je voulais oublier d'abord. Ne riez pas : l'aventure avait été charmante, et j'en ai gardé encore le souvenir attendri... Et puis, je suis quelque peu neurasthénique ! La vie est si fiévreuse de nos jours ! Il faut savoir, à certains moments, faire ce que l'on appelle une cure d'isolement. Cet endroit est souverain pour les régimes de ce genre. On y pratique la cure de Santé dans toute sa rigueur.

— Arsène Lupin, observa Ganimard, vous vous payez ma tête.

— Ganimard, affirma Lupin, nous sommes aujourd'hui vendredi. Mercredi prochain, j'irai fumer mon cigare chez vous, rue Pergolèse, à quatre heures de l'après-midi.

— Arsène Lupin, je vous attends.

Ils se serrèrent la main comme deux bons amis qui s'estiment à leur juste valeur, et le vieux policier se dirigea vers la porte.

— Ganimard !

Celui-ci se retourna.

— Qu'y a-t-il ?

— Ganimard, vous oubliez votre montre.

— Ma montre ?

— Oui, elle s'est égarée dans ma poche.

Il la rendit en s'excusant.

— Pardonne-moi… une mauvaise habitude… Mais ce n'est pas une raison parce qu'ils m'ont pris la mienne pour que je vous prive de la vôtre. D'autant que j'ai là un chronomètre dont je n'ai pas à me plaindre, et qui satisfait pleinement à mes besoins.

Il sortit du tiroir une large montre en or, épaisse et confortable, ornée d'une lourde chaîne.

— Et celle-ci, de quelle poche vient-elle ? demanda Ganimard.

Arsène Lupin examina négligemment les initiales.

— J. B… Qui diable cela peut-il bien être ?… Ah ! oui, je me souviens, Jules Bouvier, mon juge d'instruction, un homme charmant…

L'évasion d'Arsène Lupin

Au moment où Arsène Lupin, son repas achevé, tirait de sa poche un beau cigare bagué d'or et l'examinait avec complaisance, la porte de la cellule s'ouvrit. Il n'eut que le temps de le jeter dans le tiroir et de s'éloigner de la table. Le gardien entra, c'était l'heure de la promenade.

– Je vous attendais, mon cher ami, s'écria Lupin, toujours de bonne humeur.

Ils sortirent. Ils avaient à peine disparu à l'angle du couloir, que deux hommes à leur tour pénétrèrent dans la cellule et en commencèrent l'examen minutieux. L'un était l'inspecteur Dieuzy, l'autre l'inspecteur Folenfant.

On voulait en finir. Il n'y avait point de doute : Arsène Lupin conservait des intelligences avec le dehors et communiquait avec ses affidés. La veille encore, *Le Grand Journal* publiait ces lignes adressées à son collaborateur judiciaire :

Monsieur,

Dans un article paru ces jours-ci vous vous êtes exprimé sur moi en des termes que rien ne saurait justifier. Quelques jours avant l'ouverture de mon procès, j'irai vous en demander compte.

Salutations distinguées,

Arsène LUPIN

L'écriture était bien d'Arsène Lupin. Donc il envoyait des lettres. Donc il en recevait. Donc il était certain qu'il préparait cette évasion annoncée par lui d'une façon si arrogante.

La situation devenait intolérable. D'accord avec le juge d'instruction, le chef de la Sûreté, M. Dudouis, se rendit lui-même à la Santé pour exposer au directeur de la prison les mesures qu'il convenait de prendre. Et, dès son arrivée, il envoya deux de ses hommes dans la cellule du détenu.

Ils levèrent chacune des dalles, démontèrent le lit, firent tout ce qu'il est habituel de faire en pareil cas, et finalement ne découvrirent rien.

Ils allaient renoncer à leurs investigations, lorsque le gardien accourut en toute hâte et leur dit :

— Le tiroir… regardez le tiroir de la table. Quand je suis entré, il m'a semblé qu'il le repoussait.

Ils regardèrent, et Dieuzy s'écria :

— Pour Dieu, cette fois, nous le tenons, le client.

Folenfant l'arrêta.

— Halte-là, mon petit, le chef fera l'inventaire.

— Pourtant, ce cigare de luxe…

— Laisse le havane, et prévenons le chef.

Deux minutes après, M. Dudouis explorait le tiroir. Il y trouva d'abord une liasse d'articles de journaux découpés par l'*Argus de la presse* et qui concernaient Arsène Lupin, puis une blague à tabac, une pipe, du papier dit pelure d'oignon, et enfin deux livres.

Il en regarda le titre. C'était *Le Culte des héros* de Carlyle, édition anglaise, et un elzévir charmant, à reliure du temps, le *Manuel* d'Épictète, traduction allemande publiée à Leyde en 1634. Les ayant feuilletés, il constata que toutes les pages étaient balafrées, soulignées, annotées. Était-ce là signes conventionnels ou bien de ces marques qui montrent la ferveur que l'on a pour un livre ?

— Nous verrons cela en détail, dit M. Dudouis.

Il explora la blague à tabac, la pipe. Puis, saisissant le fameux cigare bagué d'or :

— Fichtre, il se met bien, notre ami, s'écria-t-il, un Henri Clet !

D'un geste machinal de fumeur, il le porta près de son oreille et le fit craquer. Et aussitôt une exclamation lui échappa. Le cigare avait molli sous la pression de ses doigts. Il l'examina avec plus d'attention et ne tarda pas à distinguer quelque chose de blanc entre les feuilles de tabac. Et délicatement, à l'aide d'une épingle, il attirait un rouleau de papier très fin, à peine gros comme un cure-dent. C'était un billet. Il le déroula et lut ces mots, d'une menue écriture de femme :

Le panier a pris la place de l'autre. Huit sur dix sont préparées. En appuyant du pied extérieur, la plaque se soulève de haut en bas. De douze à seize tous les jours, H-P attendra. Mais où ? Réponse immédiate. Soyez tranquille, votre amie veille sur vous.

M. Dudouis réfléchit un instant et dit :

— C'est suffisamment clair… le panier… les huit cases… De douze à seize, c'est-à-dire de midi à quatre heures…

— Mais ce H-P, qui attendra ?

— H-P en l'occurrence, doit signifier automobile, H-P, horse power, n'est-ce pas ainsi qu'en langage sportif, on désigne la force d'un moteur ? Une vingt-quatre H-P, c'est une automobile de vingt-quatre chevaux.

Il se leva et demanda :

— Le détenu finissait de déjeuner ?

— Oui.

— Et comme il n'a pas encore lu ce message ainsi que le prouve l'état du cigare, il est probable qu'il venait de le recevoir.

— Comment ?

— Dans ses aliments, au milieu de son pain ou d'une pomme de terre, que sais-je ?

— Impossible, on ne l'a autorisé à faire venir sa nourriture que pour le prendre au piège, et nous n'avons rien trouvé.

— Nous chercherons ce soir la réponse de Lupin. Pour le moment, retenez-le hors de sa cellule. Je vais porter ceci à monsieur le juge d'instruction. S'il est de mon avis, nous ferons immédiatement photographier la lettre, et dans une heure vous pourrez remettre dans le tiroir, outre ces objets, un cigare identique contenant le message original lui-même. Il faut que le détenu ne se doute de rien.

Ce n'est pas sans une certaine curiosité que M. Dudouis s'en retourna le soir au greffe de la Santé en compagnie de l'inspecteur Dieuzy. Dans un coin, sur le poêle, trois assiettes s'étalaient.

— Il a mangé ?

— Oui, répondit le directeur.

— Dieuzy, veuillez couper en morceaux très minces ces quelques brins de macaroni et ouvrir cette boulette de pain… Rien ?

— Non, chef.

M. Dudouis examina les assiettes, la fourchette, la cuiller, enfin le couteau, un couteau réglementaire à lame ronde. Il en fit tourner le manche à gauche, puis à droite. À droite le manche céda et se dévissa. Le couteau était creux et servait d'étui à une feuille de papier.

– Peuh ! fit-il, ce n'est pas bien malin pour un homme comme Arsène. Mais ne perdons pas de temps. Vous, Dieuzy, allez donc faire une enquête dans ce restaurant.

Puis il lut :

Je m'en remets à vous, H-P suivra de loin, chaque jour. J'irai au-devant. À bientôt, chère et admirable amie.

– Enfin, s'écria M. Dudouis, en se frottant les mains, je crois que l'affaire est en bonne voie. Un petit coup de pouce de notre part, et l'évasion réussit… assez du moins pour nous permettre de pincer les complices.

– Et si Arsène Lupin vous glisse entre les doigts ? objecta le directeur.

– Nous emploierons le nombre d'hommes nécessaire. Si cependant il y mettait trop d'habileté… ma foi, tant pis pour lui ! Quant à la bande, puisque le chef refuse de parler, les autres parleront.

*

Et de fait, il ne parlait pas beaucoup, Arsène Lupin. Depuis des mois M. Jules Bouvier, le juge d'instruction, s'y évertuait vainement. Les interrogatoires se réduisaient à des colloques dépourvus d'intérêt entre le juge et l'avocat maître Danval, un des princes du barreau, lequel d'ailleurs en savait sur l'inculpé à peu près autant que le premier venu.

De temps à autre, par politesse, Arsène Lupin laissait tomber :

— Mais oui, monsieur le juge, nous sommes d'accord : le vol du Crédit Lyonnais, le vol de la rue de Babylone, l'émission des faux billets de banque, l'affaire des polices d'assurance, le cambriolage des châteaux d'Armesnil, de Gouret, d'Imblevain, des Groseillers, du Malaquis, tout cela c'est de votre serviteur.

— Alors, pourriez-vous m'expliquer…

— Inutile, j'avoue tout en bloc, tout et même dix fois plus que vous n'en supposez.

De guerre lasse, le juge avait suspendu ces interrogatoires fastidieux. Après avoir eu connaissance des deux billets interceptés, il les reprit. Et, régulièrement, à midi, Arsène Lupin fut amené, de la Santé au Dépôt, dans la voiture pénitentiaire, avec un certain nombre de détenus. Ils en repartaient vers trois ou quatre heures.

Or, un après-midi, ce retour s'effectua dans des conditions particulières. Les autres détenus de la Santé n'ayant pas encore été questionnés, on décida de reconduire d'abord Arsène Lupin. Il monta donc seul dans la voiture.

Ces voitures pénitentiaires, vulgairement appelées « paniers à salade », sont divisées dans leur longueur par un couloir central sur lequel s'ouvrent dix cases, cinq à droite et cinq à gauche. Chacune de ces cases est disposée de telle façon que l'on doit s'y tenir assis, et que les cinq prisonniers, par conséquent, sont assis les uns sur les autres, tout en étant séparés les uns des autres par des cloisons parallèles. Un garde municipal, placé à l'extrémité, surveille le couloir.

Arsène fut introduit dans la troisième cellule de droite, et la lourde voiture s'ébranla. Il se rendit compte que l'on quittait le quai de l'Horloge et que l'on passait devant le palais de justice. Alors, vers le milieu du pont Saint-Michel, il appuya, du pied extérieur, c'est-à-dire du pied droit, ainsi qu'il le faisait chaque fois, sur la plaque de tôle qui fermait sa cellule. Tout de suite quelque chose se déclencha, et la plaque de tôle s'écarta insensiblement. Il put constater qu'il se trouvait juste entre les deux roues.

Il attendit, l'œil aux aguets. La voiture monta au pas le boulevard Saint-Michel. Au carrefour Saint-Germain, elle s'arrêta. Le cheval d'un camion s'était abattu. La circulation étant interrompue, très vite ce fut un encombrement de fiacres et d'omnibus.

Arsène Lupin passa la tête. Une autre voiture pénitentiaire stationnait le long de celle qu'il occupait. Il souleva davantage la tôle, mit le pied sur un des rayons de la grande roue et sauta à terre.

Un cocher le vit, s'esclaffa de rire, puis voulut appeler. Mais sa voix se perdit dans le fracas des véhicules qui s'écoulaient de nouveau. D'ailleurs Arsène Lupin était loin déjà.

Il avait fait quelques pas en courant ; mais sur le trottoir de gauche, il se retourna, jeta un regard circulaire, sembla prendre le vent, comme quelqu'un qui ne sait encore trop quelle direction il va suivre. Puis, résolu, il mit les mains dans ses poches, et de l'air insouciant d'un promeneur qui flâne, il continua de monter le boulevard.

Le temps était doux, un temps heureux et léger d'automne. Les cafés étaient pleins. Il s'assit à la terrasse de l'un d'eux.

Il commanda un bock et un paquet de cigarettes. Il vida son verre à petites gorgées, fuma tranquillement une cigarette, en alluma une seconde. Enfin, s'étant levé, il pria le garçon de faire venir le gérant.

Le gérant vint, et Arsène lui dit, assez haut pour être entendu de tous :

— Je suis désolé, monsieur, j'ai oublié mon porte-monnaie. Peut-être mon nom vous est-il assez connu pour que vous me consentiez un crédit de quelques jours : Arsène Lupin.

Le gérant le regarda, croyant à une plaisanterie. Mais Arsène répéta :

— Lupin, détenu à la Santé, actuellement en état d'évasion. J'ose croire que ce nom vous inspire toute confiance.

Et il s'éloigna, au milieu des rires, sans que l'autre songeât à réclamer.

Il traversa la rue Soufflot en biais et prit la rue Saint-Jacques. Il la suivit paisiblement, s'arrêtant aux vitrines et fumant des cigarettes. Boulevard de Port-Royal, il s'orienta, se renseigna, et marcha droit vers la rue de la Santé. Les hauts murs moroses de la prison se dressèrent bientôt. Les ayant longés, il arriva près du garde municipal qui montait la faction, et retirant son chapeau :

— C'est bien ici la prison de la Santé ?

— Oui.

— Je désirerais regagner ma cellule. La voiture m'a laissé en route et je ne voudrais pas abuser…

Le garde grogna :

– Dites donc, l'homme, passez votre chemin, et plus vite que ça.

– Pardon, pardon, c'est que mon chemin passe par cette porte. Et si vous empêchez Arsène Lupin de la franchir, cela pourrait vous coûter gros, mon ami.

– Arsène Lupin ! qu'est-ce que vous me chantez là !

– Je regrette de n'avoir pas ma carte, dit Arsène, affectant de fouiller ses poches.

Le garde le toisa des pieds à la tête, abasourdi. Puis, sans un mot, comme malgré lui, il tira une sonnette. La porte de fer s'entrebâilla.

Quelques minutes après, le directeur accourut jusqu'au greffe, gesticulant et feignant une colère violente. Arsène sourit :

– Allons, monsieur le directeur, ne jouez pas au plus fin avec moi. Comment ! on a la précaution de me ramener seul dans la voiture, on prépare un bon petit encombrement, et l'on s'imagine que je vais prendre mes jambes à mon cou pour rejoindre mes amis. Eh bien, et les vingt agents de la Sûreté qui nous escortaient à pied, en fiacre et à bicyclette ? Non, ce qu'ils m'auraient arrangé ! Je n'en serais pas sorti vivant. Dites donc, monsieur le directeur, c'est peut-être là-dessus que l'on comptait ?

Il haussa les épaules et ajouta :

– Je vous en prie, monsieur le directeur, qu'on ne s'occupe pas de moi. Le jour où je voudrai m'échapper, je n'aurai besoin de personne.

Le surlendemain, *L'Écho de France*, qui décidément devenait le moniteur officiel des exploits d'Arsène Lupin – on disait qu'il en était un des principaux commanditaires –, *L'Écho de France* publiait les détails les plus complets sur cette tentative d'évasion. Le texte même des billets échangés entre le détenu et sa mystérieuse amie, les moyens employés pour cette correspondance, la complicité de la police, la promenade du boulevard Saint-Michel, l'incident du café Soufflot, tout était dévoilé. On savait que les recherches de l'inspecteur Dieuzy auprès des garçons du restaurant n'avaient donné aucun résultat. Et l'on apprenait en outre cette chose stupéfiante, qui montrait l'infinie variété des ressources dont cet homme disposait : la voiture pénitentiaire dans laquelle on l'avait transporté était une voiture entièrement truquée, que sa bande avait substituée à l'une des six voitures habituelles qui composent le service des prisons.

L'évasion prochaine d'Arsène Lupin ne fit plus de doute pour personne. Lui-même d'ailleurs l'annonçait en termes catégoriques, comme le prouva sa réponse à M. Bouvier, au lendemain de l'incident. Le juge raillant son échec, il le regarda et lui dit froidement :

— Écoutez bien ceci, monsieur, et croyez-m'en sur parole : cette tentative d'évasion faisait partie de mon plan d'évasion.

— Je ne comprends pas, ricana le juge.

— Il est inutile que vous compreniez.

Et comme le juge, au cours de cet interrogatoire qui parut tout au long dans les colonnes de *L'Écho de France*, comme le juge revenait à son instruction, il s'écria d'un air de lassitude :

— Mon Dieu, mon Dieu, à quoi bon ! toutes ces questions n'ont aucune importance !

— Comment, aucune importance ?

— Mais non, puisque je n'assisterai pas à mon procès.

— Vous n'assisterez pas…

— Non, c'est une idée fixe, une décision irrévocable. Rien ne me fera transiger.

Une telle assurance, les indiscrétions inexplicables qui se commettaient chaque jour, agaçaient et déconcertaient la justice. Il y avait là des secrets qu'Arsène Lupin était seul à connaître, et dont la divulgation par conséquent ne pouvait provenir que de lui. Mais dans quel but les dévoilait-il ? et comment ?

On changea Arsène Lupin de cellule. Un soir, il descendit à l'étage inférieur. De son côté, le juge boucla son instruction et renvoya l'affaire à la chambre des mises en accusation.

Ce fut le silence. Il dura deux mois. Arsène les passa étendu sur son lit, le visage presque toujours tourné contre le mur. Ce changement de cellule semblait l'avoir abattu. Il refusa de recevoir son avocat. À peine échangeait-il quelques mots avec ses gardiens.

Dans la quinzaine qui précéda son procès, il parut se ranimer. Il se plaignit du manque d'air. On le fit sortir dans la cour, le matin, de très bonne heure, flanqué de deux hommes.

La curiosité publique cependant ne s'était pas affaiblie. Chaque jour on avait attendu la nouvelle de son évasion. On la souhaitait presque, tellement le personnage plaisait à la foule avec sa verve, sa gaieté, sa diversité, son génie d'invention et le mystère de sa vie. Arsène Lupin devait s'évader. C'était inévitable, fatal. On s'étonnait même que cela tardât si longtemps. Tous les matins le préfet de police demandait à son secrétaire :

— Eh bien, il n'est pas encore parti ?

— Non, monsieur le préfet.

— Ce sera donc pour demain.

Et, la veille du procès, un monsieur se présenta dans les bureaux du *Grand Journal*, demanda le collaborateur judiciaire, lui jeta sa carte au visage, et s'éloigna rapidement. Sur la carte, ces mots étaient inscrits: « Arsène Lupin tient toujours ses promesses. »

*

C'est dans ces conditions que les débats s'ouvrirent.

L'affluence y fut énorme. Personne qui ne voulût voir le fameux Arsène Lupin et ne savourât d'avance la façon dont il se jouerait du président. Avocats et magistrats, chroniqueurs et mondains, artistes et femmes du monde, le Tout-Paris se pressa sur les bancs de l'audience.

Il pleuvait, dehors le jour était sombre, on vit mal Arsène Lupin lorsque les gardes l'eurent introduit. Cependant son attitude lourde, la manière dont il se laissa tomber à sa place, son immobilité indifférente et passive, ne prévinrent pas en sa faveur. Plusieurs fois son avocat – un des secrétaires de Me Danval, celui-ci ayant jugé indigne de lui le rôle auquel il était réduit – plusieurs fois son avocat lui adressa la parole. Il hochait la tête et se taisait.

Le greffier lut l'acte d'accusation, puis le président prononça:

— Accusé, levez-vous. Votre nom, prénom, âge et profession ?

Ne recevant pas de réponse, il répéta:

— Votre nom ? Je vous demande votre nom ?

Une voix épaisse et fatiguée articula:

— Baudru, Désiré.

Il y eut des murmures. Mais le président repartit :

– Baudru, Désiré ? Ah ! bien, un nouvel avatar ! Comme c'est à peu près le huitième nom auquel vous prétendez, et qu'il est sans doute aussi imaginaire que les autres, nous nous en tiendrons, si vous le voulez bien, à celui d'Arsène Lupin, sous lequel vous êtes plus avantageusement connu.

Le président consulta ses notes et reprit :

– Car, malgré toutes les recherches, il a été impossible de reconstituer votre identité. Vous présentez ce cas assez original dans notre société moderne de n'avoir point de passé. Nous ne savons qui vous êtes, d'où vous venez, où s'est écoulée votre enfance, bref, rien. Vous jaillissez tout d'un coup, il y a trois ans, on ne sait au juste de quel milieu, pour vous révéler tout d'un coup Arsène Lupin, c'est-à-dire un composé bizarre d'intelligence et de perversion, d'immoralité et de générosité. Les données que nous avons sur vous avant cette époque sont plutôt des suppositions. Il est probable que le nommé Rostat qui travailla, il y a huit ans, aux côtés du prestidigitateur Dickson n'était autre qu'Arsène Lupin. Il est probable que l'étudiant russe qui fréquenta, il y a six ans, le laboratoire du Dr Altier, à l'hôpital Saint-Louis, et qui souvent surprit le maître par l'ingéniosité de ses hypothèses sur la bactériologie et la hardiesse de ses expériences dans les maladies de la peau, n'était autre qu'Arsène Lupin. Arsène Lupin, également, le professeur de lutte japonaise qui s'établit à Paris bien avant qu'on n'y parlât du jiu-jitsu. Arsène Lupin, croyons-nous, le coureur cycliste qui gagna le Grand Prix de l'Exposition, toucha ses 10000 francs et ne reparut plus. Arsène Lupin peut-être aussi celui qui sauva tant de gens par la petite lucarne du Bazar de la Charité… et les dévalisa.

Et, après une pause, le président conclut :

— Telle est cette époque, qui semble n'avoir été qu'une préparation minutieuse à la lutte que vous avez entreprise contre la société, un apprentissage méthodique où vous portiez au plus haut point votre force, votre énergie et votre adresse. Reconnaissez-vous l'exactitude de ces faits ?

Pendant ce discours, l'accusé s'était balancé d'une jambe sur l'autre, le dos rond, les bras inertes. Sous la lumière plus vive, on remarqua son extrême maigreur, ses joues creuses, ses pommettes étrangement saillantes, son visage couleur de terre, marbré de petites plaques rouges, et encadré d'une barbe inégale et rare. La prison l'avait considérablement vieilli et flétri. On ne reconnaissait plus la silhouette élégante et le jeune visage dont les journaux avaient publié si souvent le portrait sympathique.

On eût dit qu'il n'avait pas entendu la question qu'on lui posait. Deux fois elle lui fut répétée. Alors il leva les yeux, parut réfléchir, puis, faisant un effort violent, murmura :

— Baudru, Désiré.

Le président se mit à rire.

— Je ne me rends pas un compte exact du système de défense que vous avez adopté, Arsène Lupin. Si c'est de jouer les imbéciles et les irresponsables, libre à vous. Quant à moi, j'irai droit au but sans me soucier de vos fantaisies.

Et il entra dans le détail des vols, escroqueries et faux reprochés à Lupin. Parfois il interrogeait l'accusé. Celui-ci poussait un grognement ou ne répondait pas.

Le défilé des témoins commença. Il y eut plusieurs dépositions insignifiantes, d'autres plus sérieuses, qui toutes avaient ce caractère commun de se contredire les unes les autres. Une obscurité troublante enveloppait les débats, mais l'inspecteur principal Ganimard fut introduit, et l'intérêt se réveilla.

Dès le début, toutefois, le vieux policier causa une certaine déception. Il avait l'air, non pas intimidé – il en avait vu bien d'autres –, mais inquiet, mal à l'aise. Plusieurs fois, il tourna les yeux vers l'accusé avec une gêne visible. Cependant, les deux mains appuyées à la barre, il racontait les incidents auxquels il avait été mêlé, sa poursuite à travers l'Europe, son arrivée en Amérique. Et on l'écoutait avec avidité, comme on écouterait le récit des plus passionnantes aventures. Mais, vers la fin, ayant fait allusion à ses entretiens avec Arsène Lupin, à deux reprises il s'arrêta, distrait, indécis.

Il était clair qu'une autre pensée l'obsédait. Le président lui dit :

— Si vous êtes souffrant, il vaudrait mieux interrompre votre témoignage.

— Non, non, seulement…

Il se tut, regarda l'accusé longuement, profondément, puis il dit :

— Je demande l'autorisation d'examiner l'accusé de plus près. Il y a là un mystère qu'il faut que j'éclaircisse.

Il s'approcha, le considéra plus longuement encore, de toute son attention concentrée, puis il retourna à la barre. Et là, d'un ton un peu solennel, il prononça :

— Monsieur le président, j'affirme que l'homme qui est ici, en face de moi, n'est pas Arsène Lupin.

Un grand silence accueillit ces paroles. Le président, interloqué d'abord, s'écria :

— Ah ! ça, que dites-vous ! vous êtes fou.

L'inspecteur affirma posément :

— À première vue, on peut se laisser prendre à une ressemblance, qui existe en effet, je l'avoue, mais il suffit d'une seconde d'attention. Le nez, la bouche, les cheveux, la couleur de la peau... enfin quoi : ce n'est pas Arsène Lupin. Et les yeux donc ! a-t-il jamais eu ces yeux d'alcoolique ?

— Voyons, voyons, expliquons-nous. Que prétendez-vous, témoin ?

— Est-ce que je sais ! Il aura mis en son lieu et place un pauvre diable que l'on allait condamner en son lieu et place... À moins que ce ne soit un complice.

Des cris, des rires, des exclamations partaient de tous côtés dans la salle qu'agitait ce coup de théâtre inattendu. Le président fit mander le juge d'instruction, le directeur de la Santé, les gardiens, et suspendit l'audience.

À la reprise, M. Bouvier et le directeur, mis en présence de l'accusé, déclarèrent qu'il n'y avait entre Arsène Lupin et cet homme qu'une très vague similitude de traits.

— Mais alors, s'écria le président, quel est cet homme ? D'où vient-il ? comment se trouve-t-il entre les mains de la justice ?

On introduisit les deux gardiens de la Santé. Contradiction stupéfiante, ils reconnurent le détenu dont ils avaient la surveillance à tour de rôle ! Le président respira.

Mais l'un des gardiens reprit :

— Oui, oui, je crois bien que c'est lui.

— Comment, vous croyez ?

— Dame, je l'ai à peine vu. On me l'a livré le soir, et, depuis deux mois, il reste toujours couché contre le mur.

— Mais, avant ces deux mois ?

— Ah ! avant, il n'occupait pas la cellule 24.

Le directeur de la prison précisa ce point :

— Nous avons changé le détenu de cellule après sa tentative d'évasion.

— Mais vous, monsieur le directeur, vous l'avez vu depuis deux mois ?

— Je n'ai pas eu l'occasion de le voir… il se tenait tranquille.

— Et cet homme-là n'est pas le détenu qui vous a été remis ?

— Non.

— Alors, qui est-il ?

— Je ne saurais dire.

— Nous sommes donc en présence d'une substitution qui se serait effectuée il y a deux mois. Comment l'expliquez-vous ?

— C'est impossible.

— Alors ?

En désespoir de cause, le président se tourna vers l'accusé et, d'une voix engageante :

— Voyons, accusé, pourriez-vous m'expliquer comment et depuis quand vous êtes entre les mains de la justice ?

On eût dit que ce ton bienveillant désarmait la méfiance ou stimulait l'entendement de l'homme. Il essaya de répondre. Enfin, habilement et doucement interrogé, il réussit à rassembler quelques phrases, d'où il ressortait ceci : deux mois auparavant, il avait été amené au Dépôt. Il y avait passé une nuit et une matinée. Possesseur d'une somme de soixante-quinze centimes, il avait été relâché. Mais, comme il traversait la cour, deux gardes le prenaient par le bras et le conduisaient jusqu'à la voiture pénitentiaire. Depuis, il vivait dans la cellule 24, pas malheureux… on y mange bien… on n'y dort pas mal… Aussi n'avait-il pas protesté…

Tout cela paraissait vraisemblable. Au milieu des rires et d'une grande effervescence, le président renvoya l'affaire à une autre session pour supplément d'enquête.

*

L'enquête, tout de suite, établit ce fait consigné sur le registre d'écrou : huit semaines auparavant, un nommé Baudru Désiré avait couché au Dépôt. Libéré le lendemain, il quittait le Dépôt à deux heures de l'après-midi. Or, ce jour-là, à deux heures, interrogé pour la dernière fois, Arsène Lupin sortait de l'instruction et repartait en voiture pénitentiaire.

Les gardiens avaient-ils commis une erreur ? Trompés par la ressemblance, avaient-ils eux-mêmes, dans une minute d'inattention, substitué cet homme à leur prisonnier ? Il eût fallu vraiment qu'ils y missent une complaisance que leurs états de service ne permettaient pas de supposer.

La substitution était-elle combinée d'avance ? Outre que la disposition des lieux rendait la chose presque irréalisable, il eût été nécessaire en ce cas que Baudru fût un complice, et qu'il se fût fait arrêter dans le but précis de prendre la place d'Arsène Lupin.

Mais alors, par quel miracle un tel plan, uniquement fondé sur une série de chances invraisemblables, de rencontres fortuites et d'erreurs fabuleuses, avait-il pu réussir ?

On fit passer Désiré Baudru au service anthropométrique : il n'y avait pas de fiches correspondant à son signalement. Du reste on retrouva aisément ses traces. À Courbevoie, à Asnières, à Levallois, il était connu. Il vivait d'aumônes et couchait dans une de ces cahutes de chiffonniers qui s'entassent près de la barrière des Ternes. Depuis un an cependant il avait disparu.

Avait-il été embauché par Arsène Lupin ? Rien n'autorisait à le croire. Et quand cela eût été, on n'en eût pas su davantage sur la fuite du prisonnier. Le prodige demeurait le même. Des vingt hypothèses qui tentaient de l'expliquer, aucune n'était satisfaisante. L'évasion seule ne faisait pas de doute, et une évasion incompréhensible, impressionnante, où le public, de même que la justice, sentait l'effort d'une longue préparation, un ensemble d'actes merveilleusement enchevêtrés les uns dans les autres, et dont le dénouement justifiait l'orgueilleuse prédiction d'Arsène Lupin : « Je n'assisterai pas à mon procès. »

Au bout d'un mois de recherches minutieuses, l'énigme se présentait avec le même caractère indéchiffrable. On ne pouvait cependant pas garder indéfiniment ce pauvre diable de Baudru. Son procès eût été ridicule : quelles charges avait-on contre lui ? Sa mise en liberté fut signée par le juge d'instruction. Mais le chef de la Sûreté résolut d'établir autour de lui une surveillance active.

L'idée provenait de Ganimard. À son point de vue, il n'y avait ni complicité, ni hasard. Baudru était un instrument dont Arsène Lupin avait joué avec son extraordinaire habileté. Baudru libre, par lui on remonterait jusqu'à Arsène Lupin ou du moins jusqu'à quelqu'un de sa bande.

On adjoignit à Ganimard les deux inspecteurs Folenfant et Dieuzy, et un matin de janvier, par un temps brumeux, les portes de la prison s'ouvrirent devant Baudru Désiré.

Il parut d'abord assez embarrassé, et marcha comme un homme qui n'a pas d'idées bien précises sur l'emploi de son temps. Il suivit la rue de la Santé et la rue Saint-Jacques. Devant la boutique d'un fripier, il enleva sa veste et son gilet, vendit son gilet moyennant quelques sous, et, remettant sa veste, s'en alla.

Il traversa la Seine. Au Châtelet un omnibus le dépassa. Il voulut y monter. Il n'y avait pas de place. Le contrôleur lui conseillant de prendre un numéro, il entra dans la salle d'attente.

À ce moment, Ganimard appela ses deux hommes près de lui, et, sans quitter de vue le bureau, il leur dit en hâte :

– Arrêtez une voiture… non, deux, c'est plus prudent. J'irai avec l'un de vous et nous le suivrons.

Les hommes obéirent. Baudru cependant ne paraissait pas. Ganimard s'avança : il n'y avait personne dans la salle.

– Idiot que je suis, murmura-t-il, j'oubliais la seconde issue.

Le bureau communique, en effet, par un couloir intérieur, avec celui de la rue Saint-Martin. Ganimard s'élança. Il arriva juste à temps pour apercevoir Baudru sur l'impériale de Batignolles-Jardin des Plantes qui tournait au coin de la rue de Rivoli.

Il courut et rattrapa l'omnibus. Mais il avait perdu ses deux agents. Il était seul à continuer la poursuite.

Dans sa fureur, il fut sur le point de le prendre au collet sans plus de formalité. N'était-ce pas avec préméditation et par une ruse ingénieuse que ce soi-disant imbécile l'avait séparé de ses auxiliaires ?

Il regarda Baudru. Il somnolait sur la banquette, et sa tête ballottait de droite et de gauche. La bouche un peu entrouverte, son visage avait une incroyable expression de bêtise. Non, ce n'était pas là un adversaire capable de rouler le vieux Ganimard. Le hasard l'avait servi, voilà tout.

Au carrefour des Galeries-Lafayette l'homme sauta de l'omnibus dans le tramway de La Muette. On suivit le boulevard Haussmann, l'avenue Victor-Hugo. Baudru ne descendit que devant la station de La Muette. Et d'un pas nonchalant il s'enfonça dans le bois de Boulogne.

Il passait d'une allée à l'autre, revenait sur ses pas, s'éloignait. Que cherchait-il ? Avait-il un but ?

Après une heure de ce manège, il semblait harassé de fatigue. De fait, avisant un banc, il s'assit. L'endroit, situé non loin d'Auteuil, au bord d'un petit lac caché parmi les arbres, était absolument désert. Une demi-heure s'écoula. Impatienté, Ganimard résolut d'entrer en conversation.

Il s'approcha donc et prit place aux côtés de Baudru. Il alluma une cigarette, traça des ronds sur le sable du bout de sa canne, et dit :

— Il ne fait pas chaud.

Un silence. Et soudain, dans ce silence un éclat de rire retentit, mais un rire joyeux, heureux, le rire d'un enfant pris de fou rire, et qui ne peut pas s'empêcher de rire. Nettement, réellement, Ganimard sentit ses cheveux se hérisser sur le cuir soulevé de son crâne. Ce rire, ce rire infernal qu'il connaissait si bien !...

D'un geste brusque, il saisit l'homme par les parements de sa veste et le regarda profondément, violemment, mieux encore qu'il ne l'avait regardé aux Assises, et en vérité ce ne fut plus l'homme qu'il vit. C'était l'homme, mais c'était en même temps l'autre, le vrai.

Aidé par une volonté complice, il retrouvait la vie ardente des yeux, il complétait le masque amaigri, il apercevait la chair réelle sous l'épiderme abîmé, la bouche réelle à travers le rictus qui la déformait. Et c'étaient les yeux de l'autre, la bouche de l'autre, c'était surtout son expression aiguë, vivante, moqueuse, spirituelle, si claire et si jeune !

— Arsène Lupin, Arsène Lupin, balbutia-t-il.

Et subitement, pris de rage, lui serrant la gorge, il tenta de le renverser. Malgré ses cinquante ans, il était encore d'une vigueur peu commune, tandis que son adversaire semblait en assez mauvaise condition. Et puis, quel coup de maître s'il parvenait à le ramener !

La lutte fut courte. Arsène Lupin se défendit à peine, et, aussi promptement qu'il avait attaqué, Ganimard lâcha prise. Son bras droit pendait inerte, engourdi.

— Si l'on vous apprenait le jiu-jitsu au quai des Orfèvres, déclara Lupin, vous sauriez que ce coup s'appelle *udi-shi-ghi* en japonais.

Et il ajouta froidement :

— Une seconde de plus je vous cassais le bras, et vous n'auriez eu que ce que vous méritez. Comment, vous, un vieil ami, que j'estime, devant qui je dévoile spontanément mon incognito, vous abusez de ma confiance ! C'est mal… Eh bien, quoi, qu'avez-vous ?

Ganimard se taisait. Cette évasion dont il se jugeait responsable – n'était-ce pas lui qui, par sa déposition sensationnelle, avait induit la justice en erreur ? –, cette évasion lui semblait la honte de sa carrière. Une larme roula vers sa moustache grise.

— Eh ! mon Dieu, Ganimard, ne vous faites pas de bile : si vous n'aviez pas parlé, je me serais arrangé pour qu'un autre parlât. Voyons, pouvais-je admettre que l'on condamnât Baudru Désiré ?

— Alors, murmura Ganimard, c'était vous qui étiez là-bas ? c'est vous qui êtes ici !

— Moi, toujours moi, uniquement moi.

— Est-ce possible ?

— Oh ! point n'est besoin d'être sorcier. Il suffit, comme l'a dit ce brave président, de se préparer pendant une douzaine d'années pour être prêt à toutes les éventualités.

— Mais votre visage ? Vos yeux ?

— Vous comprenez bien que si j'ai travaillé dix-huit mois à Saint-Louis avec le Dr Altier, ce n'est pas par amour de l'art. J'ai pensé que celui qui aurait un jour l'honneur de s'appeler Arsène Lupin, devait se soustraire aux lois ordinaires de l'apparence et de l'identité. L'apparence ? Mais on la modifie à son gré. Telle injection hypodermique de paraffine vous boursoufle la peau juste à l'endroit choisi. L'acide pyrogallique vous transforme en mohican. Le suc de la grande chélidoine vous orne de dartres et de tumeurs du plus heureux effet. Tel procédé chimique agit sur la pousse de votre barbe et de vos cheveux, tel autre sur le son de votre voix. Joignez à cela deux mois de diète dans la cellule n° 24, des exercices mille fois répétés pour ouvrir ma bouche selon ce rictus, pour porter ma tête selon cette inclinaison et mon dos selon cette courbe. Enfin cinq gouttes d'atropine dans les yeux pour les rendre hagards et fuyants, et le tour est joué.

— Je ne conçois pas que les gardiens…

— La métamorphose a été progressive. Ils n'ont pu en remarquer l'évolution quotidienne.

— Mais Baudru Désiré ?

— Baudru existe. C'est un pauvre innocent, que j'ai rencontré l'an dernier, et qui vraiment n'est pas sans offrir avec moi une certaine analogie de traits. En prévision d'une arrestation toujours possible, je l'ai mis en sûreté, et je me suis appliqué à discerner dès l'abord les points de dissemblance qui nous séparaient, pour les atténuer en moi autant que cela se pouvait. Mes amis lui ont fait passer une nuit au Dépôt, de manière qu'il en sortît à peu près à la même heure que moi, et que la coïncidence fût facile à constater. Car, notez-le, il fallait qu'on retrouvât la trace de son passage, sans quoi la justice se fût demandé qui j'étais. Tandis qu'en lui offrant cet excellent Baudru, il était inévitable, vous entendez, inévitable qu'elle sauterait sur lui, et que malgré les difficultés insurmontables d'une substitution, elle préférerait croire à la substitution plutôt que d'avouer son ignorance.

— Oui, oui, en effet, murmura Ganimard.

— Et puis, s'écria Arsène Lupin, j'avais entre les mains un atout formidable, une carte machinée par moi dès le début : l'attente où tout le monde était de mon évasion. Et voilà bien l'erreur grossière où vous êtes tombés, vous et les autres, dans cette partie passionnante que la justice et moi nous avions engagée, et dont l'enjeu était ma liberté : vous avez supposé encore une fois que j'agissais par fanfaronnade, que j'étais grisé par mes succès ainsi qu'un blanc-bec. Moi, Arsène Lupin, une telle faiblesse ! Et, pas plus que dans l'affaire Cahorn, vous ne vous êtes dit : « Du moment qu'Arsène Lupin crie sur les toits qu'il s'évadera, c'est qu'il a des raisons qui l'obligent à le crier. » Mais, sapristi, comprenez donc que, pour m'évader… sans m'évader, il fallait que l'on crût d'avance à cette évasion, que ce fût un article de foi, une conviction absolue, une vérité éclatante comme le soleil. Et ce fut cela, de par ma volonté. Arsène Lupin s'évaderait, Arsène Lupin n'assisterait pas à son procès. Et quand vous vous êtes levé pour dire : « Cet homme n'est pas Arsène Lupin », il eût été surnaturel que tout le monde ne crût pas immédiatement que je n'étais pas Arsène Lupin. Qu'une seule personne doutât, qu'une seule émît cette simple restriction : « Et si c'était Arsène Lupin ? » à la minute même, j'étais perdu. Il suffisait de se pencher vers moi, non pas avec l'idée que je n'étais pas Arsène Lupin, comme vous l'avez fait vous et les autres, mais avec l'idée que je pouvais être Arsène Lupin, et malgré toutes mes précautions, on me reconnaissait. Mais j'étais tranquille. Logiquement, psychologiquement, personne ne pouvait avoir cette simple petite idée.

Il saisit tout à coup la main de Ganimard.

— Voyons, Ganimard, avouez que huit jours après notre entrevue dans la prison de la Santé, vous m'avez attendu à quatre heures, chez vous, comme je vous en avais prié ?

— Et votre voiture pénitentiaire ? dit Ganimard, évitant de répondre.

— Du bluff ! Ce sont mes amis qui ont rafistolé et substitué cette ancienne voiture hors d'usage et qui voulaient tenter le coup. Mais je le savais impraticable sans un concours de circonstances exceptionnelles. Seulement j'ai trouvé utile de parachever cette tentative d'évasion et de lui donner la plus grande publicité. Une première évasion audacieusement combinée donnait à la seconde la valeur d'une évasion réalisée d'avance.

— De sorte que le cigare…

— Creusé par moi ainsi que le couteau.

— Et les billets ?

— Écrits par moi.

— Et la mystérieuse correspondante ?

— Elle et moi nous ne faisons qu'un. J'ai toutes les écritures à volonté.

Ganimard réfléchit un instant et objecta :

— Comment se peut-il qu'au service d'anthropométrie, quand on a pris la fiche de Baudru, on ne se soit pas aperçu qu'elle coïncidait avec celle d'Arsène Lupin ?

— La fiche d'Arsène Lupin n'existe pas.

— Allons donc !

— Ou du moins elle est fausse. C'est une question que j'ai beaucoup étudiée. Le système Bertillon comporte d'abord le signalement visuel – et vous voyez qu'il n'est pas infaillible – et ensuite le signalement par mesures, mesure de la tête, des doigts, des oreilles, etc. Là-contre rien à faire.

— Alors ?

— Alors il a fallu payer. Avant même mon retour d'Amérique, un des employés du service acceptait tant pour inscrire une fausse mesure au début de ma mensuration. C'est suffisant pour que tout le système dévie, et qu'une fiche s'oriente vers une case diamétralement opposée à la case où elle devait aboutir. La fiche Baudru ne devait donc pas coïncider avec la fiche Arsène Lupin.

Il y eut encore un silence, puis Ganimard demanda :

— Et maintenant, qu'allez-vous faire ?

— Maintenant, s'exclama Lupin, je vais me reposer, suivre un régime de suralimentation et peu à peu redevenir moi. C'est très bien d'être Baudru ou tel autre, de changer de personnalité comme de chemise et de choisir son apparence, sa voix, son regard, son écriture. Mais il arrive que l'on ne s'y reconnaît plus dans tout cela et que c'est fort triste. Actuellement j'éprouve ce que devait éprouver l'homme qui a perdu son ombre. Je vais me rechercher… et me retrouver.

Il se promena de long en large. Un peu d'obscurité se mêlait à la lueur du jour. Il s'arrêta devant Ganimard.

— Nous n'avons plus rien à nous dire, je crois ?

— Si, répondit l'inspecteur, je voudrais savoir si vous révélerez la vérité sur votre évasion… L'erreur que j'ai commise…

— Oh ! personne ne saura jamais que c'est Arsène Lupin qui a été relâché. J'ai trop d'intérêt à accumuler autour de moi les ténèbres les plus mystérieuses, pour ne pas laisser à cette évasion son caractère presque miraculeux. Aussi, ne craignez rien, mon bon ami, et adieu. Je dîne en ville ce soir, et je n'ai que le temps de m'habiller.

— Je vous croyais si désireux de repos !

— Hélas ! il y a des obligations mondaines auxquelles on ne peut se soustraire. Le repos commencera demain.

— Et où dînez-vous donc ?

— À l'ambassade d'Angleterre.

Le mystérieux voyageur

La veille, j'avais envoyé mon automobile à Rouen par la route. Je devais l'y rejoindre en chemin de fer, et, de là, me rendre chez des amis qui habitent les bords de la Seine.

Or, à Paris, quelques minutes avant le départ, sept messieurs envahirent mon compartiment ; cinq d'entre eux fumaient. Si court que soit le trajet en rapide, la perspective de l'effectuer en une telle compagnie me fut désagréable, d'autant que le wagon, d'ancien modèle, n'avait pas de couloir. Je pris donc mon pardessus, mes journaux, mon indicateur, et me réfugiai dans un des compartiments voisins.

Une dame s'y trouvait. À ma vue, elle eut un geste de contrariété qui ne m'échappa point, et elle se pencha vers un monsieur planté sur le marchepied, son mari, sans doute, qui l'avait accompagnée à la gare. Le monsieur m'observa et l'examen se termina probablement à mon avantage, car il parla bas à sa femme, en souriant, de l'air dont on rassure un enfant qui a peur. Elle sourit à son tour, et me glissa un œil amical, comme si elle comprenait tout à coup que j'étais un de ces galants hommes avec qui une femme peut rester enfermée deux heures durant, dans une petite boîte de six pieds carrés, sans avoir rien à craindre.

Son mari lui dit :

— Tu ne m'en voudras pas, ma chérie, mais j'ai un rendez-vous urgent, et je ne puis attendre.

Il l'embrassa affectueusement, et s'en alla. Sa femme lui envoya par la fenêtre de petits baisers discrets, et agita son mouchoir.

Mais un coup de sifflet retentit. Le train s'ébranla.

À ce moment précis, et malgré les protestations des employés, la porte s'ouvrit, et un homme surgit dans notre compartiment. Ma compagne, qui était debout alors et rangeait ses affaires le long du filet, poussa un cri de terreur et tomba sur la banquette.

Je ne suis pas poltron, loin de là, mais j'avoue que ces irruptions de la dernière heure sont toujours pénibles. Elles semblent équivoques, peu naturelles. Il doit y avoir quelque chose là-dessous, sans quoi…

L'aspect du nouveau venu cependant, et son attitude, eussent plutôt atténué la mauvaise impression produite par son acte. De la correction, de l'élégance presque, une cravate de bon goût, des gants propres, un visage énergique… Mais, au fait, où diable avais-je vu ce visage ? Car, le doute n'était point possible, je l'avais vu. Du moins, plus exactement, je retrouvais en moi la sorte de souvenir que laisse la vision d'un portrait plusieurs fois aperçu et dont on n'a jamais contemplé l'original. Et, en même temps, je sentais l'inutilité de tout effort de mémoire, tellement ce souvenir était inconsistant et vague.

Mais, ayant reporté mon attention sur la dame, je fus stupéfait de sa pâleur et du bouleversement de ses traits. Elle regardait son voisin – ils étaient assis du même côté – avec une expression de réel effroi, et je constatai qu'une de ses mains, toute tremblante, se glissait vers un petit sac de voyage posé sur la banquette à vingt centimètres de ses genoux. Elle finit par le saisir et nerveusement l'attira contre elle.

Nos yeux se rencontrèrent, et je lus dans les siens tant de malaise et d'anxiété, que je ne pus m'empêcher de lui dire :

– Vous n'êtes pas souffrante, madame ?... Dois-je ouvrir cette fenêtre ?

Sans me répondre, elle me désigna d'un geste craintif l'individu. Je souris comme avait fait son mari, haussai les épaules et lui expliquai par signes qu'elle n'avait rien à redouter, que j'étais là, et d'ailleurs que ce monsieur semblait bien inoffensif.

À cet instant, il se tourna vers nous, l'un après l'autre nous considéra des pieds à la tête, puis se renfonça dans son coin et ne bougea plus.

Il y eut un silence, mais la dame, comme si elle avait ramassé toute son énergie pour accomplir un acte désespéré, me dit d'une voix à peine intelligible :

– Vous savez qu'il est dans notre train ?

– Qui ?

– Mais lui... lui... je vous assure.

– Qui, lui ?

– Arsène Lupin !

Elle n'avait pas quitté des yeux le voyageur et c'était à lui plutôt qu'à moi qu'elle lança les syllabes de ce nom inquiétant.

Il baissa son chapeau sur son nez. Était-ce pour masquer son trouble ou, simplement, se préparait-il à dormir ?

Je fis cette objection :

– Arsène Lupin a été condamné hier, par contumace, à vingt ans de travaux forcés. Il est donc peu probable qu'il commette aujourd'hui l'imprudence de se montrer en public. En outre, les journaux n'ont-ils pas signalé sa présence en Turquie, cet hiver, depuis sa fameuse évasion de la Santé ?

— Il se trouve dans ce train, répéta la dame, avec l'intention de plus en plus marquée d'être entendue de notre compagnon, mon mari est sous-directeur aux services pénitentiaires, et c'est le commissaire de la gare lui-même qui nous a dit qu'on cherchait Arsène Lupin.

— Ce n'est pas une raison…

— On l'a rencontré dans la salle des pas-perdus. Il a pris un billet de première classe pour Rouen.

— Il était facile de mettre la main sur lui.

— Il a disparu. Le contrôleur, à l'entrée des salles d'attente, ne l'a pas vu, mais on supposait qu'il avait passé par les quais de banlieue, et qu'il était monté dans l'express qui part dix minutes après nous.

— En ce cas, on l'y aura pincé.

— Et si, au dernier moment, il a sauté de cet express pour venir ici, dans notre train… comme c'est probable… comme c'est certain ?

— En ce cas, c'est ici qu'il sera pincé. Car les employés et les agents n'auront pas manqué de voir ce passage d'un train dans l'autre, et, lorsque nous arriverons à Rouen, on le cueillera bien proprement.

— Lui, jamais ! il trouvera le moyen de s'échapper encore.

— En ce cas, je lui souhaite bon voyage.

— Mais d'ici là, tout ce qu'il peut faire !

— Quoi ?

— Est-ce que je sais ? il faut s'attendre à tout !

Elle était très agitée, et de fait la situation justifiait jusqu'à un certain point cette surexcitation nerveuse. Presque malgré moi, je lui dis :

— Il y a en effet des coïncidences curieuses… Mais tranquillisez-vous. En admettant qu'Arsène Lupin soit dans un de ces wagons, il s'y tiendra bien sage, et, plutôt que de s'attirer de nouveaux ennuis, il n'aura pas d'autre idée que d'éviter le péril qui le menace.

Mes paroles ne la rassurèrent point. Cependant elle se tut, craignant sans doute d'être indiscrète.

Moi, je dépliai mes journaux et lus les comptes rendus du procès d'Arsène Lupin. Comme ils ne contenaient rien que l'on ne connût déjà, ils ne m'intéressèrent que médiocrement. En outre, j'étais fatigué, j'avais mal dormi, je sentis mes paupières s'alourdir et ma tête s'incliner.

— Mais, monsieur, vous n'allez pas dormir !

La dame m'arrachait mes journaux et me regardait avec indignation.

— Évidemment non, répondis-je, je n'en ai aucune envie.

— Ce serait de la dernière imprudence, me dit-elle.

— De la dernière, répétai-je.

Et je luttai énergiquement, m'accrochant au paysage, aux nuées qui rayaient le ciel. Et bientôt tout cela se brouilla dans l'espace, l'image de la dame agitée et du monsieur assoupi s'effaça dans mon esprit, et ce fut en moi le grand, le profond silence du sommeil.

Des rêves inconsistants et légers bientôt l'agrémentèrent, un être qui jouait le rôle et portait le nom d'Arsène Lupin y tenait une certaine place. Il évoluait à l'horizon, le dos chargé d'objets précieux, traversait des murs et démeublait des châteaux.

Mais la silhouette de cet être, qui n'était d'ailleurs plus Arsène Lupin, se précisa. Il venait vers moi, devenait de plus en plus grand, sautait dans le wagon avec une incroyable agilité, et retombait en plein sur ma poitrine.

Une vive douleur… un cri déchirant… Je me réveillai. L'homme, le voyageur, un genou sur ma poitrine, me serrait à la gorge.

Je vis cela très vaguement car mes yeux étaient injectés de sang. Je vis aussi la dame qui se convulsait dans un coin, en proie à une attaque de nerfs. Je n'essayai même pas de résister. D'ailleurs, je n'en aurais pas eu la force : mes tempes bourdonnaient, je suffoquais… je râlais… Une minute encore… et c'était l'asphyxie.

L'homme dut le sentir. Il relâcha son étreinte. Sans s'écarter, de la main droite, il tendit une corde où il avait préparé un nœud coulant, et, d'un geste sec, il me lia les deux poignets. En un instant, je fus garrotté, bâillonné, immobilisé.

Et il accomplit cette besogne de la façon la plus naturelle du monde, avec une aisance où se révélait le savoir d'un maître, d'un professionnel du vol et du crime. Pas un mot, pas un mouvement fébrile. Du sang-froid et de l'audace. Et j'étais là, sur la banquette, ficelé comme une momie, moi, Arsène Lupin !

En vérité, il y avait de quoi rire. Et, malgré la gravité des circonstances, je n'étais pas sans apprécier tout ce que la situation comportait d'ironique et de savoureux. Arsène Lupin roulé comme un novice ! dévalisé comme le premier venu – car, bien entendu, le bandit m'allégea de ma bourse et de mon portefeuille ! Arsène Lupin, victime à son tour, dupé, vaincu… Quelle aventure !

Restait la dame. Il n'y prêta même pas attention. Il se contenta de ramasser la petite sacoche qui gisait sur le tapis et d'en extraire les bijoux, porte-monnaie, bibelots d'or et d'argent qu'elle contenait. La dame ouvrit un œil, tressaillit d'épouvante, ôta ses bagues et les tendit à l'homme comme si elle avait voulu lui épargner tout effort inutile. Il prit les bagues et la regarda : elle s'évanouit.

Alors, toujours silencieux et tranquille, sans plus s'occuper de nous, il regagna sa place, alluma une cigarette et se livra à un examen approfondi des trésors qu'il avait conquis, examen qui parut le satisfaire entièrement.

J'étais beaucoup moins satisfait. Je ne parle pas des douze mille francs dont on m'avait indûment dépouillé : c'était un dommage que je n'acceptais que momentanément, et je comptais bien que ces douze mille francs rentreraient en ma possession dans le plus bref délai, ainsi que les papiers fort importants que renfermait mon portefeuille : projets, devis, adresses, listes de correspondants, lettres compromettantes. Mais, pour le moment, un souci plus immédiat et plus sérieux me tracassait :

Qu'allait-il se produire ?

Comme bien l'on pense, l'agitation causée par mon passage à travers la gare Saint-Lazare ne m'avait pas échappé. Invité chez des amis que je fréquentais sous le nom de Guillaume Berlat, et pour qui ma ressemblance avec Arsène Lupin était un sujet de plaisanteries affectueuses, je n'avais pu me grimer à ma guise, et ma présence avait été signalée. En outre, on avait vu un homme, Arsène Lupin sans doute, se précipiter de l'express dans le rapide. Donc, inévitablement, fatalement, le commissaire de police de Rouen, prévenu par télégramme, et assisté d'un nombre respectable d'agents, se trouverait à l'arrivée du train, interrogerait les voyageurs suspects, et procéderait à une revue minutieuse des wagons.

Tout cela, je le prévoyais et je ne m'en étais pas trop ému, certain que la police de Rouen ne serait pas plus perspicace que celle de Paris, et que je saurais bien passer inaperçu – ne me suffirait-il pas, à la sortie, de montrer négligemment ma carte de député, grâce à laquelle j'avais déjà inspiré toute confiance au contrôleur de Saint-Lazare ? Mais combien les choses avaient changé ! Je n'étais plus libre. Impossible de tenter un de mes coups habituels. Dans un des wagons, le commissaire découvrirait le sieur Arsène Lupin qu'un hasard propice lui envoyait pieds et poings liés, docile comme un agneau, empaqueté, tout préparé. Il n'aurait qu'à en prendre livraison, comme on reçoit un colis postal qui vous est adressé en gare, bourriche de gibier ou panier de fruits et légumes.

Et pour éviter ce fâcheux dénouement, que pouvais-je, entortillé dans mes bandelettes ?

Et le rapide filait vers Rouen, unique et prochaine station, brûlait Vernon, Saint-Pierre.

Un autre problème m'intriguait, où j'étais moins directement intéressé, mais dont la solution éveillait ma curiosité de professionnel. Quelles étaient les intentions de mon compagnon ?

J'aurais été seul qu'il eût eu le temps, à Rouen, de descendre en toute tranquillité. Mais la dame ? À peine la portière serait-elle ouverte, la dame, si sage et si humble en ce moment, crierait, se démènerait, appellerait au secours !

Et de là mon étonnement ! pourquoi ne la réduisait-il pas à la même impuissance que moi, ce qui lui aurait donné le loisir de disparaître avant qu'on se fût aperçu de son double méfait ?

Il fumait toujours, les yeux fixés sur l'espace qu'une pluie hésitante commençait à rayer de grandes lignes obliques. Une fois cependant il se détourna, saisit mon indicateur et le consulta.

La dame, elle, s'efforçait de rester évanouie, pour rassurer son ennemi. Mais des quintes de toux, provoquées par la fumée, démentaient cet évanouissement.

Quant à moi, j'étais fort mal à l'aise, et très courbaturé. Et je songeais… je combinais…

Pont-de-l'Arche, Oissel… Le rapide se hâtait, joyeux, ivre de vitesse.

Saint-Étienne… À cet instant, l'homme se leva, et fit deux pas vers nous, ce à quoi la dame s'empressa de répondre par un nouveau cri et par un évanouissement non simulé.

Mais quel était son but, à lui ? Il baissa la glace de notre côté. La pluie maintenant tombait avec rage, et son geste marqua l'ennui qu'il éprouvait à n'avoir ni parapluie ni pardessus. Il jeta les yeux sur le filet : l'en-cas de la dame s'y trouvait. Il le prit. Il prit également mon pardessus et s'en vêtit.

On traversait la Seine. Il retroussa le bas de son pantalon, puis se penchant, il souleva le loquet extérieur.

Allait-il se jeter sur la voie ? À cette vitesse c'eût été la mort certaine. On s'engouffra dans le tunnel percé sous la côte Sainte-Catherine. L'homme entrouvrit la portière et, du pied, tâta la première marche. Quelle folie ! Les ténèbres, la fumée, le vacarme, tout cela donnait à une telle tentative une apparence fantastique. Mais, tout à coup, le train ralentit, les westinghouses s'opposèrent à l'effort des roues. En une minute l'allure devint normale, diminua encore. Sans aucun doute des travaux de consolidation étaient projetés dans cette partie du tunnel, qui nécessitaient le passage ralenti des trains, depuis quelques jours peut-être, et l'homme le savait.

Il n'eut donc qu'à poser l'autre pied sur la marche, à descendre sur la seconde et à s'en aller paisiblement, non sans avoir au préalable rabattu le loquet et refermé la portière.

À peine avait-il disparu que du jour éclaira la fumée plus blanche. On déboucha dans une vallée. Encore un tunnel et nous étions à Rouen.

Aussitôt la dame recouvra ses esprits et son premier soin fut de se lamenter sur la perte de ses bijoux. Je l'implorai des yeux. Elle comprit et me délivra du bâillon qui m'étouffait. Elle voulait aussi dénouer mes liens, je l'en empêchai.

— Non, non, il faut que la police voie les choses en l'état. Je désire qu'elle soit édifiée sur ce gredin.

— Et si je tirais la sonnette d'alarme ?

— Trop tard, il fallait y penser pendant qu'il m'attaquait.

— Mais il m'aurait tuée ! Ah ! monsieur, vous l'avais-je dit qu'il voyageait dans ce train ! Je l'ai reconnu tout de suite, d'après son portrait. Et le voilà parti avec mes bijoux.

— On le retrouvera, n'ayez pas peur.

— Retrouver Arsène Lupin ! Jamais.

— Cela dépend de vous, madame. Écoutez. Dès l'arrivée, soyez à la portière, et appelez, faites du bruit. Des agents et des employés viendront. Racontez alors ce que vous avez vu, en quelques mots, l'agression dont j'ai été victime et la fuite d'Arsène Lupin. Donnez son signalement, un chapeau mou, un parapluie – le vôtre –, un pardessus gris à taille.

— Le vôtre, dit-elle.

— Comment, le mien ? Mais non, le sien. Moi, je n'en avais pas.

— Il m'avait semblé qu'il n'en avait pas non plus quand il est monté.

— Si, si… à moins que ce ne soit un vêtement oublié dans le filet. En tout cas, il l'avait quand il est descendu, et c'est là l'essentiel… un pardessus gris, à taille, rappelez-vous… Ah ! j'oubliais… dites votre nom, dès l'abord. Les fonctions de votre mari stimuleront le zèle de tous ces gens.

On arrivait. Elle se penchait déjà à la portière. Je repris d'une voix un peu forte, presque impérieuse, pour que mes paroles se gravassent bien dans son cerveau.

— Dites aussi mon nom, Guillaume Berlat. Au besoin, dites que vous me connaissez… Cela nous gagnera du temps… il faut qu'on expédie l'enquête préliminaire… l'important c'est la poursuite d'Arsène Lupin… vos bijoux… Il n'y a pas d'erreur, n'est-ce pas ? Guillaume Berlat, un ami de votre mari.

— Entendu… Guillaume Berlat.

Elle appelait déjà et gesticulait. Le train n'avait pas stoppé qu'un monsieur montait, suivi de plusieurs hommes. L'heure critique sonnait.

Haletante, la dame s'écria :

— Arsène Lupin… il nous a attaqués… il a volé mes bijoux… Je suis Mme Renaud… mon mari est sous-directeur des services pénitentiaires... Ah! tenez, voici précisément mon frère, Georges Ardelle, directeur du Crédit rouennais... vous devez savoir...

Elle embrassa un jeune homme qui venait de nous rejoindre, et que le commissaire salua, et elle reprit, éplorée :

– Oui, Arsène Lupin... tandis que monsieur dormait, il s'est jeté à sa gorge... M. Berlat, un ami de mon mari.

Le commissaire demanda :

– Mais où est-il, Arsène Lupin ?

– Il a sauté du train sous le tunnel, après la Seine.

– Êtes-vous sûre que ce soit lui ?

– Si j'en suis sûre ! Je l'ai parfaitement reconnu. D'ailleurs on l'a vu à la gare Saint-Lazare. Il avait un chapeau mou...

– Non pas... un chapeau de feutre dur, comme celui-ci, rectifia le commissaire en désignant mon chapeau.

– Un chapeau mou, je l'affirme, répéta Mme Renaud, et un pardessus gris à taille.

– En effet, murmura le commissaire, le télégramme signale ce pardessus gris, à taille et à col de velours noir.

– À col de velours noir, justement, s'écria Mme Renaud triomphante.

Je respirai. Ah ! la brave, l'excellente amie que j'avais là !

Les agents cependant m'avaient débarrassé de mes entraves. Je me mordis violemment les lèvres, du sang coula. Courbé en deux, le mouchoir sur la bouche, comme il convient à un individu qui est resté longtemps dans une position incommode, et qui porte au visage la marque sanglante du bâillon, je dis au commissaire, d'une voix affaiblie :

— Monsieur, c'était Arsène Lupin, il n'y a pas de doute... En faisant diligence on le rattrapera... Je crois que je puis vous être d'une certaine utilité...

Le wagon qui devait servir aux constatations de la justice fut détaché. Le train continua vers Le Havre. On nous conduisit vers le bureau du chef de gare, à travers la foule des curieux qui encombrait le quai.

À ce moment, j'eus une hésitation. Sous un prétexte quelconque, je pouvais m'éloigner, retrouver mon automobile et filer. Attendre était dangereux. Qu'un incident se produisît, qu'une dépêche survînt de Paris, et j'étais perdu.

Oui, mais mon voleur ? Abandonné à mes propres ressources, dans une région qui ne m'était pas très familière, je ne devais pas espérer le rejoindre.

— Bah ! tentons le coup, me dis-je, et restons. La partie est difficile à gagner, mais si amusante à jouer ! Et l'enjeu en vaut la peine.

Et, comme on nous priait de renouveler provisoirement nos dépositions, je m'écriai :

— Monsieur le commissaire, actuellement Arsène Lupin prend de l'avance. Mon automobile m'attend dans la cour. Si vous voulez me faire le plaisir d'y monter, nous essaierions...

Le commissaire sourit d'un air fin :

— L'idée n'est pas mauvaise... si peu mauvaise même, qu'elle est en voie d'exécution.

— Ah !

— Oui, monsieur, deux de mes agents sont partis à bicyclette... depuis un certain temps déjà.

— Mais où ?

— À la sortie même du tunnel. Là, ils recueilleront les indices, les témoignages, et suivront la piste d'Arsène Lupin.

Je ne pus m'empêcher de hausser les épaules.

— Vos deux agents ne recueilleront ni indice, ni témoignage.

— Vraiment !

— Arsène Lupin se sera arrangé pour que personne ne le voie sortir du tunnel. Il aura rejoint la première route et, de là…

— Et de là, Rouen, où nous le pincerons.

— Il n'ira pas à Rouen.

— Alors, il restera dans les environs où nous sommes encore plus sûrs…

— Il ne restera pas dans les environs.

— Oh ! oh ! Et où donc se cachera-t-il ?

Je tirai ma montre.

— À l'heure présente, Arsène Lupin rôde autour de la gare de Darnétal. À dix heures cinquante, c'est-à-dire dans vingt-deux minutes, il prendra le train qui va de Rouen, gare du Nord, à Amiens.

— Vous croyez ? Et comment le savez-vous ?

— Oh ! c'est bien simple. Dans le compartiment, Arsène Lupin a consulté mon indicateur. Pour quelle raison ? Y avait-il, non loin de l'endroit où il a disparu, une autre ligne, une gare sur cette ligne, et un train s'arrêtant à cette gare ? À mon tour je viens de consulter l'indicateur. Il m'a renseigné.

— En vérité, monsieur, dit le commissaire, c'est merveilleusement déduit. Quelle compétence !

Entraîné par ma conviction, j'avais commis une maladresse en faisant preuve de tant d'habileté. Il me regardait avec étonnement, et je crus sentir qu'un soupçon l'effleurait. – oh ! à peine, car les photographies envoyées de tous côtés par le parquet étaient trop imparfaites, représentaient un Arsène Lupin trop différent de celui qu'il avait devant lui, pour qu'il lui fût possible de me reconnaître. Mais, tout de même, il était troublé, confusément inquiet.

Il y eut un moment de silence. Quelque chose d'équivoque et d'incertain arrêtait nos paroles. Moi-même, un frisson de gêne me secoua. La chance allait-elle tourner contre moi ? Me dominant, je me mis à rire.

– Mon Dieu, rien ne vous ouvre la compréhension comme la perte d'un portefeuille et le désir de le retrouver. Et il me semble que si vous vouliez bien me donner deux de vos agents, eux et moi, nous pourrions peut-être…

– Oh ! je vous en prie, monsieur le commissaire, s'écria Mme Renaud, écoutez M. Berlat.

L'intervention de mon excellente amie fut décisive. Prononcé par elle, la femme d'un personnage influent, ce nom de Berlat devenait réellement le mien et me conférait une identité qu'aucun soupçon ne pouvait atteindre. Le commissaire se leva :

– Je serais trop heureux, monsieur Berlat, croyez-le bien, de vous voir réussir. Autant que vous je tiens à l'arrestation d'Arsène Lupin.

Il me conduisit jusqu'à l'automobile. Deux de ses agents, qu'il me présenta, Honoré Massol et Gaston Delivet, y prirent place. Je m'installai au volant. Mon mécanicien donna le tour de manivelle. Quelques secondes après nous quittions la gare. J'étais sauvé.

Ah ! j'avoue qu'en roulant sur les boulevards qui ceignent la vieille cité normande, à l'allure puissante de ma trente-cinq chevaux Moreau-Lepton, je n'étais pas sans concevoir quelque orgueil. Le moteur ronflait harmonieusement. À droite et à gauche, les arbres s'enfuyaient derrière nous. Et libre, hors de danger, je n'avais plus maintenant qu'à régler mes petites affaires personnelles, avec le concours des deux honnêtes représentants de la force publique. Arsène Lupin s'en allait à la recherche d'Arsène Lupin !

Modestes soutiens de l'ordre social, Delivet Gaston et Massol Honoré, combien votre assistance me fut précieuse ! Qu'aurais-je fait sans vous ? Sans vous, combien de fois, aux carrefours, j'eusse choisi la mauvaise route ! Sans vous, Arsène Lupin se trompait, et l'autre s'échappait !

Mais tout n'était pas fini. Loin de là. Il me restait d'abord à rattraper l'individu, et ensuite à m'emparer moi-même des papiers qu'il m'avait dérobés. À aucun prix, il ne fallait que mes deux acolytes ne missent le nez dans ces documents, encore moins qu'ils ne s'en saisissent. Me servir d'eux et agir en dehors d'eux, voilà ce que je voulais et qui n'était point aisé.

À Darnétal, nous arrivâmes trois minutes après le passage du train. Il est vrai que j'eus la consolation d'apprendre qu'un individu en pardessus gris, à taille, à collet de velours noir, était monté dans un compartiment de seconde classe, muni d'un billet pour Amiens. Décidément mes débuts comme policier promettaient.

Delivet me dit :

— Le train est express et ne s'arrête plus qu'à Montérolier-Buchy, dans dix-neuf minutes. Si nous n'y sommes pas avant Arsène Lupin, il peut continuer sur Amiens, comme bifurquer sur Clères, et de là gagner Dieppe ou Paris.

— Montérolier, quelle distance ?

— Vingt-trois kilomètres.

— Vingt-trois kilomètres en dix-neuf minutes... Nous y serons avant lui.

La passionnante étape ! Jamais ma fidèle Moreau-Lepton ne répondit à mon impatience avec plus d'ardeur et de régularité. Il me semblait que je lui communiquais ma volonté directement, sans l'intermédiaire des leviers et des manettes. Elle partageait mes désirs. Elle approuvait mon obstination. Elle comprenait mon animosité contre ce gredin d'Arsène Lupin. Le fourbe ! le traître ! aurais-je raison de lui ? Se jouerait-il une fois de plus de l'autorité, de cette autorité dont j'étais l'incarnation ?

— À droite, criait Delivet !... À gauche !... Tout droit !...

Nous glissions au-dessus du sol. Les bornes avaient l'air de petites bêtes peureuses qui s'évanouissaient à notre approche.

Et tout à coup, au détour d'une route, un tourbillon de fumée, l'express du Nord.

Durant un kilomètre, ce fut la lutte, côte à côte, lutte inégale dont l'issue était certaine. À l'arrivée, nous le battions de vingt longueurs.

En trois secondes nous étions sur le quai, devant les deuxièmes classes. Les portières s'ouvrirent. Quelques personnes descendaient. Mon voleur point. Nous inspectâmes les compartiments. Pas d'Arsène Lupin.

— Sapristi, m'écriai-je, il m'aura reconnu dans l'automobile tandis que nous marchions côte à côte, et il aura sauté.

Le chef de train confirma cette supposition. Il avait vu un homme qui dégringolait le long du remblai, à deux cents mètres de la gare.

— Tenez, là-bas… celui qui traverse le passage à niveau.

Je m'élançai, suivi de mes deux acolytes, ou plutôt suivi de l'un d'eux, car l'autre, Massol, se trouvait être un coureur exceptionnel, ayant autant de fond que de vitesse. En peu d'instants, l'intervalle qui le séparait du fugitif diminua singulièrement. L'homme l'aperçut, franchit une haie et détala rapidement vers un talus qu'il grimpa. Nous le vîmes encore plus loin : il entrait dans un petit bois.

Quand nous atteignîmes ce bois, Massol nous y attendait. Il avait jugé inutile de s'aventurer davantage, dans la crainte de nous perdre.

— Et je vous en félicite, mon cher ami, lui dis-je. Après une pareille course, notre individu doit être à bout de souffle. Nous le tenons.

J'examinai les environs, tout en réfléchissant aux moyens de procéder seul à l'arrestation du fugitif, afin de faire moi-même des reprises que la justice n'aurait sans doute tolérées qu'après beaucoup d'enquêtes désagréables. Puis je revins à mes compagnons.

— Voilà, c'est facile. Vous, Massol, postez-vous à gauche. Vous, Delivet, à droite. De là, vous surveillez toute la ligne postérieure du bosquet, et il ne peut en sortir, sans être aperçu de vous, que par cette cavée, où je prends position. S'il ne sort pas, moi j'entre, et, forcément, je le rabats sur l'un ou sur l'autre. Vous n'avez donc qu'à attendre. Ah ! j'oubliais : en cas d'alerte, un coup de feu.

Massol et Delivet s'éloignèrent chacun de son côté. Aussitôt qu'ils eurent disparu, je pénétrai dans le bois, avec les plus grandes précautions, de manière à n'être ni vu ni entendu. C'étaient des fourrés épais, aménagés pour la chasse, et coupés de sentes très étroites où il n'était possible de marcher qu'en se courbant comme dans des souterrains de verdure.

L'une d'elles aboutissait à une clairière où l'herbe mouillée présentait des traces de pas. Je les suivis, en ayant soin de me glisser à travers les taillis. Elles me conduisirent au pied d'un petit monticule que couronnait une masure en plâtras, à moitié démolie.

– Il doit être là, pensai-je. L'observatoire est bien choisi.

Je rampai jusqu'à proximité de la bâtisse. Un bruit léger m'avertit de sa présence, et, de fait, par une ouverture, je l'aperçus qui me tournait le dos.

En deux bonds je fus sur lui. Il essaya de braquer le revolver qu'il tenait à la main. Je ne lui en laissai pas le temps, et l'entraînai à terre, de telle façon que ses deux bras étaient pris sous lui, tordus, et que je pesais de mon genou sur sa poitrine.

– Écoute, mon petit, lui dis-je à l'oreille, je suis Arsène Lupin. Tu vas me rendre, tout de suite et de bonne grâce, mon portefeuille et la sacoche de la dame… moyennant quoi je te tire des griffes de la police, et je t'enrôle parmi mes amis. Un mot seulement : oui ou non ?

– Oui, murmura-t-il.

– Tant mieux. Ton affaire, ce matin, était joliment combinée. On s'entendra.

Je me relevai. Il fouilla dans sa poche, en sortit un large couteau et voulut m'en frapper.

— Imbécile ! m'écriai-je.

D'une main, j'avais paré l'attaque. De l'autre, je lui portai un violent coup sur l'artère carotide, ce qui s'appelle le « hook à la carotide »... Il tomba, assommé.

Dans mon portefeuille, je retrouvai mes papiers et mes billets de banque. Par curiosité, je pris le sien. Sur une enveloppe qui lui était adressée, je lus son nom : Pierre Onfrey.

Je tressaillis. Pierre Onfrey, l'assassin de la rue Lafontaine, à Auteuil ! Pierre Onfrey, celui qui avait égorgé Mme Delbois et ses deux filles. Je me penchai sur lui. Oui, c'était ce visage qui, dans le compartiment, avait éveillé en moi le souvenir de traits déjà contemplés.

Mais le temps passait. Je mis dans une enveloppe deux billets de cent francs, avec une carte et ces mots : « Arsène Lupin à ses bons collègues Honoré Massol et Gaston Delivet, en témoignage de reconnaissance. » Je posai cela en évidence au milieu de la pièce. À côté, la sacoche de Mme Renaud. Pouvais-je ne point la rendre à l'excellente amie qui m'avait secouru ? Je confesse cependant que j'en retirai tout ce qui présentait un intérêt quelconque, n'y laissant qu'un peigne en écaille, un bâton de rouge Dorin pour les lèvres et un porte-monnaie vide. Que diable ! Les affaires sont les affaires. Et puis, vraiment son mari exerçait un métier si peu honorable !...

Restait l'homme. Il commençait à remuer. Que devais-je faire ? Je n'avais qualité ni pour le sauver ni pour le condamner.

Je lui enlevai ses armes et tirai en l'air un coup de revolver.

– Les deux autres vont venir, pensai-je, qu'il se débrouille ! Les choses s'accompliront dans le sens de son destin.

Et je m'éloignai au pas de course par le chemin de la cavée.

Vingt minutes plus tard, une route de traverse, que j'avais remarquée lors de notre poursuite, me ramenait auprès de mon automobile.

À quatre heures je télégraphiais à mes amis de Rouen qu'un incident imprévu me contraignait à remettre ma visite. Entre nous, je crains fort, étant donné ce qu'ils doivent savoir maintenant, d'être obligé de la remettre indéfiniment. Cruelle désillusion pour eux !

À six heures, je rentrais à Paris par L'Isle-Adam, Enghien et la porte Bineau.

Les journaux du soir m'apprirent que l'on avait enfin réussi à s'emparer de Pierre Onfrey.

Le lendemain – ne dédaignons point les avantages d'une intelligente réclame –, *L'Écho de France* publiait cet entrefilet sensationnel :

Hier, aux environs de Buchy, après de nombreux incidents, Arsène Lupin a opéré l'arrestation de Pierre Onfrey. L'assassin de la rue Lafontaine venait de dévaliser sur la ligne de Paris au Havre Mme Renaud, la femme du sous-directeur des services pénitentiaires. Arsène Lupin a restitué à Mme Renaud la sacoche qui contenait ses bijoux, et a récompensé généreusement les deux agents de la Sûreté qui l'avaient aidé au cours de cette dramatique arrestation.

Le collier de la reine

Deux ou trois fois par an, à l'occasion de solennités importantes, comme les bals de l'ambassade d'Autriche ou les soirées de lady Billingstone, la comtesse de Dreux-Soubise mettait sur ses blanches épaules le « collier de la reine ».

C'était bien le fameux collier, le collier légendaire que Böhmer et Bassenge, joailliers de la couronne, destinaient à la Du Barry, que le cardinal de Rohan-Soubise crut offrir à Marie-Antoinette, reine de France, et que l'aventurière Jeanne de Valois, comtesse de la Motte, dépeça un soir de février 1785, avec l'aide de son mari et de leur complice Rétaux de Villette.

Pour dire vrai, la monture seule était authentique. Rétaux de Villette l'avait conservée, tandis que le sieur de la Motte et sa femme dispersaient aux quatre vents les pierres brutalement desserties, les admirables pierres si soigneusement choisies par Böhmer. Plus tard, en Italie, il la vendit à Gaston de Dreux-Soubise, neveu et héritier du cardinal, sauvé par lui de la ruine lors de la retentissante banqueroute de Rohan-Guéménée, et qui en souvenir de son oncle, racheta les quelques diamants qui restaient en la possession du bijoutier anglais Jefferys, les compléta avec d'autres de valeur beaucoup moindre, mais de même dimension, et parvint à reconstituer le merveilleux « collier en esclavage », tel qu'il était sorti des mains de Böhmer et Bassenge.

De ce bijou historique, pendant près d'un siècle, les Dreux-Soubise s'enorgueillirent. Bien que diverses circonstances eussent notablement diminué leur fortune, ils aimèrent mieux réduire leur train de maison que d'aliéner la royale et précieuse relique. En particulier le comte actuel y tenait comme on tient à la demeure de ses pères. Par prudence, il avait loué un coffre au Crédit Lyonnais pour l'y déposer. Il allait l'y chercher lui-même l'après-midi du jour où sa femme voulait s'en parer, et l'y reportait lui-même le lendemain.

Ce soir-là, à la réception du palais de Castille, la comtesse eut un véritable succès, et le roi Christian, en l'honneur de qui la fête était donnée, remarqua sa beauté magnifique. Les pierreries ruisselaient autour du cou gracieux. Les mille facettes des diamants brillaient et scintillaient comme des flammes à la clarté des lumières. Nulle autre qu'elle, semblait-il, n'eût pu porter avec tant d'aisance et de noblesse le fardeau d'une telle parure.

Ce fut un double triomphe, que le comte de Dreux goûta profondément, et dont il s'applaudit quand ils furent rentrés dans la chambre de leur vieil hôtel du faubourg Saint-Germain. Il était fier de sa femme, et tout autant peut-être du bijou qui illustrait sa maison depuis quatre générations. Et sa femme en tirait une vanité un peu puérile, mais qui était bien la marque de son caractère altier.

Non sans regret elle détacha le collier de ses épaules et le tendit à son mari qui l'examina avec admiration, comme s'il ne le connaissait point. Puis l'ayant remis dans son écrin de cuir rouge aux armes du cardinal, il passa dans un cabinet voisin, sorte d'alcôve plutôt que l'on avait complètement isolée de la chambre, et dont l'unique entrée se trouvait au pied de leur lit. Comme les autres fois, il le dissimula sur une planche assez élevée, parmi des cartons à chapeau et des piles de linge. Il referma la porte et se dévêtit.

Au matin, il se leva vers neuf heures, avec l'intention d'aller, avant le déjeuner, jusqu'au Crédit Lyonnais. Il s'habilla, but une tasse de café et descendit aux écuries. Là, il donna des ordres. Un des chevaux l'inquiétait. Il le fit marcher et trotter devant lui dans la cour. Puis il retourna près de sa femme.

Elle n'avait point quitté la chambre et se coiffait, aidée de sa bonne. Elle lui dit :

— Vous sortez !

— Oui… pour cette course…

— Ah ! en effet… c'est plus prudent…

Il pénétra dans le cabinet. Mais, au bout de quelques secondes, il demanda, sans le moindre étonnement d'ailleurs :

— Vous l'avez pris, chère amie ?

Elle répliqua :

— Comment ? mais non, je n'ai rien pris.

— Vous l'avez dérangé.

— Pas du tout… je n'ai même pas ouvert cette porte.

Il apparut, décomposé, et il balbutia, la voix à peine intelligible :

— Vous n'avez pas ?… Ce n'est pas vous ?… Alors…

Elle accourut, et ils cherchèrent fiévreusement, jetant les cartons à terre et démolissant les piles de linge. Et le comte répétait :

— Inutile… tout ce que nous faisons est inutile… C'est ici, là, sur cette planche, que je l'ai mis.

— Vous avez pu vous tromper.

— C'est ici, là, sur cette planche, et pas sur une autre.

Ils allumèrent une bougie, car la pièce était assez obscure, et ils enlevèrent tout le linge et tous les objets qui l'encombraient. Et quand il n'y eut plus rien dans le cabinet, ils durent s'avouer avec désespoir que le fameux collier, « le collier en esclavage de la reine », avait disparu.

De nature résolue, la comtesse, sans perdre de temps en vaines lamentations, fit prévenir le commissaire, M. Valorbe, dont ils avaient eu déjà l'occasion d'apprécier l'esprit sagace et la clairvoyance. On le mit au courant par le détail, et tout de suite il demanda :

— Êtes-vous sûr, monsieur le comte, que personne n'a pu traverser la nuit votre chambre ?

— Absolument sûr. J'ai le sommeil très léger. Mieux encore : la porte de cette chambre était fermée au verrou. J'ai dû le tirer ce matin quand ma femme a sonné la bonne.

— Et il n'existe pas d'autre passage qui permette de s'introduire dans le cabinet ?

— Aucun.

— Pas de fenêtre ?

— Si, mais elle est condamnée.

— Je désirerais m'en rendre compte…

On alluma des bougies, et aussitôt M. Valorbe fit remarquer que la fenêtre n'était condamnée qu'à mi-hauteur, par un bahut, lequel en outre ne touchait pas exactement aux croisées.

— Il y touche suffisamment, répliqua M. de Dreux, pour qu'il soit impossible de le déplacer sans faire beaucoup de bruit.

— Et sur quoi donne cette fenêtre ?

— Sur une courette intérieure.

— Et vous avez encore un étage au-dessus de celui-là ?

— Deux, mais au niveau de celui des domestiques, la courette est protégée par une grille à petites mailles. C'est pourquoi nous avons si peu de jour.

D'ailleurs, quand on eut écarté le bahut, on constata que la fenêtre était close, ce qui n'aurait pas été si quelqu'un avait pénétré du dehors.

— À moins, observa le comte, que ce quelqu'un ne soit sorti par notre chambre.

— Auquel cas, vous n'auriez pas trouvé le verrou de cette chambre poussé.

Le commissaire réfléchit un instant, puis se tournant vers la comtesse :

— Savait-on dans votre entourage, madame, que vous deviez porter ce collier hier soir ?

— Certes, je ne m'en suis pas cachée. Mais personne ne savait que nous l'enfermions dans ce cabinet.

— Personne ?

— Personne… À moins que…

— Je vous en prie, madame, précisez. C'est là un point des plus importants.

Elle dit à son mari :

— Je songeais à Henriette.

— Henriette ? Elle ignore ce détail comme les autres.

— En es-tu certain ?

— Quelle est cette dame ? interrogea M. Valorbe.

— Une amie de couvent, qui s'est fâchée avec sa famille pour épouser une sorte d'ouvrier. À la mort de son mari, je l'ai recueillie avec son fils, et leur ai meublé un appartement dans cet hôtel.

Et elle ajouta avec embarras :

— Elle me rend quelques services. Elle est très adroite de ses mains.

— À quel étage habite-t-elle ?

— Au nôtre, pas loin du reste… à l'extrémité de ce couloir… Et même, j'y pense… la fenêtre de sa cuisine…

— Ouvre sur cette courette, n'est-ce pas ?

— Oui, juste en face de la nôtre.

Un léger silence suivit cette déclaration.

Puis M. Valorbe demanda qu'on le conduisît auprès d'Henriette.

Ils la trouvèrent en train de coudre, tandis que son fils Raoul, un bambin de six à sept ans, lisait à ses côtés. Assez étonné de voir le misérable appartement qu'on avait meublé pour elle, et qui se composait au total d'une pièce sans cheminée et d'un réduit servant de cuisine, le commissaire la questionna. Elle parut bouleversée en apprenant le vol commis. La veille au soir, elle avait elle-même habillé la comtesse et fixé le collier autour de son cou.

— Seigneur Dieu ! s'écria-t-elle, qui m'aurait jamais dit ?

— Et vous n'avez aucune idée ? pas le moindre doute ? Il est possible cependant que le coupable ait passé par votre chambre.

Elle rit de bon cœur, sans même imaginer qu'on pouvait l'effleurer d'un soupçon :

— Mais je ne l'ai pas quittée, ma chambre ! je ne sors jamais, moi. Et puis, vous n'avez donc pas vu ?

Elle ouvrit la fenêtre du réduit.

– Tenez, il y a bien trois mètres jusqu'au rebord opposé.

– Qui vous a dit que nous envisagions l'hypothèse d'un vol effectué par-là ?

– Mais… le collier n'était-il pas dans le cabinet ?

– Comment le savez-vous ?

– Dame ! j'ai toujours su qu'on l'y mettait la nuit… on en a parlé devant moi…

Sa figure, encore jeune, mais que les chagrins avaient flétrie, marquait une grande douceur et de la résignation. Cependant elle eut soudain, dans le silence, une expression d'angoisse, comme si un danger l'eût menacée. Elle attira son fils contre elle. L'enfant lui prit la main et l'embrassa tendrement.

– Je ne suppose pas, dit M. de Dreux au commissaire, quand ils furent seuls, je ne suppose pas que vous la soupçonniez ? Je réponds d'elle. C'est l'honnêteté même.

– Oh ! je suis tout à fait de votre avis, affirma M. Valorbe. C'est tout au plus si j'avais pensé à une complicité inconsciente. Mais je reconnais que cette explication doit être abandonnée… d'autant qu'elle ne résout nullement le problème auquel nous nous heurtons.

Le commissaire ne poussa pas plus avant cette enquête, que le juge d'instruction reprit et compléta les jours suivants. On interrogea les domestiques, on vérifia l'état du verrou, on fit des expériences sur la fermeture et sur l'ouverture de la fenêtre du cabinet, on explora la courette de haut en bas… Tout fut inutile. Le verrou était intact. La fenêtre ne pouvait s'ouvrir ni se fermer du dehors.

Plus spécialement, les recherches visèrent Henriette car, malgré tout, on en revenait toujours de ce côté. On fouilla sa vie minutieusement, et il fut constaté que, depuis trois ans, elle n'était sortie que quatre fois de l'hôtel, et les quatre fois pour des courses que l'on put déterminer. En réalité, elle servait de femme de chambre et de couturière à Mme de Dreux, qui se montrait à son égard d'une rigueur dont tous les domestiques témoignèrent en confidence.

– D'ailleurs, disait le juge d'instruction, qui, au bout d'une semaine, aboutit aux mêmes conclusions que le commissaire, en admettant que nous connaissions le coupable, et nous n'en sommes pas là, nous n'en saurions pas davantage sur la manière dont le vol a été commis. Nous sommes barrés à droite et à gauche par deux obstacles: une porte et une fenêtre fermées. Le mystère est double! Comment a-t-on pu s'introduire, et comment, ce qui était beaucoup plus difficile, a-t-on pu s'échapper en laissant derrière soi une porte close au verrou et une fenêtre fermée?

Au bout de quatre mois d'investigations, l'idée secrète du juge était celle-ci: M. et Mme de Dreux, pressés par des besoins d'argent, qui, de fait, étaient considérables, avaient vendu le collier de la reine. Il classa l'affaire.

Le vol du précieux bijou porta aux Dreux-Soubise un coup dont ils gardèrent longtemps la marque. Leur crédit n'étant plus soutenu par la sorte de réserve que constituait un tel trésor, ils se trouvèrent en face de créanciers plus exigeants et de prêteurs moins favorables. Ils durent couper dans le vif, aliéner, hypothéquer. Bref, c'eût été la ruine si deux gros héritages de parents éloignés ne les avaient sauvés.

Ils souffrirent aussi dans leur orgueil, comme s'ils avaient perdu un quartier de noblesse. Et, chose bizarre, ce fut à son ancienne amie de pension que la comtesse s'en prit. Elle ressentait contre elle une véritable rancune et l'accusait ouvertement. On la relégua d'abord à l'étage des domestiques, puis on la congédia du jour au lendemain.

Et la vie coula, sans événements notables. Ils voyagèrent beaucoup.

Un seul fait doit être relevé au cours de cette époque. Quelques mois après le départ d'Henriette, la comtesse reçut d'elle une lettre qui la remplit d'étonnement :

Madame,

Je ne sais comment vous remercier. Car c'est bien vous, n'est-ce pas, qui m'avez envoyé cela ? Ce ne peut être que vous. Personne autre ne connaît ma retraite au fond de ce petit village. Si je me trompe, excusez-moi, et retenez du moins l'expression de ma reconnaissance pour vos bontés passées…

Que voulait-elle dire ? Les bontés présentes ou passées de la comtesse envers elle se réduisaient à beaucoup d'injustices. Que signifiaient ces remerciements ?

Sommée de s'expliquer, elle répondit qu'elle avait reçu par la poste, en un pli non recommandé ni chargé, deux billets de mille francs. L'enveloppe, qu'elle joignait à sa réponse, était timbrée de Paris et ne portait que son adresse, tracée d'une écriture visiblement déguisée.

D'où provenaient ces deux mille francs ? Qui les avait envoyés ? La justice s'informa. Mais quelle piste pouvait-on suivre parmi ces ténèbres ?

Et le même fait se reproduisit douze mois après. Et une troisième fois; et une quatrième fois; et chaque année pendant six ans, avec cette différence que la cinquième et la sixième année, la somme doubla, ce qui permit à Henriette, tombée subitement malade, de se soigner comme il convenait.

Autre différence : l'administration de la poste ayant saisi une des lettres sous prétexte qu'elle n'était point chargée, les deux dernières lettres furent envoyées selon le règlement, la première datée de Saint-Germain, l'autre de Suresnes. L'expéditeur signa d'abord Anquety, puis Péchard. Les adresses qu'il donna étaient fausses.

Au bout de six ans, Henriette mourut. L'énigme demeura entière.

*

Tous ces événements sont connus du public. L'affaire fut de celles qui passionnèrent l'opinion, et c'est un destin étrange que celui de ce collier, qui, après avoir bouleversé la France à la fin du XVIIIe siècle, souleva encore tant d'émotion un siècle plus tard. Mais ce que je vais dire est ignoré de tous, sauf des principaux intéressés et de quelques personnes auxquelles le comte demanda le secret absolu. Comme il est probable qu'un jour ou l'autre elles manqueront à leur promesse, je n'ai, moi, aucun scrupule à déchirer le voile et l'on aura ainsi, en même temps que la clé de l'énigme, l'explication de la lettre publiée par les journaux d'avant-hier matin, lettre extraordinaire qui ajoutait encore, si c'est possible, un peu d'ombre et de mystère aux obscurités de ce drame.

Il y a cinq jours de cela. Au nombre des invités qui déjeunaient chez M. de Dreux-Soubise, se trouvaient ses deux nièces et sa cousine, et, comme hommes, le président d'Essaville, le député Bochas, le chevalier Floriani que le comte avait connu en Sicile, et le général marquis de Rouzières, un vieux camarade de cercle.

Après le repas, ces dames servirent le café, et les messieurs eurent l'autorisation d'une cigarette, à condition de ne point déserter le salon. On causa. L'une des jeunes filles s'amusa à faire les cartes et à dire la bonne aventure. Puis on en vint à parler de crimes célèbres. Et c'est à ce propos que M. de Rouzières, qui ne manquait jamais l'occasion de taquiner le comte, rappela l'aventure du collier, sujet de conversation que M. de Dreux avait en horreur.

Aussitôt chacun donna son avis. Chacun recommença l'instruction à sa manière. Et, bien entendu, toutes les hypothèses se contredisaient, toutes également inadmissibles.

– Et vous, monsieur, demanda la comtesse au chevalier Floriani, quelle est votre opinion ?

– Oh ! moi, je n'ai pas d'opinion, madame.

On se récria. Précisément le chevalier venait de raconter très brillamment diverses aventures auxquelles il avait été mêlé avec son père, magistrat à Palerme, et où s'étaient affirmés son jugement et son goût pour ces questions.

– J'avoue, dit-il, qu'il m'est arrivé de réussir alors que de plus habiles avaient renoncé. Mais de là à me considérer comme un Sherlock Holmes… Et puis, c'est à peine si je sais de quoi il s'agit.

On se tourna vers le maître de la maison. À contrecœur, il dut résumer les faits. Le chevalier écouta, réfléchit, posa quelques interrogations, et murmura :

— C'est drôle… à première vue il ne me semble pas que la chose soit si difficile à deviner.

Le comte haussa les épaules. Mais les autres personnes s'empressèrent autour du chevalier, et il reprit d'un ton un peu dogmatique :

— En général, pour remonter à l'auteur d'un crime ou d'un vol, il faut déterminer comment ce crime ou ce vol ont été commis, ou du moins ont pu être commis. Dans le cas actuel, rien de plus simple selon moi, car nous nous trouvons en face, non pas de plusieurs hypothèses, mais d'une certitude, d'une certitude unique, rigoureuse, et qui s'énonce ainsi : l'individu ne pouvait entrer que par la porte de la chambre ou par la fenêtre du cabinet. Or, on n'ouvre pas, de l'extérieur, une porte verrouillée. Donc il est entré par la fenêtre.

— Elle était fermée et on l'a retrouvée fermée, déclara nettement M. de Dreux.

— Pour cela, continua Floriani sans relever l'interruption, il n'a eu besoin que d'établir un pont, planche ou échelle, entre le balcon de la cuisine et le rebord de la fenêtre, et dès que l'écrin…

— Mais je vous répète que la fenêtre était fermée ! s'écria le comte avec impatience.

Cette fois Floriani dut répondre. Il le fit avec la plus grande tranquillité, en homme qu'une objection aussi insignifiante ne trouble point.

— Je veux croire qu'elle l'était, mais n'y a-t-il pas un vasistas ?

— Comment le savez-vous ?

— D'abord c'est presque une règle dans les hôtels de cette époque. Et ensuite il faut bien qu'il en soit ainsi, puisque, autrement, le vol est inexplicable.

— En effet, il y en a un, mais il était clos, comme la fenêtre. On n'y a même pas fait attention.

— C'est un tort. Car si on y avait fait attention, on aurait vu évidemment qu'il avait été ouvert.

— Et comment ?

— Je suppose que, pareil à tous les autres, il s'ouvre au moyen d'un fil de fer tressé, muni d'un anneau à son extrémité inférieure ?

— Oui.

— Et cet anneau pendait entre la croisée et le bahut ?

— Oui, mais je ne comprends pas…

— Voici. Par une fente pratiquée dans le carreau, on a pu, à l'aide d'un instrument quelconque, mettons une baguette de fer pourvue d'un crochet, agripper l'anneau, peser et ouvrir.

Le comte ricana :

— Parfait ! parfait ! vous arrangez tout cela avec une aisance ! seulement vous oubliez une chose, cher Monsieur, c'est qu'il n'y a pas eu de fente pratiquée dans le carreau.

— Il y a eu une fente.

— Allons donc ! on l'aurait vue.

— Pour voir il faut regarder, et l'on n'a pas regardé. La fente existe, il est matériellement impossible qu'elle n'existe pas, le long du carreau, contre le mastic… dans le sens vertical, bien entendu…

Le comte se leva. Il paraissait très surexcité. Il arpenta deux ou trois fois le salon d'un pas nerveux, et, s'approchant de Floriani :

— Rien n'a changé là-haut depuis ce jour... personne n'a mis les pieds dans ce cabinet.

— En ce cas, monsieur, il vous est loisible de vous assurer que mon explication concorde avec la réalité.

— Elle ne concorde avec aucun des faits que la justice a constatés. Vous n'avez rien vu, vous ne savez rien, et vous allez à l'encontre de tout ce que nous avons vu et de tout ce que nous savons.

Floriani ne sembla point remarquer l'irritation du comte, et il dit en souriant :

— Mon Dieu, monsieur, je tâche de voir clair, voilà tout. Si je me trompe, prouvez-moi mon erreur.

— Sans plus tarder... J'avoue qu'à la longue votre assurance...

M. de Dreux mâchonna encore quelques paroles, puis, soudain, se dirigea vers la porte et sortit.

Pas un mot ne fut prononcé. On attendait anxieusement, comme si, vraiment, une parcelle de la vérité allait apparaître. Et le silence avait une gravité extrême.

Enfin, le comte apparut dans l'embrasure de la porte. Il était pâle et singulièrement agité. Il dit à ses amis d'une voix tremblante :

— Je vous demande pardon... les révélations de monsieur sont si imprévues... je n'aurais jamais pensé...

Sa femme l'interrogea avidement :

— Parle... je t'en supplie... qu'y a-t-il ?

Il balbutia :

— La fente existe... à l'endroit même indiqué... le long du carreau...

Il saisit brusquement le bras du chevalier et lui dit d'un ton impérieux :

— Et maintenant, monsieur, poursuivez… je reconnais que vous avez raison jusqu'ici, mais maintenant… Ce n'est pas fini… répondez… que s'est-il passé selon vous ?

Floriani se dégagea doucement et après un instant prononça :

— Eh bien, selon moi, voilà ce qui s'est passé. L'individu, sachant que Mme de Dreux allait au bal avec le collier, a jeté sa passerelle pendant votre absence. Au travers de la fenêtre il vous a surveillé et vous a vu cacher le bijou. Dès que vous êtes parti, il a coupé la vitre et a tiré l'anneau.

— Soit, mais la distance est trop grande pour qu'il ait pu, par le vasistas, atteindre la poignée de la fenêtre.

— S'il n'a pu l'ouvrir, c'est qu'il est entré par le vasistas lui-même.

— Impossible ; il n'y a pas d'homme assez mince pour s'introduire par-là.

— Alors ce n'est pas un homme.

— Comment !

— Certes. Si le passage est trop étroit pour un homme, il faut bien que ce soit un enfant.

— Un enfant !

— Ne m'avez-vous pas dit que votre amie Henriette avait un fils !

— En effet… un fils qui s'appelait Raoul.

— Il est infiniment probable que c'est ce Raoul qui a commis le vol.

— Quelle preuve en avez-vous ?

— Quelle preuve !… il n'en manque pas de preuves… Ainsi par exemple…

Il se tut et réfléchit quelques secondes. Puis il reprit :

— Ainsi, par exemple, cette passerelle, il n'est pas à croire que l'enfant l'ait apportée du dehors et remportée sans que l'on s'en soit aperçu. Il a dû employer ce qui était à sa disposition. Dans le réduit où Henriette faisait sa cuisine, il y avait, n'est-ce pas, des tablettes accrochées au mur où l'on posait les casseroles ?

— Deux tablettes, autant que je m'en souvienne.

— Il faudrait s'assurer si ces planches sont réellement fixées aux tasseaux de bois qui les supportent. Dans le cas contraire nous serions autorisés à penser que l'enfant les a déclouées, puis attachées l'une à l'autre. Peut-être aussi, puisqu'il y avait un fourneau, trouverait-on le crochet à fourneau dont il a dû se servir pour ouvrir le vasistas. Sans mot dire le comte sortit, et cette fois les assistants ne ressentirent même point la petite anxiété de l'inconnu qu'ils avaient éprouvée la première fois. Ils savaient, ils savaient de façon absolue, que les prévisions de Floriani étaient justes. Il émanait de cet homme une impression de certitude si rigoureuse qu'on l'écoutait non point comme s'il déduisait des faits les uns des autres, mais comme s'il racontait des événements dont il était facile de vérifier au fur et à mesure l'authenticité.

Et personne ne s'étonna lorsqu'à son retour le comte déclara :

— C'est bien l'enfant, c'est bien lui, tout l'atteste.

— Vous avez vu les planches… le crochet ?

— J'ai vu… les planches ont été déclouées… le crochet est encore là.

Mais Mme de Dreux-Soubise s'écria :

— C'est lui… Vous voulez dire plutôt que c'est sa mère. Henriette est la seule coupable. Elle aura obligé son fils…

— Non, affirma le chevalier, la mère n'y est pour rien.

— Allons donc ! ils habitaient la même chambre, l'enfant n'aurait pu agir à l'insu d'Henriette.

— Ils habitaient la même chambre, mais tout s'est passé dans la pièce voisine, la nuit, tandis que la mère dormait.

— Et le collier ? fit le comte, on l'aurait trouvé dans les affaires de l'enfant.

— Pardon ! il sortait, lui. Le matin même où vous l'avez surpris devant sa table de travail, il venait de l'école, et peut-être la justice, au lieu d'épuiser ses ressources contre la mère innocente, aurait-elle été mieux inspirée en perquisitionnant là-bas, dans le pupitre de l'enfant, parmi ses livres de classe.

— Soit, mais ces deux mille francs qu'Henriette recevait chaque année, n'est-ce pas le meilleur signe de sa complicité ?

— Complice, vous eût-elle remerciés de cet argent ? Et puis, ne la surveillait-on pas ? Tandis que l'enfant est libre, lui, il a toute facilité pour courir jusqu'à la ville voisine, pour s'aboucher avec un revendeur quelconque et lui céder à vil prix un diamant, deux diamants, selon le cas… sous la seule condition que l'envoi d'argent sera effectué de Paris, moyennant quoi on recommencera l'année suivante.

Un malaise indéfinissable oppressait les Dreux-Soubise et leurs invités. Vraiment il y avait dans le ton, dans l'attitude de Floriani, autre chose que cette certitude qui, dès le début, avait si fort agacé le comte. Il y avait comme de l'ironie, et une ironie qui semblait plutôt hostile que sympathique et amicale ainsi qu'il eût convenu.

Le comte affecta de rire.

— Tout cela est d'un ingénieux qui me ravit, mes compliments. Quelle imagination brillante !

— Mais non, mais non, s'écria Floriani avec plus de gravité, je n'imagine pas, j'évoque des circonstances qui furent inévitablement telles que je les montre.

— Qu'en savez-vous ?

— Ce que vous-même m'en avez dit. Je me représente la vie de la mère et de l'enfant, là-bas, au fond de la province, la mère qui tombe malade, les ruses et les inventions du petit pour vendre les pierreries et sauver sa mère ou tout au moins adoucir ses derniers moments. Le mal l'emporte. Elle meurt. Des années passent. L'enfant grandit, devient un homme. Et alors – et pour cette fois, je veux bien admettre que mon imagination se donne libre cours – supposons que cet homme éprouve le besoin de revenir dans les lieux où il a vécu son enfance, qu'il les revoie, qu'il retrouve ceux qui ont soupçonné, accusé sa mère… pensez-vous à l'intérêt poignant d'une telle entrevue dans la vieille maison où se sont déroulées les péripéties du drame ?

Ses paroles retentirent quelques secondes dans le silence inquiet, et sur le visage de M. et Mme de Dreux, se lisait un effort éperdu pour comprendre, en même temps que la peur, que l'angoisse de comprendre. Le comte murmura :

— Qui êtes-vous donc, monsieur ?

— Moi ? mais le chevalier Floriani que vous avez rencontré à Palerme, et que vous avez été assez bon de convier chez vous déjà plusieurs fois.

— Alors que signifie cette histoire ?

— Oh ! mais rien du tout ! C'est un simple jeu de ma part. J'essaie de me figurer la joie que le fils d'Henriette, s'il existe encore, aurait à vous dire qu'il fut le seul coupable, et qu'il le fut parce que sa mère était malheureuse, sur le point de perdre la place de… domestique dont elle vivait, et parce que l'enfant souffrait de voir sa mère malheureuse.

Il s'exprimait avec une émotion contenue, à demi levé et penché vers la comtesse. Aucun doute ne pouvait subsister. Le chevalier Floriani n'était autre que le fils d'Henriette. Tout, dans son attitude, dans ses paroles, le proclamait. D'ailleurs n'était-ce point son intention évidente, sa volonté même d'être reconnu comme tel ?

Le comte hésita. Quelle conduite allait-il tenir envers l'audacieux personnage ? Sonner ? Provoquer un scandale ? Démasquer celui qui l'avait dépouillé jadis ? Mais il y avait si longtemps ! Et qui voudrait admettre cette histoire absurde d'enfant coupable ? Non, il valait mieux accepter la situation, en affectant de n'en point saisir le véritable sens. Et le comte, s'approchant de Floriani, s'écria avec enjouement :

– Très amusant, très curieux, votre roman. Je vous jure qu'il me passionne. Mais, suivant vous, qu'est-il devenu ce bon jeune homme, ce modèle des fils ? J'espère qu'il ne s'est pas arrêté en si beau chemin.

– Oh ! certes, non.

– N'est-ce pas ! Après un tel début ! Prendre le collier de la reine à six ans, le célèbre collier que convoitait Marie-Antoinette !

– Et le prendre, observa Floriani, se prêtant au jeu du comte, le prendre sans qu'il lui en coûte le moindre désagrément, sans que personne ait l'idée d'examiner l'état des carreaux ou s'avise que le rebord de la fenêtre est trop propre, ce rebord qu'il avait essuyé pour effacer les traces de son passage sur l'épaisse poussière… Avouez qu'il y avait de quoi tourner la tête d'un gamin de son âge. C'est donc si facile ? Il n'y a donc qu'à vouloir et à tendre la main ?… Ma foi, il voulut…

– Et il tendit la main.

– Les deux mains, reprit le chevalier en riant.

Il y eut un frisson. Quel mystère cachait la vie de ce soi-disant Floriani ? Combien extraordinaire devait être l'existence de cet aventurier, voleur génial à six ans, et qui, aujourd'hui, par un raffinement de dilettante en quête d'émotion, ou tout au plus pour satisfaire un sentiment de rancune, venait braver sa victime chez elle, audacieusement, follement, et cependant avec toute la correction d'un galant homme en visite !

Il se leva et s'approcha de la comtesse pour prendre congé. Elle réprima un mouvement de recul. Il sourit.

– Oh ! madame, vous avez peur ! aurais-je donc poussé trop loin ma petite comédie de sorcier de salon !

Elle se domina et répondit avec la même désinvolture un peu railleuse :

– Nullement, monsieur. La légende de ce bon fils m'a au contraire fort intéressée, et je suis heureuse que mon collier ait été l'occasion d'une destinée aussi brillante. Mais ne croyez-vous pas que le fils de cette… femme, de cette Henriette, obéissait surtout à sa vocation ?

Il tressaillit, sentant la pointe, et répliqua :

– J'en suis persuadé, et il fallait même que cette vocation fût sérieuse pour que l'enfant ne se rebutât point.

— Et comment cela ?

— Mais oui, vous le savez, la plupart des pierres étaient fausses. Il n'y avait de vrais que les quelques diamants rachetés au bijoutier anglais, les autres ayant été vendus un à un selon les dures nécessités de la vie.

— C'était toujours le collier de la reine, monsieur, dit la comtesse avec hauteur, et voilà, me semble-t-il, ce que le fils d'Henriette ne pouvait comprendre.

— Il a dû comprendre, madame, que, faux ou vrai, le collier était avant tout un objet de parade, une enseigne.

M. de Dreux fit un geste. Sa femme aussitôt le prévint.

— Monsieur, dit-elle, si l'homme auquel vous faites allusion a la moindre pudeur…

Elle s'interrompit, intimidée par le calme regard de Floriani.

Il répéta :

— Si cet homme a la moindre pudeur…

Elle sentit qu'elle ne gagnerait rien à lui parler de la sorte, et malgré elle, malgré sa colère et son indignation, toute frémissante d'orgueil humilié, elle lui dit presque poliment :

— Monsieur, la légende veut que Rétaux de Villette, quand il eut le collier de la reine entre les mains et qu'il en eut fait sauter tous les diamants avec Jeanne de Valois, n'ait point osé toucher à la monture. Il comprit que les diamants n'étaient que l'ornement, que l'accessoire, mais que la monture était l'œuvre essentielle, la création même de l'artiste, et il la respecta. Pensez-vous que cet homme ait compris également ?

— Je ne doute pas que la monture existe. L'enfant l'a respectée.

— Eh bien, monsieur, s'il vous arrive de le rencontrer, vous lui direz qu'il garde injustement une de ces reliques qui sont la propriété et la gloire de certaines familles, et qu'il a pu en arracher les pierres sans que le collier de la reine cessât d'appartenir à la maison de Dreux-Soubise. Il nous appartient comme notre nom, comme notre honneur.

Le chevalier répondit simplement :

— Je le lui dirai, madame.

Il s'inclina devant elle, salua le comte, salua les uns après les autres tous les assistants et sortit.

*

Quatre jours après, Mme de Dreux trouvait sur la table de sa chambre un écrin de cuir rouge aux armes du cardinal. Elle ouvrit. C'était le collier en esclavage de la reine.

Mais comme toutes choses doivent, dans la vie d'un homme soucieux d'unité et de logique, concourir au même but – et qu'un peu de réclame n'est jamais nuisible – le lendemain *L'Écho de France* publiait ces lignes sensationnelles :

Le collier de la reine, le célèbre bijou historique dérobé autrefois à la famille de Dreux-Soubise, a été retrouvé par Arsène Lupin. Arsène Lupin s'est empressé de le rendre à ses légitimes propriétaires. On ne peut qu'applaudir à cette attention délicate et chevaleresque.

Le Sept-de-cœur

Une question se pose, et elle me fut souvent posée :

— Comment ai-je connu Arsène Lupin ?

Personne ne doute que je le connaisse. Les détails que j'accumule sur cet homme déconcertant, les faits irréfutables que j'expose, les preuves nouvelles que j'apporte, l'interprétation que je donne de certains actes dont on n'avait vu que les manifestations extérieures sans en pénétrer les raisons secrètes ni le mécanisme invisible, tout cela prouve bien, sinon une intimité, que l'existence même de Lupin rendrait impossible, du moins des relations amicales et des confidences suivies.

Mais comment l'ai-je connu ? D'où me vient la faveur d'être son historiographe ? Pourquoi moi et pas un autre ?

La réponse est facile : le hasard seul a présidé à un choix où mon mérite n'entre pour rien. C'est le hasard qui m'a mis sur sa route. C'est par hasard que j'ai été mêlé à l'une de ses plus étranges et de ses plus mystérieuses aventures, par hasard enfin que je fus acteur dans un drame dont il fut le merveilleux metteur en scène, drame obscur et complexe, hérissé de telles péripéties que j'éprouve un certain embarras au moment d'en entreprendre le récit.

Le premier acte se passe au cours de cette fameuse nuit du 22 au 23 juin dont on a tant parlé. Et, pour ma part, disons-le tout de suite, j'attribue la conduite assez anormale que je tins en l'occasion, à l'état d'esprit très spécial où je me trouvais en rentrant chez moi. Nous avions dîné entre amis au restaurant de la Cascade, et, toute la soirée, tandis que nous fumions et que l'orchestre de Tziganes jouait des valses mélancoliques, nous n'avions parlé que de crimes et de vols, d'intrigues effrayantes et ténébreuses. C'est toujours là une mauvaise préparation au sommeil.

Les Saint-Martin s'en allèrent en automobile. Jean Daspry – ce charmant et insouciant Daspry qui devait, six mois après, se faire tuer de façon si tragique sur la frontière du Maroc –, Jean Daspry et moi nous revînmes à pied par la nuit obscure et chaude. Quand nous fûmes arrivés devant le petit hôtel que j'habitais depuis un an à Neuilly, sur le boulevard Maillot, il me dit :

— Vous n'avez jamais peur ?

— Quelle idée !

— Dame, ce pavillon est tellement isolé ! pas de voisins… des terrains vagues… Vrai, je ne suis pas poltron, et cependant…

— Eh bien, vous êtes gai, vous !

— Oh ! je dis cela comme je dirais autre chose. Les Saint-Martin m'ont impressionné avec leurs histoires de brigands.

M'ayant serré la main il s'éloigna. Je pris ma clé et j'ouvris.

— Allons ! bon, murmurai-je, Antoine a oublié de m'allumer une bougie.

Et soudain je me rappelai : Antoine était absent, je lui avais donné congé.

Tout de suite l'ombre et le silence me furent désagréables. Je montai jusqu'à ma chambre à tâtons, le plus vite possible, et, aussitôt, contrairement à mon habitude, je tournai la clé et poussai le verrou.

La flamme de la bougie me rendit mon sang-froid. Pourtant j'eus soin de tirer mon revolver de sa gaine, un gros revolver à longue portée, et je le posai à côté de mon lit. Cette précaution acheva de me rassurer. Je me couchai et, comme à l'ordinaire, pour m'endormir, je pris sur la table de nuit le livre qui m'y attendait chaque soir.

Je fus très étonné. À la place du coupe-papier dont je l'avais marqué la veille, se trouvait une enveloppe, cachetée de cinq cachets de cire rouge. Je la saisis vivement. Elle portait comme adresse mon nom et mon prénom, accompagnés de cette mention : « Urgente ».

Une lettre ! une lettre à mon nom ! qui pouvait l'avoir mise à cet endroit ? Un peu nerveux, je déchirai l'enveloppe, et je lus :

À partir du moment où vous aurez ouvert cette lettre, quoi qu'il arrive, quoi que vous entendiez, ne bougez plus, ne faites pas un geste, ne jetez pas un cri. Sinon, vous êtes perdu.

Moi non plus je ne suis pas un poltron, et, tout aussi bien qu'un autre, je sais me tenir en face du danger réel, ou sourire des périls chimériques dont s'effare notre imagination. Mais, je le répète, j'étais dans une situation d'esprit anormale, plus facilement impressionnable, les nerfs à fleur de peau. Et d'ailleurs, n'y avait-il pas dans tout cela quelque chose de troublant et d'inexplicable qui eût ébranlé l'âme du plus intrépide ?

Mes doigts serraient fiévreusement la feuille de papier, et mes yeux relisaient sans cesse les phrases menaçantes… « Ne faites pas un geste… ne jetez pas un cri… sinon, vous êtes perdu… » Allons donc ! pensai-je, c'est quelque plaisanterie, une farce imbécile.

Je fus sur le point de rire, même je voulus rire à haute voix. Qui m'en empêcha ? Quelle crainte indécise me comprima la gorge ?

Du moins je soufflerais la bougie. Non, je ne pus la souffler. « Pas un geste, ou vous êtes perdu », était-il écrit.

Mais pourquoi lutter contre ces sortes d'autosuggestions plus impérieuses souvent que les faits les plus précis ? Il n'y avait qu'à fermer les yeux. Je fermai les yeux.

Au même moment, un bruit léger passa dans le silence, puis des craquements. Et cela provenait, me sembla-t-il, d'une grande salle voisine où j'avais installé mon cabinet de travail et dont je n'étais séparé que par l'antichambre.

L'approche d'un danger réel me surexcita, et j'eus la sensation que j'allais me lever, saisir mon revolver et me précipiter dans cette salle. Je ne me levai point : en face de moi, un des rideaux de la fenêtre de gauche avait remué.

Le doute n'était pas possible : il avait remué. Il remuait encore ! Et je vis – oh ! je vis cela distinctement – qu'il y avait entre les rideaux et la fenêtre, dans cet espace trop étroit, une forme humaine dont l'épaisseur empêchait l'étoffe de tomber droit.

Et l'être aussi me voyait, il était certain qu'il me voyait à travers les mailles très larges de l'étoffe. Alors je compris tout. Tandis que les autres emportaient leur butin, sa mission à lui consistait à me tenir en respect. Me lever ? Saisir un revolver ? Impossible… il était là ! au moindre geste, au moindre cri, j'étais perdu.

Un coup violent secoua la maison, suivi de petits coups groupés par deux ou trois, comme ceux d'un marteau qui frappe sur des pointes et qui rebondit. Ou du moins voilà ce que j'imaginais, dans la confusion de mon cerveau. Et d'autres bruits s'entrecroisèrent, un véritable vacarme qui prouvait que l'on ne se gênait point, et que l'on agissait en toute sécurité.

On avait raison : je ne bougeai pas. Fut-ce lâcheté ? Non, anéantissement plutôt, impuissance totale à mouvoir un seul de mes membres. Sagesse également, car enfin pourquoi lutter ? Derrière cet homme, il y en avait dix autres qui viendraient à son appel. Allais-je risquer ma vie pour sauver quelques tapisseries et quelques bibelots ?

Et toute la nuit ce supplice dura. Supplice intolérable, angoisse terrible ! Le bruit s'était interrompu, mais *je ne cessais d'attendre* qu'il recommençât. Et l'homme ! l'homme qui me surveillait, l'arme à la main ! Mon regard effrayé ne le quittait pas. Et mon cœur battait ! et de la sueur ruisselait de mon front et de tout mon corps !

Et tout à coup un bien-être inexprimable m'envahit : une voiture de laitier dont je connaissais bien le roulement, passa sur le boulevard, et j'eus en même temps l'impression que l'aube se glissait entre les persiennes closes et qu'un peu de jour dehors se mêlait à l'ombre.

Et le jour pénétra dans la chambre. Et d'autres voitures passèrent. Et tous les fantômes de la nuit s'évanouirent.

Alors je sortis un bras du lit, lentement, sournoisement. En face rien ne remua. Je marquai des yeux le pli du rideau, l'endroit précis où il fallait viser, je fis le compte exact des mouvements que je devais exécuter, et, rapidement, j'empoignai mon revolver et je tirai.

Je sautai hors du lit avec un cri de délivrance, et je bondis sur le rideau. L'étoffe était percée, la vitre était percée. Quant à l'homme, je n'avais pu l'atteindre… pour cette bonne raison qu'il n'y avait personne.

Personne ! Ainsi, toute la nuit, j'avais été hypnotisé par un pli de rideau ! Et pendant ce temps, des malfaiteurs… Rageusement, d'un élan que rien n'eût arrêté, je tournai la clé dans la serrure, j'ouvris ma porte, je traversai l'antichambre, j'ouvris une autre porte, et je me ruai dans la salle.

Mais une stupeur me cloua sur le seuil, haletant, abasourdi, plus étonné encore que je ne l'avais été de l'absence de l'homme : rien n'avait disparu. Toutes les choses que je supposais enlevées, meubles, tableaux, vieux velours et vieilles soies, toutes ces choses étaient à leur place !

Spectacle incompréhensible ! Je n'en croyais pas mes yeux ! Pourtant ce vacarme, ces bruits de déménagement… Je fis le tour de la pièce, j'inspectai les murs, je dressai l'inventaire de tous ces objets que je connaissais si bien. Rien ne manquait ! Et ce qui me déconcertait le plus, c'est que rien non plus ne révélait le passage des malfaiteurs, aucun indice, pas une chaise dérangée, pas une trace de pas.

— Voyons, voyons, me disais-je en me prenant la tête à deux mains, je ne suis pourtant pas un fou ! J'ai bien entendu !…

Pouce par pouce, avec les procédés d'investigation les plus minutieux, j'examinai la salle. Ce fut en vain. Ou plutôt… mais pouvais-je considérer cela comme une découverte ? Sous un petit tapis persan, jeté sur le parquet, je ramassai une carte, une carte à jouer. C'était un sept de cœur, pareil à tous les sept de cœur des jeux de cartes français, mais qui retint mon attention par un détail assez curieux. La pointe extrême de chacune des sept marques rouges en forme de cœur, était percée d'un trou, le trou rond et régulier qu'eût pratiqué l'extrémité d'un poinçon.

Voilà tout. Une carte et une lettre trouvée dans un livre. En dehors de cela, rien. Était-ce assez pour affirmer que je n'avais pas été le jouet d'un rêve ?

*

Toute la journée, je poursuivis mes recherches dans le salon. C'était une grande pièce en disproportion avec l'exiguïté de l'hôtel, et dont l'ornementation attestait le goût bizarre de celui qui l'avait conçue. Le parquet était fait d'une mosaïque de petites pierres multicolores, formant de larges dessins symétriques. La même mosaïque recouvrait les murs, disposée en panneaux, allégories pompéiennes, compositions byzantines, fresque du Moyen Âge. Un Bacchus enfourchait un tonneau. Un empereur couronné d'or, à barbe fleurie, tenait un glaive dans sa main droite.

Tout en haut, un peu à la façon d'un atelier, se découpait l'unique et vaste fenêtre. Cette fenêtre étant toujours ouverte la nuit, il était probable que les hommes avaient passé par-là, à l'aide d'une échelle. Mais, ici encore, aucune certitude. Les montants de l'échelle eussent dû laisser des traces sur le sol battu de la cour : il n'y en avait point. L'herbe du terrain vague qui entourait l'hôtel aurait dû être fraîchement foulée : elle ne l'était pas.

J'avoue que je n'eus point l'idée de m'adresser à la police, tellement les faits qu'il m'eût fallu exposer étaient inconsistants et absurdes. On se fût moqué de moi. Mais, le surlendemain, c'était mon jour de chronique au *Gil Blas*, où j'écrivais alors. Obsédé par mon aventure, je la racontai tout au long.

L'article ne passa pas inaperçu, mais je vis bien qu'on ne le prenait guère au sérieux, et qu'on le considérait plutôt comme une fantaisie que comme une histoire réelle. Les Saint-Martin me raillèrent. Daspry, cependant, qui ne manquait pas d'une certaine compétence en ces matières, vint me voir, se fit expliquer l'affaire et l'étudia… sans plus de succès d'ailleurs.

Or, un des matins suivants, le timbre de la grille résonna, et Antoine vint m'avertir qu'un monsieur désirait me parler. Il n'avait pas voulu donner son nom. Je le priai de monter.

C'était un homme d'une quarantaine d'années, très brun, de visage énergique, et dont les habits propres, mais usés, annonçaient un souci d'élégance qui contrastait avec ses façons plutôt vulgaires.

Sans préambule, il me dit – d'une voix éraillée, avec des accents qui me confirmèrent la situation sociale de l'individu :

— Monsieur, en voyage, dans un café, le *Gil Blas* m'est tombé sous les yeux. J'ai lu votre article. Il m'a intéressé… beaucoup.

— Je vous remercie.

— Et je suis revenu.

— Ah !

— Oui, pour vous parler. Tous les faits que vous avez racontés sont-ils exacts ?

— Absolument exacts.

— Il n'en est pas un seul qui soit de votre invention ?

— Pas un seul.

— En ce cas j'aurais peut-être des renseignements à vous fournir.

— Je vous écoute.

— Non.

— Comment, non ?

— Avant de parler, il faut que je vérifie s'ils sont justes.

— Et pour les vérifier ?

— Il faut que je reste seul dans cette pièce.

Je le regardai avec surprise.

— Je ne vois pas très bien…

— C'est une idée que j'ai eue en lisant votre article. Certains détails établissent une coïncidence vraiment extraordinaire avec une autre aventure que le hasard m'a révélée. Si je me suis trompé, il est préférable que je garde le silence. Et l'unique moyen de le savoir, c'est que je reste seul…

Qu'y avait-il sous cette proposition ? Plus tard je me suis rappelé qu'en la formulant l'homme avait un air inquiet, une expression de physionomie anxieuse. Mais, sur le moment, bien qu'un peu étonné, je ne trouvai rien de particulièrement anormal à sa demande. Et puis une telle curiosité me stimulait !

Je répondis :

— Soit. Combien vous faut-il de temps ?

– Oh ! trois minutes, pas davantage. D'ici trois minutes, je vous rejoindrai.

Je sortis de la pièce. En bas, je tirai ma montre. Une minute s'écoula. Deux minutes… Pourquoi donc me sentais-je oppressé ? Pourquoi ces instants me paraissaient-ils plus solennels que d'autres ?

Deux minutes et demie… Deux minutes trois quarts… Et soudain un coup de feu retentit.

En quelques enjambées j'escaladai les marches et j'entrai. Un cri d'horreur m'échappa.

Au milieu de la salle l'homme gisait, immobile, couché sur le côté gauche. Du sang coulait de son crâne, mêlé à des débris de cervelle. Près de son poing, un revolver, tout fumant.

Une convulsion l'agita, et ce fut tout.

Mais plus encore que ce spectacle effroyable, quelque chose me frappa, quelque chose qui fit que je n'appelai pas au secours tout de suite, et que je ne me jetai point à genoux pour voir si l'homme respirait. À deux pas de lui, par terre, il y avait un sept de cœur !

Je le ramassai. Les sept extrémités des sept marques rouges étaient percées d'un trou…

*

Une demi-heure après, le commissaire de police de Neuilly arrivait, puis le médecin légiste, puis le chef de la Sûreté, M. Dudouis. Je m'étais bien gardé de toucher au cadavre. Rien ne put fausser les premières constatations.

Elles furent brèves, d'autant plus brèves que tout d'abord on ne découvrit rien, ou peu de chose. Dans les poches du mort aucun papier, sur ses vêtements aucun nom, sur son linge aucune initiale. Somme toute, pas un indice capable d'établir son identité. Et dans la salle le même ordre qu'auparavant. Les meubles n'avaient pas été dérangés, et les objets avaient gardé leur ancienne position. Pourtant cet homme n'était pas venu chez moi dans l'unique intention de se tuer, et parce qu'il jugeait que mon domicile convenait mieux que tout autre à son suicide ! Il fallait qu'un motif l'eût déterminé à cet acte de désespoir, et que ce motif lui-même résultât d'un fait nouveau, constaté par lui au cours des trois minutes qu'il avait passées seul.

Quel fait ? Qu'avait-il vu ? Qu'avait-il surpris ? Quel secret épouvantable avait-il pénétré ? Aucune supposition n'était permise.

Mais, au dernier moment, un incident se produisit qui nous parut d'un intérêt considérable. Comme deux agents se baissaient pour soulever le cadavre et l'emporter sur un brancard, ils s'aperçurent que la main gauche, fermée jusqu'alors et crispée, s'était détendue, et qu'une carte de visite, toute froissée, s'en échappait.

Cette carte portait : « Georges Andermatt, rue de Berry, 37. »

Qu'est-ce que cela signifiait ? Georges Andermatt était un gros banquier de Paris, fondateur et président de ce Comptoir des métaux qui a donné une telle impulsion aux industries métallurgiques de France. Il menait grand train, possédant mail-coach, automobiles, écurie de course. Ses réunions étaient très suivies et l'on citait Mme Andermatt pour sa grâce et pour sa beauté.

— Serait-ce le nom du mort ? murmurai-je.

Le chef de la Sûreté se pencha.

— Ce n'est pas lui. M. Andermatt est un homme pâle et un peu grisonnant.

— Mais alors pourquoi cette carte ?

— Vous avez le téléphone, monsieur ?

— Oui, dans le vestibule. Si vous voulez bien m'accompagner.

Il chercha dans l'annuaire et demanda le 415.21.

— M. Andermatt est-il chez lui ? Veuillez lui dire que M. Dudouis le prie de venir en toute hâte au 102 du boulevard Maillot. C'est urgent.

Vingt minutes plus tard, M. Andermatt descendait de son automobile. On lui exposa les raisons qui nécessitaient son intervention, puis on le mena devant le cadavre.

Il eut une seconde d'émotion qui contracta son visage, et prononça à voix basse, comme s'il parlait malgré lui :

— Étienne Varin.

— Vous le connaissiez ?

— Non… ou du moins oui… mais de vue seulement. Son frère…

— Il a un frère ?

— Oui, Alfred Varin… Son frère est venu autrefois me solliciter… je ne sais plus à quel propos…

— Où demeure-t-il ?

— Les deux frères demeuraient ensemble… rue de Provence, je crois.

— Et vous ne soupçonnez pas la raison pour laquelle celui-ci s'est tué ?

— Nullement.

— Cependant cette carte qu'il tenait dans sa main ?… Votre carte avec votre adresse !

— Je n'y comprends rien. Ce n'est là évidemment qu'un hasard que l'instruction nous expliquera.

Un hasard en tout cas bien curieux, pensai-je et je sentis que nous éprouvions tous la même impression.

Cette impression, je la retrouvai dans les journaux du lendemain, et chez tous ceux de mes amis avec qui je m'entretins de l'aventure. Au milieu des mystères qui la compliquaient, après la double découverte, si déconcertante, de ce sept de cœur sept fois percé, après les deux événements aussi énigmatiques l'un que l'autre dont ma demeure avait été le théâtre, cette carte de visite semblait enfin promettre un peu de lumière. Par elle on arriverait à la vérité.

Mais, contrairement aux prévisions, M. Andermatt ne fournit aucune indication.

— J'ai dit ce que je savais, répétait-il. Que veut-on de plus ? Je suis le premier stupéfait que cette carte ait été trouvée là, et j'attends comme tout le monde que ce point soit éclairci.

Il ne le fut pas. L'enquête établit que les frères Varin, Suisses d'origine, avaient mené sous des noms différents une vie fort mouvementée, fréquentant les tripots, en relations avec toute une bande d'étrangers dont la police s'occupait, et qui s'était dispersée après une série de cambriolages auxquels leur participation ne fut établie que par la suite. Au numéro 24 de la rue de Provence où les frères Varin avaient en effet habité six ans auparavant, on ignorait ce qu'ils étaient devenus.

Je confesse que, pour ma part, cette affaire me semblait si embrouillée que je ne croyais guère à la possibilité d'une solution, et que je m'efforçais de n'y plus songer. Mais Jean Daspry, au contraire, que je vis beaucoup à cette époque, se passionnait chaque jour davantage.

Ce fut lui qui me signala cet écho d'un journal étranger que toute la presse reproduisait et commentait :

On va procéder en présence de l'empereur, et dans un lieu que l'on tiendra secret jusqu'à la dernière minute, aux premiers essais d'un sous-marin qui doit révolutionner les conditions futures de la guerre navale. Une indiscrétion nous en a révélé le nom : il s'appelle le Sept-de-cœur.

Le *Sept-de-cœur* ! était-ce là rencontre fortuite ? ou bien devait-on établir un lien entre le nom de ce sous-marin et les incidents dont nous avons parlé ? Mais un lien de quelle nature ? Ce qui se passait ici ne pouvait aucunement se relier à ce qui se passait là-bas.

— Qu'en savez-vous ? me disait Daspry. Les effets les plus disparates proviennent souvent d'une cause unique.

Le surlendemain, un autre écho nous arrivait :

On prétend que les plans du Sept-de-cœur, *le sous-marin dont les expériences vont avoir lieu incessamment, ont été exécutés par des ingénieurs français. Ces ingénieurs, ayant sollicité en vain l'appui de leurs compatriotes, se seraient adressés ensuite, sans plus de succès, à l'Amirauté anglaise. Nous donnons ces nouvelles sous toute réserve.*

Je n'ose pas trop insister sur des faits de nature extrêmement délicate, et qui provoquèrent, on s'en souvient, une émotion si considérable. Cependant, puisque tout danger de complication est écarté, il me faut bien parler de l'article de *L'Écho de France*, qui fit alors tant de bruit, et qui jeta sur l'affaire du *Sept-de-cœur*, comme on l'appelait, quelques clartés… confuses.

Le voici, tel qu'il parut sous la signature de Salvator : « L'affaire du *Sept-de-cœur*. Un coin du voile soulevé. »

Nous serons brefs. Il y a dix ans, un jeune ingénieur des mines, Louis Lacombe, désireux de consacrer son temps et sa fortune aux études qu'il poursuivait, donna sa démission, et loua, au numéro 102 du boulevard Maillot, un petit hôtel qu'un comte italien avait fait récemment construire et décorer. Par l'intermédiaire de deux individus, les frères Varin, de Lausanne, dont l'un l'assistait dans ses expériences comme préparateur, et dont l'autre lui cherchait des commanditaires, il entra en relations avec H. Georges Andermatt, qui venait de fonder le Comptoir des Métaux.

Après plusieurs entrevues, il parvint à l'intéresser à un projet de sous-marin auquel il travaillait, et il fut entendu que, dès la mise au point définitive de l'invention, M. Andermatt userait de son influence pour obtenir du ministère de la marine une série d'essais.

Durant deux années, Louis Lacombe fréquenta assidûment l'hôtel Andermatt et soumit au banquier les perfectionnements qu'il apportait à son projet, jusqu'au jour où, satisfait lui-même de son travail, ayant trouvé la formule définitive qu'il cherchait, il pria M. Andermatt de se mettre en campagne.

Ce jour-là, Louis Lacombe dîna chez les Andermatt. Il s'en alla, le soir, vers onze heures et demie. Depuis on ne l'a plus revu.

En relisant les journaux de l'époque, on verrait que la famille du jeune homme saisit la justice et que le parquet s'inquiéta. Mais on n'aboutit à aucune certitude, et généralement il fut admis que Louis Lacombe, qui passait pour un garçon original et fantasque, était parti en voyage sans prévenir personne.

Acceptons cette hypothèse… invraisemblable. Mais une question se pose, capitale pour notre pays : que sont devenus les plans du sous-marin ? Louis Lacombe les a-t-il emportés ? Sont-ils détruits ?

De l'enquête très sérieuse à laquelle nous nous sommes livrés, il résulte que ces plans existent. Les frères Varin les ont eus entre les mains. Comment ? Nous n'avons encore pu l'établir, de même que nous ne savons pas pourquoi ils n'ont pas essayé plus tôt de les vendre. Craignaient-ils qu'on ne leur demandât comment ils les avaient en leur possession ? En tout cas cette crainte n'a pas persisté, et nous pouvons en toute certitude affirmer ceci : les plans de Louis Lacombe sont la propriété d'une puissance étrangère, et nous sommes en mesure de publier la correspondance échangée à ce propos entre les frères Varin et le représentant de cette puissance. Actuellement le Sept-de-cœur *imaginé par Louis Lacombe est réalisé par nos voisins.*

La réalité répondra-t-elle aux prévisions optimistes de ceux qui ont été mêlés à cette trahison ? Nous avons, pour espérer le contraire, des raisons que l'événement, nous voudrions le croire, ne trompera point.

Et un post-scriptum ajoutait :

Dernière heure. – Nous espérions à juste titre. Nos informations particulières nous permettent d'annoncer que les essais du Sept-de-cœur *n'ont pas été satisfaisants. Il est assez probable qu'aux plans livrés par les frères Varin, il manquait le dernier document apporté par Louis Lacombe à M. Andermatt le soir de sa disparition, document indispensable à la compréhension totale du projet, sorte de résumé où l'on retrouve les conclusions définitives, les évaluations et les mesures contenues dans les autres papiers. Sans ce document les plans sont imparfaits ; de même que, sans les plans, le document est inutile.*

Donc il est encore temps d'agir et de reprendre ce qui nous appartient. Pour cette besogne fort difficile, nous comptons beaucoup sur l'assistance de M. Andermatt. Il aura à cœur d'expliquer la conduite inexplicable qu'il a tenue depuis le début. Il dira non seulement pourquoi il n'a pas raconté ce qu'il savait au moment du suicide d'Étienne Varin, mais aussi pourquoi il n'a jamais révélé la disparition des papiers dont il avait connaissance. Il dira pourquoi, depuis six ans, il fait surveiller les frères Varin par des agents à sa solde.

Nous attendons de lui, non point des paroles, mais des actes. Sinon…

La menace était brutale. Mais en quoi consistait-elle ? Quel moyen d'intimidation Salvator, l'auteur… anonyme de l'article, possédait-il sur M. Andermatt ?

Une nuée de reporters assaillit le banquier, et dix interviews exprimèrent le dédain avec lequel il répondit à cette mise en demeure. Sur quoi, le correspondant de *L'Écho de France* riposta par ces trois lignes :

Que M. Andermatt le veuille ou non, il est dès à présent notre collaborateur dans l'œuvre que nous entreprenons.

*

Le jour où parut cette réplique, Daspry et moi nous dînâmes ensemble. Le soir, les journaux étalés sur ma table, nous discutions l'affaire et l'examinions sous toutes ses faces avec cette irritation que l'on éprouverait à marcher indéfiniment dans l'ombre et à toujours se heurter aux mêmes obstacles.

Et soudain, sans que mon domestique m'eût averti, sans que le timbre eût résonné, la porte s'ouvrit et une dame entra, couverte d'un voile épais.

Je me levai aussitôt et m'avançai. Elle me dit :

— C'est vous, monsieur, qui demeurez ici ?

— Oui, madame, mais je vous avoue…

— La grille sur le boulevard n'était pas fermée, expliqua-t-elle.

— Mais la porte du vestibule ?

Elle ne répondit pas, et je songeai qu'elle avait dû faire le tour par l'escalier de service. Elle connaissait donc le chemin ?

Il y eut un silence un peu embarrassé. Elle regarda Daspry. Malgré moi, comme j'eusse fait dans un salon, je le présentai. Puis je la priai de s'asseoir et de m'exposer le but de sa visite.

Elle enleva son voile et je vis qu'elle était brune, de visage régulier, et, sinon très belle, du moins d'un charme infini, qui provenait de ses yeux surtout, des yeux graves et douloureux.

Elle dit simplement :

— Je suis Mme Andermatt.

— Madame Andermatt ! répétai-je, de plus en plus étonné.

Un nouveau silence. Et elle reprit d'une voix calme, et de l'air le plus tranquille :

— Je viens au sujet de cette affaire… que vous savez. J'ai pensé que je pourrais peut-être avoir auprès de vous quelques renseignements…

— Mon Dieu, madame, je n'en connais pas plus que ce qu'en ont dit les journaux. Veuillez préciser en quoi je puis vous être utile.

— Je ne sais pas… Je ne sais pas…

Seulement alors j'eus l'intuition que son calme était factice, et que, sous cet air de sécurité parfaite, se cachait un grand trouble. Et nous nous tûmes, aussi gênés l'un que l'autre.

Mais Daspry, qui n'avait pas cessé de l'observer, s'approcha et lui dit :

— Voulez-vous me permettre, madame, de vous poser quelques questions ?

— Oh ! oui, s'écria-t-elle, comme cela je parlerai.

— Vous parlerez… quelles que soient ces questions ?

— Quelles qu'elles soient.

Il réfléchit et prononça :

— Vous connaissiez Louis Lacombe ?

— Oui, par mon mari.

— Quand l'avez-vous vu pour la dernière fois ?

— Le soir où il a dîné chez nous.

— Ce soir-là, rien n'a pu vous donner à penser que vous ne le verriez plus ?

— Non. Il avait bien fait allusion à un voyage en Russie, mais si vaguement !

— Vous comptiez donc le revoir ?

— Le surlendemain, à dîner.

— Et comment expliquez-vous cette disparition ?

— Je ne l'explique pas.
— Et M. Andermatt ?
— Je l'ignore.
— Cependant…
— Ne m'interrogez pas là-dessus.
— L'article de *L'Écho de France* semble dire…
— Ce qu'il semble dire, c'est que les frères Varin ne sont pas étrangers à cette disparition.
— Est-ce votre avis ?
— Oui.
— Sur quoi repose votre conviction ?
— En nous quittant, Louis Lacombe portait une serviette qui contenait tous les papiers relatifs à son projet. Deux jours après, il y a eu entre mon mari et l'un des frères Varin, celui qui vit, une entrevue au cours de laquelle mon mari acquérait la preuve que ces papiers étaient aux mains des deux frères.
— Et il ne les a pas dénoncés ?
— Non.
— Pourquoi ?
— Parce que, dans la serviette, se trouvait autre chose que les papiers de Louis Lacombe.
— Quoi ?
Elle hésita, fut sur le point de répondre, puis, finalement, garda le silence. Daspry continua :
— Voilà donc la cause pour laquelle votre mari, sans avertir la police, faisait surveiller les deux frères. Il espérait à la fois reprendre les papiers et cette chose… compromettante grâce à laquelle les deux frères exerçaient sur lui une sorte de chantage.
— Sur lui… et sur moi.
— Ah ! sur vous aussi ?
— Sur moi principalement.

Elle articula ces trois mots d'une voix sourde. Daspry l'observa, fit quelques pas, et revenant à elle :

— Vous avez écrit à Louis Lacombe ?

— Certes… mon mari était en relations…

— En dehors de ces lettres officielles, n'avez-vous pas écrit à Louis Lacombe… d'autres lettres. Excusez mon insistance, mais il est indispensable que je sache toute la vérité. Avez-vous écrit d'autres lettres ?

Toute rougissante, elle murmura :

— Oui.

— Et ce sont ces lettres que possédaient les frères Varin ?

— Oui.

— M. Andermatt le sait donc ?

— Il ne les a pas vues, mais Alfred Varin lui en a révélé l'existence, le menaçant de les publier si mon mari agissait contre eux. Mon mari a eu peur… il a reculé devant le scandale.

— Seulement, il a tout mis en œuvre pour leur arracher ces lettres.

— Il a tout mis en œuvre… du moins, je le suppose, car, à partir de cette dernière entrevue avec Alfred Varin, et après les quelques mots très violents par lesquels il m'en rendit compte, il n'y a plus eu entre mon mari et moi aucune intimité, aucune confiance. Nous vivons comme deux étrangers.

— En ce cas, si vous n'avez rien à perdre, que craignez-vous ?

— Si indifférente que je lui sois devenue, je suis celle qu'il a aimée, celle qu'il aurait encore pu aimer ; – oh ! cela, j'en suis certaine, murmura-t-elle d'une voix ardente, il m'aurait encore aimée, s'il ne s'était pas emparé de ces maudites lettres…

— Comment ! il aurait réussi... Mais les deux frères se défiaient cependant ?

— Oui, et ils se vantaient même, paraît-il, d'avoir une cachette sûre.

— Alors ?...

— J'ai tout lieu de croire que mon mari a découvert cette cachette !

— Allons donc ! où se trouvait-elle ?

— Ici.

Je tressautai.

— Ici !

— Oui, et je l'avais toujours soupçonné. Louis Lacombe, très ingénieux, passionné de mécanique, s'amusait, à ses heures perdues, à confectionner des coffres et des serrures. Les frères Varin ont dû surprendre et, par la suite, utiliser une de ces cachettes pour dissimuler les lettres... et d'autres choses aussi sans doute.

— Mais ils n'habitaient pas ici, m'écriai-je.

— Jusqu'à votre arrivée, il y a quatre mois, ce pavillon est resté inoccupé. Il est donc probable qu'ils y revenaient, et ils ont pensé en outre que votre présence ne les gênerait pas le jour où ils auraient besoin de retirer tous leurs papiers. Mais ils comptaient sans mon mari qui, dans la nuit du 22 au 23 juin, a forcé le coffre, a pris... ce qu'il cherchait, et a laissé sa carte pour bien montrer aux deux frères qu'il n'avait plus à les redouter et que les rôles changeaient. Deux jours plus tard, averti par l'article du *Gil Blas*, Étienne Varin se présentait chez vous en toute hâte, restait seul dans ce salon, trouvait le coffre vide... et se tuait.

Après un instant, Daspry demanda :

— C'est une simple supposition, n'est-ce pas ? M. Andermatt ne vous a rien dit ?

— Non.

— Son attitude vis-à-vis de vous ne s'est pas modifiée ? Il ne vous a pas paru plus sombre, plus soucieux ?

— Non.

— Et vous croyez qu'il en serait ainsi s'il avait trouvé les lettres ! Pour moi il ne les a pas. Pour moi, ce n'est pas lui qui est entré ici.

— Mais qui alors ?

— Le personnage mystérieux qui conduit cette affaire, qui en tient tous les fils, et qui la dirige vers un but que nous ne faisons qu'entrevoir à travers tant de complications, le personnage mystérieux dont on sent l'action visible et toute-puissante depuis la première heure. C'est lui et ses amis qui sont entrés dans cet hôtel le 22 juin, c'est lui qui a découvert la cachette, c'est lui qui a laissé la carte de M. Andermatt, c'est lui qui détient la correspondance et les preuves de la trahison des frères Varin.

— Qui, lui ? interrompis-je, non sans impatience.

— Le correspondant de *L'Écho de France*, parbleu, ce Salvator ! N'est-ce pas d'une évidence aveuglante ? Ne donne-t-il pas dans son article des détails que, seul, peut connaître l'homme qui a pénétré les secrets des deux frères ?

— En ce cas, balbutia Mme Andermatt, avec effroi, il a mes lettres également, et c'est lui à son tour qui menace mon mari ! Que faire, mon Dieu !

— Lui écrire, déclara nettement Daspry, se confier à lui sans détours ; lui raconter tout ce que vous savez et tout ce que vous pouvez apprendre.

— Que dites-vous !

— Votre intérêt est le même que le sien. Il est hors de doute qu'il agit contre le survivant des deux frères. Ce n'est pas contre M. Andermatt qu'il cherche des armes, mais contre Alfred Varin. Aidez-le.

— Comment ?

— Votre mari a-t-il ce document qui complète et qui permet d'utiliser les plans de Louis Lacombe ?

— Oui.

— Prévenez-en Salvator. Au besoin, tâchez de lui procurer ce document. Bref, entrez en correspondance avec lui. Que risquez-vous ?

Le conseil était hardi, dangereux même à première vue, mais Mme Andermatt n'avait guère le choix. Aussi bien, comme disait Daspry, que risquait-elle ? Si l'inconnu était un ennemi, cette démarche n'aggravait pas la situation. Si c'était un étranger qui poursuivait un but particulier, il devait n'attacher à ces lettres qu'une importance secondaire.

Quoi qu'il en soit, il y avait là une idée, et Mme Andermatt, dans son désarroi, fut trop heureuse de s'y rallier. Elle nous remercia avec effusion, et promit de nous tenir au courant.

Le surlendemain, en effet, elle nous envoyait ce mot qu'elle avait reçu en réponse…

Les lettres ne s'y trouvaient pas. Mais je les aurai, soyez tranquille. Je veille à tout. S.¶

Je pris le papier. C'était l'écriture du billet que l'on avait introduit dans mon livre de chevet, le soir du 22 juin.

Daspry avait donc raison, Salvator était bien le grand organisateur de cette affaire.

*

En vérité, nous commencions à discerner quelques lueurs parmi les ténèbres qui nous environnaient et certains points s'éclairaient d'une lumière inattendue. Mais que d'autres restaient obscurs, comme la découverte des deux sept de cœur ! Pour ma part, j'en revenais toujours là, plus intrigué peut-être qu'il n'eût fallu par ces deux cartes dont les sept petites figures transpercées avaient frappé mes yeux en de si troublantes circonstances. Quel rôle jouaient-elles dans le drame ? Quelle importance devait-on leur attribuer ? Quelle conclusion devait-on tirer de ce fait que le sous-marin construit sur les plans de Louis Lacombe portait le nom de *Sept-de-cœur* ?

Daspry, lui, s'occupait peu des deux cartes, tout entier à l'étude d'un autre problème dont la solution lui semblait plus urgente : il cherchait inlassablement la fameuse cachette.

– Et qui sait, disait-il, si je n'y trouverais point les lettres que Salvator n'y a pas trouvées... par inadvertance peut-être. Il est si peu croyable que les frères Varin aient enlevé d'un endroit qu'ils supposaient inaccessible, l'arme dont ils savaient la valeur inappréciable.

Et il cherchait. La grande salle n'ayant bientôt plus de secrets pour lui, il étendait ses investigations à toutes les autres pièces du pavillon : il scruta l'intérieur et l'extérieur, il examina les pierres et les briques des murailles, il souleva les ardoises du toit.

Un jour, il arriva avec une pioche et une pelle, me donna la pelle, garda la pioche et, désignant le terrain vague :

— Allons-y.

Je le suivis sans enthousiasme. Il divisa le terrain en plusieurs sections qu'il inspecta successivement. Mais, dans un coin, à l'angle que formaient les murs de deux propriétés voisines, un amoncellement de moellons et de cailloux, recouverts de ronces et d'herbes, attira son attention. Il l'attaqua.

Je dus l'aider. Durant une heure, en plein soleil, nous peinâmes inutilement. Mais lorsque, sous les pierres écartées, nous parvînmes au sol lui-même, et que nous l'eûmes éventré, la pioche de Daspry mit à nu des ossements, un reste de squelette autour duquel s'effiloquaient encore des bribes de vêtements.

Et soudain je me sentis pâlir. J'apercevais fichée en terre une petite plaque de fer, découpée en forme de rectangle et où il me semblait distinguer des taches rouges. Je me baissai. C'était bien cela : la plaque avait les dimensions d'une carte à jouer, et les taches rouges, d'un rouge de minium rongé par places, étaient au nombre de sept, disposées comme les sept points d'un sept de cœur, et percées d'un trou à chacune des sept extrémités.

— Écoutez, Daspry, j'en ai assez de toutes ces histoires. Tant mieux pour vous si elles vous intéressent. Moi, je vous fausse compagnie.

Était-ce l'émotion ? Était-ce la fatigue d'un travail exécuté sous un soleil trop rude, toujours est-il que je chancelai en m'en allant, et que je dus me mettre au lit où je restai quarante-huit heures, fiévreux et brûlant, obsédé par des squelettes qui dansaient autour de moi et se jetaient à la tête leurs cœurs sanguinolents.

Daspry me fut fidèle. Chaque jour il m'accorda trois ou quatre heures, qu'il passa, il est vrai, dans la grande salle, à fureter, cogner, et tapoter.

— Les lettres sont là, dans cette pièce, venait-il me dire de temps à autre, elles sont là. J'en mettrais ma main au feu.

— Laissez-moi la paix, répondais-je horripilé.

Le matin du troisième jour, je me levai assez faible encore, mais guéri. Un déjeuner substantiel me réconforta. Mais un petit bleu que je reçus vers cinq heures contribua, plus que tout, à mon complet rétablissement, tellement ma curiosité fut, de nouveau et malgré tout, piquée au vif.

Le pneumatique contenait ces mots :

Monsieur,

Le drame dont le premier acte s'est passé dans la nuit du 22 au 23 juin, touche à son dénouement. La force même des choses exigeant que je mette en présence l'un de l'autre les deux principaux personnages de ce drame et que cette confrontation ait lieu chez vous, je vous serais infiniment reconnaissant de me prêter votre domicile pour la soirée d'aujourd'hui. Il serait bon que, de neuf heures à onze heures, votre domestique fût éloigné, et préférable que vous-même eussiez l'extrême obligeance de bien vouloir laisser le champ libre aux adversaires. Vous avez pu vous rendre compte, dans la nuit du 22 au 23 juin, que je poussais jusqu'au scrupule le respect de tout ce qui vous appartient. De mon côté, je croirais vous faire injure si je doutais un seul instant de votre absolue discrétion à l'égard de celui qui signe.

Votre dévoué,

SALVATOR.

Il y avait dans cette missive un ton d'ironie courtoise, et, dans la demande qu'elle exprimait, une si jolie fantaisie, que je me délectai. C'était d'une désinvolture charmante, et mon correspondant semblait tellement sûr de mon acquiescement ! Pour rien au monde je n'eusse voulu le décevoir ou répondre à sa confiance par de l'ingratitude.

À huit heures, mon domestique, à qui j'avais offert une place de théâtre, venait de sortir quand Daspry arriva. Je lui montrai le petit bleu.

— Eh bien ? me dit-il.

— Eh bien, je laisse la grille du jardin ouverte, afin que l'on puisse entrer.

— Et vous vous en allez ?

— Jamais de la vie !

— Mais puisqu'on vous demande…

— On me demande la discrétion. Je serai discret. Mais je tiens furieusement à voir ce qui va se passer.

Daspry se mit à rire.

— Ma foi, vous avez raison, et je reste aussi. J'ai idée qu'on ne s'ennuiera pas.

Un coup de timbre l'interrompit.

— Eux déjà ? murmura-t-il, et vingt minutes en avance ! Impossible.

Du vestibule, je tirai le cordon qui ouvrait la grille. Une silhouette de femme traversa le jardin : Mme Andermatt.

Elle paraissait bouleversée, et c'est en suffoquant qu'elle balbutia :

— Mon mari… il vient… il a rendez-vous… on doit lui donner les lettres…

— Comment le savez-vous ? lui dis-je.

— Un hasard. Un mot que mon mari a reçu pendant le dîner.

— Un petit bleu ?

— Un message téléphonique. Le domestique me l'a remis par erreur. Mon mari l'a pris aussitôt, mais il était trop tard… j'avais lu.

— Vous aviez lu…

— Ceci à peu près : « À neuf heures, ce soir, soyez au boulevard Maillot avec les documents qui concernent l'affaire. En échange, les lettres. » Après le dîner, je suis remontée chez moi et je suis sortie.

— À l'insu de M. Andermatt ?

— Oui.

Daspry me regarda.

— Qu'en pensez-vous ?

— Je pense ce que vous pensez, que M. Andermatt est un des adversaires convoqués.

— Par qui ? et dans quel but ?

— C'est précisément ce que nous allons savoir.

Je les conduisis dans la grande salle.

Nous pouvions à la rigueur tenir tous les trois sous le manteau de la cheminée, et nous dissimuler derrière la tenture de velours. Nous nous installâmes. Mme Andermatt s'assit entre nous deux. Par les fentes du rideau la pièce entière nous apparaissait.

Neuf heures sonnèrent. Quelques minutes plus tard la grille du jardin grinça sur ses gonds.

J'avoue que je n'étais pas sans éprouver une certaine angoisse et qu'une fièvre nouvelle me surexcitait. J'étais sur le point de connaître le mot de l'énigme ! L'aventure déconcertante dont les péripéties se déroulaient devant moi depuis des semaines, allait enfin prendre son véritable sens, et c'est sous mes yeux que la bataille allait se livrer.

Daspry saisit la main de Mme Andermatt et murmura :

— Surtout, pas un mouvement ! Quoi que vous entendiez ou voyiez, restez impassible.

Quelqu'un entra. Et je reconnus tout de suite, à sa grande ressemblance avec Étienne Varin, son frère Alfred. Même démarche lourde, même visage terreux envahi par la barbe.

Il entra de l'air inquiet d'un homme qui a l'habitude de craindre des embûches autour de lui, qui les flaire et les évite. D'un coup d'œil il embrassa la pièce, et j'eus l'impression que cette cheminée masquée par une portière de velours lui était désagréable. Il fit trois pas de notre côté. Mais une idée, plus impérieuse sans doute, le détourna, car il obliqua vers le mur, s'arrêta devant le vieux roi de mosaïque, à la barbe fleurie, au glaive flamboyant, et l'examina longuement, montant sur une chaise, suivant du doigt le contour des épaules et de la figure, et palpant certaines parties de l'image.

Mais brusquement il sauta de sa chaise et s'éloigna du mur. Un bruit de pas retentissait. Sur le seuil apparut M. Andermatt.

Le banquier jeta un cri de surprise.

— Vous ! Vous ! C'est vous qui m'avez appelé ?

— Moi ? mais pas du tout, protesta Varin d'une voix cassée qui me rappela celle de son frère, c'est votre lettre qui m'a fait venir.

— Ma lettre !

— Une lettre signée de vous, où vous m'offrez…

— Je ne vous ai pas écrit.

— Vous ne m'avez pas écrit !

Instinctivement Varin se mit en garde, non point contre le banquier, mais contre l'ennemi inconnu qui l'avait attiré dans ce piège. Une seconde fois ses yeux se tournèrent de notre côté, et, rapidement, il se dirigea vers la porte.

M. Andermatt lui barra le passage.

— Que faites-vous donc, Varin ?

— Il y a là-dessous des machines qui ne me plaisent pas. Je m'en vais. Bonsoir.

— Un instant !

— Voyons, monsieur Andermatt, n'insistez pas, nous n'avons rien à nous dire.

— Nous avons beaucoup à nous dire et l'occasion est trop bonne…

— Laissez-moi passer.

— Non, non, non, vous ne passerez pas.

Varin recula, intimidé par l'attitude résolue du banquier, et il mâchonna :

— Alors, vite, causons, et que ce soit fini !

Une chose m'étonnait, et je ne doutais pas que mes deux compagnons n'éprouvassent la même déception. Comment se pouvait-il que Salvator ne fût pas là ? N'entrait-il pas dans ses projets d'intervenir ? Et la seule confrontation du banquier et de Varin lui semblait-elle suffisante ? J'étais singulièrement troublé. Du fait de son absence, ce duel, combiné par lui, voulu par lui, prenait l'allure tragique des événements que suscite et commande l'ordre rigoureux du destin, et la force qui heurtait l'un à l'autre ces deux hommes impressionnait d'autant plus qu'elle résidait en dehors d'eux.

Après un moment, M. Andermatt s'approcha de Varin et, bien en face, les yeux dans les yeux :

— Maintenant que des années se sont écoulées, et que vous n'avez plus rien à redouter, répondez-moi franchement, Varin. Qu'avez-vous fait de Louis Lacombe ?

— En voilà une question ! Comme si je pouvais savoir ce qu'il est devenu !

— Vous le savez ! Vous le savez ! Votre frère et vous, vous étiez attachés à ses pas, vous viviez presque chez lui, dans la maison même où nous sommes. Vous étiez au courant de tous ses travaux, de tous ses projets. Et le dernier soir, Varin, quand j'ai reconduit Louis Lacombe jusqu'à ma porte, j'ai vu deux silhouettes qui se dérobaient dans l'ombre. Cela, je suis prêt à le jurer.

— Et après, quand vous l'aurez juré ?

— C'était votre frère et vous, Varin.

— Prouvez-le.

— Mais la meilleure preuve, c'est que, deux jours plus tard, vous me montriez vous-même les papiers et les plans que vous aviez recueillis dans la serviette de Lacombe, et que vous me proposiez de me les vendre. Comment ces papiers étaient-ils en votre possession ?

— Je vous l'ai dit, monsieur Andermatt, nous les avons trouvés sur la table même de Louis Lacombe le lendemain matin, après sa disparition.

— Ce n'est pas vrai.

— Prouvez-le.

— La justice aurait pu le prouver.

— Pourquoi ne vous êtes-vous pas adressé à la justice ?

— Pourquoi ? Ah ! pourquoi…

Il se tut, le visage sombre. Et l'autre reprit :

— Voyez-vous, monsieur Andermatt, si vous aviez eu la moindre certitude, ce n'est pas la petite menace que nous vous avons faite qui eût empêché…

— Quelle menace ? Ces lettres ? Est-ce que vous vous imaginez que j'aie jamais cru un instant ?…

— Si vous n'avez pas cru à ces lettres, pourquoi m'avez-vous offert des mille et des cents pour les ravoir ? Et pourquoi, depuis, nous avez-vous fait traquer comme des bêtes, mon frère et moi ?

— Pour reprendre des plans auxquels je tenais.

— Allons donc ! c'était pour les lettres. Une fois en possession des lettres, vous nous dénonciez. Plus souvent que je m'en serais dessaisi !

Il eut un éclat de rire qu'il interrompit tout d'un coup.

— Mais en voilà assez. Nous aurons beau répéter les mêmes paroles, que nous n'en serons pas plus avancés. Par conséquent nous en resterons là.

— Nous n'en resterons pas là, dit le banquier, et puisque vous avez parlé des lettres, vous ne sortirez pas d'ici avant de me les avoir rendues.

— Je sortirai.

— Non, non.

— Écoutez, monsieur Andermatt, je vous conseille…

— Vous ne sortirez pas.

— C'est ce que nous verrons, dit Varin avec un tel accent de rage que Mme Andermatt étouffa un faible cri.

Il dut l'entendre, car il voulut passer de force. M. Andermatt le repoussa violemment. Alors je le vis qui glissait sa main dans la poche de son veston.

— Une dernière fois !

— Les lettres d'abord.

Varin tira un revolver et visant M. Andermatt :

— Oui, ou non ?

Le banquier se baissa vivement.

Un coup de feu jaillit. L'arme tomba.

Je fus stupéfait. C'était près de moi que le coup de feu avait jailli ! Et c'était Daspry qui, d'une balle de pistolet, avait fait sauter l'arme de la main d'Alfred Varin !

Et dressé subitement entre les deux adversaires, face à Varin, il ricanait :

— Vous avez de la veine, mon ami, une rude veine. C'est la main que je visais, et c'est le revolver que j'atteins.

Tous deux le contemplaient, immobiles et confondus. Il dit au banquier :

— Vous m'excuserez, monsieur, de me mêler de ce qui ne me regarde pas. Mais vraiment vous jouez votre partie avec trop de maladresse. Permettez-moi de tenir les cartes.

Se tournant vers l'autre :

— À nous deux, camarade. Et rondement, je t'en prie. L'atout est cœur, et je joue le sept.

Et, à trois pouces du nez, il lui colla la plaque de fer où les sept points rouges étaient marqués.

Jamais il ne m'a été donné de voir un tel bouleversement. Livide, les yeux écarquillés, les traits tordus d'angoisse, l'homme semblait hypnotisé par l'image qui s'offrait à lui.

— Qui êtes-vous ? balbutia-t-il.

— Je l'ai déjà dit, un monsieur qui s'occupe de ce qui ne le regarde pas... mais qui s'en occupe à fond.

— Que voulez-vous ?

— Tout ce que tu as apporté.

— Je n'ai rien apporté.

— Si, sans quoi, tu ne serais pas venu. Tu as reçu ce matin un mot te convoquant ici pour neuf heures, et t'enjoignant d'apporter tous les papiers que tu avais. Or, te voici. Où sont les papiers ?

Il y avait dans la voix de Daspry, il y avait dans son attitude, une autorité qui me déconcertait, une façon d'agir toute nouvelle chez cet homme plutôt nonchalant d'ordinaire et doux. Absolument dompté, Varin désigna l'une de ses poches

— Les papiers sont là.

— Ils y sont tous ?

— Oui.

— Tous ceux que tu as trouvés dans la serviette de Louis Lacombe et que tu as vendus au major von Lieben ?

— Oui.

— Est-ce la copie ou l'original ?

— L'original.

— Combien en veux-tu ?

— Cent mille.

Daspry s'esclaffa.

— Tu es fou. Le major ne t'en a donné que vingt mille. Vingt mille jetés à l'eau, puisque les essais ont manqué.

— On n'a pas su se servir des plans.

— Les plans sont incomplets.

— Alors, pourquoi me les demandez-vous ?

— J'en ai besoin. Je t'en offre cinq mille francs. Pas un sou de plus.

— Dix mille. Pas un sou de moins.

— Accordé.

Daspry revint à M. Andermatt.

— Veuillez signer un chèque, monsieur.

— Mais… c'est que je n'ai pas…

— Votre carnet ? Le voici.

Ahuri, M. Andermatt palpa le carnet que lui tendait Daspry.

— C'est bien à moi… Comment se fait-il ?

— Pas de vaines paroles, je vous en prie, cher Monsieur, vous n'avez qu'à signer.

Le banquier tira son stylographe et signa. Varin avança la main.

— Bas les pattes, fit Daspry, tout n'est pas fini.

Et s'adressant au banquier :

— Il était question aussi de lettres, que vous réclamez ?

— Oui, un paquet de lettres.

— Où sont-elles, Varin ?

— Je ne les ai pas.

— Où sont-elles, Varin ?

— Je l'ignore. C'est mon frère qui s'en était chargé.

— Elles sont cachées ici, dans cette pièce.

— En ce cas, vous savez où elles sont.

— Comment le saurais-je ?

— Dame, n'est-ce pas vous qui avez visité la cachette ? Vous paraissez aussi bien renseigné… que Salvator.

— Les lettres ne sont pas dans la cachette.

— Elles y sont.

— Ouvre-la.

Varin eut un regard de défiance. Daspry et Salvator ne faisaient-ils qu'un réellement, comme tout le laissait présumer ? Si oui, il ne risquait rien en montrant une cachette déjà connue. Si non c'était inutile…

— Ouvre-la, répéta Daspry.

— Je n'ai pas de sept de cœur.

— Si, celui-là, dit Daspry, en tendant la plaque de fer.

Varin recula, terrifié :

— Non… non… je ne veux pas…

— Qu'à cela ne tienne…

Daspry se dirigea vers le vieux monarque à la barbe fleurie, monta sur une chaise, et appliqua le sept de cœur au bas du glaive, contre la garde, et de façon que les bords de la plaque recouvrissent exactement les deux bords de l'épée. Puis, avec l'aide d'un poinçon, qu'il introduisit alternativement dans chacun des sept trous pratiqués à l'extrémité des sept points de cœur, il pesa sur sept des petites pierres de la mosaïque. À la septième petite pierre enfoncée, un déclenchement se produisit, et tout le buste du roi pivota, démasquant une large ouverture aménagée comme un coffre, avec des revêtements de fer et deux rayons d'acier luisant.

— Tu vois bien, Varin, le coffre est vide.

— En effet… Alors c'est que mon frère aura retiré les lettres.

Daspry revint vers l'homme et lui dit :

— Ne joue pas au plus fin avec moi. Il y a une autre cachette. Où est-elle ?

— Il n'y en a pas.

— Est-ce de l'argent que tu veux ? Combien ?

— Dix mille.

— Monsieur Andermatt, ces lettres valent-elles dix mille francs pour vous ?

— Oui, fit le banquier d'une voix forte.

Varin ferma le coffre, prit le sept de cœur, non sans une répugnance visible, et l'appliqua sur le glaive, contre la garde, et juste au même endroit. Successivement il enfonça le poinçon à l'extrémité des sept points de cœur. Il se produisit un second déclenchement, mais cette fois, chose inattendue, ce ne fut qu'une partie du coffre qui pivota démasquant un petit coffre pratiqué dans l'épaisseur même de la porte qui fermait le plus grand.

Le paquet de lettres était là, noué d'une ficelle et cacheté. Varin le remit à Daspry. Celui-ci demanda :

— Le chèque est prêt, monsieur Andermatt ?

— Oui.

— Et vous avez aussi le dernier document que vous tenez de Louis Lacombe, et qui complète les plans du sous-marin ?

— Oui.

L'échange se fit. Daspry empocha le document et le chèque, et offrit le paquet à M. Andermatt.

— Voici ce que vous désiriez, monsieur.

Le banquier hésita un moment, comme s'il avait peur de toucher à ces pages maudites qu'il avait cherchées avec tant d'âpreté. Puis, d'un geste nerveux, il s'en empara.

Auprès de moi j'entendis un gémissement. Je saisis la main de Mme Andermatt : elle était glacée.

Et Daspry dit au banquier :

— Je crois, monsieur, que notre conversation est terminée. Oh ! pas de remerciements, je vous en supplie. Le hasard seul a voulu que je pusse vous être utile.

M. Andermatt se retira. Il emportait les lettres de sa femme à Louis Lacombe.

— À merveille, s'écria Daspry d'un air enchanté, tout s'arrange pour le mieux. Nous n'avons plus qu'à boucler notre affaire, camarade. Tu as les papiers ?

— Les voilà tous.

Daspry les compulsa, les examina attentivement et les enfouit dans sa poche.

— Parfait, tu as tenu parole.

— Mais…

— Mais quoi ?

— Les deux chèques ?… l'argent ?…

— Eh bien, tu as de l'aplomb, mon bonhomme. Comment, tu oses réclamer !

— Je réclame ce qui m'est dû.

— On te doit donc quelque chose pour des papiers que tu as volés ?

Mais l'homme paraissait hors de lui. Il tremblait de colère, les yeux injectés de sang.

— L'argent… les vingt mille… bégaya-t-il.

— Impossible… j'en ai l'emploi.

— L'argent !…

— Allons, sois raisonnable, et laisse donc ton poignard tranquille.

Il lui saisit le bras si brutalement que l'autre hurla de douleur, et il ajouta :

— Va-t'en, camarade, l'air te fera du bien. Veux-tu que je te reconduise ? Nous nous en irons par le terrain vague, et je te montrerai un tas de cailloux sous lequel…

— Ce n'est pas vrai ! Ce n'est pas vrai !

— Mais oui, c'est vrai. Cette petite plaque de fer aux sept points rouges vient de là-bas. Elle ne quittait jamais Louis Lacombe, tu te rappelles ? Ton frère et toi vous l'avez enterrée avec le cadavre… et avec d'autres choses qui intéresseront énormément la justice.

Varin se couvrit le visage de ses poings rageurs. Puis il prononça :

— Soit. Je suis roulé. N'en parlons plus. Un mot cependant… un seul mot… je voudrais savoir…

— J'écoute.

— Il y avait dans ce coffre, dans le plus grand des deux, une cassette ?

— Oui.

— Quand vous êtes venu ici, la nuit du 22 au 23 juin, elle y était ?

— Oui.

— Elle contenait ?…

— Tout ce que les frères Varin y avaient enfermé, une assez jolie collection de bijoux, diamants et perles, raccrochés de droite et de gauche par lesdits frères.

— Et vous l'avez prise ?

— Dame ! Mets-toi à ma place.

— Alors… c'est en constatant la disparition de la cassette que mon frère s'est tué ?

— Probable. La disparition de votre correspondance avec le major von Lieben n'eût pas suffi. Mais la disparition de la cassette… Est-ce là tout ce que tu avais à me demander ?

— Ceci encore : votre nom ?

— Tu dis cela comme si tu avais des idées de revanche.

— Parbleu ! La chance tourne. Aujourd'hui vous êtes le plus fort. Demain…

— Ce sera toi.

— J'y compte bien. Votre nom ?

— Arsène Lupin.

— Arsène Lupin !

L'homme chancela, assommé comme par un coup de massue. On eût dit que ces deux mots lui enlevaient toute espérance. Daspry se mit à rire.

— Ah ! ça, t'imaginais-tu qu'un M. Durand ou Dupont aurait pu monter toute cette belle affaire ? Allons donc, il fallait au moins un Arsène Lupin. Et maintenant que tu es renseigné, mon petit, va préparer ta revanche. Arsène Lupin t'attend.

Et il le poussa dehors, sans un mot de plus.

*

— Daspry, Daspry, criai-je, lui donnant encore, et malgré moi, le nom sous lequel je l'avais connu.

J'écartai le rideau de velours.

Il accourut.

— Quoi ? Qu'y a-t-il ?

— Mme Andermatt est souffrante.

Il s'empressa, lui fit respirer des sels et, tout en la soignant, m'interrogeait :

— Eh bien, que s'est-il donc passé ?

— Les lettres, lui dis-je… les lettres de Louis Lacombe que vous avez données à son mari !

Il se frappa le front.

— Elle a cru que j'avais fait cela !… Mais oui, après tout, elle pouvait le croire. Imbécile que je suis !

Mme Andermatt, ranimée, l'écoutait avidement. Il sortit de son portefeuille un petit paquet en tous points semblable à celui qu'avait emporté M. Andermatt.

— Voici vos lettres, madame, les vraies.

— Mais… les autres ?

— Les autres sont les mêmes que celles-ci, mais recopiées par moi, cette nuit, et soigneusement arrangées. Votre mari sera d'autant plus heureux de les lire qu'il ne se doutera pas de la substitution, puisque tout a paru se passer sous ses yeux…

— L'écriture...

— Il n'y a pas d'écriture qu'on ne puisse imiter.

Elle le remercia, avec les mêmes paroles de gratitude qu'elle eût adressées à un homme de son monde, et je vis bien qu'elle n'avait pas dû entendre les dernières phrases échangées entre Varin et Arsène Lupin.

Moi, je le regardais non sans embarras, ne sachant trop que dire à cet ancien ami qui se révélait à moi sous un jour si imprévu. Lupin ! c'était Lupin ! mon camarade de cercle n'était autre que Lupin ! Je n'en revenais pas. Mais, lui très à l'aise :

— Vous pouvez faire vos adieux à Jean Daspry.

— Ah !

— Oui, Jean Daspry part en voyage. Je l'envoie au Maroc. Il est fort possible qu'il y trouve une fin digne de lui. J'avoue même que c'est son intention.

— Mais Arsène Lupin nous reste ?

— Oh ! plus que jamais. Arsène Lupin n'est encore qu'au début de sa carrière, et il compte bien...

Un mouvement de curiosité irrésistible me jeta sur lui, et l'entraînant à quelque distance de Mme Andermatt :

— Vous avez donc fini par découvrir la seconde cachette, celle où se trouvait le paquet de lettres ?

— J'ai eu assez de mal ! C'est hier seulement, l'après-midi, pendant que vous étiez couché. Et pourtant, Dieu sait combien c'était facile ! Mais les choses les plus simples sont celles auxquelles on pense en dernier.

Et me montrant le sept de cœur :

— J'avais bien deviné que, pour ouvrir le grand coffre, il fallait appuyer cette carte contre le glaive du bonhomme en mosaïque...

— Comment aviez-vous deviné cela ?

— Aisément. Par mes informations particulières, je savais en venant ici, le 22 juin au soir…

— Après m'avoir quitté…

— Oui, et après vous avoir mis par des conversations choisies dans un état d'esprit tel, qu'un nerveux et un impressionnable comme vous devait fatalement me laisser agir à ma guise, sans sortir de son lit.

— Le raisonnement était juste.

— Je savais donc, en venant ici, qu'il y avait une cassette cachée dans un coffre à serrure secrète, et que le sept de cœur était la clé, le mot de cette serrure. Il ne s'agissait plus que de plaquer ce sept de cœur à un endroit qui lui fût visiblement réservé. Une heure d'examen m'a suffi.

— Une heure !

— Observez le bonhomme en mosaïque.

— Le vieil empereur ?

— Ce vieil empereur est la représentation exacte du roi de cœur de tous les jeux de cartes, Charlemagne.

— En effet… Mais pourquoi le sept de cœur ouvre-t-il tantôt le grand coffre et tantôt le petit ? Et pourquoi n'avez-vous ouvert d'abord que le grand coffre ?

— Pourquoi ? mais parce que je m'obstinais toujours à placer mon sept de cœur dans le même sens. Hier seulement je me suis aperçu qu'en le retournant, c'est-à-dire en mettant le septième point, celui du milieu, en l'air au lieu de le mettre en bas, la disposition des sept points changeait.

— Parbleu !

— Évidemment, parbleu, mais encore fallait-il y penser.

— Autre chose : vous ignoriez l'histoire des lettres avant que Mme Andermatt…

— En parlât devant moi ? Oui. Je n'avais découvert dans le coffre, outre la cassette, que la correspondance des deux frères, correspondance qui m'a mis sur la voie de leur trahison.

— Somme toute, c'est par hasard que vous avez été amené, d'abord à reconstituer l'histoire des deux frères, puis à rechercher les plans et les documents du sous-marin ?

— Par hasard.

— Mais dans quel but avez-vous recherché ?…

Daspry m'interrompit en riant :

— Mon Dieu ! comme cette affaire vous intéresse !

— Elle me passionne.

— Eh bien, tout à l'heure, quand j'aurai reconduit Mme Andermatt et fait porter à *L'Écho de France* le mot que je vais écrire, je reviendrai et nous entrerons dans le détail.

Il s'assit et écrivit une de ces petites notes lapidaires où se divertit la fantaisie du personnage. Qui ne se rappelle le bruit que fit celle-ci dans le monde entier ?

Arsène Lupin a résolu le problème que Salvator a posé dernièrement. Maître de tous les documents et plans originaux de l'ingénieur Louis Lacombe, il les a fait parvenir entre les mains du ministre de la Marine. À cette occasion il ouvre une souscription dans le but d'offrir à l'État le premier sous-marin construit d'après ces plans. Et il s'inscrit lui-même en tête de cette souscription pour la somme de vingt mille francs.

— Les vingt mille francs des chèques de M. Andermatt ? lui dis-je, quand il m'eut donné le papier à lire.

— Précisément. Il était équitable que Varin rachetât en partie sa trahison.

*

Et voilà comment j'ai connu Arsène Lupin. Voilà comment j'ai su que Jean Daspry, camarade de cercle, relation mondaine, n'était autre qu'Arsène Lupin, gentleman cambrioleur. Voilà comment j'ai noué des liens d'amitié fort agréables avec notre grand homme, et comment, peu à peu, grâce à la confiance dont il veut bien m'honorer, je suis devenu son très humble, très fidèle et très reconnaissant historiographe.

Le coffre-fort de Mme Imbert

À trois heures du matin, il y avait encore une demi-douzaine de voitures devant un des petits hôtels de peintre qui composent l'unique côté du boulevard Berthier. La porte de cet hôtel s'ouvrit. Un groupe d'invités, hommes et dames, sortirent. Quatre voitures filèrent de droite et de gauche et il ne resta sur l'avenue que deux messieurs qui se quittèrent au coin de la rue de Courcelles où demeurait l'un d'eux. L'autre résolut de rentrer à pied jusqu'à la porte Maillot.

Il traversa donc l'avenue de Villiers et continua son chemin sur le trottoir opposé aux fortifications. Par cette belle nuit d'hiver, pure et froide, il y avait plaisir à marcher. On respirait bien. Le bruit des pas résonnait allègrement.

Mais au bout de quelques minutes il eut l'impression désagréable qu'on le suivait. De fait, s'étant retourné, il aperçut l'ombre d'un homme qui se glissait entre les arbres. Il n'était point peureux; cependant il hâta le pas afin d'arriver le plus vite possible à l'octroi des Ternes. Mais l'homme se mit à courir. Assez inquiet, il jugea plus prudent de lui faire face et de tirer son revolver de sa poche.

Il n'en eut pas le temps. L'homme l'assaillait violemment, et tout de suite une lutte s'engagea sur le boulevard désert, lutte à bras-le-corps où il sentit aussitôt qu'il avait le désavantage. Il appela au secours, se débattit, et fut renversé contre un tas de cailloux, serré à la gorge, bâillonné d'un mouchoir que son adversaire lui enfonçait dans la bouche. Ses yeux se fermèrent, ses oreilles bourdonnèrent, et il allait perdre connaissance, lorsque, soudain, l'étreinte se desserra, et l'homme qui l'étouffait de son poids se releva pour se défendre à son tour contre une attaque imprévue.

Un coup de canne sur le poignet, un coup de botte sur la cheville… l'homme poussa deux grognements de douleur, et s'enfuit en boitant et en jurant.

Sans daigner le poursuivre, le nouvel arrivant se pencha et dit :

— Êtes-vous blessé, monsieur ?

Il n'était pas blessé, mais fort étourdi et incapable de se tenir debout. Par bonheur, un des employés de l'octroi, attiré par les cris, accourut. Une voiture fut requise. Le monsieur y prit place accompagné de son sauveur, et on le conduisit à son hôtel de l'avenue de la Grande-Armée.

Devant la porte, tout à fait remis, il se confondit en remerciements.

— Je vous dois la vie, monsieur, veuillez croire que je ne l'oublierai point. Je ne veux pas effrayer ma femme en ce moment, mais je tiens à ce qu'elle vous exprime elle-même, dès aujourd'hui, toute ma reconnaissance.

Il le pria de venir déjeuner et lui dit son nom : Ludovic Imbert, ajoutant :

— Puis-je savoir à qui j'ai l'honneur…

— Mais certainement, fit l'autre.

Et il se présenta :

— Arsène Lupin.

*

Arsène Lupin n'avait pas alors cette célébrité que lui ont value l'affaire Cahorn, son évasion de la Santé, et tant d'autres exploits retentissants. Il ne s'appelait même pas Arsène Lupin. Ce nom auquel l'avenir réservait un tel lustre fut spécialement imaginé pour désigner le sauveur de M. Imbert, et l'on peut dire que c'est dans cette affaire qu'il reçut le baptême du feu. Prêt au combat il est vrai, armé de toutes pièces, mais sans ressources, sans l'autorité que donne le succès, Arsène Lupin n'était qu'apprenti dans une profession où il devait bientôt passer maître.

Aussi quel frisson de joie à son réveil, quand il se rappela l'invitation de la nuit ! Enfin il touchait au but ! Enfin il entreprenait une œuvre digne de ses forces et de son talent ! Les millions des Imbert, quelle proie magnifique pour un appétit comme le sien !

Il fit une toilette spéciale, redingote râpée, pantalon élimé, chapeau de soie un peu rougeâtre, manchettes et faux-cols effiloqués, le tout fort propre, mais sentant la misère. Comme cravate, un ruban noir épinglé d'un diamant de noix à surprise. Et, ainsi accoutré, il descendit l'escalier du logement qu'il occupait à Montmartre. Au troisième étage, sans s'arrêter, il frappa du pommeau de sa canne sur le battant d'une porte close. Dehors il gagna les boulevards extérieurs. Un tramway passait. Il y prit place, et quelqu'un qui marchait derrière lui, le locataire du troisième étage, s'assit à son côté.

Au bout d'un instant, cet homme lui dit :

— Eh bien, patron ?
— Eh bien, c'est fait.
— Comment ?
— J'y déjeune.
— Vous y déjeunez !
— Tu ne voudrais pas, j'espère, que j'eusse exposé gratuitement des jours aussi précieux que les miens ? J'ai arraché M. Ludovic Imbert à la mort certaine que tu lui réservais. M. Ludovic Imbert est une nature reconnaissante. Il m'invite à déjeuner.

Un silence, et l'autre hasarda :

— Alors, vous n'y renoncez pas ?

— Mon petit, fit Arsène, si j'ai machiné la petite agression de cette nuit, si je me suis donné la peine, à trois heures du matin, le long des fortifications, de t'allonger un coup de canne sur le poignet et un coup de pied sur le tibia, risquant ainsi d'endommager mon unique ami, ce n'est pas pour renoncer maintenant au bénéfice d'un sauvetage si bien organisé.

— Mais les mauvais bruits qui courent sur la fortune…

— Laisse-les courir. Il y a six mois que je poursuis l'affaire, six mois que je me renseigne, que j'étudie, que je tends mes filets, que j'interroge les domestiques, les prêteurs et les hommes de paille, six mois que je vis dans l'ombre du mari et de la femme. Par conséquent je sais à quoi m'en tenir. Que la fortune provienne du vieux Brawford, comme ils le prétendent, ou d'une autre source, j'affirme qu'elle existe. Et puisqu'elle existe, elle est à moi.

— Bigre, cent millions !

— Mettons-en dix, ou même cinq, n'importe ! il y a de gros paquets de titres dans le coffre-fort. C'est bien le diable si, un jour ou l'autre, je ne mets pas la main sur la clé.

Le tramway s'arrêta place de l'Étoile. L'homme murmura :

– Ainsi, pour le moment ?

– Pour le moment, rien à faire. Je t'avertirai. Nous avons le temps.

Cinq minutes après, Arsène Lupin montait le somptueux escalier de l'hôtel Imbert, et Ludovic le présentait à sa femme. Gervaise était une bonne petite dame, toute ronde, très bavarde. Elle fit à Lupin le meilleur accueil.

– J'ai voulu que nous soyons seuls à fêter notre sauveur, dit-elle.

Et dès l'abord on traita « notre sauveur » comme un ami d'ancienne date. Au dessert l'intimité était complète, et les confidences allèrent bon train. Arsène raconta sa vie, la vie de son père, intègre magistrat, les tristesses de son enfance, les difficultés du présent. Gervaise, à son tour, dit sa jeunesse, son mariage, les bontés du vieux Brawford, les cent millions dont elle avait hérité, les obstacles qui retardaient l'entrée en jouissance, les emprunts qu'elle avait dû contracter à des taux exorbitants, ses interminables démêlés avec les neveux de Brawford, et les oppositions ! et les séquestres ! tout enfin !

– Pensez donc, monsieur Lupin, les titres sont là, à côté, dans le bureau de mon mari, et si nous en détachons un seul coupon, nous perdons tout ! Ils sont là, dans notre coffre-fort, et nous ne pouvons pas y toucher !

Un léger frémissement secoua M. Lupin à l'idée de ce voisinage. Et il eut la sensation très nette que

M. Lupin n'aurait jamais assez d'élévation d'âme pour éprouver les mêmes scrupules que la bonne dame.

— Ah ! ils sont là, murmura-t-il, la gorge sèche.

— Ils sont là.

Des relations commencées sous de tels auspices ne pouvaient que former des nœuds plus étroits. Délicatement interrogé, Arsène Lupin avoua sa misère, sa détresse. Sur-le-champ, le malheureux garçon fut nommé secrétaire particulier des deux époux, aux appointements de cent cinquante francs par mois. Il continuerait à habiter chez lui, mais il viendrait chaque jour prendre les ordres de travail et, pour plus de commodité, on mettait à sa disposition, comme cabinet de travail, une des chambres du deuxième étage.

Il choisit. Par quel excellent hasard se trouva-t-elle au-dessus du bureau de Ludovic ?

*

Arsène ne tarda pas à s'apercevoir que son poste de secrétaire ressemblait furieusement à une sinécure. En deux mois, il n'eut que quatre lettres insignifiantes à recopier et ne fut appelé qu'une fois dans le bureau de son patron, ce qui ne lui permit qu'une fois de contempler officiellement le coffre-fort. En outre, il nota que le titulaire de cette sinécure ne devait pas être jugé digne de figurer auprès du député Anquety, ou du bâtonnier Grouvel, car on omit de le convier aux fameuses réceptions mondaines.

Il ne s'en plaignit point, préférant de beaucoup garder sa modeste petite place à l'ombre, et se tint à l'écart, heureux et libre. D'ailleurs il ne perdait pas son temps. Il rendit tout d'abord un certain nombre de visites clandestines au bureau de Ludovic, et présenta ses devoirs au coffre-fort, lequel n'en resta pas moins hermétiquement fermé. C'était un énorme bloc de fonte et d'acier, à l'aspect rébarbatif, et contre quoi ne pouvaient prévaloir ni les limes, ni les vrilles, ni les pinces monseigneur.

Arsène Lupin n'était pas entêté.

– Où la force échoue, la ruse réussit, se dit-il. L'essentiel est d'avoir un œil et une oreille dans la place.

Il prit donc les mesures nécessaires, et après de minutieux et pénibles sondages à travers le parquet de sa chambre, il introduisit un tuyau de plomb qui aboutissait au plafond du bureau entre deux moulures de la corniche. Par ce tuyau, tube acoustique et lunette d'approche, il espérait voir et entendre.

Dès lors il vécut à plat ventre sur son parquet. Et de fait il vit souvent les Imbert en conférence devant le coffre, compulsant des registres et maniant des dossiers. Quand ils tournaient successivement les quatre boutons qui commandaient la serrure, il tâchait, pour savoir le chiffre, de saisir le nombre des crans qui passaient. Il surveillait leurs gestes, il épiait leurs paroles. Que faisaient-ils de la clé ? La cachaient-ils ?

Un jour, il descendit en hâte, les ayant vus qui sortaient de la pièce sans refermer le coffre. Et il entra résolument. Ils étaient revenus.

– Oh ! excusez-moi, dit-il, je me suis trompé de porte.

Mais Gervaise se précipita, et l'attirant :

– Entrez donc, monsieur Lupin, entrez donc, n'êtes-vous pas chez vous ici ? Vous allez nous donner un conseil. Quels titres devons-nous vendre ? De l'Extérieure ou de la Rente ?

— Mais, l'opposition ? objecta Lupin, très étonné.

— Oh ! elle ne frappe pas tous les titres.

Elle écarta le battant. Sur les rayons s'entassaient des portefeuilles ceinturés de sangles. Elle en saisit un. Mais son mari protesta.

— Non, non, Gervaise, ce serait de la folie de vendre de l'Extérieure. Elle va monter… Tandis que la Rente est au plus haut. Qu'en pensez-vous, mon cher ami ?

Le cher ami n'avait aucune opinion, cependant il conseilla le sacrifice de la Rente. Alors elle prit une autre liasse, et, dans cette liasse, au hasard, un papier. C'était un titre 3 % de 1 374 francs. Ludovic le mit dans sa poche. L'après-midi, accompagné de son secrétaire, il fit vendre ce titre par un agent de change et toucha quarante-six mille francs.

Quoi qu'en eût dit Gervaise, Arsène Lupin ne se sentait pas chez lui. Bien au contraire, sa situation dans l'hôtel Imbert le remplissait de surprise. À diverses occasions, il put constater que les domestiques ignoraient son nom. Ils l'appelaient monsieur. Ludovic le désignait toujours ainsi : « Vous préviendrez monsieur… Est-ce que monsieur est arrivé ? » Pourquoi cette appellation énigmatique ?

D'ailleurs, après l'enthousiasme du début, les Imbert lui parlaient à peine, et, tout en le traitant avec les égards dus à un bienfaiteur, ne s'occupaient jamais de lui ! On avait l'air de le considérer comme un original qui n'aime pas qu'on l'importune, et on respectait son isolement, comme si cet isolement était une règle édictée par lui, un caprice de sa part. Une fois qu'il passait dans le vestibule, il entendit Gervaise qui disait à deux messieurs :

— C'est un tel sauvage !

Soit, pensa-t-il, nous sommes un sauvage. Et renonçant à s'expliquer les bizarreries de ces gens, il poursuivait l'exécution de son plan. Il avait acquis la certitude qu'il ne fallait point compter sur le hasard ni sur une étourderie de Gervaise que la clé du coffre ne quittait pas, et qui, au surplus, n'eût jamais emporté cette clé sans avoir préalablement brouillé les lettres de la serrure. Ainsi donc il devait agir.

Un événement précipita les choses, la violente campagne menée contre les Imbert par certains journaux. On les accusait d'escroquerie. Arsène Lupin assista aux péripéties du drame, aux agitations du ménage, et il comprit qu'en tardant davantage, il allait tout perdre.

Cinq jours de suite, au lieu de partir vers six heures comme il en avait l'habitude, il s'enferma dans sa chambre. On le supposait sorti. Lui, s'étendait sur le parquet et surveillait le bureau de Ludovic.

Les cinq soirs, la circonstance favorable qu'il attendait ne s'étant pas produite, il s'en alla au milieu de la nuit, par la petite porte qui desservait la cour. Il en possédait une clé.

Mais le sixième jour il apprit que les Imbert, en réponse aux insinuations malveillantes de leurs ennemis, avaient proposé qu'on ouvrît le coffre et qu'on en fît l'inventaire.

— C'est pour ce soir, pensa Lupin.

Et en effet, après le dîner, Ludovic s'installa dans son bureau. Gervaise le rejoignit. Ils se mirent à feuilleter les registres du coffre.

Une heure s'écoula, puis une autre heure. Il entendit les domestiques qui se couchaient. Maintenant il n'y avait plus personne au premier étage. Minuit. Les Imbert continuaient leur besogne.

— Allons-y, murmura Lupin.

Il ouvrit sa fenêtre. Elle donnait sur la cour, et l'espace, par la nuit sans lune et sans étoile, était obscur. Il tira de son armoire une corde à nœuds qu'il assujettit à la rampe du balcon, enjamba et se laissa glisser doucement, en s'aidant d'une gouttière, jusqu'à la fenêtre située au-dessous de la sienne. C'était celle du bureau, et le voile épais des rideaux molletonnés masquait la pièce. Debout sur le balcon, il resta un moment immobile, l'oreille tendue et l'œil aux aguets.

Tranquillisé par le silence, il poussa légèrement les deux croisées. Si personne n'avait eu soin de les vérifier, elles devaient céder à l'effort, car lui, au cours de l'après-midi, en avait tourné l'espagnolette de façon qu'elle n'entrât plus dans les gâches.

Les croisées cédèrent. Alors, avec des précautions infinies, il les entrebâilla davantage. Dès qu'il put glisser la tête, il s'arrêta. Un peu de lumière filtrait entre les deux rideaux mal joints : il aperçut Gervaise et Ludovic assis à côté du coffre.

Ils n'échangeaient que de rares paroles et à voix basse, absorbés par leur travail. Arsène calcula la distance qui le séparait d'eux, établit les mouvements exacts qu'il lui faudrait faire pour les réduire l'un après l'autre à l'impuissance, avant qu'ils n'eussent le temps d'appeler au secours, et il allait se précipiter, lorsque Gervaise dit :

— Comme la pièce s'est refroidie depuis un instant ! Je vais me mettre au lit. Et toi ?

— Je voudrais finir.

— Finir ! Mais tu en as pour la nuit.

— Mais non, une heure au plus.

Elle se retira. Vingt minutes, trente minutes passèrent. Arsène poussa la fenêtre un peu plus. Les rideaux frémirent. Il poussa encore. Ludovic se retourna, et, voyant les rideaux gonflés par le vent, se leva pour fermer la fenêtre…

Il n'y eut pas un cri, pas même une apparence de lutte. En quelques gestes précis, et sans lui faire le moindre mal, Arsène l'étourdit, lui enveloppa la tête avec le rideau, le ficela, et de telle manière que Ludovic ne distingua même pas le visage de son agresseur.

Puis, rapidement, il se dirigea vers le coffre, saisit deux portefeuilles qu'il mit sous son bras, sortit du bureau, descendit l'escalier, traversa la cour, et ouvrit la porte de service. Une voiture stationnait dans la rue.

— Prends cela d'abord, dit-il au cocher, et suis-moi.

Il retourna jusqu'au bureau. En deux voyages ils vidèrent le coffre. Puis Arsène monta dans sa chambre, enleva la corde, effaça toute trace de son passage. C'était fini.

Quelques heures après, Arsène Lupin, aidé de son compagnon, opéra le dépouillement des portefeuilles. Il n'éprouva aucune déception, l'ayant prévu, à constater que la fortune des Imbert n'avait pas l'importance qu'on lui attribuait. Les millions ne se comptaient pas par centaines, ni même par dizaines. Mais enfin le total formait encore un chiffre très respectable, et c'étaient d'excellentes valeurs, obligations de chemins de fer, Villes de Paris, fonds d'État, Suez, mines du Nord, etc.

Il se déclara satisfait.

— Certes, dit-il, il y aura un rude déchet quand le temps sera venu de négocier. On se heurtera à des oppositions, et il faudra plus d'une fois liquider à vil prix. N'importe, avec cette première mise de fonds, je me charge de vivre comme je l'entends… et de réaliser quelques rêves qui me tiennent au cœur.

— Et le reste ?

— Tu peux le brûler, mon petit. Ces tas de papiers faisaient bonne figure dans le coffre-fort. Pour nous, c'est inutile. Quant aux titres, nous allons les enfermer bien tranquillement dans le placard, et nous attendrons le moment propice.

Le lendemain Arsène pensa qu'aucune raison ne l'empêchait de retourner à l'hôtel Imbert. Mais la lecture des journaux lui révéla cette nouvelle imprévue : Ludovic et Gervaise avaient disparu.

L'ouverture du coffre eut lieu en grande solennité. Les magistrats y trouvèrent ce qu'Arsène Lupin avait laissé… peu de chose.

*

Tels sont les faits, et telle est l'explication que donne à certains d'entre eux l'intervention d'Arsène Lupin. J'en tiens le récit de lui-même, un jour qu'il était en veine de confidence.

Ce jour-là, il se promenait de long en large dans mon cabinet de travail, et ses yeux avaient une petite fièvre que je ne leur connaissais pas.

— Somme toute, lui dis-je, c'est votre plus beau coup ?

Sans me répondre directement, il reprit :

— Il y a dans cette affaire des secrets impénétrables. Ainsi, même après l'explication que je vous ai donnée, que d'obscurités encore ! Pourquoi cette fuite ? Pourquoi n'ont-ils pas profité du secours que je leur apportais involontairement ? Il était si simple de dire : « Les cent millions se trouvaient dans le coffre. Ils n'y sont plus parce qu'on les a volés ! »

— Ils ont perdu la tête.

— Oui, voilà, ils ont perdu la tête… D'autre part, il est vrai…

— Il est vrai ?…

— Non, rien.

Que signifiait cette réticence ? Il n'avait pas tout dit, c'était visible, et ce qu'il n'avait pas dit, il répugnait à le dire. J'étais intrigué. Il fallait que la chose fût grave pour provoquer de l'hésitation chez un tel homme.

Je lui posai des questions au hasard.

— Vous ne les avez pas revus ?

— Non.

— Et il ne vous est pas advenu d'éprouver, à l'égard de ces deux malheureux, quelque pitié ?

— Moi ! proféra-t-il en sursautant.

Sa révolte m'étonna. Avais-je touché juste ? J'insistai :

— Évidemment. Sans vous, ils auraient peut-être pu faire face au danger… ou du moins partir les poches remplies.

— Des remords, c'est bien cela que vous m'attribuez, n'est-ce pas ?

— Dame !

Il frappa violemment sur ma table.

— Ainsi, selon vous, je devrais avoir des remords ?

— Appelez cela des remords ou des regrets, bref un sentiment quelconque…

— Un sentiment quelconque pour des gens…

— Pour des gens à qui vous avez dérobé une fortune.

— Quelle fortune ?

— Enfin… ces deux ou trois liasses de titres…

— Ces deux ou trois liasses de titres ! Je leur ai dérobé des paquets de titres, n'est-ce pas ? une partie de leur héritage ? voilà ma faute ? voilà mon crime ? Mais, sacrebleu, mon cher, vous n'avez donc pas deviné qu'ils étaient faux, ces titres ?… vous entendez ? ILS ÉTAIENT FAUX !

Je le regardai, abasourdi.

— Faux, les quatre ou cinq millions ?

— Faux ! s'écria-t-il rageusement, archi-faux ! les obligations, les Villes de Paris, les fonds d'État, du papier, rien que du papier ! Pas un sou, je n'ai pas tiré un sou de tout le bloc ! Et vous me demandez d'avoir des remords ? Mais c'est eux qui devraient en avoir ! Ils m'ont roulé comme un vulgaire gogo ! Ils m'ont plumé comme la dernière de leurs dupes, et la plus stupide !

Une réelle colère l'agitait, faite de rancune et d'amour-propre blessé.

— Mais, d'un bout à l'autre, j'ai eu le dessous ! dès la première heure ! Savez-vous le rôle que j'ai joué dans cette affaire, ou plutôt le rôle qu'ils m'ont fait jouer ? Celui d'André Brawford ! Oui, mon cher, et je n'y ai vu que du feu ! C'est après, par les journaux, et en rapprochant certains détails, que je m'en suis aperçu. Tandis que je posais au bienfaiteur, au monsieur qui a risqué sa vie pour vous tirer de la griffe des apaches, eux, ils me faisaient passer pour un des Brawford ! N'est-ce pas admirable ? Cet original qui avait sa chambre au deuxième étage, ce sauvage que l'on montrait de loin, c'était Brawford, et Brawford, c'était moi ! Et grâce à moi, grâce à la confiance que j'inspirais sous le nom de Brawford, les banquiers prêtaient, et les notaires engageaient leurs clients à prêter ! Hein, quelle école pour un débutant ! Ah ! je vous jure que la leçon m'a servi !

Il s'arrêta brusquement, me saisit le bras, et il me dit d'un ton exaspéré où il était facile cependant de sentir des nuances d'ironie et d'admiration, il me dit cette phrase ineffable :

– Mon cher, à l'heure actuelle, Gervaise Imbert me doit quinze cents francs !

Pour le coup, je ne pus m'empêcher de rire. C'était vraiment d'une bouffonnerie supérieure. Et lui-même eut un accès de franche gaîté.

– Oui, mon cher, quinze cents francs ! Non seulement je n'ai pas palpé le premier sou de mes appointements, mais encore elle m'a emprunté quinze cents francs ! Toutes mes économies de jeune homme ! Et savez-vous pourquoi ? Je vous le donne en mille… Pour ses pauvres ! Comme je vous le dis ! pour de prétendus malheureux qu'elle soulageait à l'insu de Ludovic ! Et j'ai coupé là-dedans ! Est-ce assez drôle, hein ? Arsène Lupin refait de quinze cents francs, et refait par la bonne dame à laquelle il volait quatre millions de titres faux ! Et que de combinaisons, d'efforts et de ruses géniales il m'a fallu pour arriver à ce beau résultat ! C'est la seule fois que j'aie été roulé dans ma vie. Mais fichtre, je l'ai bien été cette fois-là, et proprement, dans les grands prix !…

La perle noire

Un violent coup de sonnette réveilla la concierge du numéro 9 de l'avenue Hoche. Elle tira le cordon en grognant :

— Je croyais tout le monde rentré. Il est au moins trois heures !

Son mari bougonna :

— C'est peut-être pour le docteur.

En effet, une voix demanda :

— Le Dr Harel… quel étage ?

— Troisième à gauche. Mais le docteur ne se dérange pas la nuit.

— Il faudra bien qu'il se dérange.

Le monsieur pénétra dans le vestibule, monta un étage, deux étages, et, sans même s'arrêter sur le palier du Dr Harel, continua jusqu'au cinquième. Là, il essaya deux clés. L'une fit fonctionner la serrure, l'autre le verrou de sûreté.

— À merveille, murmura-t-il, la besogne est considérablement simplifiée. Mais avant d'agir, il faut assurer notre retraite. Voyons… ai-je eu logiquement le temps de sonner chez le docteur, et d'être congédié par lui ? Pas encore… un peu de patience…

Au bout d'une dizaine de minutes, il redescendit et heurta le carreau de la loge en maugréant contre le docteur. On lui ouvrit, et il claqua la porte derrière lui. Or, cette porte ne se ferma point, l'homme ayant vivement appliqué un morceau de fer sur la gâche afin que le pêne ne pût s'y introduire.

Il rentra donc, sans bruit, à l'insu des concierges. En cas d'alarme, sa retraite était assurée.

Paisiblement il remonta les cinq étages. Dans l'antichambre, à la lueur d'une lanterne électrique, il déposa son pardessus et son chapeau sur une des chaises, s'assit sur une autre, et enveloppa ses bottines d'épais chaussons de feutre.

– Ouf ! ça y est... Et combien facilement ! Je me demande un peu pourquoi tout le monde ne choisit pas le confortable métier de cambrioleur ? Avec un peu d'adresse et de réflexion, il n'en est pas de plus charmant. Un métier de tout repos... un métier de père de famille... Trop commode même... cela devient fastidieux.

Il déplia un plan détaillé de l'appartement.

– Commençons par nous orienter. Ici, j'aperçois le rectangle du vestibule où je suis. Du côté de la rue, le salon, le boudoir et la salle à manger. Inutile de perdre son temps par-là, il paraît que la comtesse a un goût déplorable... pas un bibelot de valeur !... Donc, droit au but... Ah ! voici le tracé d'un couloir, du couloir qui mène aux chambres. À trois mètres, je dois rencontrer la porte du placard aux robes qui communique avec la chambre de la comtesse.

Il replia son plan, éteignit sa lanterne, et s'engagea dans le couloir en comptant :

– Un mètre... Deux mètres... trois mètres... Voici la porte... Comme tout s'arrange, mon Dieu ! Un simple verrou, un petit verrou, me sépare de la chambre, et, qui plus est, je sais que ce verrou se trouve à un mètre quarante-trois du plancher... De sorte que, grâce à une légère incision que je vais pratiquer autour, nous en serons débarrassés...

Il sortit de sa poche les instruments nécessaires, mais une idée l'arrêta.

– Et si, par hasard, ce verrou n'était pas poussé. Essayons toujours... Pour ce qu'il en coûte !

Il tourna le bouton de la serrure. La porte s'ouvrit.

– Mon brave Lupin, décidément la chance te favorise. Que te faut-il maintenant ? Tu connais la topographie des lieux où tu vas opérer ; tu connais l'endroit où la comtesse cache la perle noire... Par conséquent, pour que la perle noire t'appartienne, il s'agit tout bêtement d'être plus silencieux que le silence, plus invisible que la nuit.

Arsène Lupin employa bien une demi-heure pour ouvrir la seconde porte, une porte vitrée qui donnait sur la chambre. Mais il le fit avec tant de précaution, qu'alors même que la comtesse n'eût pas dormi, aucun grincement équivoque n'aurait pu l'inquiéter.

D'après les indications de son plan, il n'avait qu'à suivre le contour d'une chaise-longue. Cela le conduisait à un fauteuil, puis à une petite table située près du lit. Sur la table, il y avait une boîte de papier à lettres et, enfermée tout simplement dans cette boîte, la perle noire.

Il s'allongea sur le tapis et suivit les contours de la chaise-longue. Mais à l'extrémité il s'arrêta pour réprimer les battements de son cœur. Bien qu'aucune crainte ne l'agitât, il lui était impossible de vaincre cette sorte d'angoisse nerveuse que l'on éprouve dans le trop grand silence. Et il s'en étonnait, car, enfin, il avait vécu sans émotion des minutes plus solennelles. Nul danger ne le menaçait. Alors pourquoi son cœur battait-il comme une cloche affolée ? Était-ce cette femme endormie qui l'impressionnait, cette vie si voisine de la sienne ?

Il écouta et crut discerner le rythme d'une respiration. Il fut rassuré comme par une présence amie.

Il chercha le fauteuil, puis, par petits gestes insensibles, rampa vers la table, tâtant l'ombre de son bras étendu. Sa main droite rencontra un des pieds de la table.

Enfin ! il n'avait plus qu'à se lever, à prendre la perle et à s'en aller. Heureusement ! car son cœur recommençait à sauter dans sa poitrine comme une bête terrifiée, et avec un tel bruit qu'il lui semblait impossible que la comtesse ne s'éveillât point.

Il l'apaisa dans un élan de volonté prodigieux, mais, au moment où il essayait de se relever, sa main gauche heurta sur le tapis un objet qu'il reconnut tout de suite pour un flambeau, un flambeau renversé ; et aussitôt, un autre objet se présenta, une pendule, une de ces petites pendules de voyage qui sont recouvertes d'une gaine de cuir.

Quoi ? Que se passait-il ? Il ne comprenait pas. Ce flambeau… cette pendule… pourquoi ces objets n'étaient-ils pas à leur place habituelle ? Ah ! que se passait-il dans l'ombre effarante ?

Et soudain, un cri lui échappa. Il avait touché… oh ! à quelle chose étrange, innommable ! Mais non, non, la peur lui troublait le cerveau. Vingt secondes, trente secondes, il demeura immobile, épouvanté, de la sueur aux tempes. Et ses doigts gardaient la sensation de ce contact.

Par un effort implacable, il tendit le bras de nouveau. Sa main, de nouveau, effleura la chose, la chose étrange, innommable. Il la palpa. Il exigea que sa main la palpât et se rendît compte. C'était une chevelure, un visage… et ce visage était froid, presque glacé.

Si terrifiante que soit la réalité, un homme comme Arsène Lupin la domine dès qu'il en a pris connaissance. Rapidement, il fit jouer le ressort de sa lanterne. Une femme gisait devant lui, couverte de sang. D'affreuses blessures dévastaient son cou et ses épaules. Il se pencha et l'examina. Elle était morte.

— Morte, morte, répéta-t-il avec stupeur.

Et il regardait ces yeux fixes, le rictus de cette bouche, cette chair livide, et ce sang, tout ce sang qui avait coulé sur le tapis et se figeait maintenant, épais et noir.

S'étant relevé, il tourna le bouton de l'électricité, la pièce s'emplit de lumière, et il put voir tous les signes d'une lutte acharnée. Le lit était entièrement défait, les couvertures et les draps arrachés. Par terre, le flambeau, puis la pendule – les aiguilles marquaient onze heures vingt –, puis, plus loin, une chaise renversée, et partout du sang, des flaques de sang.

— Et la perle noire ? murmura-t-il.

La boîte de papier à lettres était à sa place. Il l'ouvrit vivement. Elle contenait l'écrin. Mais l'écrin était vide.

— Fichtre, se dit-il, tu t'es vanté un peu tôt de ta chance, mon ami Arsène Lupin… La comtesse assassinée, la perle noire disparue… la situation n'est pas brillante ! Filons, sans quoi tu risques fort d'encourir de lourdes responsabilités.

Il ne bougea pas cependant.

– Filer ? Oui, un autre filerait. Mais, Arsène Lupin ? N'y a-t-il pas mieux à faire ? Voyons, procédons par ordre. Après tout, ta conscience est tranquille… Suppose que tu es commissaire de police et que tu dois procéder à une enquête… Oui, mais pour cela, il faudrait avoir un cerveau plus clair. Et le mien est dans un état !

Il tomba sur un fauteuil, ses poings crispés contre son front brûlant.

*

L'affaire de l'avenue Hoche est une de celles qui nous ont le plus vivement intrigués en ces derniers temps, et je ne l'eusse certes pas racontée si la participation d'Arsène Lupin ne l'éclairait d'un jour tout spécial. Cette participation, il en est peu qui la soupçonnent. Nul ne sait en tout cas l'exacte et curieuse vérité.

Qui ne connaissait, pour l'avoir rencontrée au Bois, Léontine Zalti, l'ancienne cantatrice, épouse et veuve du comte d'Andillot, la Zalti dont le luxe éblouissait Paris, il y a quelque vingt ans, la Zalti, comtesse d'Andillot, à qui ses parures de diamants et de perles valaient une réputation européenne ? On disait d'elle qu'elle portait sur ses épaules le coffre-fort de plusieurs maisons de banque et les mines d'or de plusieurs compagnies australiennes. Les grands joailliers travaillaient pour la Zalti comme on travaillait jadis pour les rois et pour les reines.

Et qui ne se souvient de la catastrophe où toutes ces richesses furent englouties ? Maisons de banque et mines d'or, le gouffre dévora tout. De la collection merveilleuse, dispersée par le commissaire-priseur, il ne resta que la fameuse perle noire. La perle noire! c'est-à-dire une fortune, si elle avait voulu s'en défaire.

Elle ne le voulut point. Elle préféra se restreindre, vivre dans un simple appartement avec sa dame de compagnie, sa cuisinière et un domestique, plutôt que de vendre cet inestimable joyau. Il y avait à cela une raison qu'elle ne craignait pas d'avouer: la perle noire était le cadeau d'un empereur! Et presque ruinée, réduite à l'existence la plus médiocre, elle demeura fidèle à sa compagne des beaux jours.

— Moi vivante, disait-elle, je ne la quitterai pas.

Du matin jusqu'au soir, elle la portait à son cou. La nuit, elle la mettait dans un endroit connu d'elle seule.

Tous ces faits rappelés par les feuilles publiques stimulèrent la curiosité, et, chose bizarre, mais facile à comprendre pour ceux qui ont le mot de l'énigme, ce fut précisément l'arrestation de l'assassin présumé qui compliqua le mystère et prolongea l'émotion. Le surlendemain, en effet, les journaux publiaient la nouvelle suivante:

On nous annonce l'arrestation de Victor Danègre, le domestique de la comtesse d'Andillot. Les charges relevées contre lui sont écrasantes. Sur la manche en lustrine de son gilet de livrée, que M. Dudouis, le chef de la Sûreté, a trouvé dans sa mansarde, entre le sommier et le matelas, on a constaté des taches de sang. En outre, il manquait à ce gilet un bouton recouvert d'étoffe. Or ce bouton, dès le début des perquisitions, avait été ramassé sous le lit même de la victime.

Il est probable qu'après le dîner, Danègre, au lieu de regagner sa mansarde, se sera glissé dans le cabinet aux robes, et que, par la porte vitrée, il a vu la comtesse cacher la perle noire.

Nous devons dire que, jusqu'ici, aucune preuve n'est venue confirmer cette supposition. En tout cas, un autre point reste obscur. À sept heures du matin, Danègre s'est rendu au bureau de tabac du boulevard de Courcelles : la concierge d'abord, puis la buraliste ont témoigné dans ce sens. D'autre part, la cuisinière de la comtesse et sa dame de compagnie, qui toutes deux couchent au bout du couloir, affirment qu'à huit heures, quand elles se sont levées, la porte de l'antichambre et la porte de la cuisine étaient fermées à double tour. Depuis vingt ans au service de la comtesse, ces deux personnes sont au-dessus de tout soupçon. On se demande donc comment Danègre a pu sortir de l'appartement. S'était-il fait faire une autre clé ? L'instruction éclaircira ces différents points.

L'instruction n'éclaircit absolument rien, au contraire. On apprit que Victor Danègre était un récidiviste dangereux, un alcoolique et un débauché, qu'un coup de couteau n'effrayait pas. Mais l'affaire elle-même semblait, au fur et à mesure qu'on l'étudiait, s'envelopper de ténèbres plus épaisses et de contradictions plus inexplicables.

D'abord une demoiselle de Sinclèves, cousine et unique héritière de la victime, déclara que la comtesse, un mois avant sa mort, lui avait confié dans une de ses lettres la façon dont elle cachait la perle noire. Le lendemain du jour où elle recevait cette lettre, elle en constatait la disparition. Qui l'avait volée ?

De leur côté, les concierges racontèrent qu'ils avaient ouvert la porte à un individu, lequel était monté chez le Dr Harel. On manda le docteur. Personne n'avait sonné chez lui. Alors qui était cet individu ? Un complice ?

Cette hypothèse d'un complice fut adoptée par la presse et par le public. Ganimard, le vieil inspecteur principal Ganimard la défendait, non sans raison.

– Il y a du Lupin là-dessous, disait-il au juge.

– Bah ! ripostait celui-ci, vous le voyez partout, votre Lupin.

– Je le vois partout, parce qu'il est partout.

– Dites plutôt que vous le voyez chaque fois où quelque chose ne vous paraît pas très clair. D'ailleurs, en l'espèce, remarquez ceci : le crime a été commis à onze heures vingt du soir, ainsi que l'atteste la pendule, et la visite nocturne, dénoncée par les concierges, n'a eu lieu qu'à trois heures du matin.

La justice obéit souvent à ces entraînements de conviction qui font qu'on oblige les événements à se plier à l'explication première qu'on en a donnée. Les antécédents déplorables de Victor Danègre, récidiviste, ivrogne et débauché, influencèrent le juge, et bien qu'aucune circonstance nouvelle ne vînt corroborer les deux ou trois indices primitivement découverts, rien ne put l'ébranler. Il boucla son instruction. Quelques semaines après, les débats commencèrent.

Ils furent embarrassés et languissants. Le président les dirigea sans ardeur. Le ministère public attaqua mollement. Dans ces conditions, l'avocat de Danègre avait beau jeu. Il montra les lacunes et les impossibilités de l'accusation. Nulle preuve matérielle n'existait. Qui avait forgé la clé, l'indispensable clé sans laquelle Danègre, après son départ, n'aurait pu refermer à double tour la porte de l'appartement ? Qui l'avait vue, cette clé, et qu'était-elle devenue ? Qui avait vu le couteau de l'assassin, et qu'était-il devenu ?

— Et, en tout cas, concluait l'avocat, prouvez que c'est mon client qui a tué. Prouvez que l'auteur du vol et du crime n'est pas ce mystérieux personnage qui s'est introduit dans la maison à trois heures du matin. La pendule marquait onze heures, me direz-vous ? Et après ? ne peut-on mettre les aiguilles d'une pendule à l'heure qui vous convient ?

Victor Danègre fut acquitté.

*

Il sortit de prison un vendredi au déclin du jour, amaigri, déprimé par six mois de cellule. L'instruction, la solitude, les débats, les délibérations du jury, tout cela l'avait empli d'une épouvante maladive. La nuit, d'affreux cauchemars, des visions d'échafaud le hantaient. Il tremblait de fièvre et de terreur.

Sous le nom d'Anatole Dufour, il loua une petite chambre sur les hauteurs de Montmartre, et il vécut au hasard des besognes, bricolant de droite et de gauche.

Vie lamentable ! Trois fois engagé par trois patrons différents, il fut reconnu et renvoyé sur-le-champ.

Souvent il s'aperçut, ou crut s'apercevoir, que des hommes le suivaient, des hommes de la police, il n'en doutait point, qui ne renonçaient pas à le faire tomber dans quelque piège. Et d'avance il sentait l'étreinte rude de la main qui le prendrait au collet.

Un soir qu'il dînait chez un traiteur du quartier, quelqu'un s'installa en face de lui. C'était un individu d'une quarantaine d'années, vêtu d'une redingote noire de propreté douteuse. Il commanda une soupe, des légumes et un litre de vin.

Et quand il eut mangé la soupe, il tourna les yeux vers Danègre et le regarda longuement.

Danègre pâlit. Pour sûr cet individu était de ceux qui le suivaient depuis des semaines. Que lui voulait-il ? Danègre essaya de se lever. Il ne le put. Ses jambes chancelaient sous lui.

L'homme se versa un verre de vin et emplit le verre de Danègre.

— Nous trinquons, camarade ?

Victor balbutia :

— Oui… oui… à votre santé, camarade.

— À votre santé, Victor Danègre.

L'autre sursauta :

— Moi !… moi !… mais non… je vous jure…

— Vous me jurez quoi ? que vous n'êtes pas vous ? le domestique de la comtesse ?

— Quel domestique ? Je m'appelle Dufour. Demandez au patron.

— Dufour, Anatole, oui, pour le patron, mais Danègre pour la justice, Victor Danègre.

— Pas vrai ! pas vrai ! on vous a menti.

Le nouveau venu tira de sa poche une carte et la tendit. Victor lut : « Grimaudan, ex-inspecteur de la Sûreté. Renseignements confidentiels. » Il tressaillit.

— Vous êtes de la police ?

— Je n'en suis plus, mais le métier me plaisait, et je continue d'une façon plus… lucrative. On déniche de temps en temps des affaires d'or… comme la vôtre.

— La mienne ?

— Oui, la vôtre, c'est une affaire exceptionnelle, si toutefois vous voulez bien y mettre un peu de complaisance.

— Et si je n'en mets pas ?

— Il le faudra. Vous êtes dans une situation où vous ne pouvez rien me refuser.

Une appréhension sourde envahissait Victor Danègre. Il demanda :

— Qu'y a-t-il ?... parlez.

— Soit, répondit l'autre, finissons-en. En deux mots, voici : je suis envoyé par Mlle de Sinclèves.

— Sinclèves ?

— L'héritière de la comtesse d'Andillot.

— Eh bien ?

— Eh bien, Mlle de Sinclèves me charge de vous réclamer la perle noire.

— La perle noire ?

— Celle que vous avez volée.

— Mais je ne l'ai pas !

— Vous l'avez.

— Si je l'avais, ce serait moi l'assassin.

— C'est vous l'assassin.

Danègre s'efforça de rire.

— Heureusement, mon bon monsieur, que la Cour d'assises n'a pas été du même avis. Tous les jurés, vous entendez, m'ont reconnu innocent. Et quand on a sa conscience pour soi et l'estime de douze braves gens…

L'ex-inspecteur lui saisit le bras :

— Pas de phrases, mon petit. Écoutez-moi bien attentivement et pesez mes paroles, elles en valent la peine. Danègre, trois semaines avant le crime, vous avez dérobé à la cuisinière la clé qui ouvre la porte de service, et vous avez fait faire une clé semblable chez Outard, serrurier, 244, rue Oberkampf.

— Pas vrai, pas vrai, gronda Victor, personne n'a vu cette clé… elle n'existe pas.

— La voici.

Après un silence, Grimaudan reprit :

— Vous avez tué la comtesse à l'aide d'un couteau à virole acheté au bazar de la République, le jour même où vous commandiez votre clé. La lame est triangulaire et creusée d'une cannelure.

— De la blague, tout cela, vous parlez au hasard. Personne n'a vu le couteau.

— Le voici.

Victor Danègre eut un geste de recul. L'ex-inspecteur continua :

— Il y a dessus des taches de rouille. Est-il besoin de vous en expliquer la provenance ?

— Et après ?… vous avez une clé et un couteau… Qui peut affirmer qu'ils m'appartenaient ?

— Le serrurier d'abord, et ensuite l'employé auquel vous avez acheté le couteau. J'ai déjà rafraîchi leur mémoire. En face de vous, ils ne manqueront pas de vous reconnaître.

Il parlait sèchement et durement, avec une précision terrifiante. Danègre était convulsé de peur. Ni le juge ni le président des assises, ni l'avocat général ne l'avaient serré d'aussi près, n'avaient vu aussi clair dans des choses que lui-même ne discernait plus très nettement.

Cependant, il essaya encore de jouer l'indifférence.

— Si c'est là toutes vos preuves !

— Il me reste celle-ci. Vous êtes reparti, après le crime, par le même chemin. Mais, au milieu du cabinet aux robes, pris d'effroi, vous avez dû vous appuyer contre le mur pour garder votre équilibre.

— Comment le savez-vous ? bégaya Victor… personne ne peut le savoir.

— La justice, non, il ne pouvait venir à l'idée d'aucun de ces messieurs du parquet d'allumer une bougie et d'examiner les murs. Mais si on le faisait, on verrait sur le plâtre blanc une marque rouge très légère, assez nette cependant pour qu'on y retrouve l'empreinte de la face antérieure de votre pouce, de votre pouce tout humide de sang et que vous avez posé contre le mur. Or, vous n'ignorez pas qu'en anthropométrie, c'est là un des principaux moyens d'identification.

Victor Danègre était blême. Des gouttes de sueur coulaient de son front sur la table. Il considérait avec des yeux de fou cet homme étrange qui évoquait son crime comme s'il en avait été le témoin invisible.

Il baissa la tête, vaincu, impuissant. Depuis des mois il luttait contre tout le monde. Contre cet homme-là, il avait l'impression qu'il n'y avait rien à faire.

— Si je vous rends la perle, balbutia-t-il, combien me donnerez-vous ?

— Rien.

— Comment ! vous vous moquez ! Je vous donnerais une chose qui vaut des mille et des centaines de mille, et je n'aurais rien ?

— Si, la vie.

Le misérable frissonna. Grimaudan ajouta, d'un ton presque doux :

— Voyons, Danègre, cette perle n'a aucune valeur pour vous. Il vous est impossible de la vendre. À quoi bon la garder ?

— Il y a des receleurs… et un jour ou l'autre, à n'importe quel prix…

— Un jour ou l'autre, il sera trop tard.

— Pourquoi ?

— Pourquoi ? mais parce que la justice aura remis la main sur vous, et, cette fois, avec les preuves que je lui fournirai, le couteau, la clé, l'indication du pouce, vous êtes fichu, mon bonhomme.

Victor s'étreignit la tête de ses deux mains et réfléchit. Il se sentait perdu, en effet, irrémédiablement perdu, et, en même temps, une grande fatigue l'envahissait, un immense besoin de repos et d'abandon.

Il murmura :

— Quand vous la faut-il ?

— Ce soir, avant une heure.

— Sinon ?

— Sinon, je mets à la poste cette lettre où Mlle de Sinclèves vous dénonce au procureur de la République.

Danègre se versa deux verres de vin qu'il but coup sur coup, puis, se levant :

— Payez l'addition, et allons-y… j'en ai assez de cette maudite affaire.

La nuit était venue. Les deux hommes descendirent la rue Lepic et suivirent les boulevards extérieurs en se dirigeant vers l'Étoile. Ils marchaient silencieusement, Victor, très las et le dos voûté.

Au parc Monceau, il dit :

— C'est du côté de la maison…

— Parbleu ! vous n'en êtes sorti, avant votre arrestation, que pour aller au bureau de tabac.

— Nous y sommes, fit Danègre, d'une voix sourde.

Ils longèrent la grille du jardin et traversèrent une rue dont le bureau de tabac faisait l'encoignure.

Danègre s'arrêta quelques pas plus loin. Ses jambes vacillaient. Il tomba sur un banc.

— Eh bien ? demanda son compagnon.

— C'est là.

— C'est là ! qu'est-ce que vous me chantez ?

— Oui là, devant nous.

— Devant nous ! Dites donc, Danègre, il ne faudrait pas…

— Je vous répète qu'elle est là.

— Où ?

— Entre deux pavés.

— Lesquels ?

— Cherchez.

— Lesquels ? répéta Grimaudan.

Victor ne répondit pas.

— Ah ! parfait, tu veux me faire poser, mon bonhomme.

— Non… mais… je vais crever de misère.

— Et alors, tu hésites ? Allons, je serai bon prince. Combien te faut-il ?

— De quoi prendre mon billet d'entrepont pour l'Amérique.

— Convenu.

— Et un billet de cent pour les premiers frais.

— Tu en auras deux. Parle.

— Comptez les pavés, à droite de l'égout. C'est entre le douzième et le treizième.

— Dans le ruisseau ?

— Oui, en bas du trottoir.

Grimaudan regarda autour de lui. Des tramways passaient, des gens passaient. Mais bah ! qui pouvait se douter ?…

Il ouvrit son canif et le planta entre le douzième et le treizième pavé.

— Et si elle n'y est pas ?

— Si personne ne m'a vu me baisser et l'enfoncer, elle y est encore.

Se pouvait-il qu'elle y fût ! La perle noire jetée dans la boue d'un ruisseau, à la disposition du premier venu ! La perle noire… une fortune !

— À quelle profondeur ?

— Dix centimètres, à peu près.

Il creusa le sable mouillé. La pointe de son canif heurta quelque chose. Avec ses doigts il élargit le trou.

Il aperçut la perle noire.

— Tiens, voilà tes deux cents francs. Je t'enverrai ton billet pour l'Amérique.

Le lendemain, *L'Écho de France* publiait cet entrefilet, qui fut reproduit par les journaux du monde entier :

Depuis hier, la fameuse perle noire est entre les mains d'Arsène Lupin qui l'a reprise au meurtrier de la comtesse d'Andillot. Avant peu, des fac-similés de ce précieux bijou seront exposés à Londres, à Saint-Pétersbourg, à Calcutta, à Buenos-Ayres et à New York.

Arsène Lupin attend les propositions que voudront bien lui faire ses correspondants.

*

— Et voilà comme quoi le crime est toujours puni et la vertu récompensée, conclut Arsène Lupin, lorsqu'il m'eut révélé les dessous de l'affaire.

— Et voilà comme quoi, sous le nom de Grimaudan, ex-inspecteur de la Sûreté, vous fûtes choisi par le destin pour enlever au criminel le bénéfice de son forfait.

— Justement. Et j'avoue que c'est une des aventures dont je suis le plus fier. Les quarante minutes que j'ai passées dans l'appartement de la comtesse, après avoir constaté sa mort, sont parmi les plus étonnantes et les plus profondes de ma vie. En quarante minutes, empêtré dans la situation la plus inextricable, j'ai reconstitué le crime, j'ai acquis la certitude, à l'aide de quelques indices, que le coupable ne pouvait être qu'un domestique de la comtesse. Enfin, j'ai compris que, pour avoir la perle, il fallait que ce domestique fût arrêté – et j'ai laissé le bouton de gilet –, mais qu'il ne fallait pas qu'on relevât contre lui des preuves irrécusables de sa culpabilité – et j'ai ramassé le couteau oublié sur le tapis, emporté la clé oubliée sur la serrure, fermé la porte à double tour, et effacé les traces des doigts sur le plâtre du cabinet aux robes. À mon sens, ce fut là un de ces éclairs…

— De génie, interrompis-je.

— De génie, si vous voulez, et qui n'eût pas illuminé le cerveau du premier venu. Deviner en une seconde les deux termes du problème – une arrestation et un acquittement –, me servir de l'appareil formidable de la justice pour détraquer mon homme, pour l'abêtir, bref, pour le mettre dans un état d'esprit tel qu'une fois libre il devait inévitablement, fatalement, tomber dans le piège un peu grossier que je lui tendais !…

— Un peu ? dites beaucoup, car il ne courait aucun danger.

— Oh ! pas le moindre, puisque tout acquittement est chose définitive.

— Pauvre diable…

— Pauvre diable… Victor Danègre ! vous ne songez pas que c'est un assassin ? Il eût été de la dernière immoralité que la perle noire lui restât. Il vit, pensez donc, Danègre vit !

— Et la perle noire est à vous.

Il la sortit d'une des poches secrètes de son portefeuille, l'examina, la caressa de ses doigts et de ses yeux émus, et il soupirait :

— Quel est le boyard, quel est le rajah imbécile et vaniteux qui possédera ce trésor ? À quel milliardaire américain est destiné le petit morceau de beauté et de luxe qui ornait les blanches épaules de Léontine Zalti, comtesse d'Andillot ?…

Herlock Sholmès arrive trop tard

C'est étrange ce que vous ressemblez à Arsène Lupin, Velmont !

— Vous le connaissez ?

— Oh ! comme tout le monde, par ses photographies, dont aucune n'est pareille aux autres, mais dont chacune laisse l'impression d'une physionomie identique… qui est bien la vôtre.

Horace Velmont parut plutôt vexé.

— N'est-ce pas, mon cher Devanne ! Et vous n'êtes pas le premier à m'en faire la remarque, croyez-le.

— C'est au point, insista Devanne, que si vous ne m'aviez pas été recommandé par mon cousin d'Estevan, et si vous n'étiez pas le peintre connu dont j'admire les belles marines, je me demande si je n'aurais pas averti la police de votre présence à Dieppe.

La boutade fut accueillie par un rire général. Il y avait là, dans la grande salle à manger du château de Thibermesnil, outre Velmont : l'abbé Gélis, curé du village, et une douzaine d'officiers, dont les régiments manœuvraient aux environs, et qui avaient répondu à l'invitation du banquier Georges Devanne et de sa mère. L'un d'eux s'écria :

— Mais est-ce que précisément Arsène Lupin n'a pas été signalé sur la côte, après son fameux coup du rapide de Paris au Havre ?

— Parfaitement, il y a de cela trois mois, et la semaine suivante je faisais connaissance au casino de notre excellent Velmont qui, depuis, a bien voulu m'honorer de quelques visites – agréable préambule d'une visite domiciliaire plus sérieuse qu'il me rendra l'un de ces jours… ou plutôt l'une de ces nuits !

On rit de nouveau et l'on passa dans l'ancienne salle des gardes, vaste pièce, très haute, qui occupe toute la partie inférieure de la tour Guillaume, et où Georges Devanne a réuni les incomparables richesses accumulées à travers les siècles par les sires de Thibermesnil. Des bahuts et des crédences, des landiers et des girandoles la décorent. De magnifiques tapisseries pendent aux murs de pierre. Les embrasures des quatre fenêtres sont profondes, munies de bancs, et se terminent par des croisées ogivales à vitraux encadrés de plomb. Entre la porte et la fenêtre de gauche, s'érige une bibliothèque monumentale de style Renaissance, sur le fronton de laquelle on lit, en lettres d'or, « Thibermesnil » et au-dessous, la fière devise de la famille : « Fais ce que veulx. »

Et comme on allumait des cigares, Devanne reprit :

— Seulement, dépêchez-vous, Velmont, c'est la dernière nuit qui vous reste.

— Et pourquoi ? fit le peintre qui, décidément, prenait la chose en plaisantant.

Devanne allait répondre quand sa mère lui fit un signe. Mais l'excitation du dîner, le désir d'intéresser ses hôtes, l'emportèrent.

— Bah ! murmura-t-il, je puis parler maintenant. Une indiscrétion n'est plus à craindre.

On s'assit autour de lui avec une vive curiosité, et il déclara, de l'air satisfait de quelqu'un qui annonce une grosse nouvelle :

— Demain, à quatre heures du soir, Herlock Sholmès, le grand policier anglais pour qui il n'est point de mystère, Herlock Sholmès, le plus extraordinaire déchiffreur d'énigmes que l'on ait jamais vu, le prodigieux personnage qui semble forgé de toutes pièces par l'imagination d'un romancier, Herlock Sholmès sera mon hôte.

On se récria. Herlock Sholmès à Thibermesnil. C'était donc sérieux ? Arsène Lupin se trouvait réellement dans la contrée ?

— Arsène Lupin et sa bande ne sont pas loin. Sans compter l'affaire du baron Cahorn, à qui attribuer les cambriolages de Montigny, de Gruchet, de Crasville, sinon à notre voleur national ? Aujourd'hui, c'est mon tour.

— Et vous êtes prévenu, comme le fut le baron Cahorn ?

— Le même truc ne réussit pas deux fois.

— Alors ?

— Alors ?... alors voici.

Il se leva, et désignant du doigt, sur l'un des rayons de la bibliothèque, un petit espace vide entre deux énormes in-folios :

— Il y avait là un livre, un livre du XVIe siècle intitulé la *Chronique de Thibermesnil*, et qui était l'histoire du château depuis sa construction par le duc Rollon sur l'emplacement d'une forteresse féodale. Il contenait trois planches gravées. L'une représentait une vue cavalière du domaine dans son ensemble, la seconde le plan des bâtiments, et la troisième – j'appelle votre attention là-dessus – le tracé d'un souterrain dont l'une des issues s'ouvre à l'extérieur de la première ligne des remparts, et dont l'autre aboutit ici, oui, dans la salle même où nous nous tenons. Or, ce livre a disparu depuis le mois dernier.

— Fichtre, dit Velmont, c'est mauvais signe. Seulement cela ne suffit pas pour motiver l'intervention de Herlock Sholmès.

— Certes, cela n'eût point suffi s'il ne s'était passé un autre fait qui donne à celui que je viens de vous raconter toute sa signification. Il existait à la Bibliothèque nationale un second exemplaire de cette *Chronique*, et ces deux exemplaires différaient par certains détails concernant le souterrain, comme l'établissement d'un profil et d'une échelle, et diverses annotations, non pas imprimées, mais écrites à l'encre et plus ou moins effacées. Je savais ces particularités, et je savais que le tracé définitif ne pouvait être reconstitué que par une confrontation minutieuse des deux cartes. Or, le lendemain du jour où mon exemplaire disparaissait, celui de la Bibliothèque nationale était demandé par un lecteur qui l'emportait sans qu'il fût possible de déterminer les conditions dans lesquelles le vol était effectué.

Des exclamations accueillirent ces paroles.

— Cette fois, l'affaire devient sérieuse.

— Aussi, cette fois, dit Devanne, la police s'émut et il y eut une double enquête, qui, d'ailleurs, n'eut aucun résultat.

— Comme toutes celles dont Arsène Lupin est l'objet.

— Précisément. C'est alors qu'il me vint à l'esprit de demander son concours à Herlock Sholmès, lequel me répondit qu'il avait le plus vif désir d'entrer en contact avec Arsène Lupin.

— Quelle gloire pour Arsène Lupin ! dit Velmont ! Mais, si notre voleur national, comme vous l'appelez, ne nourrit aucun projet sur Thibermesnil, Herlock Sholmès n'aura qu'à se tourner les pouces ?

— Il y a autre chose, et qui l'intéressera vivement, la découverte du souterrain.

— Comment, vous nous avez dit qu'une des entrées s'ouvrait sur la campagne, l'autre dans ce salon même !

— Où ? En quel lieu de ce salon ? La ligne qui représente le souterrain sur les cartes, aboutit bien d'un côté à un petit cercle accompagné de ces deux majuscules « T. G. », ce qui signifie sans doute, n'est-ce pas, Tour Guillaume. Mais la tour est ronde, et qui pourrait déterminer à quel endroit du rond s'amorce le tracé du dessin ?

Devanne alluma un second cigare et se versa un verre de bénédictine. On le pressait de questions. Il souriait, heureux de l'intérêt provoqué. Enfin il prononça :

— Le secret est perdu. Nul au monde ne le connaît. De père en fils, dit la légende, les puissants seigneurs se le transmettaient à leur lit de mort, jusqu'au jour où Geoffroy, dernier du nom, eut la tête tranchée sur l'échafaud, le 7 thermidor an II, dans sa dix-neuvième année.

— Mais, depuis un siècle, on a dû chercher ?

— On a cherché, mais vainement. Moi-même, quand j'eus acheté le château à l'arrière-petit-neveu du conventionnel Leribourg, j'ai fait faire des fouilles. À quoi bon ? Songez que cette tour, environnée d'eau, n'est reliée au château que par un point, et qu'il faut, en conséquence, que le souterrain passe sous les anciens fossés. Le plan de la Bibliothèque nationale montre d'ailleurs une suite de quatre escaliers comportant quarante-huit marches, ce qui laisse supposer une profondeur de plus de dix mètres. Et l'échelle, annexée à l'autre plan, fixe la distance à deux cents mètres. En réalité, tout le problème est ici, entre ce plancher, ce plafond et ces murs. Ma foi, j'avoue que j'hésite à les démolir.

— Et l'on n'a aucun indice ?

— Aucun.

L'abbé Gélis objecta :

— M. Devanne, nous devons faire état de deux citations.

— Oh ! s'écria Devanne en riant, M. le curé est un fouilleur d'archives, un grand liseur de mémoires, et tout ce qui touche à Thibermesnil le passionne. Mais l'explication dont il parle ne sert qu'à embrouiller les choses.

— Mais encore ?

— Vous y tenez ?

— Énormément.

— Vous saurez donc qu'il résulte de ses lectures que deux rois de France ont eu le mot de l'énigme.

— Deux rois de France !

— Henri IV et Louis XVI.

— Ce ne sont pas les premiers venus. Et comment M. l'abbé est-il au courant ?...

— Oh! c'est bien simple, continua Devanne. L'avant-veille de la bataille d'Arques, le roi Henri IV vint souper et coucher dans ce château. À onze heures du soir, Louise de Tancarville, la plus jolie dame de Normandie, fut introduite auprès de lui par le souterrain avec la complicité du duc Edgard, qui, en cette occasion, livra le secret de famille. Ce secret, Henri IV le confia plus tard à son ministre Sully, qui raconte l'anecdote dans ses *Royales Œconomies d'État* sans l'accompagner d'autre commentaire que de cette phrase incompréhensible : « La hache tournoie dans l'air qui frémit, mais l'aile s'ouvre, et l'on va jusqu'à Dieu. »

Il y eut un silence, et Velmont ricana :

— Ce n'est pas d'une clarté aveuglante.

— N'est-ce pas ? M. le curé veut que Sully ait noté par-là le mot de l'énigme, sans trahir le secret des scribes auxquels il dictait ses mémoires.

— L'hypothèse est ingénieuse.

— Je l'accorde, mais quelle est cette hache qui tourne, et cet oiseau qui s'envole ?

— Et qu'est-ce qui va jusqu'à Dieu ?

— Mystère !

Velmont reprit :

— Et ce bon Louis XVI, fut-ce également pour recevoir la visite d'une dame, qu'il se fit ouvrir le souterrain ?

— Je l'ignore. Tout ce qu'il est permis de dire, c'est que Louis XVI a séjourné en 1784 à Thibermesnil, et que la fameuse armoire de fer, trouvée au Louvre sur la dénonciation de Gamain, renfermait un papier avec ces mots écrits par lui : « *Thibermesnil* : 2-6-12. »

Horace Velmont éclata de rire :

— Victoire ! les ténèbres se dissipent de plus en plus. Deux fois six font douze.

— Riez à votre guise, monsieur, fit l'abbé, il n'empêche que ces deux citations contiennent la solution, et qu'un jour ou l'autre viendra quelqu'un qui saura les interpréter.

— Herlock Sholmès d'abord, dit Devanne... À moins qu'Arsène Lupin ne le devance. Qu'en pensez-vous, Velmont ?

Velmont se leva, mit la main sur l'épaule de Devanne, et déclara :

— Je pense qu'aux données fournies par votre livre et par celui de la Bibliothèque, il manquait un renseignement de la plus haute importance, et que vous avez eu la gentillesse de me l'offrir. Je vous en remercie.

— De sorte que ?...

— De sorte que maintenant, la hache ayant tournoyé, l'oiseau s'étant enfui, et deux fois six faisant douze, je n'ai plus qu'à me mettre en campagne.

— Sans perdre une minute.

— Sans perdre une seconde ! ne faut-il pas que cette nuit, c'est-à-dire avant l'arrivée de Herlock Sholmès, je cambriole votre château.

— Il est de fait que vous n'avez que le temps. Voulez-vous que je vous conduise ?

— Jusqu'à Dieppe ?

— Jusqu'à Dieppe. J'en profiterai pour ramener moi-même M. et Mme d'Androl et une jeune fille de leurs amis qui arrivent par le train de minuit.

Et s'adressant aux officiers, Devanne ajouta :

— D'ailleurs, nous nous retrouverons tous ici demain à déjeuner, n'est-ce pas, messieurs ? Je compte bien sur vous, puisque ce château doit être investi par vos régiments et pris d'assaut sur le coup de onze heures.

L'invitation fut acceptée, on se sépara, et un instant plus tard, une 20-30 Étoile d'or emportait Devanne et Velmont sur la route de Dieppe. Devanne déposa le peintre devant le casino, et se rendit à la gare.

À minuit ses amis descendaient du train. À minuit et demi, l'automobile franchissait les portes de Thibermesnil. À une heure, après un léger souper servi dans le salon, chacun se retira. Peu à peu toutes les lumières s'éteignirent. Le grand silence de la nuit enveloppa le château.

*

Mais la lune écarta les nuages qui la voilaient, et, par deux des fenêtres, emplit le salon de clarté blanche. Cela ne dura qu'un moment. Très vite la lune se cacha derrière le rideau des collines. Et ce fut l'obscurité. Le silence s'augmenta de l'ombre plus épaisse. À peine, de temps à autre, des craquements de meubles le troublaient-ils, ou bien le bruissement des roseaux sur l'étang qui baigne les vieux murs de ses eaux vertes.

La pendule égrenait le chapelet infini des secondes. Elle sonna deux heures. Puis, de nouveau, les secondes tombèrent hâtives et monotones dans la paix lourde de la nuit. Puis trois heures sonnèrent.

Et tout à coup quelque chose claqua, comme fait, au passage d'un train, le disque d'un signal qui s'ouvre et se rabat. Et un jet fin de lumière traversa le salon de part en part, ainsi qu'une flèche qui laisserait derrière elle une traînée étincelante. Il jaillissait de la cannelure centrale d'un pilastre où s'appuie, à droite, le fronton de la bibliothèque. Il s'immobilisa d'abord sur le panneau opposé en un cercle éclatant, puis il se promena de tous côtés comme un regard inquiet qui scrute l'ombre, puis il s'évanouit pour jaillir encore, pendant que toute une partie de la bibliothèque tournait sur elle-même et démasquait une large ouverture, en forme de voûte.

Un homme entra qui tenait à la main une lanterne électrique. Un autre homme et un troisième surgirent qui portaient un rouleau de cordes et différents instruments. Le premier inspecta la pièce, écouta et dit :

— Appelez les camarades.

De ces camarades, il en vint huit par le souterrain, gaillards solides, au visage énergique. Et le déménagement commença.

Ce fut rapide. Arsène Lupin passait d'un meuble à un autre, l'examinait, et, suivant ses dimensions ou sa valeur artistique, lui faisait grâce ou ordonnait :

— Enlevez !

Et l'objet était enlevé, avalé par la gueule béante du tunnel, expédié dans les entrailles de la terre.

Et ainsi furent escamotés six fauteuils et six chaises Louis XV, et des tapisseries d'Aubusson, et des girandoles signées Gouthière, et deux Fragonard, et un Nattier, et un buste de Houdon, et des statuettes. Quelquefois Lupin s'attardait devant un magnifique bahut ou un superbe tableau et soupirait :

— Trop lourd, celui-là… trop grand… quel dommage !

Et il continuait son expertise.

En quarante minutes, le salon fut « désencombré » selon l'expression d'Arsène. Et tout cela s'était accompli dans un ordre admirable, sans aucun bruit, comme si tous les objets que maniaient ces hommes eussent été garnis d'épaisse ouate.

Il dit alors au dernier d'entre eux qui s'en allait, porteur d'un cartel signé Boulle :

— Inutile de revenir. Il est entendu, n'est-ce pas, qu'aussitôt l'auto-camion chargé, vous filez jusqu'à la grange de Roquefort.

— Mais vous, patron ?

— Qu'on me laisse la motocyclette.

L'homme parti, il repoussa, tout contre, le pan mobile de la bibliothèque, puis, après avoir fait disparaître les traces du déménagement, effacé les marques de pas, il souleva une portière, et pénétra dans une galerie qui servait de communication entre la tour et le château. Au milieu il y avait une vitrine, et c'était à cause de cette vitrine qu'Arsène Lupin avait poursuivi ses investigations.

Elle contenait des merveilles, une collection unique de montres, de tabatières, de bagues, de châtelaines, de miniatures du plus joli travail. Avec une pince il força la serrure, et ce lui fut un plaisir inexprimable que de saisir ces joyaux d'or et d'argent, ces petites œuvres d'un art si précieux et si délicat.

Il avait, passé en bandoulière autour de son cou, un large sac de toile spécialement aménagé pour ces aubaines. Il le remplit. Et il remplit aussi les poches de sa veste, de son pantalon et de son gilet. Et il refermait son bras gauche sur une pile de ces réticules en perles si goûtés de nos ancêtres, et que la mode actuelle recherche si passionnément… lorsqu'un léger bruit frappa son oreille.

Il écouta : il ne se trompait pas, le bruit se précisait.

Et soudain il se rappela : à l'extrémité de la galerie, un escalier intérieur conduisait à un appartement, inoccupé jusqu'ici, mais qui était, depuis ce soir, réservé à cette jeune fille que Devanne était allé chercher à Dieppe, avec ses amis d'Androl.

D'un geste rapide, il pressa du doigt le ressort de sa lanterne : elle s'éteignit. Il avait à peine gagné l'embrasure d'une fenêtre qu'au haut de l'escalier la porte fut ouverte et qu'une faible lueur éclaira la galerie.

Il eut la sensation – car, à demi caché par un rideau, il ne voyait point – qu'une personne descendait les premières marches avec précaution. Il espéra qu'elle n'irait pas plus loin. Elle descendit cependant et avança de plusieurs pas dans la pièce. Mais elle poussa un cri. Sans doute avait-elle aperçu la vitrine brisée, aux trois quarts vide.

Au parfum, il reconnut la présence d'une femme. Ses vêtements frôlaient presque le rideau qui le dissimulait, et il lui sembla qu'il entendait battre le cœur de cette femme, et qu'elle aussi devinait la présence d'un autre être, derrière elle, dans l'ombre, à portée de sa main… Il se dit : « Elle a peur… elle va partir… il est impossible qu'elle ne parte pas. » Elle ne partit point. La bougie qui tremblait dans sa main, s'affermit. Elle se retourna, hésita un instant, parut écouter le silence effrayant, puis, d'un coup, écarta le rideau.

Ils se virent.

Arsène murmura, bouleversé :

— Vous… vous… mademoiselle.

C'était miss Nelly.

Miss Nelly ! la passagère du transatlantique, celle qui avait mêlé ses rêves aux rêves du jeune homme durant cette inoubliable traversée, celle qui avait assisté à son arrestation, et qui, plutôt que de le trahir, avait eu ce joli geste de jeter à la mer le kodak où il avait caché les bijoux et les billets de banque… miss

Nelly ! la chère et souriante créature dont l'image avait si souvent attristé ou réjoui ses longues heures de prison !

Le hasard était si prodigieux qui les mettait en présence l'un de l'autre dans ce château et à cette heure de la nuit, qu'ils ne bougeaient point et ne prononçaient pas une parole, stupéfaits, comme hypnotisés par l'apparition fantastique qu'ils étaient l'un pour l'autre.

Chancelante, brisée d'émotion, miss Nelly dut s'asseoir.

Il resta debout en face d'elle. Et peu à peu, au cours des secondes interminables qui s'écoulèrent, il eut conscience de l'impression qu'il devait donner en cet instant, les bras chargés de bibelots, les poches gonflées, et son sac rempli à en crever. Une grande confusion l'envahit, et il rougit de se trouver là, dans cette vilaine posture du voleur qu'on prend en flagrant délit. Pour elle, désormais, quoi qu'il advînt, il était le voleur, celui qui met la main dans la poche des autres, celui qui crochète les portes et s'introduit furtivement.

Une des montres roula sur le tapis, une autre également. Et d'autres choses encore allaient glisser de ses bras, qu'il ne savait comment retenir. Alors, se décidant brusquement, il laissa tomber sur le fauteuil une partie des objets, vida ses poches et se défit de son sac.

Il se sentit plus à l'aise devant Nelly, et fit un pas vers elle avec l'intention de lui parler. Mais elle eut un geste de recul, puis se leva vivement, comme prise d'effroi, et se précipita vers le salon. La portière se referma sur elle, il la rejoignit. Elle était là, interdite, tremblante, et ses yeux contemplaient avec terreur l'immense pièce dévastée.

Aussitôt il lui dit :

— À trois heures, demain, tout sera remis en place… Les meubles seront rapportés…

Elle ne répondit point, et il répéta :

— Demain, à trois heures, je m'y engage… Rien au monde ne pourra m'empêcher de tenir ma promesse… Demain, à trois heures…

Un long silence pesa sur eux. Il n'osait le rompre, et l'émotion de la jeune fille lui causait une véritable souffrance. Doucement, sans un mot, il s'éloigna d'elle.

Et il pensait :

— Qu'elle s'en aille !… Qu'elle se sente libre de s'en aller !… Qu'elle n'ait pas peur de moi !…

Mais soudain elle tressaillit et balbutia :

— Écoutez… des pas… j'entends marcher…

Il la regarda avec étonnement. Elle semblait bouleversée, ainsi qu'à l'approche d'un péril.

— Je n'entends rien, dit-il, et quand même…

— Comment ! mais il faut fuir… vite, fuyez…

— Fuir… pourquoi ?

— Il le faut… il le faut… Ah ! ne restez pas…

D'un trait elle courut jusqu'à l'entrée de la galerie et prêta l'oreille. Non, il n'y avait personne. Peut-être le bruit venait-il du dehors ?… Elle attendit une seconde, puis, rassurée, se retourna.

Arsène Lupin avait disparu.

*

À l'instant même où Devanne constata le pillage de son château, il se dit : c'est Velmont qui a fait le coup, et Velmont n'est autre qu'Arsène Lupin. Tout s'expliquait ainsi, et rien ne s'expliquait autrement. Cette idée ne fit d'ailleurs que l'effleurer, tellement il était invraisemblable que Velmont ne fût point Velmont, c'est-à-dire le peintre connu, le camarade de cercle de son cousin d'Estevan. Et lorsque le brigadier de gendarmerie, aussitôt averti, se présenta, Devanne ne songea même pas à lui communiquer cette supposition absurde.

Toute la matinée ce fut, à Thibermesnil, un va-et-vient indescriptible. Les gendarmes, le garde champêtre, le commissaire de police de Dieppe, les habitants du village, tout ce monde s'agitait dans les couloirs, ou dans le parc, ou autour du château. L'approche des troupes en manœuvre, le crépitement des fusils, ajoutaient au pittoresque de la scène.

Les premières recherches ne fournirent point d'indice. Les fenêtres n'ayant pas été brisées ni les portes fracturées, sans nul doute le déménagement s'était effectué par l'issue secrète. Pourtant, sur le tapis, aucune trace de pas, sur les murs, aucune marque insolite.

Une seule chose, inattendue, et qui dénotait bien la fantaisie d'Arsène Lupin : la fameuse *Chronique* du XVIe siècle avait repris son ancienne place, et, à côté, se trouvait un livre semblable, qui n'était autre que l'exemplaire volé de la Bibliothèque nationale.

À onze heures, les officiers arrivèrent. Devanne les accueillit gaiement – quelque ennui que lui causât la perte de telles richesses artistiques, sa fortune lui permettait de la supporter sans mauvaise humeur. Ses amis d'Androl et Nelly descendirent.

Les présentations faites, on s'aperçut qu'il manquait un convive, Horace Velmont. Ne viendrait-il point ?

Son absence eût réveillé les soupçons de Georges Devanne. Mais à midi précis, il entrait. Devanne s'écria :

— À la bonne heure ! Vous voilà !

— Ne suis-je pas exact ?

— Si, mais vous auriez pu ne pas l'être… après une nuit si agitée ! car vous savez la nouvelle ?

— Quelle nouvelle ?

— Vous avez cambriolé le château.

— Allons donc !

— Comme je vous le dis. Mais offrez tout d'abord votre bras à miss Underdown, et passons à table… Mademoiselle, permettez-moi…

Il s'interrompit, frappé par le trouble de la jeune fille. Puis, soudain, se rappelant :

— C'est vrai, à propos, vous avez voyagé avec Arsène Lupin, jadis… avant son arrestation… La ressemblance vous étonne, n'est-ce pas ?

Elle ne répondit point. Devant elle, Velmont souriait. Il s'inclina, elle prit son bras. Il la conduisit à sa place et s'assit en face d'elle.

Durant le déjeuner on ne parla que d'Arsène Lupin, des meubles enlevés, du souterrain, de Herlock Sholmès. À la fin du repas seulement, comme on abordait d'autres sujets, Velmont se mêla à la conversation. Il fut tour à tour amusant et grave, éloquent et spirituel. Et tout ce qu'il disait, il semblait ne le dire que pour intéresser la jeune fille. Très absorbée, elle ne paraissait point l'entendre.

On servit le café sur la terrasse qui domine la cour d'honneur et le jardin français du côté de la façade principale. Au milieu de la pelouse, la musique du régiment se mit à jouer, et la foule des paysans et des soldats se répandit dans les allées du parc.

Cependant Nelly se souvenait de la promesse d'Arsène Lupin: « À trois heures tout sera là, je m'y engage. »

À trois heures ! et les aiguilles de la grande horloge qui ornait l'aile droite marquaient deux heures quarante. Elle les regardait malgré elle à tout instant. Et elle regardait aussi Velmont qui se balançait paisiblement dans un confortable rocking-chair.

Deux heures cinquante… deux heures cinquante-cinq… une sorte d'impatience, mêlée d'angoisse, étreignait la jeune fille. Était-il admissible que le miracle s'accomplît, et qu'il s'accomplît à la minute fixée, alors que le château, la cour, la campagne étaient remplis de monde, et qu'en ce moment même le procureur de la République et le juge d'instruction poursuivaient leur enquête ?

Et pourtant… pourtant, Arsène Lupin avait promis avec une telle solennité ! Cela sera comme il l'a dit, pensa-t-elle, impressionnée par tout ce qu'il y avait, en cet homme, d'énergie, d'autorité et de certitude. Et cela ne lui semblait plus un miracle, mais un événement naturel qui devait se produire par la force des choses.

Une seconde, leurs regards se croisèrent. Elle rougit et détourna la tête.

Trois heures… Le premier coup sonna, le deuxième coup, le troisième… Horace Velmont tira sa montre, leva les yeux vers l'horloge, puis remit sa montre dans sa poche. Quelques secondes s'écoulèrent. Et voici que la foule s'écarta, autour de la pelouse, livrant passage à deux voitures qui venaient de franchir la grille du parc, attelées l'une et l'autre de deux chevaux. C'étaient de ces fourgons qui vont à la suite des régiments et qui portent les cantines des officiers et les sacs des soldats. Ils s'arrêtèrent devant le perron. Un sergent-fourrier sauta de l'un des sièges et demanda M. Devanne.

Devanne accourut et descendit les marches. Sous les bâches, il vit, soigneusement rangés, bien enveloppés, ses meubles, ses tableaux, ses objets d'art.

Aux questions qu'on lui posa, le fourrier répondit en exhibant l'ordre qu'il avait reçu de l'adjudant de service, et que cet adjudant avait pris, le matin, au rapport. Par cet ordre, la deuxième compagnie du quatrième bataillon devait pourvoir à ce que les objets mobiliers déposés au carrefour des Halleux, en forêt d'Arques, fussent portés à trois heures à M. Georges Devanne, propriétaire du château de Thibermesnil. Signé : le colonel Beauvel.

— Au carrefour, ajouta le sergent, tout se trouvait prêt, aligné sur le gazon, et sous la garde… des passants. Ça m'a semblé drôle, mais quoi ! l'ordre était catégorique.

Un des officiers examina la signature : elle était parfaitement imitée, mais fausse.

La musique avait cessé de jouer, on vida les fourgons, on réintégra les meubles.

Au milieu de cette agitation, Nelly resta seule à l'extrémité de la terrasse. Elle était grave et soucieuse, agitée de pensées confuses qu'elle ne cherchait pas à formuler. Soudain, elle aperçut Velmont qui s'approchait. Elle souhaita l'éviter, mais l'angle de la balustrade qui borde la terrasse l'entourait de deux côtés, et une ligne de grandes caisses d'arbustes, orangers, lauriers-roses et bambous, ne lui laissait d'autre retraite que le chemin par où s'avançait le jeune homme. Elle ne bougea pas. Un rayon de soleil tremblait sur ses cheveux d'or, agité par les feuilles frêles d'un bambou. Quelqu'un prononça très bas :

— J'ai tenu ma promesse de cette nuit.

Arsène Lupin était près d'elle, et autour d'eux il n'y avait personne.

Il répéta, l'attitude hésitante, la voix timide :

— J'ai tenu ma promesse de cette nuit.

Il attendait un mot de remerciement, un geste du moins qui prouvât l'intérêt qu'elle prenait à cet acte. Elle se tut.

Ce mépris irrita Arsène Lupin, et, en même temps, il avait le sentiment profond de tout ce qui le séparait de Nelly, maintenant qu'elle savait la vérité. Il eût voulu se disculper, chercher des excuses, montrer sa vie dans ce qu'elle avait d'audacieux et de grand. Mais, d'avance, les paroles le froissaient, et il sentait l'absurdité et l'insolence de toute explication. Alors il murmura tristement, envahi d'un flot de souvenirs :

— Comme le passé est loin ! Vous rappelez-vous les longues heures sur le pont de *La Provence*. Ah ! tenez… vous aviez, comme aujourd'hui, une rose à la main, une rose pâle comme celle-ci… Je vous l'ai demandée… vous n'avez pas eu l'air d'entendre… Cependant, après votre départ, j'ai trouvé la rose… oubliée sans doute… Je l'ai gardée…

Elle ne répondit pas encore. Elle semblait très loin de lui. Il continua :

— En mémoire de ces heures, ne songez pas à ce que vous savez. Que le passé se relie au présent ! Que je ne sois pas celui que vous avez vu cette nuit, mais celui d'autrefois, et que vos yeux me regardent, ne fût-ce qu'une seconde, comme ils me regardaient… Je vous en prie… Ne suis-je plus le même ?

Elle leva les yeux, comme il le demandait, et le regarda. Puis sans un mot, elle posa son doigt sur une bague qu'il portait à l'index. On n'en pouvait voir que l'anneau, mais le chaton, retourné à l'intérieur, était formé d'un rubis merveilleux.

Arsène Lupin rougit. Cette bague appartenait à Georges Devanne.

Il sourit avec amertume :

– Vous avez raison. Ce qui a été sera toujours. Arsène Lupin n'est et ne peut être qu'Arsène Lupin, et entre vous et lui, il ne peut même pas y avoir un souvenir… Pardonnez-moi… J'aurais dû comprendre que ma seule présence auprès de vous est un outrage…

Il s'effaça le long de la balustrade, le chapeau à la main. Nelly passa devant lui. Il fut tenté de la retenir, de l'implorer. L'audace lui manqua, et il la suivit des yeux, comme au jour lointain où elle traversait la passerelle sur le quai de New York. Elle monta les degrés qui conduisent à la porte. Un instant encore sa fine silhouette se dessina parmi les marbres du vestibule. Il ne la vit plus.

Un nuage obscurcit le soleil. Arsène Lupin observait, immobile, la trace des petits pas empreinte dans le sable. Tout à coup, il tressaillit : sur la caisse de bambou contre laquelle Nelly s'était appuyée gisait la rose, la rose pâle qu'il n'avait pas osé lui demander… Oubliée sans doute, elle aussi ? Mais oubliée volontairement ou par distraction ?

Il la saisit ardemment. Des pétales s'en détachèrent. Il les ramassa un à un comme des reliques…

– Allons, se dit-il, je n'ai plus rien à faire ici. Songeons à la retraite. D'autant que si Herlock Sholmès s'en mêle, ça pourrait devenir mauvais.

*

Le parc était désert. Cependant, près du pavillon qui commande l'entrée, se tenait un groupe de gendarmes. Il s'enfonça dans les taillis, escalada le mur d'enceinte et prit, pour se rendre à la gare la plus proche, un sentier qui serpentait parmi les champs. Il n'avait point marché durant dix minutes que le chemin se rétrécit, encaissé entre deux talus, et comme il arrivait dans ce défilé, quelqu'un s'y engageait qui venait en sens inverse.

C'était un homme d'une cinquantaine d'années peut-être, assez fort, la figure rasée, et dont le costume précisait l'aspect étranger. Il portait à la main une lourde canne, et une sacoche pendait à son cou.

Ils se croisèrent. L'étranger dit, avec un accent anglais à peine perceptible :

— Excusez-moi, monsieur… est-ce bien ici la route du château ?

— Tout droit, monsieur, et à gauche dès que vous serez au pied du mur. On vous attend avec impatience.

— Ah !

— Oui, mon ami Devanne nous annonçait votre visite dès hier soir.

— Tant pis pour M. Devanne s'il a trop parlé.

— Et je suis heureux d'être le premier à vous saluer. Herlock Sholmès n'a pas d'admirateur plus fervent que moi.

Il y eut dans sa voix une nuance imperceptible d'ironie qu'il regretta aussitôt, car Herlock Sholmès le considéra des pieds à la tête, et d'un œil à la fois si enveloppant et si aigu, qu'Arsène Lupin eut l'impression d'être saisi, emprisonné, enregistré par ce regard, plus exactement et plus essentiellement qu'il ne l'avait jamais été par aucun appareil photographique.

— Le cliché est pris, pensa-t-il. Plus la peine de me déguiser avec ce bonhomme-là. Seulement… m'a-t-il reconnu ?

Ils se saluèrent. Mais un bruit de pas résonna, un bruit de chevaux qui caracolent dans un cliquetis d'acier. C'étaient les gendarmes. Les deux hommes durent se coller contre le talus, dans l'herbe haute, pour éviter d'être bousculés. Les gendarmes passèrent, et comme ils se suivaient à une certaine distance, ce fut assez long. Et Lupin songeait :

— Tout dépend de cette question : m'a-t-il reconnu ? Si oui, il y a bien des chances pour qu'il abuse de la situation. Le problème est angoissant.

Quand le dernier cavalier les eut dépassés, Herlock Sholmès se releva et, sans rien dire, brossa son vêtement sali de poussière. La courroie de son sac était embarrassée d'une branche d'épines. Arsène Lupin s'empressa. Une seconde encore ils s'examinèrent. Et, si quelqu'un avait pu les surprendre à cet instant, c'eût été un spectacle émouvant que la première rencontre de ces deux hommes, si étranges, si puissamment armés, tous deux vraiment supérieurs, et destinés fatalement par leurs aptitudes spéciales à se heurter comme deux forces égales que l'ordre des choses pousse l'une contre l'autre à travers l'espace.

Puis l'Anglais dit :

— Je vous remercie, monsieur.

— Tout à votre service, répondit Lupin.

Ils se quittèrent. Lupin se dirigea vers la station, Herlock Sholmès vers le château.

Le juge d'instruction et le procureur étaient partis après de vaines recherches, et l'on attendait Herlock Sholmès avec une curiosité que justifiait sa grande réputation. On fut un peu déçu par son aspect de bon bourgeois, qui différait si profondément de l'image qu'on se faisait de lui. Il n'avait rien du héros de roman, du personnage énigmatique et diabolique qu'évoque en nous l'idée de Herlock Sholmès. Devanne, cependant, s'écria plein d'exubérance :

— Enfin, maître, c'est vous ! Quel bonheur ! Il y a si longtemps que j'espérais… Je suis presque heureux de tout ce qui s'est passé, puisque cela me vaut le plaisir de vous voir. Mais, à propos, comment êtes-vous venu ?

— Par le train !

— Quel dommage ! Je vous avais cependant envoyé mon automobile au débarcadère.

— Une arrivée officielle, n'est-ce pas ? avec tambour et musique ! Excellent moyen pour me faciliter la besogne, bougonna l'Anglais.

Ce ton peu engageant déconcerta Devanne qui, s'efforçant de plaisanter, reprit :

— La besogne, heureusement, est plus facile que je ne vous l'avais écrit.

— Et pourquoi ?

— Parce que le vol a eu lieu cette nuit.

— Si vous n'aviez pas annoncé ma visite, monsieur, il est probable que le vol n'aurait pas eu lieu cette nuit.

— Et quand donc ?

— Demain, ou un autre jour.

— Et en ce cas ?

— Lupin eût été pris au piège.

— Et mes meubles ?
— N'auraient pas été enlevés.
— Mes meubles sont ici.
— Ici ?
— Ils ont été ramenés à trois heures.
— Par Lupin ?
— Par deux fourgons militaires.

Herlock Sholmès enfonça violemment son chapeau sur sa tête et rajusta son sac ; mais Devanne, aux cent coups, s'écria :

— Que faites-vous ?
— Je m'en vais.
— Et pourquoi ?
— Vos meubles sont là, Arsène Lupin est loin. Mon rôle est terminé.
— Mais j'ai absolument besoin de votre concours, cher monsieur. Ce qui s'est passé hier peut se renouveler demain, puisque nous ignorons le plus important, comment Arsène Lupin est entré, comment il est sorti, et pourquoi, quelques heures plus tard, il procédait à cette restitution.
— Ah ! vous ignorez...

L'idée d'un secret à découvrir adoucit Herlock Sholmès.

— Soit, cherchons. Mais vite, n'est-ce pas ? et, autant que possible, seuls.

La phrase désignait clairement les assistants. Devanne comprit et introduisit l'Anglais dans le salon. D'un ton sec, en phrases qui semblaient comptées d'avance, et avec quelle parcimonie ! Sholmès lui posa des questions sur la soirée de la veille, sur les convives qui s'y trouvaient, sur les habitués du château. Puis il examina les deux volumes de la Chronique, compara les cartes du souterrain, se fit répéter les citations relevées par l'abbé Gélis, et demanda :

— C'est bien hier que, pour la première fois, vous avez parlé de ces deux citations ?

— Hier.

— Vous ne les aviez jamais communiquées à M. Horace Velmont ?

— Jamais.

— Bien. Commandez votre automobile. Je repars dans une heure.

— Dans une heure !

— Arsène Lupin n'a pas mis davantage à résoudre le problème que vous lui avez posé.

— Moi !… je lui ai posé…

— Eh ! oui, Arsène Lupin et Velmont, c'est la même chose.

— Je m'en doutais… ah ! le gredin !

— Or, hier soir, à dix heures, vous avez fourni à Lupin les éléments de vérité qui lui manquaient et qu'il cherchait depuis des semaines. Et, dans le courant de la nuit, Lupin a trouvé le temps de comprendre, de réunir sa bande et de vous dévaliser. J'ai la prétention d'être aussi expéditif.

Il se promena d'un bout à l'autre de la pièce en réfléchissant, puis s'assit, croisa ses longues jambes et ferma les yeux.

Devanne attendit, assez embarrassé.

— Dort-il ? Réfléchit-il ?

À tout hasard il sortit pour donner des ordres. Quand il revint il l'aperçut au bas de l'escalier de la galerie, à genoux, et scrutant le tapis.

— Qu'y a-t-il donc ?

— Regardez… là… ces taches de bougie…

— Tiens, en effet… et toutes fraîches…

— Et vous pouvez en observer également sur le haut de l'escalier, et davantage encore autour de cette vitrine qu'Arsène Lupin a fracturée, et dont il a enlevé les bibelots pour les déposer sur ce fauteuil.

— Et vous en concluez ?

— Rien. Tous ces faits expliqueraient sans aucun doute la restitution qu'il a opérée. Mais c'est un côté de la question que je n'ai pas le temps d'aborder. L'essentiel, c'est le tracé du souterrain.

— Vous espérez toujours…

— Je n'espère pas, je sais. Il existe, n'est-ce pas, une chapelle à deux ou trois cents mètres du château ?

— Une chapelle en ruines, où se trouve le tombeau du duc Rollon.

— Dites à votre chauffeur qu'il nous attende auprès de cette chapelle.

— Mon chauffeur n'est pas encore de retour… On doit me prévenir… Mais, d'après ce que je vois, vous estimez que le souterrain aboutit à la chapelle. Sur quel indice…

Herlock Sholmès l'interrompit :

— Je vous prierai, monsieur, de me procurer une échelle et une lanterne.

— Ah ! vous avez besoin d'une lanterne et d'une échelle ?

— Apparemment, puisque je vous les demande.

Devanne, quelque peu interloqué par cette rude logique, sonna. Les deux objets furent apportés.

Les ordres se succédèrent alors avec la rigueur et la précision de commandements militaires.

— Appliquez cette échelle contre la bibliothèque, à gauche du mot Thibermesnil…

Devanne dressa l'échelle et l'Anglais continua :

— Plus à gauche… à droite… Halte !… Montez… Bien… Toutes les lettres de ce mot sont en relief, n'est-ce pas ?

— Oui.

— Occupons-nous de la lettre *H*. Tourne-t-elle dans un sens ou dans l'autre ?

Devanne saisit la lettre *H*, et s'exclama :

— Mais oui, elle tourne ! vers la droite, et d'un quart de cercle ! Qui donc vous a révélé ?…

Sans répondre, Herlock Sholmès reprit :

— Pouvez-vous, d'où vous êtes, atteindre la lettre *R* ? Oui… Remuez-la plusieurs fois, comme vous feriez d'un verrou que l'on pousse et que l'on retire.

Devanne remua la lettre *R*. À sa grande stupéfaction, il se produisit un déclenchement intérieur.

— Parfait, dit Herlock Sholmès. Il ne vous reste plus qu'à glisser votre échelle à l'autre extrémité, c'est-à-dire à la fin du mot Thibermesnil… Bien… Et maintenant, si je ne me suis pas trompé, si les choses s'accomplissent comme elles le doivent, la lettre *L* s'ouvrira ainsi qu'un guichet.

Avec une certaine solennité, Devanne saisit la lettre *L*. La lettre *L* s'ouvrit, mais Devanne dégringola de son échelle, car toute la partie de la bibliothèque située entre la première et la dernière lettre du mot, pivota sur elle-même et découvrit l'orifice du souterrain.

Herlock Sholmès prononça, flegmatique :

— Vous n'êtes pas blessé ?

— Non, non, fit Devanne en se relevant, pas blessé, mais ahuri, j'en conviens… ces lettres qui s'agitent… ce souterrain béant…

— Et après ? Cela n'est-il pas exactement conforme à la citation de Sully ?

— En quoi, Seigneur ?

— Dame ! L'*H* tournoie, l'*R* frémit et l'*L* s'ouvre… et c'est ce qui a permis à Henri IV de recevoir Mlle de Tancarville à une heure insolite.

— Mais Louis XVI ? demanda Devanne abasourdi.

— Louis XVI était grand forgeron et habile serrurier. J'ai lu un « Traité des serrures de combinaison » qu'on lui attribue. De la part de Thibermesnil, c'était se conduire en bon courtisan que de montrer à son maître ce chef-d'œuvre de mécanique. Pour mémoire, le roi écrivit : 2-6-12, c'est-à-dire, *H. R. L.*, la deuxième, la sixième et la douzième lettre du mot.

— Ah ! parfait, je commence à comprendre… Seulement, voilà… Si je m'explique comment on sort de cette salle, je ne m'explique pas comment Lupin a pu y pénétrer. Car, remarquez-le bien, il venait du dehors, lui.

Herlock Sholmès alluma la lanterne et s'avança de quelques pas dans le souterrain.

— Tenez, tout le mécanisme est apparent ici, comme les ressorts d'une horloge, et toutes les lettres s'y retrouvent à l'envers. Lupin n'a donc eu qu'à les faire jouer de ce côté-ci de la cloison.

— Quelle preuve ?

— Quelle preuve ? Voyez cette flaque d'huile. Lupin avait même prévu que les rouages auraient besoin d'être graissés, fit Herlock Sholmès non sans admiration.

— Mais alors il connaissait l'autre issue ?

— Comme je la connais. Suivez-moi.

— Dans le souterrain ?

— Vous avez peur ?

— Non, mais êtes-vous sûr de vous y reconnaître ?

— Les yeux fermés.

Ils descendirent d'abord douze marches, puis douze autres, et encore deux fois douze autres. Puis, ils enfilèrent un long corridor dont les parois de briques portaient la marque de restaurations successives et qui suintaient par places. Le sol était humide.

— Nous passons sous l'étang, remarqua Devanne, nullement rassuré.

Le couloir aboutit à un escalier de douze marches, suivi de trois autres escaliers de douze marches qu'ils remontèrent péniblement, et ils débouchèrent dans une petite cavité taillée à même le roc. Le chemin n'allait pas plus loin.

— Diable, murmura Herlock Sholmès, rien que des murs nus, cela devient embarrassant.

— Si l'on retournait, murmura Devanne, car, enfin, je ne vois nullement la nécessité d'en savoir plus long. Je suis édifié.

Mais, ayant levé la tête, l'Anglais poussa un soupir de soulagement : au-dessus d'eux se répétait le même mécanisme qu'à l'entrée. Il n'eut qu'à faire manœuvrer les trois lettres. Un bloc de granit bascula. C'était, de l'autre côté, la pierre tombale du duc Rollon, gravée des douze lettres en relief « Thibermesnil ». Et ils se trouvèrent dans la petite chapelle en ruines que l'Anglais avait désignée.

— « Et l'on va jusqu'à Dieu », c'est-à-dire jusqu'à la chapelle, dit-il, rapportant la fin de la citation.

— Est-ce possible, s'écria Devanne, confondu par la clairvoyance et la vivacité de Herlock Sholmès, est-ce possible que cette simple indication vous ait suffi ?

— Bah ! fit l'Anglais, elle était même inutile. Sur l'exemplaire de la Bibliothèque nationale, le trait se termine à gauche, vous le savez, par un cercle, et à droite, vous l'ignorez, par une petite croix, mais si effacée qu'on ne peut la voir qu'à la loupe. Cette croix signifie évidemment la chapelle où nous sommes.

Le pauvre Devanne n'en croyait pas ses oreilles.

— C'est inouï, miraculeux, et cependant d'une simplicité enfantine ! Comment personne n'a-t-il jamais percé ce mystère ?

— Parce que personne n'a jamais réuni les trois ou quatre éléments nécessaires, c'est-à-dire les deux livres et les citations… Personne, sauf Arsène Lupin et moi.

— Mais, moi aussi, objecta Devanne, et l'abbé Gélis… Nous en savions tous deux autant que vous, et néanmoins…

Sholmès sourit.

— Monsieur Devanne, tout le monde n'est pas apte à déchiffrer les énigmes.

— Mais voilà dix ans que je cherche. Et vous, en dix minutes…

— Bah ! l'habitude…

Ils sortirent de la chapelle, et l'Anglais s'écria :

— Tiens, une automobile qui attend !

— Mais c'est la mienne !

— La vôtre ? mais je pensais que le chauffeur n'était pas revenu.

— En effet… et je me demande…

Ils s'avancèrent jusqu'à la voiture, et Devanne, interpellant le chauffeur :

— Édouard, qui vous a donné l'ordre de venir ici ?

— Mais, répondit l'homme, c'est M. Velmont.

— M. Velmont ? Vous l'avez donc rencontré ?

— Près de la gare, et il m'a dit de me rendre à la chapelle.

— De vous rendre à la chapelle ! mais pourquoi ?

— Pour y attendre monsieur… et l'ami de monsieur.

Devanne et Herlock Sholmès se regardèrent. Devanne dit :

— Il a compris que l'énigme serait un jeu pour vous. L'hommage est délicat.

Un sourire de contentement plissa les lèvres minces du détective. L'hommage lui plaisait. Il prononça, en hochant la tête :

— C'est un homme. Rien qu'à le voir, d'ailleurs, je l'avais jugé.

— Vous l'avez donc vu ?

— Nous nous sommes croisés tout à l'heure.

— Et vous saviez que c'était Horace Velmont, je veux dire Arsène Lupin ?

— Non, mais je n'ai pas tardé à le deviner… à une certaine ironie de sa part.

— Et vous l'avez laissé échapper ?

— Ma foi, oui… j'avais pourtant la partie belle… cinq gendarmes qui passaient.

— Mais, sacrebleu ! c'était l'occasion ou jamais de profiter…

— Justement, monsieur, dit l'Anglais avec hauteur, quand il s'agit d'un adversaire comme Arsène Lupin, Herlock Sholmès ne profite pas des occasions… il les fait naître…

Mais l'heure pressait et, puisque Lupin avait eu l'attention charmante d'envoyer l'automobile, il fallait en profiter sans retard. Devanne et Herlock Sholmès s'installèrent au fond de la confortable limousine. Édouard donna le tour de manivelle et l'on partit. Des champs, des bouquets d'arbres défilèrent. Les molles ondulations du pays de Caux s'aplanirent devant eux. Soudain les yeux de Devanne furent attirés par un petit paquet posé dans un des vide-poches.

— Tiens, qu'est-ce que c'est que cela ? Un paquet ! Et pour qui donc ? Mais c'est pour vous.

— Pour moi ?

— Lisez : « M. Herlock Sholmès, de la part d'Arsène Lupin. »

L'Anglais saisit le paquet, le déficela, enleva les deux feuilles de papier qui l'enveloppaient. C'était une montre.

— Aoh ! dit-il, en accompagnant cette exclamation d'un geste de colère…

— Une montre, fit Devanne, est-ce que par hasard ?…

L'Anglais ne répondit pas.

— Comment ! c'est votre montre ! Arsène Lupin vous renvoie votre montre ! Mais s'il vous la renvoie, c'est qu'il l'avait prise… Il avait pris votre montre ! Ah ! elle est bonne, celle-là, la montre de Herlock Sholmès subtilisée par Arsène Lupin ! Dieu, que c'est drôle ! Non, vrai… vous m'excuserez… mais c'est plus fort que moi.

Il riait à gorge déployée, incapable de se contenir. Et quand il eut bien ri, il affirma, d'un ton convaincu :

— Oh ! c'est un homme, en effet.

L'Anglais ne broncha pas. Jusqu'à Dieppe, il ne prononça pas une parole, les yeux fixés sur l'horizon fuyant. Son silence fut terrible, insondable, plus violent que la rage la plus farouche. Au débarcadère, il dit simplement, sans colère cette fois, mais d'un ton où l'on sentait toute la volonté et toute l'énergie du personnage :

— Oui, c'est un homme, et un homme sur l'épaule duquel j'aurai plaisir à poser cette main que je vous tends, monsieur Devanne. Et j'ai idée, voyez-vous, qu'Arsène Lupin et Herlock Sholmès se rencontreront de nouveau un jour ou l'autre... Oui, le monde est trop petit pour qu'ils ne se rencontrent pas... et ce jour-là...

Les confidences d'Arsène Lupin

Les jeux du soleil

— Lupin, racontez-moi donc quelque chose.

— Eh ! que voulez-vous que je vous raconte ? On connaît toute ma vie ! me répondit Lupin qui somnolait sur le divan de mon cabinet de travail.

— Personne ne la connaît ! m'écriai-je. On sait, par telle de vos lettres, publiée dans les journaux, que vous avez été mêlé à telle affaire, que vous avez donné le branle à telle autre… Mais votre rôle en tout cela, le fond même de l'histoire, le dénouement du drame on l'ignore.

— Bah ! Un tas de potins qui n'ont aucun intérêt.

— Aucun intérêt, votre cadeau de cinquante mille francs à la femme de Nicolas Dugrival ! Aucun intérêt, la façon mystérieuse dont vous avez déchiffré l'énigme des trois tableaux !

— Étrange énigme, en vérité, dit Lupin. Je vous propose un titre : *Le Signe de l'ombre*.

— Et vos succès mondains ? ajoutai-je. Et le secret de vos bonnes actions ? Toutes ces histoires auxquelles vous avez souvent fait allusion devant moi et que vous appeliez L'Anneau nuptial, La mort qui rôde ! etc. Que de confidences en retard, mon pauvre Lupin ! Allons, un peu de courage…

C'était l'époque où Lupin, déjà célèbre, n'avait pourtant pas encore livré ses plus formidables batailles; l'époque qui précède les grandes aventures de *L'Aiguille creuse* et de *813*. Sans songer à s'approprier le trésor séculaire des rois de France ou à cambrioler l'Europe au nez du Kaiser, il se contentait des coups de main plus modestes et de bénéfices plus raisonnables, se dépensant en efforts quotidiens, faisant le mal au jour le jour, et faisant le bien aussi, par nature et par dilettantisme, en Don Quichotte qui s'amuse et qui s'attendrit.

Comme il se taisait, je répétai :

— Lupin, je vous en prie !

À ma stupéfaction, il répliqua :

— Prenez un crayon, mon cher, et une feuille de papier.

J'obéis vivement, tout heureux à l'idée qu'il allait enfin me dicter quelques-unes de ces pages où il sait mettre tant de verve et de fantaisie, et que moi, hélas ! je suis obligé d'abîmer par de lourdes explications et de fastidieux développements.

— Vous y êtes ? dit-il.

— J'y suis.

— Inscrivez : 19 – 21 – 18 – 20 – 15 – 21 – 20.

— Comment ?

— Inscrivez, vous dis-je.

Il était assis sur le divan, les yeux tournés vers la fenêtre ouverte, et ses doigts roulaient une cigarette de tabac oriental.

Il prononça :

— Inscrivez : 9 – 12 – 6 – 1...

Il y eut un arrêt. Puis il reprit :

— 21.

Et, après un silence :

— 20 - 6…

Était-il fou ? Je le regardai, et peu à peu je m'aperçus qu'il n'avait plus les mêmes yeux indifférents qu'aux minutes précédentes, mais que ses yeux étaient attentifs, et qu'ils semblaient suivre quelque part, dans l'espace, un spectacle qui devait le captiver.

Cependant, il dictait, avec des intervalles entre chacun des chiffres :

— 21 - 9 - 18 - 5…

Par la fenêtre, on ne pouvait guère contempler qu'un morceau de ciel bleu vers la droite, et que la façade de la maison opposée, façade de vieil hôtel dont les volets étaient fermés comme à l'ordinaire. Il n'y avait là rien de particulier, aucun détail qui me parût nouveau parmi ceux que je considérais depuis des années…

— 12 - 5 - 4 - 1…

Et soudain, je compris…, ou plutôt, je crus comprendre. Car comment admettre qu'un homme comme Lupin, si raisonnable au fond sous son masque d'ironie, pût perdre son temps à de telles puérilités ? Cependant il n'y avait pas de doute possible. C'était bien cela qu'il comptait, les reflets intermittents d'un rayon de soleil qui se jouait sur la façade noircie de la vieille maison, à la hauteur du second étage.

— 14 - 7…, me dit Lupin.

Le reflet disparut pendant quelques secondes, puis, coup sur coup, à intervalles réguliers, frappa la façade, et disparut de nouveau.

Instinctivement, j'avais compté, et je dis à haute voix :

— 5…

— Vous avez saisi ? Pas dommage ! ricana Lupin.

Il se dirigea vers la fenêtre et se pencha comme pour se rendre compte du sens exact que suivait le rayon lumineux. Puis il alla se recoucher sur le canapé en me disant :

— À votre tour, maintenant, comptez...

J'obéis, tellement ce diable d'homme avait l'air de savoir où il voulait en venir. D'ailleurs, je ne pouvais m'empêcher d'avouer que c'était chose assez curieuse que cette régularité des coups de lumière sur la façade, que ces apparitions et ces disparitions qui se succédaient comme les signaux d'un phare.

Cela provenait évidemment d'une maison située sur le côté de la rue où nous nous trouvions, puisque le soleil pénétrait alors obliquement par mes fenêtres. On eût dit que quelqu'un ouvrait ou fermait alternativement une croisée, ou plutôt se divertissait à renvoyer des rayons de clarté à l'aide d'un petit miroir de poche.

— C'est un enfant qui s'amuse, m'écriai-je au bout d'un instant, quelque peu agacé par l'occupation stupide qui m'était imposée.

— Allez toujours !

Et je comptais... Et j'alignais des chiffres... Et le soleil continuait à danser en face de moi, avec une précision vraiment mathématique.

— Et ensuite ? me dit Lupin, à la suite d'un silence plus long...

— Ma foi, cela me semble terminé... Voilà plusieurs minutes qu'il n'y a rien.

Nous attendîmes, et, comme aucune lueur ne se jouait plus dans l'espace, je plaisantai :

— M'est avis que nous avons perdu notre temps. Quelques chiffres sur du papier, le butin est maigre.

Sans bouger de son divan, Lupin reprit :

— Ayez l'obligeance, mon cher, de remplacer chacun de ces chiffres par la lettre de l'alphabet qui lui correspond en comptant, n'est-ce pas, A comme 1, B comme 2, etc.

— Mais c'est idiot.

— Absolument idiot, mais on fait tant de choses idiotes dans la vie… Une de plus…

Je me résignai à cette besogne stupide, et je notai les premières lettres S-U-R-T-O-U-T…

Je m'interrompis, étonné :

— Un mot ! m'écriai-je… Voici un mot qui se forme.

— Continuez donc, mon cher.

Et je continuai, et les lettres suivantes composèrent d'autres mots que je séparais les uns des autres, au fur et à mesure. Et, à ma grande stupéfaction, une phrase entière s'aligna sous mes yeux.

— Ça y est ? me dit Lupin, au bout d'un instant.

— Ça y est ! Par exemple, il y a des fautes d'orthographe.

— Ne vous occupez pas de cela, je vous prie…, lisez lentement.

Alors je lus cette phrase inachevée, que je donne ici telle qu'elle m'apparut :

Surtout il faut fuire le danger, éviter les ataques, n'affronter les forces enemies qu'avec la plus grande prudance, et…

Je me mis à rire.

— Et voilà ! La lumière se fit ! Hein, nous sommes éblouis de clarté !

« Mais vraiment, Lupin, confessez que ce chapelet de conseils, égrené par une cuisinière, ne vous avance pas beaucoup. »

Lupin se leva sans se départir de son mutisme dédaigneux, et saisit la feuille de papier.

Je me suis souvenu par la suite qu'un hasard, à ce moment, accrocha mes yeux à la pendule. Elle marquait cinq heures dix-huit.

Lupin cependant restait debout, la feuille à la main, et je pouvais constater à mon aise sur son visage si jeune, cette extraordinaire mobilité d'expression qui déroute les observateurs les plus habiles et qui est sa grande force, sa meilleure sauvegarde. À quels signes se rattacher pour identifier un visage qui se transforme à volonté, sans même les secours des fards, et dont chaque expression passagère semble être l'expression définitive ? À quels signes ? Il y en avait un que je connaissais, un signe immuable, deux petites rides en croix qui creusaient son front quand il donnait un violent effort d'attention. Et je la vis en cet instant, nette et profonde, la menue croix révélatrice.

Il reposa la feuille de papier et murmura :

— Enfantin !

Cinq heures et demie sonnaient.

— Comment ! m'écriai-je, vous avez réussi ? en douze minutes !

Il fit quelques pas de droite et de gauche dans la pièce, puis alluma une cigarette, et me dit :

— Ayez l'obligeance d'appeler au téléphone le baron Repstein et de le prévenir que je serai chez lui à dix heures du soir.

— Le baron Repstein ? demandai-je, le mari de la fameuse baronne ?

— Oui.

— C'est sérieux ?

— Très sérieux.

Absolument confondu, incapable de lui résister, j'ouvris l'annuaire du téléphone et décrochai l'appareil. Mais, à ce moment, Lupin m'arrêta d'un geste autoritaire, et il prononça, les yeux toujours fixés sur la feuille qu'il avait reprise :

— Non, taisez-vous… C'est inutile de le prévenir… Il y a quelque chose de plus urgent quelque chose de bizarre et qui m'intrigue… Pourquoi diable cette phrase est-elle inachevée ? Pourquoi cette phrase est-elle…

Rapidement, il empoigna sa canne et son chapeau.

— Partons. Si je ne me trompe pas, c'est une affaire qui demande une solution immédiate, et je ne crois pas me tromper.

— Vous savez quelque chose ?

— Jusqu'ici, rien du tout.

Dans l'escalier, il passa son bras sous le mien et me dit :

— Je sais ce que tout le monde sait. Le baron Repstein, financier et sportsman, dont le cheval Etna a gagné cette année le Derby d'Epsom et le Grand Prix de Longchamp, le baron Repstein a été la victime de sa femme, laquelle femme, très connue pour ses cheveux blonds, ses toilettes et son luxe, s'est enfuie voilà quinze jours, emportant avec elle une somme de trois millions, volée à son mari, et toute une collection de diamants, de perles et de bijoux, que la princesse de Berny lui avait confiée et qu'elle devait acheter. Depuis deux semaines, on poursuit la baronne à travers la France et l'Europe, ce qui est facile, la baronne semant l'or et les bijoux sur son chemin. À chaque instant, on croit l'arrêter. Avant-hier même, en Belgique, notre policier national, l'ineffable Ganimard, cueillait, dans un grand hôtel, une voyageuse contre qui les preuves les plus irréfutables s'accumulaient. Renseignements pris, c'était une théâtreuse notoire, Nelly Darbel. Quant à la baronne, introuvable. De son côté, le baron Repstein offre une prime de cent mille francs à qui fera retrouver sa femme. L'argent est entre les mains d'un notaire. En outre, pour désintéresser la princesse de Berny, il vient de vendre en bloc son écurie de courses, son hôtel du boulevard Haussmann et son château de Roquencourt.

— Et le prix de la vente, ajoutai-je, doit être touché tantôt. Demain, disent les journaux, la princesse de Berny aura l'argent. Seulement, je ne vois pas, en vérité, le rapport qui existe entre cette histoire, que vous avez résumée à merveille, et la phrase énigmatique…

Lupin ne daigna pas me répondre.

Nous avions suivi la rue que j'habitais et nous avions marché pendant cent cinquante ou deux cents mètres, lorsqu'il descendit du trottoir et se mit à examiner un immeuble, de construction déjà ancienne, et où devaient loger de nombreux locataires.

— D'après mes calculs, me dit-il, c'est d'ici que partaient les signaux, sans doute de cette fenêtre encore ouverte.

— Au troisième étage ?

— Oui.

Il se dirigea vers la concierge et lui demanda :

— Est-ce qu'un de vos locataires ne serait pas en relation avec le baron Repstein ?

— Comment donc ! Mais oui, s'écria la bonne femme, nous avons ce brave M. Lavernoux, qui est le secrétaire, l'intendant du baron. C'est moi qui fais son petit ménage.

— Et on peut le voir ?

— Le voir ? Il est bien malade, ce pauvre monsieur…

— Malade ?

— Depuis quinze jours… depuis l'aventure de la baronne… Il est rentré le lendemain avec la fièvre, et il s'est mis au lit.

— Mais il se lève ?

— Ah ! ça, j'sais pas.

— Comment, vous ne savez pas ?

— Non, son docteur défend qu'on entre dans sa chambre. Il m'a repris la clef.

— Qui ?

— Le docteur. C'est lui-même qui vient le soigner, deux ou trois fois par jour. Tenez, il sort de la maison, il n'y a pas vingt minutes…, un vieux à barbe grise et à lunettes, tout cassé… Mais où allez-vous, monsieur ?

— Je monte, conduisez-moi, dit Lupin, qui, déjà, avait couru jusqu'à l'escalier. C'est bien au troisième étage, à gauche ?

— Mais ça m'est défendu, gémissait la bonne femme en le poursuivant. Et puis, je n'ai pas la clef, puisque le docteur…

L'un derrière l'autre, ils montèrent les trois étages. Sur le palier, Lupin tira de sa poche un instrument, et, malgré les protestations de la concierge, l'introduisit dans la serrure. La porte céda presque aussitôt. Nous entrâmes.

Au bout d'une pièce obscure, on apercevait de la clarté qui filtrait par une porte entrebâillée. Lupin se précipita, et, dès le seuil, il poussa un cri :

— Trop tard ! Ah ! crebleu !

La concierge tomba à genoux, comme évanouie.

Ayant pénétré à mon tour dans la chambre, je vis sur le tapis un homme à moitié nu qui gisait, les jambes recroquevillées, les bras tordus, et la face toute pâle, une face amaigrie, sans chair, dont les yeux gardaient une expression d'épouvante, et dont la bouche se convulsait en un rictus effroyable.

— Il est mort, fit Lupin, après un examen rapide.

— Mais comment ? m'écriai-je, il n'y a pas trace de sang.

— Si, si, répondit Lupin, en montrant sur la poitrine, par la chemise entrouverte, deux ou trois gouttes rouges… Tenez, on l'aura saisi d'une main à la gorge, et de l'autre on l'aura piqué au cœur. Je dis « piqué », car vraiment la blessure est imperceptible. On croirait le trou d'une aiguille très longue.

Il regarda par terre, autour du cadavre. Il n'y avait rien qui attirât l'attention, rien qu'un petit miroir de poche, le petit miroir avec lequel M. Lavernoux s'amusait à faire danser dans l'espace des rayons de soleil.

Mais, soudain, comme la concierge se lamentait et appelait au secours, Lupin se jeta sur elle et la bouscula :

— Taisez-vous !… Écoutez-moi… Vous appellerez tout à l'heure… Écoutez-moi et répondez. C'est d'une importance considérable. M. Lavernoux avait un ami dans cette rue, n'est-ce pas ? à droite et sur le même côté un ami intime ?

— Oui.

— Un ami qu'il retrouvait tous les soirs au café, et avec lequel il échangeait des journaux illustrés ?

— Oui.

— Son nom ?

— M. Dulâtre.

— Son adresse ?

— Au 92 de la rue.

— Un mot encore, ce vieux médecin, à barbe grise et à lunettes, dont vous m'avez parlé, venait depuis longtemps ?

— Non. Je ne le connaissais pas. Il est venu le soir même où M. Lavernoux est tombé malade.

Sans en dire davantage, Lupin m'entraîna de nouveau, redescendit et, une fois dans la rue, tourna sur la droite, ce qui nous fit passer devant mon appartement. Quatre numéros plus loin, il s'arrêtait en face du 92, petite maison basse dont le rez-de-chaussée était occupé par un marchand de vins qui, justement, fumait sur le pas de sa porte, auprès du couloir d'entrée. Lupin s'informa si M. Dulâtre se trouvait chez lui.

— M. Dulâtre est parti, répondit le marchand voilà peut-être une demi-heure… Il semblait très agité, et il a pris une automobile, ce qui n'est pas son habitude.

— Et vous ne savez pas…

— Où il se rendait ? Ma foi, il n'y a pas d'indiscrétion. Il a crié l'adresse assez fort ! « À la préfecture de police », qu'il a dit au chauffeur…

Lupin allait lui-même héler un taxi-auto, quand il se ravisa, et je l'entendis murmurer :

— À quoi bon, il a trop d'avance !

Il demanda encore si personne n'était venu après le départ de M. Dulâtre.

— Si, un vieux monsieur à barbe grise et à lunettes qui est monté chez M. Dulâtre, qui a sonné et qui est reparti.

— Je vous remercie, monsieur, dit Lupin en saluant.

Il se mit à marcher lentement, sans m'adresser la parole et d'un air soucieux. Il était hors de doute que le problème lui semblait fort difficile et qu'il ne voyait pas très clair dans les ténèbres où il paraissait se diriger avec tant de certitude.

D'ailleurs, lui-même m'avoua :

— Ce sont là des affaires qui nécessitent beaucoup plus d'intuition que de réflexion. Seulement, celle-ci vaut fichtre la peine qu'on s'en occupe…

Nous étions arrivés sur les boulevards. Lupin entra dans un cabinet de lecture et consulta très longuement les journaux de la dernière quinzaine. De temps à autre, il marmottait :

— Oui…, oui. Évidemment ce n'est qu'une hypothèse, mais elle explique tout… Or une hypothèse qui répond à toutes les questions n'est pas loin d'être une vérité.

La nuit était venue, nous dînâmes dans un petit restaurant et je remarquai que le visage de Lupin s'animait peu à peu. Ses gestes avaient plus de décision. Il retrouvait de la gaieté, de la vie. Quand nous partîmes, et durant le trajet qu'il me fit faire sur le boulevard Haussmann, vers le domicile du baron Repstein, c'était vraiment le Lupin des grandes occasions, le Lupin qui a résolu d'agir et de gagner la bataille.

Un peu avant la rue de Courcelles, notre allure se ralentit. Le baron Repstein habitait à gauche, entre cette rue et le faubourg Saint-Honoré, un hôtel à trois étages dont nous pouvions apercevoir la façade enjolivée de colonnes et de cariatides.

— Halte, dit Lupin tout à coup.

— Qu'y a-t-il ?

— Encore une preuve qui confirme mon hypothèse…

— Quelle preuve ? Je ne vois rien.

— Je vois… Cela suffit…

Il releva le col de son vêtement, rabattit les bords de son chapeau mou, et prononça :

— Crebleu ! le combat sera rude. Allez vous coucher, mon bon ami. Demain, je vous raconterai mon expédition si toutefois elle ne me coûte pas la vie.

— Hein ?

— Eh, eh ! je risque gros. D'abord, mon arrestation, ce qui est peu. Ensuite, la mort, ce qui est pis ! Seulement…

Il me prit violemment par l'épaule :

— Il y a une troisième chose que je risque, c'est d'empocher deux millions… Et quand j'aurai une première mise de deux millions, on verra de quoi je suis capable. Bonne nuit, mon cher, et si vous ne me revoyez pas…

Il déclama :

Plantez un saule au cimetière,
J'aime son feuillage éploré…

Je m'éloignai aussitôt. Trois minutes plus tard – et je continue le récit d'après celui qu'il voulut bien me faire le lendemain – trois minutes plus tard, Lupin sonnait à la porte de l'hôtel Repstein.

— M. le baron est-il chez lui ?

— Oui, répondit le domestique, en examinant cet intrus d'un air étonné, mais M. le baron ne reçoit pas à cette heure-ci.

— M. le baron connaît l'assassinat de son intendant Lavernoux ?

— Certes.

— Eh bien, veuillez lui dire que je viens à propos de cet assassinat, et qu'il n'y a pas un instant à perdre.

Une voix cria d'en haut :

— Faites monter, Antoine.

Sur cet ordre émis de façon péremptoire, le domestique conduisit Lupin au premier étage. Une porte était ouverte au seuil de laquelle attendait un monsieur que Lupin reconnut pour avoir vu sa photographie dans les journaux, le baron Repstein, le mari de la fameuse baronne, et le propriétaire d'Etna, le cheval le plus célèbre de l'année.

C'était un homme très grand, carré d'épaules, dont la figure, toute rasée, avait une expression aimable, presque souriante, que n'atténuait pas la tristesse des yeux. Il portait des vêtements de coupe élégante, un gilet de velours marron, et, à sa cravate, une perle que Lupin estima d'une valeur considérable.

Il introduisit Lupin dans son cabinet de travail, vaste pièce à trois fenêtres, meublée de bibliothèques, de casiers verts, d'un bureau américain et d'un coffre-fort. Et, tout de suite, avec un empressement visible, il demanda :

— Vous savez quelque chose ?

— Oui, monsieur le baron.

— Relativement à l'assassinat de ce pauvre Lavernoux ?

— Oui, monsieur le baron, et relativement aussi à Mme la baronne.

— Serait-ce possible ? Vite, je vous en supplie…

Il avança une chaise. Lupin s'assit, et commença :

— Monsieur le baron, les circonstances sont graves. Je serai rapide.

— Au fait ! Au fait !

— Eh bien, monsieur le baron, voici en quelques mots, et sans préambule. Tantôt, de sa chambre, Lavernoux, qui, depuis quinze jours, était tenu par son docteur en une sorte de réclusion, Lavernoux a – comment dirais-je ? – a télégraphié certaines révélations à l'aide de signaux, que j'ai notés en partie, et qui m'ont mis sur la trace de cette affaire. Lui-même a été surpris au milieu de cette communication et assassiné.

— Mais par qui ? Par qui ?

— Par son docteur.

— Le nom de ce docteur ?

— Je l'ignore. Mais un des amis de M. Lavernoux, M. Dulâtre, celui-là précisément avec lequel il communiquait, doit le savoir, et il doit savoir également le sens exact et complet de la communication car, sans en attendre la fin, il a sauté dans une automobile et s'est fait conduire à la préfecture de police.

— Pourquoi ? Pourquoi ? et quel est le résultat de cette démarche ?

— Le résultat, monsieur le baron, c'est que votre hôtel est cerné. Douze agents se promènent sous vos fenêtres. Dès que le soleil sera levé, ils entreront au nom de la loi, et ils arrêteront le coupable.

— L'assassin de Lavernoux se cache donc dans cet hôtel ? Un de mes domestiques ? Mais non, puisque vous parlez d'un docteur !

— Je vous ferai remarquer, monsieur le baron, que, en allant transmettre à la préfecture de police les révélations de son ami Lavernoux, le sieur Dulâtre ignorait que son ami Lavernoux allait être assassiné. La démarche du sieur Dulâtre visait autre chose…

— Quelle chose ?

— La disparition de Mme la baronne, dont il connaissait le secret par la communication de Lavernoux.

— Quoi ! On sait enfin ! On a retrouvé la baronne ! Où est-elle ? Et l'argent qu'elle m'a extorqué ?

Le baron Repstein parlait avec une surexcitation extraordinaire. Il se leva et, apostrophant Lupin :

— Allez jusqu'au bout, monsieur. Il m'est impossible d'attendre davantage.

Lupin reprit d'une voix lente et qui hésitait :

— C'est que voilà… l'explication devient difficile étant donné que nous partons d'un point de vue tout à fait opposé.

— Je ne comprends pas.

— Il faut pourtant que vous compreniez, monsieur le baron… Nous disons, n'est-ce pas – je m'en rapporte aux journaux – nous disons que la baronne Repstein partageait le secret de toutes vos affaires, et qu'elle pouvait non seulement ouvrir ce coffre-fort, mais aussi celui du Crédit Lyonnais où vous enfermiez toutes vos valeurs.

— Oui.

— Or, il y a quinze jours, un soir, tandis que vous étiez au cercle, la baronne Repstein, qui avait réalisé toutes ces valeurs à votre insu, est sortie d'ici avec un sac de voyage où se trouvait votre argent, ainsi que tous les bijoux de la princesse de Berny ?

— Oui.

— Et depuis on ne l'a pas revue ?

— Non.

— Eh bien, il y a une excellente raison pour qu'on ne l'ait pas revue.

— Laquelle ?

— C'est que la baronne Repstein a été assassinée…

— Assassinée la baronne ! Mais vous êtes fou !

— Assassinée, et ce soir-là, tout probablement.

— Je vous répète que vous êtes fou ! Comment la baronne aurait-elle été assassinée, puisqu'on suit sa trace, pour ainsi dire, pas à pas ?

— On suit la trace d'une autre femme.

— Quelle femme ?

— La complice de l'assassin.

— Et cet assassin ?

— Celui-là même qui, depuis quinze jours, sachant que Lavernoux, par la situation qu'il occupait dans cet hôtel, a découvert la vérité, le tient enfermé, l'oblige au silence, le menace, le terrorise ; celui-là même qui, surprenant Lavernoux en train de communiquer avec un de ses amis, le supprime froidement d'un coup de stylet au cœur.

— Le docteur, alors ?

— Oui.

— Mais qui est ce docteur ? Quel est ce génie malfaisant, cet être infernal qui apparaît et qui disparaît, qui tue dans l'ombre et que nul ne soupçonne ?

— Vous ne devinez pas ?

— Non.

— Et vous voulez savoir ?

— Si je le veux ! Mais parlez ! Parlez donc ! Vous savez où il se cache ?

– Oui.

– Dans cet hôtel ?

– Oui.

– C'est lui que la police recherche ?

– Oui.

– Qui est-ce ?

– Vous !

– Moi !

Il n'y avait certes pas dix minutes que Lupin se trouvait en face du baron, et le duel commençait. L'accusation était portée, précise, violente, implacable.

Il répéta :

– Vous-même, affublé d'une fausse barbe et d'une paire de lunettes, courbé en deux comme un vieillard. Bref, vous, le baron Repstein, et c'est vous, pour une bonne raison à laquelle personne n'a songé, c'est que si ce n'est pas vous qui avez combiné toute cette machination, l'affaire est inexplicable. Tandis que, vous coupable, vous assassinant la baronne pour vous débarrasser d'elle et manger les millions avec une autre femme, vous assassinant votre intendant Lavernoux pour supprimer un témoin irrécusable – oh ! alors, tout s'explique.

Le baron, qui, durant le début de l'entretien, demeurait incliné vers son interlocuteur, épiant chacune de ses paroles avec une avidité fiévreuse, le baron s'était redressé et il regardait Lupin comme si, décidément, il avait affaire à un fou. Lorsque Lupin eut terminé son discours, il recula de deux ou trois pas, parut prêt à dire des mots que, en fin de compte, il ne prononça point, puis il se dirigea vers la cheminée et sonna.

Lupin ne fit pas un geste. Il attendait en souriant.

Le domestique entra. Son maître lui dit :

— Vous pouvez vous coucher, Antoine. Je reconduirai monsieur.

— Dois-je éteindre, monsieur ?

— Laissez le vestibule allumé.

Antoine se retira, et aussitôt, le baron, ayant sorti de son bureau un revolver, revint auprès de Lupin, mit l'arme dans sa poche, et dit très calmement :

— Vous excuserez, monsieur, cette petite précaution, que je suis obligé de prendre au cas, d'ailleurs invraisemblable, où vous seriez devenu fou. Non, vous n'êtes pas fou. Mais vous venez ici dans un but que je ne m'explique pas, et vous avez lancé contre moi une accusation si stupéfiante que je suis curieux d'en connaître la raison.

Il avait une voix émue, et ses yeux tristes semblaient mouillés de larmes.

Lupin frissonna. S'était-il trompé ? L'hypothèse que son intuition lui avait suggérée et qui reposait sur une base fragile de petits faits, cette hypothèse était-elle fausse ? Un détail attira son attention par l'échancrure du gilet, il aperçut la pointe de l'épingle fixée à la cravate du baron, et il constata ainsi la longueur insolite de cette épingle. De plus, la tige d'or en était triangulaire, et formait comme un menu poignard, très fin, très délicat, mais redoutable en des mains expertes.

Et Lupin ne douta pas que l'épingle, ornée de la perle magnifique, n'eût été l'arme qui avait perforé le cœur de ce pauvre M. Lavernoux.

Il murmura :

— Vous êtes rudement fort, monsieur le baron.

L'autre, toujours grave, garda le silence comme s'il ne comprenait pas, et comme s'il attendait les explications auxquelles il avait droit. Et malgré tout, cette attitude impassible troublait Arsène Lupin.

— Oui, rudement fort, car il est évident que la baronne n'a fait qu'obéir à vos ordres en réalisant vos valeurs, de même qu'en empruntant, pour les acheter, les bijoux de la princesse. Et il est évident que la personne qui est sortie de votre hôtel avec un sac de voyage n'était pas votre femme, mais une complice, votre amie, probablement, et que c'est votre amie qui se fait pourchasser volontairement à travers l'Europe par notre bon Ganimard. Et je trouve la combinaison merveilleuse. Que risque cette femme puisque c'est la baronne que l'on cherche ? Et comment chercherait-on une autre femme que la baronne, puisque vous avez promis une prime de cent mille francs à qui retrouverait la baronne? Oh! les cent mille francs déposés chez un notaire, quel coup de génie! Ils ont ébloui la police. Ils ont bouché les yeux des plus perspicaces. Un monsieur qui dépose cent mille francs chez un notaire dit la vérité. Et l'on poursuit la baronne ! Et on vous laisse mijoter tranquillement vos petites affaires, vendre au mieux votre écurie de courses et vos meubles, et préparer votre fuite ! Dieu que c'est drôle !

Le baron ne bronchait pas. Il s'avança vers Lupin et lui dit, toujours avec le même flegme :

— Qui êtes-vous ?

Lupin éclata de rire :

— Quel intérêt cela peut-il avoir en l'occurrence ? Mettons que je sois l'envoyé du destin, et que je surgisse de l'ombre pour vous perdre !

Il se leva précipitamment, saisit le baron à l'épaule et lui jeta en mots saccadés :

— Ou pour te sauver, baron. Écoute-moi ! Les trois millions de la baronne, presque tous les bijoux de la princesse, l'argent que tu as touché aujourd'hui pour la vente de ton écurie et de tes immeubles, tout est là, dans ta poche ou dans ce coffre-fort. Ta fuite est prête. Tiens, derrière cette tenture, on aperçoit le cuir de ta valise. Les papiers de ton bureau sont en ordre. Cette nuit, tu filais à l'anglaise. Cette nuit, bien déguisé, méconnaissable, toutes tes précautions prises, tu rejoignais ta maîtresse, celle pour qui tu as tué : Nelly Darbel, sans doute, que Ganimard arrêtait en Belgique. Un seul obstacle, soudain, imprévu, la police, les douze agents que les révélations de Lavernoux ont postés sous tes fenêtres. Tu es fichu ! Eh bien, je te sauve. Un coup de téléphone et, vers trois ou quatre heures du matin, vingt de mes amis suppriment l'obstacle, escamotent les douze agents et, sans tambour ni trompette, on détale. Comme condition, presque rien, une bêtise pour toi, le partage des millions et des bijoux. Ça colle ?

Il était penché sur le baron et l'apostrophait avec une énergie irrésistible. Le baron chuchota :

— Je commence à comprendre, c'est du chantage…

— Chantage ou non, appelle ça comme tu veux, mon bonhomme, mais il faut que tu en passes par où j'ai décidé. Et ne crois pas que je flanche au dernier moment. Ne te dis pas : « Voilà un gentleman que la crainte de la police fera réfléchir. Si je joue gros jeu en refusant, lui, il risque également les menottes, la cellule, tout le diable et son train, puisque nous sommes traqués tous deux comme des bêtes fauves. » Erreur, monsieur le baron. Moi, je m'en tire toujours. Il s'agit uniquement de toi… La bourse ou la vie, monseigneur. Part à deux, sinon… sinon, l'échafaud ! Ça colle ?

Un geste brusque. Le baron se dégagea, empoigna son revolver et tira.

Mais Lupin prévoyait l'attaque, d'autant que le visage du baron avait perdu son assurance et pris peu à peu, sous une poussée lente de peur et de rage, une expression féroce, presque bestiale, qui annonçait la révolte, si longtemps contenue.

Deux fois il tira. Lupin se jeta de côté d'abord, puis s'abattit aux genoux du baron qu'il saisit par les jambes et fit basculer. D'un effort, le baron se dégagea. Les deux ennemis s'agrippèrent à bras-le-corps, et la lutte fut acharnée, sournoise, sauvage.

Tout à coup, Lupin sentit une douleur à la poitrine.

— Ah ! canaille hurla-t-il. C'est comme avec Lavernoux. L'épingle !

Il se raidit désespérément, maîtrisa le baron et l'étreignit à la gorge, vainqueur enfin, et tout-puissant.

— Imbécile… Si tu n'avais pas abattu ton jeu, j'étais capable de lâcher la partie. T'as une telle figure d'honnête homme ! Mais quels muscles, monseigneur ! Un moment, j'ai bien cru… Seulement, cette fois, ça y est ! Allons, mon bon ami, donnez l'épingle et faites risette… Mais non, c'est une grimace, ça… Je serre trop fort, peut-être ? Monsieur va tourner de l'œil ? Alors, soyez sage… Bien, une toute petite ficelle autour des poignets… Vous permettez ? Mon Dieu, quel accord parfait entre nous ! C'est touchant ! Au fond, tu sais, j'ai de la sympathie pour toi… Et maintenant, petit frère, attention ! Et mille excuses !

Il se dressa à demi et, de toutes ses forces, lui assena au creux de l'estomac un coup de poing formidable. L'autre râla, étourdi, sans connaissance.

– Voilà ce que c'est que de manquer de logique, mon bon ami, dit Lupin. Je t'offrais la moitié de tes richesses. Je ne t'accorde plus rien du tout..., si tant est que je puisse avoir quelque chose. Car c'est là l'essentiel. Où le bougre a-t-il caché son magot ? Dans le coffre-fort ? Bigre, ça sera dur. Heureusement que j'ai toute la nuit...

Il se mit à fouiller les poches du baron, prit un trousseau de clefs, s'assura d'abord que la valise, dissimulée derrière la tenture, ne contenait pas les papiers et les bijoux, et se dirigea vers le coffre-fort.

Mais à ce moment, il s'arrêta court il entendait du bruit quelque part. Les domestiques? Impossible! Leurs mansardes se trouvaient au troisième étage. Il écouta. Le bruit provenait d'en bas. Et subitement il comprit: les agents, ayant perçu les deux détonations, frappaient à la grande porte sans attendre le lever du jour.

– Crebleu! dit-il, je suis dans de beaux draps. Voilà ces messieurs maintenant..., et à la minute même où nous allions recueillir le fruit de nos laborieux efforts. Voyons, voyons, Lupin, du sang-froid! De quoi s'agit-il ? D'ouvrir en vingt secondes un coffre dont tu ignores le secret. Et tu perds la tête pour si peu ? Voyons, t'as qu'à le trouver, ce secret. Combien qu'il y a de lettres dans le mot ? Quatre ?

Il continuait à réfléchir tout en parlant et tout en écoutant les allées et venues de l'extérieur. Il ferma à double tour la porte de l'antichambre, puis il revint au coffre.

— Quatre chiffres... Quatre lettres... Quatre lettres... Qui diable pourrait me donner un petit coup de main ? un petit bout de tuyau ? Qui ? Mais Lavernoux, parbleu ! Ce bon Lavernoux, puisqu'il a pris la peine, au risque de ses jours, de faire de la télégraphie optique... Dieu que je suis bête. Mais oui, mais oui, nous y sommes ! Crénom ! ça m'émeut. Lupin, tu vas compter jusqu'à dix et comprimer les battements trop rapides de ton cœur. Sinon, c'est de la mauvaise ouvrage.

Ayant compté jusqu'à dix, tout à fait calme, il s'agenouilla devant le coffre-fort. Il manœuvra les quatre boutons avec une attention minutieuse. Ensuite, il examina le trousseau de clefs, choisit l'une d'elles, puis une autre, et tenta vainement de les introduire.

— Au troisième coup l'on gagne, murmura-t-il, en essayant une troisième clef. Victoire ! Celle-ci marche ! Sésame, ouvre-toi !

La serrure fonctionna. Le battant fut ébranlé. Lupin l'entraîna vers lui en reprenant le trousseau.

— À nous les millions, dit-il. Sans rancune, baron Repstein.

Mais, d'un bond, il sauta en arrière, avec un hoquet d'épouvante. Ses jambes vacillèrent sous lui. Les clefs s'entrechoquaient dans sa main fébrile avec un cliquetis sinistre. Et durant vingt, trente secondes, malgré le vacarme que l'on faisait en bas, et les sonneries électriques qui retentissaient à travers l'hôtel, il resta là, les yeux hagards, à contempler la plus horrible, la plus abominable vision, un corps de femme à moitié vêtu, courbé en deux dans le coffre, tassé comme un paquet trop gros et des cheveux blonds qui pendaient..., et du sang...

— La baronne ! bégaya-t-il, la baronne ! Oh ! le monstre !

Il s'éveilla de sa torpeur, subitement, pour cracher à la figure de l'assassin et pour le marteler à coups de talon.

— Tiens, misérable !... Tiens, canaille ! Et avec ça, l'échafaud, le panier à son !

Cependant, aux étages supérieurs, des cris répondaient à l'appel des agents. Lupin entendit des pas qui dégringolaient l'escalier. Il était temps de songer à la retraite.

En réalité cela l'embarrassait peu. Durant son entretien avec le baron Repstein, il avait eu l'impression, tellement l'ennemi montrait de sang-froid, qu'il devait exister une issue particulière. Pourquoi, d'ailleurs, le baron eût-il engagé la lutte, s'il n'avait été sûr d'échapper à la police ?

Lupin passa dans la chambre voisine. Elle donnait sur un jardin. À la minute même où les agents étaient introduits, il enjambait le balcon et se laissait glisser le long d'une gouttière. Il fit le tour des bâtiments. En face, il y avait un mur bordé d'arbustes. Il s'engagea entre ce mur et les arbustes, et trouva une petite porte qu'il lui fut facile d'ouvrir avec une des clefs du trousseau. Dès lors, il n'eut qu'à franchir une cour, à traverser les pièces vides d'un pavillon, et, quelques instants plus tard, il se trouvait dans la rue du Faubourg-Saint-Honoré. Bien entendu – et de cela il ne doutait point – la police n'avait pas prévu cette issue secrète.

— Eh bien, qu'en dites-vous, du baron Repstein ? s'écria Lupin, après m'avoir raconté tous les détails de cette nuit tragique. Hein, quel immonde personnage ! Et comme il faut parfois se méfier des apparences ! Je vous jure que celui-là avait l'air d'un véritable honnête homme !

Je lui demandai :

— Mais les millions ? Les bijoux de la princesse ?

— Ils étaient dans le coffre. Je me rappelle très bien avoir aperçu le paquet.

— Alors ?

— Ils y sont toujours.

— Pas possible…

— Ma foi, oui. Je pourrais vous dire que j'ai eu peur des agents, ou bien alléguer une délicatesse subite. La vérité est plus simple et plus prosaïque. Ça sentait trop mauvais !

— Quoi ?

— Oui, mon cher, l'odeur qui se dégageait de ce coffre, de ce cercueil… Non, je n'ai pas pu… la tête m'a tourné… Une seconde de plus, je me trouvais mal. Est-ce assez idiot ? Tenez, voilà tout ce que j'ai rapporté de mon expédition, l'épingle de cravate. La perle vaut au bas mot cinquante mille francs… Mais, tout de même, je vous l'avoue, je suis fichtrement vexé. Quelle gaffe !

— Encore une question, repris-je. Le mot du coffre-fort ?

— Eh bien ?

— Comment l'avez-vous deviné ?

— Oh ! très facilement. Je m'étonne même de n'y avoir pas songé plus tôt. Bref ? Il était contenu dans les révélations télégraphiées par ce pauvre Lavernoux.

— Hein ? Voyons, mon cher, les fautes d'orthographe…

— Les fautes d'orthographe ? Crebleu ! mais elles sont voulues. Serait-il admissible que le secrétaire, que l'intendant du baron, fît des fautes d'orthographe et qu'il écrivît *fuire* avec un *e* final, *ataque* avec un seul *t*, *enemies* avec un seul *n* et *prudance* avec un *a* ? Moi, cela m'a frappé aussitôt. J'ai réuni les quatre lettres, et j'ai obtenu le mot ETNA, le nom du fameux cheval.

— Et ce seul mot a suffi ?

— Parbleu ! Il a suffi, d'abord, pour me lancer sur la piste de l'affaire Repstein, dont tous les journaux parlaient, et ensuite, pour faire naître en moi l'hypothèse que c'était là le mot du coffre-fort, puisque, d'une part, Lavernoux connaissait le contenu macabre du coffre-fort, et que, de l'autre, il dénonçait le baron. Et c'est ainsi, également, que j'ai été conduit à supposer que Lavernoux avait un ami dans la rue, qu'ils fréquentaient tous deux le même café, qu'ils s'amusaient à déchiffrer les problèmes et les devinettes cryptographiques des journaux illustrés, et qu'ils s'ingéniaient à correspondre télégraphiquement d'une fenêtre à l'autre.

— Et voilà, m'écriai-je, c'est tout simple !

— Très simple. Et l'aventure prouve une fois de plus qu'il y a, dans la découverte des crimes, quelque chose de bien supérieur à l'examen des faits, à l'observation, déduction, raisonnement et autres balivernes, c'est, je le répète, l'intuition… l'intuition et l'intelligence… Et Arsène, sans se vanter, ne manque ni de l'une ni de l'autre.

L'anneau nuptial

Yvonne d'Origny embrassa son fils et lui recommanda d'être bien sage.

– Tu sais que ta grand-mère d'Origny n'aime pas beaucoup les enfants. Pour une fois qu'elle te fait venir chez elle, il faut lui montrer que tu es un petit garçon raisonnable.

Et s'adressant à la gouvernante :

– Surtout, *Fraulein*, ramenez-le tout de suite après dîner… Monsieur est encore ici ?

– Oui, madame, M. le comte est dans son cabinet de travail.

Aussitôt seule, Yvonne d'Origny marcha vers la fenêtre afin d'apercevoir son fils dès qu'il serait dehors. En effet, au bout d'un instant il sortit de l'hôtel, leva la tête et lui envoya des baisers comme chaque jour. Puis sa gouvernante lui prit la main d'un geste dont Yvonne remarqua, avec étonnement, la brusquerie inaccoutumée. Elle se pencha davantage et, comme l'enfant gagnait l'angle du boulevard, elle vit soudain un homme qui descendait d'une automobile et qui s'approchait de lui. Cet homme – elle reconnut Bernard, le domestique de confiance de son mari –, cet homme saisit l'enfant par le bras, le fit monter dans l'automobile ainsi que la gouvernante, et donna l'ordre au chauffeur de s'éloigner.

Tout cela n'avait pas duré dix secondes.

Yvonne, bouleversée, courut jusqu'à la chambre, empoigna un vêtement, se dirigea vers la porte. La porte était fermée à clef, et il n'y avait point de clef sur la serrure. En hâte, elle retourna dans son boudoir.

La porte de son boudoir était fermée également.

Tout de suite, l'image de son mari la heurta, cette figure sombre qu'aucun sourire n'éclairait jamais, ce regard impitoyable où, depuis des années, elle sentait tant de rancune et de haine.

— C'est lui ! C'est lui ! se dit-elle… Il a pris l'enfant… Ah c'est horrible !

À coups de poing, à coups de pied, elle frappa la porte, puis bondit vers la cheminée et sonna, sonna éperdument.

Du haut en bas de l'hôtel, le timbre vibra. Les domestiques allaient venir. Des passants peut-être s'ameuteraient dans la rue. Et elle pressait le bouton avec un espoir forcené.

Un bruit de serrure. La porte s'ouvrit violemment. Le comte apparut au seuil du boudoir. Et l'expression de son visage était si terrible qu'Yvonne se mit à trembler.

Il s'avança. Cinq ou six pas le séparaient d'elle. Dans un effort suprême, elle tenta un mouvement, mais il lui fut impossible de bouger, et, comme elle cherchait à prononcer des paroles, elle ne put qu'agiter ses lèvres et qu'émettre des sons incohérents. Elle se sentit perdue. L'idée de la mort la bouleversa. Ses genoux fléchirent, et elle s'affaissa sur elle-même avec un gémissement.

Le comte se précipita et la saisit à la gorge.

– Tais-toi, n'appelle pas, disait-il d'une voix sourde, cela vaut mieux pour toi…

Voyant qu'elle n'essayait pas de se défendre, il desserra son étreinte et sortit de sa poche des bandes de toile toutes prêtes et de longueurs différentes. En quelques minutes la jeune femme eut les bras attachés le long du corps, et fut étendue sur un divan.

L'ombre avait envahi le boudoir. Le comte alluma l'électricité et se dirigea vers un petit secrétaire où Yvonne avait l'habitude de ranger ses lettres. Ne parvenant pas à l'ouvrir, il le fractura à l'aide d'un crochet de fer, vida les tiroirs, et, de tous les papiers, fit un monceau qu'il emporta dans un carton.

– Du temps perdu, n'est-ce pas ? ricana-t-il. Rien que des factures et des lettres insignifiantes… Aucune preuve contre toi… Bah ! N'empêche que je garde mon fils, et je jure Dieu que je ne le lâcherai pas !

Comme il s'en allait, il fut rejoint près de la porte par son domestique Bernard. Ils conversèrent tous deux à voix basse, mais Yvonne entendit ces mots que prononçait le domestique :

– J'ai reçu la réponse de l'ouvrier bijoutier. Il est à ma disposition.

Et le comte répliqua :

– La chose est remise à demain midi. Ma mère vient de me téléphoner qu'elle ne pouvait venir auparavant.

Ensuite Yvonne perçut le cliquetis de la serrure et le bruit des pas qui descendaient jusqu'au rez-de-chaussée où se trouvait le cabinet de travail de son mari.

Elle demeura longtemps inerte, le cerveau en déroute, avec des idées vagues et rapides qui la brûlaient au passage, comme des flammes. Elle se rappelait la conduite indigne du comte d'Origny, ses procédés humiliants envers elle, ses menaces, ses projets de divorce, et elle comprenait peu à peu qu'elle était la victime d'une véritable conspiration, que les domestiques, sur l'ordre de leur maître, avaient congé jusqu'au lendemain soir, que la gouvernante, sur l'ordre du comte et avec la complicité de Bernard, avait emmené son fils, et que son fils ne reviendrait pas, et qu'elle ne le reverrait jamais !

– Mon fils ! cria-t-elle, mon fils !

Exaspérée par la douleur, de tous ses nerfs, de tous ses muscles, elle se raidit, en un effort brutal. Elle fut stupéfaite : sa main droite conservait une certaine liberté.

Alors un espoir fou la pénétra, et patiemment, lentement, elle commença l'œuvre de délivrance.

Ce fut long. Il lui fallut beaucoup de temps pour élargir le nœud suffisamment, et beaucoup de temps ensuite, quand sa main fut dégagée, pour défaire les liens qui nouaient le haut de ses bras à son buste, puis ceux qui emprisonnaient ses chevilles.

Cependant l'idée de son fils la soutenait, et, comme la pendule frappait huit coups, la dernière entrave tomba. Elle était libre !

À peine debout, elle se rua sur la fenêtre et tourna l'espagnolette avec l'intention d'appeler le premier passant venu. Justement, un agent de police se promenait sur le trottoir. Elle se pencha. Mais l'air vif de la nuit l'ayant frappée au visage, plus calme, elle songea au scandale, à l'enquête, aux interrogatoires, à son fils. Mon Dieu ! Mon Dieu ! Que faire pour le reprendre ? Par quels moyens s'échapper ? Au moindre bruit, le comte pouvait survenir. Et qui sait si, dans un mouvement de rage…

Des pieds à la tête elle frissonnait, prise d'une épouvante subite. L'horreur de la mort se mêlait, en son pauvre cerveau, à la pensée de son fils, et elle bégaya, la gorge étranglée :

— Au secours ! Au secours !

Elle s'arrêta net, et redit tout bas, à plusieurs reprises : « Au secours ! Au secours ! » comme si ce mot éveillait en elle une idée, une réminiscence, et que l'attente d'un secours ne lui parût pas une chose impossible. Durant quelques minutes, elle resta absorbée en une méditation profonde, coupée de pleurs et de tressaillements. Puis, avec des gestes pour ainsi dire mécaniques, elle allongea le bras vers une petite bibliothèque suspendue au-dessus du secrétaire, saisit les uns après les autres quatre livres qu'elle feuilleta distraitement et remit en place et finit par trouver entre les pages du cinquième une carte de visite où ses yeux épelèrent ces deux mots : *Horace Velmont*, et cette adresse écrite au crayon : *Cercle de la rue Royale*.

Et sa mémoire évoqua la phrase bizarre que cet homme lui avait dite quelques années auparavant en ce même hôtel, un jour de réception : « Si jamais un péril vous menace, si vous avez besoin de secours, n'hésitez pas, jetez à la poste cette carte que je mets dans ce livre et quelle que soit l'heure, quels que soient les obstacles, je viendrai. »

Avec quel air étrange il avait prononcé une telle phrase, et comme il donnait l'impression de la certitude, de la force, de la puissance illimitée, de l'audace indomptable !

Brusquement, inconsciemment, sous la poussée d'une décision irrésistible et dont elle se refusait à prévoir les conséquences, Yvonne, avec ces mêmes gestes d'automate, prit une enveloppe pneumatique, introduisit la carte de visite, cacheta, inscrivit les deux lignes: *Horace Velmont, Cercle de la rue Royale* et s'approcha de la fenêtre entrebâillée. Dehors l'agent de police déambulait. Elle lança l'enveloppe, la confiant au hasard. Peut-être ce chiffon de papier serait-il ramassé, et, comme une lettre égarée, mis à la poste.

Elle n'avait pas accompli cet acte qu'elle en saisit toute l'absurdité. Il était fou de supposer que le message irait à son adresse, et plus fou encore d'espérer que l'homme qu'elle appelait pourrait venir à son secours, *quelle que fût l'heure et quels que fussent les obstacles*.

Une réaction se produisit, d'autant plus vive que l'effort avait été plus rapide et plus brutal. Yvonne chancela, s'appuya contre un fauteuil et se laissa tomber, à bout d'énergie.

Alors le temps s'écoula, le temps morne des soirées d'hiver où les voitures interrompent seules le silence de la rue. La pendule sonnait, implacable. Dans le demi-sommeil qui l'engourdissait, la jeune femme en comptait les tintements. Elle percevait aussi certains bruits à différents étages de la maison, et savait de la sorte que son mari avait dîné, qu'il montait jusqu'à sa chambre et redescendait dans son cabinet de travail. Mais tout cela lui semblait très vague, et sa torpeur était telle qu'elle ne songeait même pas à s'étendre sur le divan, pour le cas où il entrerait…

Les douze coups de minuit… Puis la demie… Puis une heure… Yvonne ne réfléchissait à rien, attendant les événements qui se préparaient et contre lesquels toute rébellion était inutile. Elle se représentait son fils et elle-même, comme on se représente ces êtres qui ont beaucoup souffert et qui ne souffrent plus, et qui s'enlacent de leurs bras affectueux. Mais un cauchemar la secoua. Voilà que, ces deux êtres, on voulait les arracher l'un à l'autre, et elle avait la sensation affreuse, en son délire, qu'elle pleurait, et qu'elle râlait…

D'un mouvement, elle se dressa. La clef venait de tourner dans la serrure. Attiré par ses cris, le comte allait apparaître. Du regard, Yvonne chercha une arme pour se défendre. Mais la porte fut poussée, et, stupéfaite, comme si le spectacle qui s'offrait à ses yeux lui eût semblé le prodige le plus inexplicable, elle balbutia :

— Vous ! Vous !

Un homme s'avançait vers elle, en habit, son macfarlane et son claque sous le bras, et cet homme jeune, de taille mince, élégant, elle l'avait reconnu, c'était Horace Velmont.

— Vous ! répéta-t-elle.

— Je vous demande pardon, madame, votre lettre ne m'a été remise que tard.

— Est-ce possible ! Est-ce possible que ce soit vous que vous ayez pu !

Il parut très étonné.

— N'avais-je pas promis de me rendre à votre appel ?

— Oui mais…

— Eh bien, me voici, dit-il en souriant.

Il examina les bandes de toile dont Yvonne avait réussi à se délivrer et hocha la tête, tout en continuant son inspection.

— C'est donc là les moyens que l'on emploie ? Le comte d'Origny, n'est-ce pas ? J'ai vu également qu'il vous avait emprisonnée… Mais alors, le pneumatique ? Ah ! par cette fenêtre… Quelle imprudence de ne pas l'avoir refermée !

Il poussa les deux battants. Yvonne s'effara.

— Si l'on entendait ?

— Il n'y a personne dans l'hôtel. Je l'ai visité.

— Cependant…

— Votre mari est sorti depuis dix minutes.

— Où est-il ?

— Chez sa mère, la comtesse d'Origny.

— Comment le savez-vous ?

— Oh ! très simplement. Il a reçu un coup de téléphone lui annonçant que sa mère était malade. Comme je l'avais prévu, puisque c'est moi qui ai téléphoné, le comte est sorti précipitamment, suivi de son domestique. Aussitôt, à l'aide de clefs spéciales, je suis entré.

Il racontait cela le plus naturellement du monde, de même que l'on raconte, dans un salon, une petite anecdote insignifiante. Mais Yvonne demanda, reprise d'une inquiétude soudaine :

— Alors, ce n'est pas vrai… Sa mère n'est pas malade ? En ce cas, mon mari va revenir…

— Certes, le comte s'apercevra qu'on s'est joué de lui, et, d'ici trois quarts d'heure au plus…

— Partons… Je ne veux pas qu'il me retrouve ici… Je rejoins mon fils.

— Un instant…

— Un instant ! Mais vous ne savez donc pas qu'on me l'enlève ? qu'on lui fait du mal, peut-être ?

La figure contractée, les gestes fébriles, elle cherchait à repousser Velmont. Avec beaucoup de douceur, il la contraignit à s'asseoir, et, incliné sur elle, d'attitude respectueuse, il prononça d'un ton grave :

– Écoutez-moi, madame, et ne perdons pas un temps dont chaque minute est précieuse. Tout d'abord, rappelez-vous ceci : Nous nous sommes rencontrés quatre fois, il y a six ans… Et la quatrième fois, dans les salons de cet hôtel, comme je vous parlais avec trop comment dirais-je ? avec trop d'émotion, vous m'avez fait sentir que mes visites vous déplaisaient. Depuis, je ne vous ai pas revue. Et pourtant, malgré tout, votre confiance en moi était telle que vous avez conservé la carte que j'avais mise entre les pages de ce livre, et que, six ans après, c'est moi, et pas un autre, que vous avez appelé. Cette confiance, je vous la demande encore. Il faut m'obéir aveuglément. De même que je suis venu à travers tous les obstacles, de même je vous sauverai, quelle que soit la situation.

La tranquillité d'Horace Velmont, sa voix impérieuse aux intonations amicales apaisaient peu à peu la jeune femme. Toute faible encore, elle éprouvait de nouveau, en face de cet homme, une impression de détente et de sécurité.

– N'ayez aucune peur, reprit-il. La comtesse d'Origny habite à l'extrémité du bois de Vincennes. En admettant que votre mari trouve une auto, il est impossible qu'il soit de retour avant trois heures et quart. Or il est deux heures trente-cinq. Je vous jure qu'à trois heures exactement nous partirons et que je vous conduirai vers votre fils. Mais je ne veux pas partir avant de tout savoir.

– Que dois-je faire ? dit-elle.

– Me répondre, et très nettement. Nous avons vingt minutes. C'est assez. Ce n'est pas trop.

— Interrogez-moi.

— Croyez-vous que le comte ait eu des projets criminels ?

— Non.

— Il s'agit donc de votre fils ?

— Oui.

— Il vous l'enlève, n'est-ce pas, parce qu'il veut divorcer et épouser une autre femme, une de vos anciennes amies, que vous avez chassée de votre maison ? Oh ! je vous en conjure, répondez-moi sans détours. Ce sont là des faits de notoriété publique, et votre hésitation, vos scrupules, tout doit cesser actuellement, puisqu'il s'agit de votre fils. Ainsi donc, votre mari veut épouser une autre femme ?

— Oui.

— Cette femme n'a pas d'argent. De son côté, votre mari, qui s'est ruiné, n'a d'autres ressources que la pension qui lui est servie par sa mère, la comtesse d'Origny, et les revenus de la grosse fortune que votre fils a héritée de deux de vos oncles. C'est cette fortune que votre mari convoite et qu'il s'approprierait plus facilement si l'enfant lui était confié. Un seul moyen, le divorce. Je ne me trompe pas ?

— Non.

— Ce qui l'arrêtait jusqu'ici, c'était votre refus ?

— Oui, et celui de ma belle-mère dont les sentiments religieux s'opposent au divorce. La comtesse d'Origny ne céderait que dans le cas…

— Que dans le cas ?

— Où l'on pourrait prouver que ma conduite est indigne.

Velmont haussa les épaules.

— Donc il ne peut rien contre vous ni contre votre fils. Au point de vue légal, comme au point de vue de ses intérêts, il se heurte à un obstacle qui est le plus insurmontable de tous, la vertu d'une honnête femme. Et cependant voilà que, tout d'un coup, il engage la lutte.

— Que voulez-vous dire ?

— Je veux dire que, si un homme comme le comte, après tant d'hésitations et malgré tant d'impossibilités, se risque dans une aventure aussi incertaine, c'est qu'il a, ou qu'il croit avoir entre les mains, des armes.

— Quelles armes ?

— Je l'ignore. Mais elles existent… Sans quoi il n'eût pas commencé par prendre votre fils.

Yvonne se désespéra.

— C'est horrible… Est-ce que je sais, moi, ce qu'il a pu faire ! Ce qu'il a pu inventer !

— Cherchez bien… Rappelez vos souvenirs… Tenez, dans ce secrétaire qu'il a fracturé, il n'y avait pas une lettre qu'il fût possible de retourner contre vous ?

— Aucune.

— Et dans les paroles qu'il vous a dites, dans ses menaces, il n'y a rien qui vous permette de deviner ?

— Rien.

— Pourtant, pourtant, répéta Velmont, il doit y avoir quelque chose…

Et il reprit :

— Le comte n'a pas un ami plus intime… auquel il se confie ?

— Non.

— Personne n'est venu le voir hier ?

— Personne.

— Il était seul quand il vous a liée et enfermée ?
— À ce moment, oui.
— Mais après ?
— Après, son domestique l'a rejoint près de la porte, et j'ai entendu qu'ils parlaient d'un ouvrier bijoutier…
— C'est tout ?
— Et d'une chose qui aurait lieu le lendemain, c'est-à-dire aujourd'hui, à midi, parce que la comtesse d'Origny ne pouvait venir auparavant.
Velmont réfléchit.
— Cette conversation a-t-elle un sens qui vous éclaire sur les projets de votre mari ?
— Je n'en vois pas…
— Où sont vos bijoux ?
— Mon mari les a vendus.
— Il ne vous en reste pas un seul ?
— Non.
— Pas même une bague ?
— Non, dit-elle en montrant ses mains, rien que cet anneau.
— Qui est votre anneau de mariage ?
— Qui est… mon anneau…
Elle s'arrêta, interdite. Velmont nota qu'elle rougissait, et il l'entendit balbutier :
— Serait-ce possible ? Mais non… Mais non. Il ignore…
Velmont la pressa de questions aussitôt, et Yvonne se taisait, immobile, le visage anxieux. À la fin, elle répondit, à voix basse :
— Ce n'est pas mon anneau de mariage. Un jour, il y a longtemps, je l'ai fait tomber de la cheminée de ma chambre, où je l'avais mis une minute auparavant, et,

malgré toutes mes recherches, je n'ai pu le retrouver. Sans rien dire, j'en ai commandé un autre…, que voici à ma main.

— Le véritable anneau portait la date de votre mariage ?

— Oui 23 octobre.

— Et le second ?

— Celui-ci ne porte aucune date.

Il sentit en elle une légère hésitation et un trouble qu'elle ne cherchait d'ailleurs pas à dissimuler.

— Je vous en supplie, s'écria-t-il, ne me cachez rien… Vous voyez le chemin que nous avons parcouru en quelques minutes, avec un peu de logique et de sang-froid. Continuons, je vous le demande en grâce.

— Êtes-vous sûr, dit-elle, qu'il soit nécessaire ?

— Je suis sûr que le moindre détail a son importance et que nous sommes près d'atteindre le but. Mais il faut se hâter. L'heure est grave.

— Je n'ai rien à cacher, fit-elle en relevant la tête. C'était à l'époque la plus misérable et la plus dangereuse de ma vie. Humiliée chez moi, dans le monde j'étais entourée d'hommages, de tentations, de pièges, comme toute femme qu'on voit abandonnée de son mari. Alors, je me suis souvenue. Avant mon mariage, un homme m'avait aimée, dont j'avais deviné l'amour impossible et qui, depuis, est mort. J'ai fait graver le nom de cet homme, et j'ai porté cet anneau comme on porte un talisman. Il n'y avait pas d'amour en moi puisque j'étais la femme d'un autre. Mais dans le secret de mon cœur, il y eut un souvenir, un rêve meurtri, quelque chose de doux qui me protégeait…

Elle s'était exprimée lentement, sans embarras, et Velmont ne douta pas une seconde qu'elle n'eût dit l'absolue vérité. Comme il se taisait, elle redevint anxieuse et lui demanda :

— Est-ce que vous supposez que mon mari ?

Il lui prit la main, et prononça, tout en examinant l'anneau d'or :

— L'énigme est là. Votre mari, je ne sais comment, connaît la substitution. À midi, sa mère viendra. Devant témoins, il vous obligera d'ôter votre bague, et de la sorte, il pourra, en même temps que l'approbation de sa mère, obtenir le divorce, puisqu'il aura la preuve qu'il cherchait.

— Je suis perdue, gémit-elle, je suis perdue !

— Vous êtes sauvée, au contraire ! Donnez-moi cette bague et tantôt, c'est une autre qu'il trouvera, une autre que je vous ferai parvenir avant midi, et qui portera la date du 23 octobre. Ainsi…

Il s'interrompit brusquement. Tandis qu'il parlait, la main d'Yvonne s'était glacée dans la sienne, et, ayant levé les yeux, il vit que la jeune femme était pâle, affreusement pâle.

— Qu'y a-t-il ? Je vous en prie…

Elle eut un accès de désespoir fou.

— Il y a, il y a que je suis perdue ! Il y a que je ne peux l'ôter, cet anneau ! Il est devenu trop petit ! Comprenez-vous ? Cela n'avait pas d'importance, et je n'y pensais pas… Mais aujourd'hui… Cette preuve… Cette accusation… Ah ! quelle torture ! Regardez… Il fait partie de mon doigt… Il est incrusté dans ma chair… et je ne peux pas… je ne peux pas.

Elle tirait vainement de toutes ses forces, au risque de se blesser. Mais la chair se gonflait autour de l'anneau, et l'anneau ne bougeait point.

— Ah ! balbutia-t-elle, étreinte par une idée qui la terrifia… Je me souviens, l'autre nuit un cauchemar que j'ai eu… Il me semblait que quelqu'un entrait dans ma chambre et s'emparait de ma main. Et je ne pouvais pas me réveiller… C'était lui ! c'était lui ! Il m'avait endormie, j'en suis sûre… Et il regardait la bague… Et tantôt il me l'arrachera devant sa mère… Ah ! je comprends tout… Cet ouvrier bijoutier… c'est lui qui me la coupera à même la main… Vous voyez… Je suis perdue…

Elle se cacha la tête et se mit à pleurer. Mais dans le silence, la pendule sonna une fois, et puis une autre fois, et une fois encore. Et Yvonne se redressa d'un bond.

— Le voilà, cria-t-elle. Il va venir… Il va venir… Il est trois heures… Allons-nous-en…

— Vous ne partirez pas.

— Mon fils… Je veux le voir, le reprendre…

— Savez-vous seulement où il est ?

— Je veux partir !

— Vous ne partirez pas ! Ce serait de la folie.

Il la saisit aux poignets. Elle voulut se dégager, et Velmont dut apporter une certaine brusquerie pour vaincre sa résistance. À la fin, il réussit à la ramener vers le divan, puis à l'étendre, et, tout de suite sans prêter attention à ses plaintes, il reprit les bandes de toile et lui attacha les bras et les chevilles.

— Oui, disait-il, ce serait de la folie. Qui vous aurait délivrée ? Qui vous aurait ouvert cette porte ? Un complice ? Quel argument contre vous, et comme votre mari s'en servirait auprès de sa mère ! Et puis, à quoi bon ? Vous enfuir, c'est accepter le divorce… et sait-on jamais le dénouement ? Il faut rester ici.

Elle sanglotait.

— J'ai peur... J'ai peur... Cet anneau me brûle... Brisez-le... Brisez-le... Emportez-le... Qu'on ne le retrouve pas !

— Et si l'on ne le retrouve pas à votre doigt, qui l'aurait brisé ? Toujours un complice... Non, il faut affronter la lutte, et vaillamment, puisque je réponds de tout... Croyez en moi... Je réponds de tout... Dussé-je m'attaquer à la comtesse d'Origny et retarder ainsi l'entrevue... dussé-je venir moi-même avant midi, c'est l'anneau nuptial que l'on arrachera de votre doigt je vous le jure et votre fils vous sera rendu...

Dominée, soumise, Yvonne, par instinct, s'offrait elle-même aux entraves. Quand il se releva, elle était liée comme auparavant.

Il inspecta la pièce pour s'assurer qu'aucune trace ne demeurait de son passage. Puis il s'inclina de nouveau sur la jeune femme et murmura :

— Pensez à votre fils, et, quoi qu'il arrive, ne craignez rien... je veille sur vous...

Elle l'entendit ouvrir et refermer la porte du boudoir, puis, quelques minutes après, la porte de la rue.

À trois heures et demie, une automobile s'arrêtait. La porte, en bas, claqua de nouveau, et presque aussitôt Yvonne aperçut son mari qui entrait rapidement, l'air furieux. Il courut vers elle, s'assura qu'elle était toujours attachée, et, s'emparant de sa main, examina la bague. Yvonne s'évanouit...

Elle ne sut pas au juste, en se réveillant, combien de temps elle avait dormi. Mais la clarté du grand jour pénétrait dans le boudoir, et elle constata, au premier mouvement qu'elle fit, que les bandes étaient coupées.

Alors elle tourna la tête et vit auprès d'elle son mari qui la regardait.

— Mon fils… mon fils…, gémit-elle, je veux mon fils…

Il répliqua, d'une voix dont elle sentit la raillerie :

— Notre fils est en lieu sûr. Et, pour l'instant, il ne s'agit pas de lui, mais de vous. Nous sommes l'un en face de l'autre sans doute pour la dernière fois, et l'explication que nous allons avoir est très grave. Je dois vous avertir qu'elle aura lieu devant ma mère. Vous n'y voyez pas d'inconvénient ?

Yvonne s'efforça de cacher son trouble et répondit :

— Aucun.

— Je puis l'appeler ?

— Oui. Laissez-moi, en attendant. Je serai prête quand elle viendra.

— Ma mère est ici.

— Votre mère est ici ? s'écria Yvonne, éperdue et se rappelant la promesse d'Horace Velmont.

— Oui.

— Et c'est maintenant ? C'est tout de suite que vous voulez ?

— Oui.

— Pourquoi ? Pourquoi pas ce soir ? Demain ?

— Aujourd'hui, et maintenant, déclara le comte. Il s'est produit au cours de la nuit un incident assez bizarre et que je ne m'explique pas : on m'a fait venir chez ma mère dans le but évident de m'éloigner d'ici. Cela me détermine à devancer le moment de l'explication. Vous ne désirez pas prendre quelque nourriture auparavant ?

— Non… non…

— Je vais donc chercher ma mère.

Il se dirigea vers la chambre d'Yvonne. Celle-ci jeta un coup d'œil sur la pendule. La pendule marquait dix heures trente-cinq !

— Ah ! fit-elle avec un frisson d'épouvante.

Dix heures trente-cinq ! Horace Velmont ne la sauverait pas, et personne au monde, et rien au monde ne la sauverait, car il n'y avait point de miracle qui pût faire que l'anneau d'or ne fût pas à son doigt.

Le comte revint avec la comtesse d'Origny et la pria de s'asseoir. C'était une femme sèche, anguleuse, qui avait toujours manifesté contre Yvonne des sentiments hostiles. Elle ne salua même pas sa belle-fille, montrant ainsi qu'elle était gagnée à l'accusation.

— Je crois, dit-elle, qu'il est inutile de parler très longuement. En deux mots, mon fils prétend…

— Je ne prétends pas, ma mère, dit le comte, j'affirme. J'affirme sous serment que, il y a trois mois, durant les vacances, le tapissier, en reposant les tapis de ce boudoir et de la chambre, a trouvé, dans une rainure de parquet, l'anneau de mariage que j'avais donné à ma femme. Cet anneau, le voici. La date du 23 octobre est gravée à l'intérieur.

— Alors, dit la comtesse, l'anneau que votre femme porte…

— Cet anneau a été commandé par elle en échange du véritable. Sur mes indications, Bernard, mon domestique, après de longues recherches, a fini par découvrir, aux environs de Paris, où il habite maintenant, le petit bijoutier à qui elle s'était adressée. Cet homme se souvient parfaitement, et il est prêt à en témoigner, que sa cliente ne lui a pas fait inscrire une date, mais un nom. Ce nom, il ne se le rappelle pas, mais peut-être l'ouvrier qui travaillait avec lui, dans son magasin, s'en souviendrait-il. Prévenu par lettre que j'avais besoin de ses services, cet homme a répondu hier qu'il était à ma disposition. Ce matin, dès neuf heures, Bernard allait le chercher. Tous deux attendent dans mon cabinet.

Il se tourna vers sa femme.

— Voulez-vous, de votre plein gré, me donner cet anneau ?

Elle articula :

— Vous savez bien, depuis la nuit où vous avez essayé de le prendre à mon insu, qu'il est impossible de l'ôter de mon doigt.

— En ce cas, puis-je donner l'ordre que cet homme monte ? Il a les instruments nécessaires.

— Oui, dit-elle d'une voix faible.

Elle était résignée. En une sorte de vision elle évoquait l'avenir, le scandale, le divorce prononcé contre elle, l'enfant confié par jugement au père, et elle acceptait cela en pensant qu'elle enlèverait son fils, qu'elle partirait avec lui au bout du monde et qu'ils vivraient tous deux, seuls, heureux…

Sa belle-mère lui dit :

— Vous avez été bien légère, Yvonne.

Yvonne fut sur le point de se confesser à elle et de lui demander sa protection. À quoi bon ? Comment admettre que la comtesse d'Origny pût la croire innocente ? Elle ne répliqua point.

Tout de suite, d'ailleurs, le comte rentrait, suivi de son domestique et d'un homme qui portait une trousse sous le bras.

Et le comte dit à cet homme :

— Vous savez de quoi il s'agit ?

— Oui, fit l'ouvrier. Une bague qui est devenue trop petite et qu'il faut trancher… C'est facile… Un coup de pince…

— Et vous examinerez ensuite, dit le comte, si l'inscription qui est à l'intérieur de cet anneau fut bien gravée par vous.

Yvonne observa la pendule. Il était onze heures moins dix. Il lui sembla entendre quelque part dans l'hôtel un bruit de voix qui disputaient, et, malgré elle, un sursaut d'espoir la secoua. Peut-être Velmont avait-il réussi… Mais, le bruit s'étant renouvelé, elle se rendit compte que des marchands ambulants passaient sous ses fenêtres et s'éloignaient.

C'était fini. Horace Velmont n'avait pas pu la secourir. Et elle comprit que, pour retrouver son enfant, il lui faudrait agir par ses propres forces, car les promesses des autres sont vaines.

Elle eut un mouvement de recul. Elle avait vu sur sa main la main sale de l'ouvrier, et ce contact odieux la révoltait.

L'homme s'excusa avec embarras. Le comte dit à sa femme :

— Il faut pourtant vous décider.

Alors elle tendit sa main fragile et tremblante que l'ouvrier saisit de nouveau, qu'il retourna, et appuya sur la table, la paume découverte. Yvonne sentit le froid de l'acier. Elle souhaita mourir, d'un coup, et, s'attachant aussitôt à cette idée de mort, elle pensa à des poisons qu'elle achèterait et qui l'endormiraient presque à son insu.

L'opération fut rapide. De biais, les petites tenailles d'acier repoussèrent la chair, se firent une place, et mordirent la bague. Un effort brutal, la bague se brisa.

Il n'y avait plus qu'à écarter les deux extrémités pour la sortir du doigt. C'est ce que fit l'ouvrier.

Le comte s'exclama, triomphant :

— Enfin nous allons savoir… La preuve est là ! Et nous sommes tous témoins…

Il agrippa l'anneau et regarda l'inscription. Un cri de stupeur lui échappa. L'anneau portait la date de son mariage avec Yvonne : « Vingt-trois octobre. »

Nous étions assis sur la terrasse de Monte-Carlo. Son histoire terminée, Lupin alluma une cigarette et lança paisiblement des bouffées vers le ciel bleu.

Je lui dis :

— Eh bien ?

— Eh bien, quoi ?

— Comment, quoi ? mais la fin de l'aventure…

— La fin de l'aventure ? Mais il n'y en a pas d'autre.

— Voyons vous plaisantez…

— Nullement. Celle-là ne vous suffit pas ? La comtesse est sauvée. Le mari, n'ayant pas la moindre preuve contre elle, est contraint par sa mère à renoncer au divorce et à rendre l'enfant. Voilà tout. Depuis il a quitté sa femme, et celle-ci vit heureuse, avec son fils, un garçon de seize ans.

— Oui… oui… mais la façon dont la comtesse a été sauvée ?

Lupin éclata de rire.

— Mon cher ami…

(Lupin daigne parfois m'appeler de la sorte.)

— Mon cher ami, vous avez peut-être une certaine adresse pour raconter mes exploits, mais fichtre ! il faut mettre les points sur les *i*. Je vous jure que la comtesse n'a pas eu besoin d'explication.

— Je n'ai aucun amour-propre, lui répondis-je en riant. Mettez les points sur les *i*.

Il prit une pièce de cinq francs et referma la main sur elle.

— Qu'y a-t-il dans cette main ?

— Une pièce de cinq francs.

Il ouvrit la main. La pièce de cinq francs n'y était pas.

— Vous voyez comme c'est facile ! Un ouvrier bijoutier coupe avec des tenailles une bague sur laquelle est gravé un nom, mais il en présente une autre sur laquelle est gravée la date du 23 octobre. C'est un simple tour d'escamotage, et j'ai celui-là dans le fond de mon sac, ainsi que beaucoup d'autres. Bigre ! J'ai travaillé six mois avec Pickmann.

— Mais alors…

— Allez-y donc !

— L'ouvrier bijoutier ?

— C'était Horace Velmont !… C'était ce brave Lupin ! En quittant la comtesse à trois heures du matin, j'ai profité des quelques minutes qui me restaient avant l'arrivée du mari pour inspecter son cabinet de travail. Sur la table, j'ai trouvé la lettre que l'ouvrier bijoutier avait écrite. Cette lettre me donnait l'adresse. Moyennant quelques louis j'ai pris la place de l'ouvrier, et je suis venu avec un anneau d'or coupé et gravé d'avance. Passez, muscade. Le comte n'y a vu que du feu.

— Parfait, m'écriai-je.

Et j'ajoutai, un peu ironique à mon tour :

— Mais ne croyez-vous pas que vous-mêmes fûtes quelque peu dupé en l'occurrence ?

— Ah ! Et par qui ?

— Par la comtesse.

— En quoi donc ?

— Dame ! Ce nom inscrit comme un talisman... Ce beau ténébreux qui l'aima et souffrit pour elle... Tout cela me paraît fort invraisemblable, et je me demande si, tout Lupin que vous soyez, vous n'êtes pas tombé au milieu d'un joli roman d'amour bien réel et pas trop innocent.

Lupin me regarda de travers.

— Non, dit-il.

— Comment le savez-vous ?

— Si la comtesse altéra la vérité en me disant qu'elle avait connu cet homme avant son mariage et qu'il était mort, et si elle l'aima dans le secret de son cœur, j'ai du moins la preuve que cet amour fut idéal, et que lui, ne le soupçonna pas.

— Et cette preuve ?

— Elle est inscrite au creux de la bague que j'ai brisée moi-même au doigt de la comtesse et que je porte. La voici. Vous pouvez lire le nom qu'elle avait fait graver.

Il me donna la bague. Je lus « Horace Velmont ».

Il y eut entre Lupin et moi un instant de silence, et, l'ayant observé, je notai sur son visage une certaine émotion, un peu de mélancolie.

Je repris :

— Pourquoi vous êtes-vous résolu à me raconter cette histoire à laquelle vous avez fait souvent allusion devant moi ?

— Pourquoi ?

Il me montra, d'un signe, une femme très belle encore qui passait devant nous, au bras d'un jeune homme.

Elle aperçut Lupin et le salua.

— C'est elle, murmura-t-il, c'est elle avec son fils.

— Elle vous a donc reconnu ?

— Elle me reconnaît toujours, quel que soit mon déguisement.

— Mais, depuis le cambriolage du château de Thibermesnil, la police a identifié les deux noms de Lupin et d'Horace Velmont.

— Oui.

— Elle sait par conséquent qui vous êtes ?

— Oui.

— Et elle vous salue ? m'écriai-je malgré moi.

Il m'empoigna le bras, et, violemment :

— Croyez-vous donc que je sois Lupin pour elle ? Croyez-vous que je sois à ses yeux un cambrioleur, un escroc, un gredin ? Mais je serais le dernier des misérables, j'aurais tué, même, qu'elle me saluerait encore.

— Pourquoi ? Parce qu'elle vous a aimé ?

— Allons donc ! ce serait une raison de plus, au contraire, pour qu'elle me méprisât.

— Alors ?

— *Je suis l'homme qui lui a rendu son fils !*

Le signe de l'ombre

— J'ai reçu votre télégramme, me dit, en entrant chez moi, un monsieur à moustaches grises, vêtu d'une redingote marron, et coiffé d'un chapeau à larges bords. Et me voici. Qu'y a-t-il ?

Si je n'avais pas attendu Arsène Lupin, je ne l'aurais certes pas reconnu sous cet aspect de vieux militaire en retraite.

— Qu'y a-t-il ? répliquai-je. Oh ! pas grand-chose, une coïncidence assez bizarre. Et comme il vous plaît de démêler les affaires mystérieuses, au moins autant que de les combiner…

— Et alors ?

— Vous êtes bien pressé !

— Excessivement, si l'affaire en question ne vaut pas la peine que je me dérange. Par conséquent, droit au but.

— Droit au but, allons-y ! Et commencez, je vous prie, par jeter un coup d'œil sur ce petit tableau que j'ai découvert, l'autre semaine, dans un magasin poudreux de la rive gauche, et que j'ai acheté pour son cadre Empire, à double palmette, car la peinture est abominable.

— Abominable, en effet, dit Lupin, au bout d'un instant, mais le sujet lui-même ne manque pas de saveur… ce coin de vieille cour avec sa rotonde à colonnade grecque, son cadran solaire et son bassin, avec son puits délabré au toit Renaissance, avec ses marches et son banc de pierre, tout cela est pittoresque.

— Et authentique, ajoutai-je. La toile, bonne ou mauvaise, n'a jamais été enlevée de son cadre Empire. D'ailleurs, la date est là… Tenez, dans le bas, à gauche, ces chiffres rouges, 15-4-2, qui signifient évidemment 15 avril 1802.

— En effet… en effet… Mais vous parliez d'une coïncidence, et, jusqu'ici, je ne vois pas…

J'allai prendre dans un coin une longue-vue que j'établis sur son trépied et que je braquai vers la fenêtre ouverte d'une petite chambre située en face de mon appartement, de l'autre côté de la rue. Et je priai Lupin de regarder.

Il se pencha. Le soleil, oblique à cette heure, éclairait la chambre où l'on apercevait des meubles d'acajou très simples, un grand lit d'enfant habillé de rideaux en cretonne.

— Ah ! dit Lupin tout à coup, le même tableau !

— Exactement le même ! affirmai-je. Et la date, vous voyez la date en rouge ? 15-4-2.

— Oui, je vois… Et qui demeure dans cette chambre ?

— Une dame ou plutôt une ouvrière, puisqu'elle est obligée de travailler pour vivre… des travaux de couture qui la nourrissent à peine, elle et son enfant.

— Comment s'appelle-t-elle ?

— Louise d'Ernemont. D'après mes renseignements, elle est l'arrière-petite-fille d'un fermier général qui fut guillotiné sous la Terreur.

— Le même jour qu'André Chénier, acheva Lupin. Cet Ernemont, selon les mémoires du temps, passait pour très riche.

Il releva la tête et me demanda :

— L'histoire est intéressante… Pourquoi avez-vous attendu pour me la raconter ?

— Parce que c'est aujourd'hui le 15 avril.

— Eh bien ?

— Eh bien, depuis hier, je sais – un bavardage de concierge – que le 15 avril occupe une place importante dans la vie de Louise d'Ernemont.

— Pas possible !

— Contrairement à ses habitudes, elle qui travaille tous les jours, qui tient en ordre les deux pièces dont se compose son appartement, qui prépare le déjeuner que sa fille prendra au retour de l'école communale… le 15 avril, elle sort avec la petite vers dix heures, et ne rentre qu'à la nuit tombante. Cela, depuis des années, et quel que soit le temps. Avouez que c'est étrange, cette date que je trouve sur un vieux tableau analogue, et qui règle la sortie annuelle de la descendante du fermier général Ernemont.

— Étrange… Vous avez raison…, prononça Lupin d'une voix lente. Et l'on ne sait pas où elle va ?

— On l'ignore. Elle ne s'est confiée à personne. D'ailleurs elle parle très peu.

— Vous êtes sûr de vos informations ?

— Tout à fait sûr. Et la preuve qu'elles sont exactes, tenez, la voici.

Une porte s'était ouverte en face, livrant passage à une petite fille de sept à huit ans, qui vint se mettre à la fenêtre. Une dame apparut derrière elle, assez grande, encore jolie, l'air doux et mélancolique. Toutes deux étaient prêtes, habillées de vêtements simples, mais qui dénotaient chez la mère un souci d'élégance.

— Vous voyez, murmurai-je, elles vont sortir.

De fait, après un moment, la mère prit l'enfant par la main, et elles quittèrent la chambre.

Lupin saisit son chapeau.

— Venez-vous ?

Une curiosité trop vive me stimulait pour que je fisse la moindre objection. Je descendis avec Lupin.

En arrivant dans la rue, nous aperçûmes ma voisine qui entrait chez un boulanger. Elle acheta deux petits pains qu'elle plaça dans un menu panier que portait sa fille et qui semblait déjà contenir des provisions. Puis elles se dirigèrent du côté des boulevards extérieurs, qu'elles suivirent jusqu'à la place de l'Étoile. L'avenue Kléber les conduisit à l'entrée de Passy.

Lupin marchait silencieusement, avec une préoccupation visible que je me réjouissais d'avoir provoquée. De temps à autre, une phrase me montrait le fil de ses réflexions, et je pouvais constater que l'énigme demeurait entière pour lui comme pour moi.

Louise d'Ernemont cependant avait obliqué sur la gauche par la rue Raynouard, vieille rue paisible où Franklin et Balzac vécurent, et qui, bordée d'anciennes maisons et de jardins discrets, vous donne une impression de province. Au pied du coteau qu'elle domine, la Seine coule, et des ruelles descendent vers le fleuve.

C'est l'une de ces ruelles, étroite, tortueuse, déserte, que prit ma voisine. Il y avait d'abord à droite une maison dont la façade donnait sur la rue Raynouard, puis un mur moisi, d'une hauteur peu commune, soutenu de contreforts, hérissé de tessons de bouteilles.

Vers le milieu, une porte basse en forme d'arcade le trouait, devant laquelle Louise d'Ernemont s'arrêta, et qu'elle ouvrit à l'aide d'une clef qui nous parut énorme. La mère et la fille entrèrent.

— En tout cas, me dit Lupin, elle n'a rien à cacher, car elle ne s'est pas retournée une seule fois…

Il avait à peine achevé cette phrase qu'un bruit de pas retentit derrière nous. C'étaient deux vieux mendiants, un homme et une femme déguenillés, sales, crasseux, couverts de haillons. Ils passèrent sans prêter attention à notre présence. L'homme sortit de sa besace une clef semblable à celle de ma voisine, et l'introduisit dans la serrure. La porte se referma sur eux.

Et tout de suite, au bout de la ruelle, un bruit d'automobile qui s'arrête. Lupin m'entraîna cinquante mètres plus bas, dans un renfoncement qui suffisait à nous dissimuler. Et nous vîmes descendre, un petit chien sous le bras, une jeune femme très élégante, parée de bijoux, les yeux trop noirs, les lèvres trop rouges, et les cheveux trop blonds. Devant la porte, même manœuvre, même clef… La demoiselle au petit chien disparut.

— Ça commence à devenir amusant, ricana Lupin. Quel rapport ces gens-là peuvent-ils avoir les uns avec les autres ?

Successivement débouchèrent deux dames âgées, maigres, assez misérables d'aspect, et qui se ressemblaient comme deux sœurs puis un valet de chambre ; puis un caporal d'infanterie ; puis un gros monsieur vêtu d'une jaquette malpropre et rapiécée ; puis une famille d'ouvriers, tous les six pâles, maladifs, l'air de gens qui ne mangent pas à leur faim. Et chacun des nouveaux venus arrivait avec un panier ou un filet rempli de provisions.

— C'est un pique-nique, m'écriai-je.

— De plus en plus étonnant, articula Lupin, et je ne serai tranquille que quand je saurai ce qui se passe derrière ce mur.

L'escalader, c'était impossible. En outre nous vîmes qu'il aboutissait, au bas de la ruelle comme en haut, à deux maisons dont aucune fenêtre ne donnait sur l'enclos.

Nous cherchions vainement un stratagème, quand, tout à coup, la petite porte se rouvrit et livra passage à l'un des enfants de l'ouvrier.

Le gamin monta en courant jusqu'à la rue Raynouard. Quelques minutes après, il rapportait deux bouteilles d'eau, qu'il déposa pour sortir de sa poche la grosse clef.

À ce moment, Lupin m'avait déjà quitté et longeait le mur d'un pas lent comme un promeneur qui flâne. Lorsque l'enfant, après avoir pénétré dans l'enclos, repoussa la porte, il fit un bond et planta la pointe de son couteau dans la gâche de la serrure. Le pêne n'étant pas engagé, un effort suffit pour que le battant s'entrebâillât.

— Nous y sommes, dit Lupin.

Il passa la tête avec précaution, puis, à ma grande surprise, entra franchement. Mais, ayant suivi son exemple, je pus constater que, à dix mètres en arrière du mur, un massif de lauriers élevait comme un rideau qui nous permettait d'avancer sans être vus.

Lupin se posta au milieu du massif. Je m'approchai et, ainsi que lui, j'écartai les branches d'un arbuste. Le spectacle qui s'offrit alors à mes yeux était si imprévu, que je ne pus retenir une exclamation, tandis que, de son côté, Lupin jurait entre ses dents :

– Crebleu ! celle-là est drôle !

Nous avions devant nous, dans l'espace restreint qui s'étendait entre les deux maisons sans fenêtres, le même décor que représentait le vieux tableau acheté par moi chez un brocanteur !

Le même décor ! Au fond, contre un second mur, la même rotonde grecque offrait sa colonnade légère. Au centre, les mêmes bancs de pierre dominaient un cercle de quatre marches qui descendaient vers un bassin aux dalles moisies. Sur la gauche, le même puits dressait son toit de fer ouvragé, et tout près, le même cadran solaire montrait la flèche de son stylet et sa table de marbre.

Le même décor ! Et ce qui ajoutait à l'étrangeté du spectacle, c'était le souvenir, obsédant pour Lupin et pour moi, de cette date du 15 avril, et c'était l'idée que précisément ce jour-là nous étions le 15 avril, et que seize à dix-huit personnes, si différentes d'âge, de condition et de manières, avaient choisi le 15 avril pour se rassembler en ce coin perdu de Paris.

Toutes, à la minute où nous les vîmes, assises par groupes isolés sur les bancs et les marches, elles mangeaient. Non loin de ma voisine et de sa fille, la famille d'ouvriers et le couple de mendiants fusionnaient, tandis que le valet de chambre, le monsieur à la jaquette malpropre, le caporal d'infanterie et les deux sœurs maigres réunissaient leurs tranches de jambon, leurs boîtes de sardines et leur fromage de Gruyère.

Il était alors une heure et demie. Le mendiant sortit sa pipe ainsi que le gros monsieur. Les hommes se mirent à fumer près de la rotonde et les femmes les rejoignirent. D'ailleurs, tous ces gens avaient l'air de se connaître.

Ils se trouvaient assez loin de nous, de sorte que nous n'entendions pas leurs paroles. Cependant, nous vîmes que la conversation devenait animée. La demoiselle au petit chien surtout, très entourée maintenant, pérorait et faisait de grands gestes qui incitaient le petit chien à des aboiements furieux.

Mais soudain il y eut une exclamation et, aussitôt, des cris de colère, et tous, hommes et femmes, ils s'élancèrent en désordre vers le puits.

Un des gamins de l'ouvrier en surgissait à ce moment, attaché par la ceinture au crochet de fer qui termine la corde, et les trois autres gamins le remontaient en tournant la manivelle.

Plus agile, le caporal se jeta sur lui, et, tout de suite, le valet de chambre et le gros monsieur l'agrippèrent, tandis que les mendiants et les sœurs maigres se battaient avec le ménage ouvrier.

En quelques secondes, il ne restait plus à l'enfant que sa chemise. Maître des vêtements, le valet de chambre se sauva, poursuivi par le caporal qui lui arracha la culotte, laquelle fut reprise au caporal par une des sœurs maigres.

— Ils sont fous ! murmurai-je, absolument ahuri.

— Mais non, mais non, dit Lupin.

— Comment ! vous y comprenez donc quelque chose ?

À la fin, Louise d'Ernemont qui, après le débat, s'était posée en conciliatrice, réussit à apaiser le tumulte. On s'assit de nouveau, mais il y eut une réaction chez tous ces gens exaspérés, et ils demeurèrent immobiles et taciturnes, comme harassés de fatigue.

Et du temps s'écoula. Impatienté, et commençant à souffrir de la faim, j'allai chercher jusqu'à la rue Raynouard quelques provisions, que nous nous partageâmes tout en surveillant les acteurs de la comédie incompréhensible qui se jouait sous nos yeux. Chaque minute semblait les accabler d'une tristesse croissante, et ils prenaient des attitudes découragées, courbaient le dos de plus en plus et s'absorbaient dans leurs méditations.

— Vont-ils coucher là ? prononçai-je avec ennui.

Mais, vers cinq heures, le gros monsieur à la jaquette malpropre tira sa montre. On l'imita, et tous, leur montre à la main, ils parurent attendre avec anxiété un événement qui devait avoir pour eux une importance considérable. L'événement ne se produisit pas, car, au bout de quinze à vingt minutes, le gros monsieur eut un geste de désespoir, se leva et mit son chapeau.

Alors des lamentations retentirent. Les deux sœurs maigres et la femme de l'ouvrier se jetèrent à genoux et firent le signe de la croix. La demoiselle au petit chien et la mendiante s'embrassèrent en sanglotant, et nous surprîmes Louise d'Ernemont qui serrait sa fille contre elle, d'un mouvement triste.

— Allons-nous-en, dit Lupin.

— Vous croyez que la séance est finie ?

— Oui, et nous n'avons que le temps de filer.

Nous partîmes sans encombre. Au haut de la rue Raynouard, Lupin tourna sur sa gauche et, me laissant dehors, entra dans la première maison, celle qui dominait l'enclos.

Après avoir conversé quelques instants avec le concierge, il me rejoignit et nous arrêtâmes une automobile.

— Rue de Turin, 34, dit-il au chauffeur.

Au 34 de cette rue, le rez-de-chaussée était occupé par une étude de notaire et, presque aussitôt, nous fûmes introduits dans le cabinet de Me Valandier, homme d'un certain âge, affable et souriant.

Lupin se présenta sous le nom du capitaine en retraite Janniot. Il voulait se faire bâtir une maison selon ses goûts, et on lui avait parlé d'un terrain sis auprès de la rue Raynouard.

— Mais ce terrain n'est pas à vendre ! s'écria Me Valandier.

— Ah ! on m'avait dit…

— Nullement… nullement…

Le notaire se leva et prit dans une armoire un objet qu'il nous montra. Je fus confondu. C'était le même tableau que j'avais acheté, le même tableau qui se trouvait chez Louise d'Ernemont.

— Il s'agit du terrain que représente cette toile, le d'Ernemont comme on l'appelle ?

— Précisément.

— Eh bien, reprit le notaire, ce clos faisait partie d'un grand jardin que possédait le fermier général d'Ernemont, exécuté sous la Terreur. Tout ce qui pouvait être vendu, les héritiers le vendirent peu à peu. Mais ce dernier morceau est resté et restera dans l'indivision…, à moins que…

Le notaire se mit à rire.

— À moins que ? interrogea Lupin.

— Oh ! c'est toute une histoire, assez curieuse d'ailleurs, et dont je m'amuse quelquefois à parcourir le dossier volumineux.

— Est-il indiscret ?

— Pas du tout, déclara Me Valandier qui semblait ravi, au contraire, de placer son récit.

Et sans se faire prier, il commença.

— Dès le début de la Révolution, Louis-Agrippa d'Ernemont, sous prétexte de rejoindre sa femme qui vivait à Genève avec leur fille Pauline, ferma son hôtel du faubourg Saint-Germain, congédia ses domestiques, et vint s'installer, ainsi que son fils Charles, dans sa petite maison de Passy où personne ne le connaissait, qu'une vieille servante dévouée. Il y resta caché durant trois ans, et il pouvait espérer que sa retraite ne serait pas découverte lorsqu'un jour, après déjeuner, comme il faisait sa sieste, la vieille servante entra précipitamment dans sa chambre. Elle avait aperçu au bout de la rue une patrouille d'hommes armés qui semblait se diriger vers la maison. Louis d'Ernemont s'apprêta vivement, et, à l'instant où les hommes frappaient, disparut par la porte qui donnait sur le jardin, en criant à son fils d'une voix effacée: «Retiens-les… cinq minutes seulement.» Voulait-il s'enfuir? Trouva-t-il gardées les issues du jardin? Sept ou huit minutes plus tard, il revenait, répondait très calmement aux questions, et ne faisait aucune difficulté pour suivre les hommes. Son fils Charles, bien qu'il n'eût que dix-huit ans, fut également emmené.

— Cela se passait? demanda Lupin.

— Cela se passait le 26 germinal an II, c'est-à-dire le…

Me Valandier s'interrompit, les yeux tournés vers le calendrier qui pendait au mur, et il s'écria:

— Mais c'est justement aujourd'hui. Nous sommes le 15 avril, jour anniversaire de l'arrestation du fermier général.

— Coïncidence bizarre, dit Lupin. Et cette arrestation eut, sans doute, étant donné l'époque, des suites graves?

— Oh ! fort graves, dit le notaire en riant. Trois mois après, au début de Thermidor, le fermier général montait sur l'échafaud. On oublia son fils Charles en prison, et leurs biens furent confisqués.

— Des biens immenses, n'est-ce pas ? fit Lupin.

— Eh voilà ! voilà précisément où les choses se compliquent. Ces biens qui, en effet, étaient immenses, demeurèrent introuvables. On constata que l'hôtel du faubourg Saint-Germain avait été, avant la Révolution, vendu à un Anglais, ainsi que tous les châteaux et terres de province, ainsi que tous les bijoux, valeurs et collections du fermier général. La Convention, puis le Directoire, ordonnèrent des enquêtes minutieuses. Elles n'aboutirent à aucun résultat.

— Il restait tout au moins, dit Lupin, la maison de Passy.

— La maison de Passy fut achetée à vil prix par le délégué même de la Commune qui avait arrêté d'Ernemont, le citoyen Broquet. Le citoyen Broquet s'y enferma, barricada les portes, fortifia les murs, et lorsque Charles d'Ernemont, enfin libéré, se présenta, il le reçut à coups de fusil. Charles intenta des procès, les perdit, promit de grosses sommes. Le citoyen Broquet fut intraitable. Il avait acheté la maison, il la garda, et il l'eût gardée jusqu'à sa mort, si Charles n'avait obtenu l'appui de Bonaparte. Le 12 février 1803, le citoyen Broquet vida les lieux, mais la joie de Charles fut si grande, et sans doute son cerveau avait été bouleversé si violemment par toutes ces épreuves, que, en arrivant au seuil de la maison enfin reconquise, avant même d'ouvrir la porte, il se mit à danser et à chanter. Il était fou !

— Bigre ! murmura Lupin. Et que devint-il ?

– Sa mère et sa sœur Pauline (laquelle avait fini par se marier à Genève avec un de ses cousins) étant mortes toutes deux, la vieille servante prit soin de lui, et ils vécurent ensemble dans la maison de Passy. Des années se passèrent sans événement notable, mais soudain, en 1812, un coup de théâtre. À son lit de mort, devant deux témoins qu'elle appela, la vieille servante fit d'étranges révélations. Elle déclara que, au début de la Révolution, le fermier général avait transporté dans sa maison de Passy des sacs remplis d'or et d'argent, et que ces sacs avaient disparu quelques jours avant l'arrestation. D'après des confidences antérieures de Charles d'Ernemont, qui les tenait de son père, les trésors se trouvaient cachés dans le jardin, entre la rotonde, le cadran solaire et le puits. Comme preuve elle montra trois tableaux, ou plutôt, car ils n'étaient pas encadrés, trois toiles que le fermier général avait peintes durant sa captivité et qu'il avait réussi à lui faire passer avec l'ordre de les remettre à sa femme, à son fils et à sa fille. Tentés par l'appât des richesses, Charles et la vieille bonne avaient gardé le silence. Puis étaient venus les procès, la conquête de la maison, la folie de Charles, les recherches personnelles et inutiles de la servante, et les trésors étaient toujours là.

– Et ils y sont encore, ricana Lupin.

– Et ils y sont toujours, s'écria Me Valandier à moins… à moins que le citoyen Broquet, qui sans doute avait flairé quelque chose, ne les ait dénichés. Hypothèse peu probable, car le citoyen Broquet mourut dans la misère.

– Alors ?

– Alors on chercha. Les enfants de Pauline, la sœur, accoururent de Genève. On découvrit que

Charles s'était marié clandestinement et qu'il avait des fils. Tous ces héritiers se mirent à la besogne.

— Mais Charles ?

— Charles vivait dans la retraite la plus absolue. Il ne quittait pas sa chambre.

— Jamais ?

— Si, et c'est là vraiment ce qu'il y a d'extraordinaire, de prodigieux dans l'aventure. Une fois l'an, Charles d'Ernemont, mû par une sorte de volonté inconsciente, descendait, suivait exactement le chemin que son père avait suivi, traversait le jardin, et s'asseyait tantôt sur les marches de la rotonde, dont vous voyez ici le dessin, tantôt sur la margelle de ce puits. À cinq heures vingt-sept minutes, il se levait et rentrait, et, jusqu'à sa mort, survenue en 1820, il ne manqua pas une seule fois cet incompréhensible pèlerinage. Or ce jour-là, c'était le 15 avril, jour de l'anniversaire de l'arrestation.

Me Valandier ne souriait plus, troublé lui-même par la déconcertante histoire qu'il nous racontait.

Après un instant de réflexion, Lupin demanda :

— Et depuis la mort de Charles ?

— Depuis cette époque, reprit le notaire avec une certaine solennité, depuis bientôt cent ans, les héritiers de Charles et de Pauline d'Ernemont continuent le pèlerinage du 15 avril. Les premières années, des fouilles minutieuses furent pratiquées. Pas un pouce du jardin que l'on ne scrutât, pas une motte de terre que l'on ne retournât. Maintenant, c'est fini. À peine si l'on cherche. À peine si, de temps à autre, sans motif, on soulève une pierre ou l'on explore le puits. Non, ils s'assoient sur les marches de la rotonde comme le pauvre fou, et comme lui attendent. Et, voyez-vous, c'est la tristesse de leur destinée. Depuis cent ans, tous ceux qui se sont succédé, les fils après les pères, tous, ils ont perdu, comment dirais-je ? le ressort de la vie. Ils n'ont plus de courage, plus d'initiative. Ils attendent, ils attendent le 15 avril, et lorsque le 15 avril est arrivé, ils attendent qu'un miracle se produise. Tous, la misère a fini par les vaincre. Mes prédécesseurs et moi, peu à peu, nous avons vendu, d'abord la maison pour en construire une autre de rapport plus fructueux, ensuite des parcelles du jardin, et d'autres parcelles. Mais, ce coin-là, ils aimeraient mieux mourir que de l'aliéner. Là-dessus tout le monde est d'accord, aussi bien Louise d'Ernemont, l'héritière directe de Pauline, que les mendiants, les ouvriers, le valet de chambre, la danseuse de cirque, etc. qui représentent ce malheureux Charles.

Un nouveau silence, et Lupin reprit :

— Votre opinion, maître Valandier ?

— Mon opinion est qu'il n'y a rien. Quel crédit accorder aux dires d'une vieille bonne, affaiblie par l'âge ? Quelle importance attacher aux lubies d'un fou ? En outre, si le fermier général avait réalisé sa fortune, ne croyez-vous point que cette fortune se serait trouvée ? Dans un espace restreint comme celui-là, on cache un papier, un joyau, non pas des trésors.

— Cependant, les tableaux ?

— Oui, évidemment. Mais tout de même, est-ce une preuve suffisante ?

Lupin se pencha sur celui que le notaire avait tiré de l'armoire, et après l'avoir examiné longuement :

— Vous avez parlé de trois tableaux ?

— Oui ; l'un, que voici, fut remis à mon prédécesseur par les héritiers de Charles. Louise d'Ernemont en possède un autre. Quant au troisième, on ne sait ce qu'il est devenu.

Lupin me regarda et continua :

– Et chacun d'eux portait la même date ?

– Oui, inscrite par Charles d'Ernemont lorsqu'il les fit encadrer peu de temps avant sa mort… La même date, 15-4-2, c'est-à-dire le 15 avril an II, selon le calendrier révolutionnaire, puisque l'arrestation eut lieu en avril 1794.

– Ah ! bien, parfait, dit Lupin le chiffre 2 signifie…

Il demeura pensif durant quelques instants et reprit :

– Encore une question, voulez-vous ? Personne ne s'est jamais offert pour résoudre ce problème ?

Me Valendier leva les bras.

– Que dites-vous là, s'écria-t-il. Mais ce fut la plaie de l'étude. De 1820 à 1843, un de mes prédécesseurs, Me Turbon, a été convoqué dix-huit fois à Passy par le groupe des héritiers auxquels des imposteurs, des tireurs de cartes, des illuminés avaient promis de découvrir les trésors du fermier général. À la fin, une règle fut établie : toute personne étrangère qui voulait opérer des recherches devait, au préalable, déposer une certaine somme.

– Quelle somme ?

– Cinq mille francs. En cas de réussite, le tiers des trésors revient à l'individu. En cas d'insuccès, le dépôt reste acquis aux héritiers. Comme ça, je suis tranquille.

– Voici les cinq mille francs.

Le notaire sursauta.

– Hein ! que dites-vous ?

— Je dis, répéta Lupin en sortant cinq billets de sa poche, et en les étalant sur la table avec le plus grand calme, je dis que voici le dépôt de cinq mille francs. Veuillez m'en donner reçu, et convoquer tous les héritiers d'Ernemont pour le 15 avril de l'année prochaine, à Passy.

Le notaire n'en revenait pas. Moi-même, quoique Lupin m'eût habitué à ces coups de théâtre, j'étais fort surpris.

— C'est sérieux ? articula Me Valandier.

— Absolument sérieux.

— Pourtant je ne vous ai pas caché mon opinion. Toutes ces histoires invraisemblables ne reposent sur aucune preuve.

— Je ne suis pas de votre avis, déclara Lupin.

Le notaire le regarda comme on regarde un monsieur dont la raison n'est pas très saine. Puis, se décidant, il prit la plume et libella, sur papier timbré, un contrat qui mentionnait le dépôt du capitaine en retraite Janniot, et lui garantissait un tiers des sommes par lui découvertes.

— Si vous changez d'avis, ajouta-t-il, je vous prie de m'en avertir huit jours d'avance. Je ne préviendrai la famille d'Ernemont qu'au dernier moment, afin de ne pas donner à ces pauvres gens un espoir trop long.

— Vous pouvez les prévenir dès aujourd'hui, maître Valandier. Ils passeront, de la sorte, une année meilleure.

On se quitta. Aussitôt dans la rue, je m'écriai :

— Vous savez donc quelque chose ?

— Moi ? répondit Lupin, rien du tout. Et c'est là, précisément, ce qui m'amuse.

— Mais il y a cent ans que l'on cherche !

— Il s'agit moins de chercher que de réfléchir. Or j'ai trois cent soixante-cinq jours pour réfléchir. C'est trop, et je risque d'oublier cette affaire, si intéressante qu'elle soit. Cher ami, vous aurez l'obligeance de me la rappeler, n'est-ce pas ?

Je la lui rappelai à diverses reprises pendant les mois qui suivirent, sans que, d'ailleurs, il parût y attacher beaucoup d'importance. Puis il y eut toute une période durant laquelle je n'eus pas l'occasion de le voir. C'était l'époque, je le sus depuis, du voyage qu'il fit en Arménie, et de la lutte effroyable qu'il entreprit contre le Sultan rouge, lutte qui se termina par l'effondrement du despote.

Je lui écrivais toutefois à l'adresse qu'il m'avait donnée, et je pus ainsi lui communiquer que certains renseignements obtenus de droite et de gauche sur ma voisine, Louise d'Ernemont, m'avaient révélé l'amour qu'elle avait eu, quelques années auparavant, pour un jeune homme très riche, qui l'aimait encore, mais qui, contraint par sa famille, avait dû l'abandonner, ainsi que le désespoir de la jeune femme, la vie courageuse qu'elle menait avec sa fille.

Lupin ne répondit à aucune de mes lettres. Les recevait-il ? La date approchait cependant, et je n'étais pas sans me demander si ses nombreuses entreprises ne l'empêcheraient pas de venir au rendez-vous fixé.

De fait, le matin du 15 avril arriva, et j'avais fini de déjeuner que Lupin n'était pas encore là. À midi un quart, je m'en allai et me fis conduire à Passy.

Tout de suite, dans la ruelle, j'avisai les quatre gamins de l'ouvrier qui stationnaient devant la porte. Averti par eux, Me Valandier accourut à ma rencontre.

— Eh bien, le capitaine Janniot ? s'écria-t-il.

— Il n’est pas ici ?

— Non, et je vous prie de croire qu’on l’attend avec impatience.

Les groupes, en effet, se pressaient autour du notaire, et tous ces visages, que je reconnus, n’avaient plus leur expression morne et découragée de l’année précédente.

— Ils espèrent, me dit Me Valandier, et c’est ma faute. Que voulez-vous… Votre ami m’a laissé un tel souvenir que j’ai parlé à ces braves gens avec une confiance que je n’éprouve pas. Mais, tout de même, c’est un drôle de type que ce capitaine Janniot…

Il m’interrogea, et je lui donnai, sur le capitaine, des indications quelque peu fantaisistes que les héritiers écoutaient en hochant la tête.

Louise d’Ernemont murmura :

— Et s’il ne vient pas ?

— Nous aurons toujours les cinq mille francs à nous partager, dit le mendiant.

N’importe ! La parole de Louise d’Ernemont avait jeté un froid. Les visages se renfrognèrent, et je sentis comme une atmosphère d’angoisse qui pesait sur nous.

À une heure et demie, les deux sœurs maigres s’assirent, prises de défaillance. Puis le gros monsieur à la jaquette malpropre eut une révolte subite contre le notaire.

— Parfaitement, maître Valandier, vous êtes responsable… Vous auriez dû amener le capitaine de gré ou de force… Un farceur, évidemment.

Il me regarda d’un œil mauvais et le valet de chambre, de son côté, maugréa des injures à mon adresse.

Mais l'aîné des gamins surgit à la porte en criant :

— Voilà quelqu'un ! Une motocyclette !

Le bruit d'un moteur grondait par-delà le mur. Au risque de se rompre les os, un homme à motocyclette dégringolait la ruelle. Brusquement, devant la porte, il bloqua ses freins et sauta de machine.

Sous la couche de poussière qui le recouvrait comme d'une enveloppe, on pouvait voir que ses vêtements gros bleu, que son pantalon au pli bien formé n'étaient point ceux d'un touriste, pas plus que son chapeau de feutre noir ni que ses bottines vernies.

— Mais ce n'est pas le capitaine Janniot, clama le notaire qui hésitait à le reconnaître.

— Si, affirma Lupin en nous tendant la main, c'est le capitaine Janniot, seulement j'ai fait couper ma moustache… Maître Valandier, voici le reçu que vous avez signé.

Il saisit un des gamins par le bras et lui dit :

— Cours à la station de voitures et ramène une automobile jusqu'à la rue Raynouard. Galope, j'ai un rendez-vous urgent à deux heures et quart.

Il y eut des gestes de protestation. Le capitaine Janniot tira sa montre.

— Eh quoi ! il n'est que deux heures moins douze. J'ai quinze bonnes minutes. Mais pour Dieu que je suis fatigué ! et surtout comme j'ai faim !

En hâte le caporal lui tendit son pain de munition qu'il mordit à pleines dents, et s'étant assis, il prononça :

— Vous m'excuserez. Le rapide de Marseille a déraillé entre Dijon et Laroche. Il y a une quinzaine de morts, et des blessés que j'ai dû secourir. Alors, dans le fourgon des bagages, j'ai trouvé cette motocyclette…

Maître Valandier, vous aurez l'obligeance de la faire remettre à qui de droit. L'étiquette est encore attachée au guidon. Ah ! te voici de retour, gamin. L'auto est là ? Au coin de la rue Raynouard ? À merveille.

Il consulta sa montre.

— Eh ! Eh ! pas de temps à perdre.

Je le regardais avec une curiosité ardente. Mais quelle devait être l'émotion des héritiers d'Ernemont ! Certes, ils n'avaient pas, dans le capitaine Janniot, la foi que j'avais en Lupin. Cependant leurs figures étaient blêmes et crispées.

Lentement le capitaine Janniot se dirigea vers la gauche et s'approcha du cadran solaire. Le piédestal en était formé par un homme au torse puissant, qui portait, sur les épaules, une table de marbre dont le temps avait tellement usé la surface qu'on distinguait à peine les lignes des heures gravées. Au-dessus un Amour, aux ailes déployées, tenait une longue flèche qui servait d'aiguille.

Le capitaine resta penché environ une minute, les yeux attentifs.

Puis il demanda :

— Un couteau, s'il vous plaît ?

Deux heures sonnèrent quelque part. À cet instant précis, sur le cadran illuminé de soleil, l'ombre de la flèche se profilait suivant une cassure du marbre qui coupait le disque à peu près par le milieu.

Le capitaine saisit le couteau qu'on lui tendait. Il l'ouvrit. Et à l'aide de la pointe, très doucement, il commença à gratter le mélange de terre, de mousse et de lichen qui remplissait l'étroite cassure.

Tout de suite, à dix centimètres du bord, il s'arrêta, comme si son couteau eût rencontré un obstacle, enfonça l'index et le pouce, et retira un menu objet qu'il frotta entre les paumes de ses mains et offrit ensuite au notaire.

– Tenez, maître Valandier, voici toujours quelque chose.

C'était un diamant énorme, de la grosseur d'une noisette, et taillé de façon admirable.

Le capitaine se remit à la besogne. Presque aussitôt, nouvelle halte. Un second diamant, superbe et limpide comme le premier, apparut.

Et puis il en vint un troisième, et un quatrième.

Une minute après, tout en suivant d'un bord à l'autre la fissure, et sans creuser certes à plus d'un centimètre et demi de profondeur, le capitaine avait retiré dix-huit diamants de la même grosseur.

Durant cette minute il n'y eut pas, autour du cadran solaire, un seul cri, pas un seul geste. Une sorte de stupeur anéantissait les héritiers. Puis le gros monsieur murmura :

– Crénom de crénom !

Et le caporal gémit :

– Ah ! mon capitaine… mon capitaine…

Les deux sœurs tombèrent évanouies. La demoiselle au petit chien se mit à genoux et pria, tandis que le domestique titubant, l'air d'un homme ivre, se tenait la tête à deux mains, et que Louise d'Ernemont pleurait.

Lorsque le calme fut rétabli et qu'on voulut remercier le capitaine Janniot, on s'aperçut qu'il était parti.

Ce n'est qu'au bout de plusieurs années que l'occasion se présenta, pour moi, d'interroger Lupin au sujet de cette affaire. En veine de confidences, il me répondit :

– L'affaire des dix-huit diamants ? Mon Dieu, quand je songe que trois ou quatre générations de mes semblables en ont cherché la solution !

– Et les dix-huit diamants étaient là, sous un peu de poussière ! Mais comment avez-vous deviné ?

– Je n'ai pas deviné. J'ai réfléchi. Ai-je eu même besoin de réfléchir ? Dès le début, je fus frappé par ce fait que toute l'aventure était dominée par une question primordiale : la question de temps. Lorsqu'il avait encore sa raison, Charles d'Ernemont inscrivait une date sur les trois tableaux. Plus tard, dans les ténèbres où il se débattait, une petite lueur d'intelligence le conduisait chaque année au centre du vieux jardin, et la même lueur l'en éloignait chaque année, au même instant, c'est-à-dire à cinq heures vingt-sept minutes. Qu'est-ce qui réglait de la sorte le mécanisme déréglé de ce cerveau ? Quelle force supérieure mettait en mouvement le pauvre fou ? Sans aucun doute, la notion instinctive du Temps que représentait, sur les tableaux du fermier général, le cadran solaire. C'était la révolution annuelle de la terre autour du soleil qui ramenait à date fixe Charles d'Ernemont dans le jardin de Passy. Et c'était la révolution diurne qui l'en chassait à heure fixe, c'est-à-dire à l'heure, probablement, où le soleil, caché par des obstacles différents de ceux d'aujourd'hui, n'éclairait plus le jardin de Passy. Or tout cela, le cadran solaire en était le symbole même. Et c'est pourquoi, tout de suite, je sus où il fallait chercher.

– Mais l'heure de la recherche, comme l'avez-vous établie ?

– Tout simplement d'après les tableaux. Un homme vivant à cette époque, comme Charles d'Ernemont, eût inscrit 26 germinal an II, ou 15 avril 1794, mais non 15 avril an II. Je suis stupéfait que personne n'y ait songé.

— Le chiffre 2 signifiait donc deux heures ?

— Évidemment. Et voici ce qui dut se passer. Le fermier général commença par convertir sa fortune en bonnes espèces d'or et d'argent. Puis, par surcroît de précaution, avec cet or et cet argent, il acheta dix-huit diamants merveilleux. Surpris par l'arrivée de la patrouille, il s'enfuit dans le jardin. Où cacher les diamants ? Le hasard fit que ses yeux tombèrent sur le cadran. Il était deux heures. L'ombre de la flèche suivait alors la cassure du marbre. Il obéit à ce signe de l'ombre, enfonça dans la poussière les dix-huit diamants, et revint très calmement se livrer aux soldats.

— Mais l'ombre de la flèche se rencontre tous les jours à deux heures avec la cassure du marbre, et non pas seulement le 15 avril.

— Vous oubliez, mon cher ami, qu'il s'agit d'un fou et que, lui, n'a retenu que cette date, le 15 avril.

— Soit, mais vous, du moment que vous aviez déchiffré l'énigme, il vous était facile, depuis un an, de vous introduire dans l'enclos et de dérober les diamants.

— Très facile, et je n'eusse certes pas hésité, si j'avais eu affaire à d'autres gens. Mais vrai, ces malheureux m'ont fait pitié. Et puis, vous connaissez cet idiot de Lupin : l'idée d'apparaître tout d'un coup en génie bienfaisant et d'épater son semblable, lui ferait commettre toutes les bêtises.

— Bah ! m'écriai-je, la bêtise n'est pas si grande. Six beaux diamants ! Voilà un contrat que les héritiers d'Ernemont ont dû remplir avec joie.

Lupin me regarda et, soudain, éclatant de rire :

— Vous ne savez donc pas ? Ah ! celle-là est bien bonne… La joie des héritiers d'Ernemont… Mais, mon cher ami, le lendemain ce brave capitaine Janniot avait autant d'ennemis mortels ! Le lendemain les deux sœurs maigres et le gros monsieur organisaient la résistance. Le contrat ? Aucune valeur, puisque, et c'était facile à le prouver, il n'y avait point de capitaine Janniot. « Le capitaine Janniot ! D'où sort cet aventurier ? Qu'il nous attaque et l'on verra ! »

— Louise d'Ernemont, elle-même ?

— Non, Louise d'Ernemont protesta contre cette infamie. Mais que pouvait-elle ? D'ailleurs, devenue riche, elle retrouva son fiancé. Je n'entendis plus parler d'elle.

— Et alors ?

— Et alors, mon cher ami, pris au piège, légalement impuissant, j'ai dû transiger et accepter pour ma part un modeste diamant, le plus petit et le moins beau. Allez donc vous mettre en quatre pour rendre service à votre prochain !

Et Lupin bougonna entre ses dents :

— Ah ! la reconnaissance, quelle fumisterie ! Heureusement que les honnêtes gens ont pour eux leur conscience, et la satisfaction du devoir accompli.

Le piège infernal

Après la course, un flot de personnes qui s'écoulait vers la sortie de la tribune ayant passé contre lui, Nicolas Dugrival porta vivement la main à la poche intérieure de son veston. Sa femme lui dit :

— Qu'est-ce que tu as ?

— Je suis toujours inquiet… avec cet argent ! J'ai peur d'un mauvais coup.

Elle murmura :

— Aussi je ne te comprends pas. Est-ce qu'on garde sur soi une pareille somme ! Toute notre fortune… Nous avons eu pourtant assez de mal à la gagner.

— Bah ! dit-il, est-ce qu'on sait qu'elle est là, dans ce portefeuille ?

— Mais si, mais si, bougonna-t-elle. Tiens, le petit domestique que nous avons renvoyé la semaine dernière le savait parfaitement. N'est-ce pas, Gabriel ?

— Oui, ma tante, fit un jeune homme qui se tenait à ses côtés.

Les époux Dugrival et leur neveu Gabriel étaient très connus sur les hippodromes, où les habitués les voyaient presque chaque jour. Dugrival, gros homme au teint rouge, l'aspect d'un bon vivant ; sa femme, lourde également, le masque vulgaire, toujours vêtue d'une robe de soie prune dont l'usure était trop visible ; le neveu, tout jeune, mince, la figure pâle, les yeux noirs, les cheveux blonds et un peu bouclés.

En général, le ménage restait assis pendant toute la réunion. C'était Gabriel qui jouait pour son oncle, surveillant les chevaux au paddock, recueillant des tuyaux de droite et de gauche parmi les groupes des jockeys et des lads, faisant la navette entre les tribunes et le pari mutuel.

La chance, ce jour-là, leur fut favorable, car, trois fois, les voisins de Dugrival virent le jeune homme qui lui rapportait de l'argent.

La cinquième course se terminait. Dugrival alluma un cigare. À ce moment, un monsieur sanglé dans une jaquette marron, et dont le visage se terminait par une barbiche grisonnante, s'approcha de lui et demanda d'un ton de confidence :

— Ce n'est pas à vous, monsieur, qu'on aurait volé ceci ?

Il exhibait en même temps une montre en or, munie de sa chaîne.

Dugrival sursauta.

— Mais oui… mais oui… c'est à moi… Tenez, mes initiales sont gravées N. D… Nicolas Dugrival.

Et aussitôt il plaqua la main sur la poche de son veston avec un geste d'effroi. Le portefeuille s'y trouvait encore.

— Ah ! fit-il bouleversé, j'ai eu de la chance… Mais tout de même, comment a-t-on pu ?… Connaît-on le coquin ?

— Oui, nous le tenons, il est au poste. Veuillez avoir l'obligeance de me suivre, nous allons éclaircir cette affaire.

— À qui ai-je l'honneur ?…

— M. Delangle, inspecteur de la Sûreté. J'ai déjà prévenu M. Marquenne, l'officier de paix.

Nicolas Dugrival sortit avec l'inspecteur, et tous deux, contournant les tribunes, se dirigèrent vers le commissariat. Ils en étaient à une cinquantaine de pas, quand l'inspecteur fut abordé par quelqu'un qui lui dit en hâte :

— Le type à la montre a bavardé, nous sommes sur la piste de toute une bande. M. Marquenne vous prie d'aller l'attendre au pari mutuel et de surveiller les alentours de la quatrième baraque.

Il y avait foule devant le pari mutuel, et l'inspecteur Delangle maugréa :

— C'est idiot, ce rendez-vous… Et puis qui dois-je surveiller ? M. Marquenne n'en fait jamais d'autres…

Il écarta des gens qui le pressaient de trop près.

— Fichtre ! Il faut jouer des coudes et tenir son porte-monnaie. C'est comme cela que vous avez été pincé, monsieur Dugrival.

— Je ne m'explique pas…

— Oh ! si vous saviez comment ces messieurs opèrent… On n'y voit que du feu. L'un vous marche sur le pied, l'autre vous éborgne avec sa canne, et le troisième vous subtilise votre portefeuille. En trois gestes, c'est fini… Moi qui vous parle, j'y ai été pris.

Il s'interrompit, et, d'un air furieux :

— Mais sacré nom, nous n'allons pas moisir ici ! Quelle cohue… Ce n'est pas supportable… Ah ! M. Marquenne, là-bas, qui nous fait signe… Un moment, je vous prie… et surtout ne bougez pas.

À coups d'épaule, il se fraya un passage dans la foule.

Nicolas Dugrival le suivit un instant des yeux. L'ayant perdu de vue, il se tint un peu à l'écart pour n'être point bousculé.

Quelques minutes s'écoulèrent. La sixième course allait commencer, lorsque Dugrival aperçut sa femme et son neveu qui le cherchaient. Il leur expliqua que l'inspecteur Delangle se concertait avec l'officier de paix.

— Tu as toujours ton argent? lui demanda sa femme.

— Parbleu, répondit-il, je te jure que l'inspecteur et moi, nous ne nous laissions pas serrer de trop près.

Il tâta son veston, étouffa un cri, enfonça la main dans sa poche, et se mit à bredouiller des syllabes confuses, tandis que Mme Dugrival, épouvantée, bégayait :

— Quoi ! qu'est-ce qu'il y a ?

— Volé, gémit-il, le portefeuille… les cinquante billets…

— Pas vrai ! s'exclama-t-elle, pas vrai !

— Si, l'inspecteur, un escroc, c'est lui…

Elle poussa de véritables hurlements.

— Au voleur ! on a volé mon mari ! Cinquante mille francs, nous sommes perdus… Au voleur !

Très vite, ils furent entourés d'agents et conduits au commissariat. Dugrival se laissait faire, absolument ahuri. Sa femme continuait à vociférer, accumulant des explications, poursuivant d'invectives le faux inspecteur.

— Qu'on le cherche ! Qu'on le trouve ! Une jaquette marron la barbe en pointe… Ah ! le misérable, ce qu'il nous a roulés… Cinquante mille francs… Mais…, mais… Qu'est-ce que tu fais, Dugrival ?

D'un bond elle se jeta sur son mari. Trop tard... Il avait appliqué contre sa tempe le canon d'un revolver. Une détonation retentit. Dugrival tomba. Il était mort.

On n'a pas oublié le bruit que firent les journaux à propos de cette affaire, et comment ils saisirent l'occasion pour accuser une fois de plus la police d'incurie et de maladresse. Était-il admissible qu'un pickpocket pût ainsi, en plein jour et dans un endroit public, jouer le rôle d'inspecteur et dévaliser impunément un honnête homme ?

La femme de Nicolas Dugrival entretenait les polémiques par ses lamentations et les interviews qu'elle accordait. Un reporter avait réussi à la photographier devant le cadavre de son mari, tandis qu'elle étendait la main et qu'elle jurait de venger le mort. Debout, près d'elle, son neveu Gabriel montrait un visage haineux. Lui aussi, en quelques mots prononcés à voix basse et d'un ton de décision farouche, avait fait le serment de poursuivre et d'atteindre le meurtrier.

On dépeignait le modeste intérieur qu'ils occupaient aux Batignolles, et, comme ils étaient dénués de toutes ressources, un journal de sport ouvrit une souscription en leur faveur.

Quant au mystérieux Delangle, il demeurait introuvable. Deux individus furent arrêtés, que l'on dut relâcher aussitôt. On se lança sur plusieurs pistes, immédiatement abandonnées ; on mit en avant plusieurs noms, et, finalement, on accusa Arsène Lupin, qui provoqua la fameuse dépêche du célèbre cambrioleur, dépêche envoyée de New York six jours après l'incident :

Proteste avec indignation contre calomnie inventée par une police aux abois. Envoie mes condoléances aux malheureuses victimes, et donne à mon banquier ordres nécessaires pour que cinquante mille francs leur soient remis. – Lupin.

De fait, le lendemain même du jour où ce télégramme était publié, un inconnu sonnait à la porte de Mme Dugrival et déposait une enveloppe entre ses mains. L'enveloppe contenait cinquante billets de mille francs.

Ce coup de théâtre n'était point fait pour apaiser les commentaires. Mais un autre événement se produisit, qui suscita de nouveau une émotion considérable. Deux jours plus tard, les personnes qui habitaient la même maison que Mme Dugrival et que Gabriel, furent réveillées vers quatre heures du matin par des cris affreux. On se précipita. Le concierge réussit à ouvrir la porte. À la lueur d'une bougie dont un voisin s'était muni, il trouva, dans sa chambre, Gabriel, étendu, des liens aux poignets et aux chevilles, un bâillon sur la bouche, et, dans la chambre voisine, Mme Dugrival qui perdait tout son sang par une large blessure à la poitrine.

Elle murmura :

— L'argent on m'a volé… tous les billets…

Et elle s'évanouit.

Que s'était-il passé ?

Gabriel raconta – et dès qu'elle fut capable de parler, Mme Dugrival compléta le récit de son neveu – qu'il avait été réveillé par l'agression de deux hommes, dont l'un le bâillonnait, tandis que l'autre l'enveloppait de liens. Dans l'obscurité, il n'avait pu voir ces hommes, mais il avait entendu le bruit de la lutte que sa tante soutenait contre eux. Lutte effroyable, déclara Mme Dugrival. Connaissant évidemment les lieux, guidés par on ne sait quelle intuition, les bandits s'étaient dirigés aussitôt vers le petit meuble qui renfermait l'argent, et, malgré la résistance qu'elle avait opposée, malgré ses cris, faisaient main basse sur la liasse de billets. En partant, l'un d'eux, qu'elle mordait au bras, l'avait frappée d'un coup de couteau, puis ils s'étaient enfuis.

— Par où ? lui demanda-t-on.

— Par la porte de ma chambre, et ensuite, je suppose, par celle du vestibule.

— Impossible ! Le concierge les aurait surpris.

Car tout le mystère résidait en ceci : comment les bandits avaient-ils pénétré dans la maison, et comment avaient-ils pu en sortir ? Aucune issue ne s'offrait à eux. Était-ce un des locataires ? Une enquête minutieuse prouva l'absurdité d'une telle supposition.

Alors ?

L'inspecteur principal Ganimard, qui fut chargé plus spécialement de cette affaire, avoua qu'il n'en connaissait pas de plus déconcertante.

— C'est fort comme du Lupin, disait-il, et cependant ce n'est pas du Lupin… Non, il y a autre chose là-dessous, quelque chose d'équivoque, de louche… D'ailleurs, si c'était du Lupin, pourquoi aurait-il repris les cinquante mille francs qu'il avait envoyés ? Autre question qui m'embarrasse : quel rapport y a-t-il entre ce second vol et le premier, celui du champ de courses ? Tout cela est incompréhensible, et j'ai l'impression, ce qui m'arrive rarement, qu'il est inutile de chercher. Pour ma part, j'y renonce.

Le juge d'instruction s'acharna. Les reporters unirent leurs efforts à ceux de la justice. Un célèbre détective anglais passa le détroit. Un riche Américain, auquel les histoires policières tournaient la tête, offrit une prime importante à quiconque apporterait un premier élément de vérité. Six semaines après, on n'en savait pas davantage. Le public se rangeait à l'opinion de Ganimard, et le juge d'instruction lui-même était las de se débattre dans les ténèbres que le temps ne pouvait qu'épaissir.

Et la vie continua chez la veuve Dugrival. Soignée par son neveu, elle ne tarda pas à se remettre de sa blessure. Le matin, Gabriel l'installait dans un fauteuil de la salle à manger, près de la fenêtre, faisait le ménage, et se rendait ensuite aux provisions. Il préparait le déjeuner sans même accepter l'aide de la concierge.

Excédés par les enquêtes de la police et surtout par les demandes d'interviews, la tante et le neveu ne recevaient personne. La concierge elle-même, dont les bavardages inquiétaient et fatiguaient Mme Dugrival, ne fut plus admise. Elle se rejetait sur Gabriel, l'apostrophant chaque fois qu'il passait devant la loge.

— Faites attention, monsieur Gabriel, on vous espionne tous les deux. Il y a des gens qui vous guettent. Tenez, encore hier soir, mon mari a surpris un type qui lorgnait vos fenêtres.

— Bah ! répondit Gabriel, c'est la police qui nous garde. Tant mieux !

Or, un après-midi, vers quatre heures, il y eut, au bout de la rue, une violente altercation entre deux marchands des quatre-saisons. La concierge aussitôt s'éloigna de sa loge pour écouter les invectives que se lançaient les adversaires. Elle n'avait pas le dos tourné, qu'un homme jeune, de taille moyenne, habillé de vêtements gris d'une coupe irréprochable, se glissa dans la maison et monta vivement l'escalier.

Au troisième étage, il sonna.

Son appel demeurant sans réponse, il sonna de nouveau.

À la troisième fois, la porte s'ouvrit.

— Mme Dugrival ? demanda-t-il en retirant son chapeau.

— Mme Dugrival est encore souffrante, et ne peut recevoir personne, riposta Gabriel qui se tenait dans l'antichambre.

— Il est de toute nécessité que je lui parle.

— Je suis son neveu, je pourrais peut-être lui communiquer…

— Soit, dit l'individu. Veuillez dire à Mme Dugrival que, le hasard m'ayant fourni des renseignements précieux sur le vol dont elle a été victime, je désire examiner l'appartement, et me rendre compte par moi-même de certains détails. Je suis très accoutumé à ces sortes d'enquêtes, et mon intervention lui sera sûrement profitable.

Gabriel l'examina un moment, réfléchit et prononça :

— En ce cas, je suppose que ma tante consentira… Prenez la peine d'entrer.

Après avoir ouvert la porte de la salle à manger, il s'effaça, livrant passage à l'inconnu. Celui-ci marcha jusqu'au seuil, mais, à l'instant même où il le franchissait, Gabriel leva le bras et, d'un geste brusque, le frappa d'un coup de poignard au-dessus de l'épaule droite.

Un éclat de rire jaillit dans la salle.

— Touché ! cria Mme Dugrival en s'élançant de son fauteuil. Bravo, Gabriel. Mais dis donc, tu ne l'as pas tué, le bandit ?

— Je ne crois pas, ma tante. La lame est fine et j'ai retenu mon coup.

L'homme chancelait, les mains en avant, le visage d'une pâleur mortelle.

— Imbécile ! ricana la veuve. Tu es tombé dans le piège... Pas malheureux ! il y a assez longtemps qu'on t'attendait ici. Allons, mon bonhomme, dégringole. Ça t'embête, hein ? Faut bien cependant. Parfait un genou à terre d'abord, devant la patronne et puis l'autre genou... Ce qu'on est bien éduqué ! Patatras ! voilà qu'on s'écroule... Ah ! Jésus-Dieu, si mon pauvre Dugrival pouvait le voir ainsi ! Et maintenant, Gabriel, à la besogne !

Elle gagna sa chambre et ouvrit le battant d'une armoire à glace où des robes étaient pendues. Les ayant écartées, elle poussa un autre battant qui formait le fond de l'armoire et qui dégagea l'entrée d'une pièce située dans la maison voisine.

— Aide-moi à le porter, Gabriel. Et tu le soigneras de ton mieux, hein ? Pour l'instant, il vaut son pesant d'or, l'artiste.

Un matin, le blessé reprit un peu conscience. Il souleva les paupières et regarda autour de lui.

Il était couché dans une pièce plus grande que celle où il avait été frappé, une pièce garnie de quelques meubles, et munie de rideaux épais qui voilaient les fenêtres du haut en bas.

Cependant il y avait assez de lumière qu'il pût voir près de lui, assis sur une chaise et l'observant, le jeune Gabriel Dugrival.

— Ah ! c'est toi, le gosse, murmura-t-il, tous mes compliments, mon petit. Tu as le poignard sûr et délicat.

Et il se rendormit.

Ce jour-là et les jours qui suivirent, il se réveilla plusieurs fois, et chaque fois, il apercevait la figure pâle de l'adolescent, ses lèvres minces, ses yeux noirs d'une expression si dure.

— Tu me fais peur, disait-il. Si tu as juré de m'exécuter, ne te gêne pas. Mais rigole ! L'idée de la mort m'a toujours semblé la chose du monde la plus cocasse. Tandis qu'avec toi, mon vieux, ça devient macabre. Bonsoir, j'aime mieux faire dodo !

Pourtant Gabriel, obéissant aux ordres de Mme Dugrival, lui prodiguait des soins attentifs. Le malade n'avait presque plus de fièvre et commençait à s'alimenter de lait et de bouillon. Il reprenait quelque force et plaisantait.

— À quand la première sortie du convalescent ? La petite voiture est prête ? Mais rigole donc, animal ! Tu as l'air d'un saule pleureur qui va commettre un crime. Allons, une risette à papa.

Un jour, en s'éveillant, il eut une impression de gêne fort désagréable. Après quelques efforts, il s'aperçut que pendant son sommeil, on lui avait attaché les jambes, le buste et les bras au fer du lit, et cela par de fines cordelettes d'acier qui lui entraient dans la chair au moindre mouvement.

— Ah ! dit-il à son gardien, cette fois, c'est le grand jeu. Le poulet va être saigné. Est-ce toi qui m'opères, l'ange Gabriel ? En ce cas, mon vieux, que ton rasoir soit bien propre ! Service antiseptique, s'il vous plaît.

Mais il fut interrompu par le bruit d'une serrure qui grince. La porte en face de lui s'ouvrit, et Mme Dugrival apparut.

Lentement elle s'approcha, prit une chaise, et sortit de sa poche un revolver qu'elle arma et qu'elle déposa sur la table de nuit.

— Brrr, murmura le captif, on se croirait à l'Ambigu… Quatrième acte… le jugement du traître. Et c'est le beau sexe qui exécute… la main des Grâces… Quel honneur !… Madame Dugrival, je compte sur vous pour ne pas me défigurer.

— Tais-toi, Lupin.

— Ah ! vous savez ?… Bigre, on a du flair.

— Tais-toi, Lupin.

Il y avait, dans le son de sa voix, quelque chose de solennel qui impressionna le captif et le contraignit au silence.

Il observa l'un après l'autre ses deux geôliers. Les traits bouffis, le teint rouge de Mme Dugrival contrastaient avec le visage délicat de son neveu, mais tous deux avaient le même air de résolution implacable.

La veuve se pencha et lui dit :

— Es-tu prêt à répondre à mes questions ?

— Pourquoi pas ?

— Alors écoute-moi bien.

— Je suis tout oreilles.

— Comment as-tu su que Dugrival portait tout son argent dans sa poche ?

— Un bavardage de domestique…

— Un petit domestique qui a servi chez moi, n'est-ce pas ?

— Oui.

– Et c'est toi qui as d'abord volé la montre de Dugrival, pour la lui rendre ensuite et lui inspirer confiance ?

– Oui.

Elle réprima un mouvement de rage.

– Imbécile ! Mais oui, imbécile ! Comment, tu dépouilles mon homme, tu l'accules à se tuer, et au lieu de ficher le camp à l'autre bout du monde et de te cacher, tu continues à faire le Lupin en plein Paris ! Tu ne te rappelais donc plus que j'avais juré, sur la tête même du mort, de retrouver l'assassin ?

– C'est cela qui m'épate, dit Lupin. Pourquoi m'avoir soupçonné ?

– Pourquoi ? mais c'est toi-même qui t'es vendu.

– Moi ?

– Évidemment… Les cinquante mille francs…

– Eh bien, quoi un cadeau…

– Oui, un cadeau, que tu donnes l'ordre, par télégramme, de m'envoyer pour faire croire que tu étais en Amérique le jour des courses. Un cadeau ! la bonne blague ! c'est-à-dire, n'est-ce pas, que ça te tracassait, l'idée de ce pauvre type que tu avais assassiné. Alors tu as restitué l'argent à la veuve, ouvertement, bien entendu, parce qu'il y a la galerie et qu'il faut toujours que tu fasses du battage, comme un cabotin que tu es. À merveille ! Seulement, mon bonhomme, dans ce cas, il ne fallait pas qu'on me remette les billets mêmes volés à Dugrival ! Oui, triple idiot, ceux-là mêmes et pas d'autres ! Nous avions les numéros, Dugrival et moi. Et tu es assez stupide pour m'adresser le paquet ! Comprends-tu ta bêtise, maintenant ?

Lupin se mit à rire.

– La gaffe est gentille. Je n'en suis pas responsable. J'avais donné d'autres ordres... Mais, tout de même, je ne peux m'en prendre qu'à moi.

– Hein, tu l'avoues. C'était signer ton vol, et c'était signer ta perte aussi. Il n'y avait plus qu'à te trouver. À te trouver ? Non, mieux que cela. On ne trouve pas Lupin, on le fait venir ! Ça, c'est une idée de maître. Elle est de mon gosse de neveu, qui t'exècre autant que moi, si possible, et qui te connaît à fond par tous les livres qui ont été écrits sur toi. Il connaît ta curiosité, ton besoin d'intrigue, ta manie de chercher dans les ténèbres, et de débrouiller ce que les autres n'ont pas réussi à débrouiller. Il connaît aussi cette espèce de fausse bonté qui est la tienne, la sensiblerie bébête qui te fait verser des larmes de crocodile sur tes victimes. Et il a organisé la comédie, il a inventé l'histoire des deux cambrioleurs ! le second vol des cinquante mille francs ! Ah ! je te jure Dieu que le coup de couteau que je me suis fichu de mes propres mains ne m'a pas fait mal ! Et je te jure Dieu que nous avons passé de jolis moments à t'attendre, le petit et moi, à lorgner tes complices qui rôdaient sous nos fenêtres et qui étudiaient la place. Et pas d'erreur, tu devais venir ! Puisque tu avais rendu les cinquante mille francs à la veuve Dugrival, il n'était pas possible que tu admettes que la veuve Dugrival soit dépouillée de ses cinquante mille francs. Tu devais venir, par gloriole, par vanité ! Et tu es venu !

La veuve eut un rire strident.

– Hein est-ce bien joué, cela ? Le Lupin des Lupin ! le maître des maîtres ! l'inaccessible et l'invisible ! Le voilà pris au piège par une femme et par un gamin ! Le voilà en chair et en os... Le voilà pieds et poings liés, pas plus dangereux qu'une mauviette. Le voilà ! Le voilà !

Elle tremblait de joie, et elle se mit à marcher à travers la chambre avec des allures de bête fauve qui ne lâche pas de l'œil sa victime. Et jamais Lupin n'avait senti dans un être plus de haine et de sauvagerie.

— Assez bavardé, dit-elle.

Se contenant soudain, elle retourna près de lui, et, sur un ton tout différent, la voix sourde, elle scanda :

— Depuis douze jours, Lupin, et grâce aux papiers qui se trouvaient dans ta poche, j'ai mis le temps à profit. Je connais toutes tes affaires, toutes tes combinaisons, tous tes faux noms, toute l'organisation de ta bande, tous les logements que tu possèdes dans Paris et ailleurs. J'ai même visité l'un d'eux, le plus secret, celui où tu caches tes papiers, tes registres et l'histoire détaillée de tes opérations financières. Le résultat de mes recherches ? Pas mauvais. Voici quatre chèques détachés de quatre carnets, et qui correspondent à quatre comptes que tu as dans des banques sous quatre noms différents. Sur chacun d'eux j'ai inscrit la somme de dix mille francs. Davantage eût été périlleux. Maintenant, signe.

— Bigre ! dit Lupin avec ironie, c'est tout bonnement du chantage, honnête madame Dugrival.

— Cela te suffoque, hein ?

— Cela me suffoque.

— Et tu trouves l'adversaire à ta hauteur ?

— L'adversaire me dépasse. Alors le piège, qualifions-le d'infernal, le piège infernal où je suis tombé ne fut pas tendu seulement par une veuve altérée de vengeance, mais aussi par une excellente industrielle désireuse d'augmenter ses capitaux ?

— Justement.

— Mes félicitations. Et j'y pense, est-ce que, par hasard, M. Dugrival ?

— Tu l'as dit, Lupin. Après tout, pourquoi te le cacher ? Ça soulagera ta conscience. Oui, Lupin, Dugrival travaillait dans la même partie que toi. Oh ! pas en grand… Nous étions des modestes… une pièce d'or de-ci, de-là… un porte-monnaie que Gabriel, dressé par nous, chipait aux courses de droite et de gauche… Et, de la sorte, on avait fait sa petite fortune… de quoi planter des choux.

— J'aime mieux cela, dit Lupin.

— Tant mieux ! Si je t'en parle, moi, c'est pour que tu saches bien que je ne suis pas une débutante, et que tu n'as rien à espérer. Un secours ? non. L'appartement où nous sommes communique avec ma chambre. Il a une sortie particulière, et personne ne s'en doute. C'était l'appartement spécial de Dugrival. Il y recevait ses amis. Il y avait ses instruments de travail, ses déguisements, son téléphone, même, comme tu peux voir. Donc, rien à espérer. Tes complices ont renoncé à te chercher par là. Je les ai lancés sur une autre piste. Tu es bien fichu. Commences-tu à comprendre la situation ?

— Oui.

— Alors, signe.

— Et, quand j'aurai signé, je serai libre ?

— Il faut que je touche d'abord.

— Et après ?

— Après, sur mon âme, sur mon salut éternel, tu seras libre.

— Je manque de confiance.

— As-tu le choix ?

— C'est vrai. Donne.

Elle détacha la main droite de Lupin et lui présenta une plume en disant :

— N'oublie pas que les quatre chèques portent quatre noms différents et que, chaque fois, l'écriture change.

— Ne crains rien.

Il signa.

— Gabriel, ajouta la veuve, il est dix heures. Si, à midi, je ne suis pas là, c'est que ce misérable m'aura joué un tour de sa façon. Alors casse-lui la tête. Je te laisse le revolver avec lequel ton oncle s'est tué. Sur six balles, il en reste cinq. Ça suffit.

Elle partit en chantonnant.

Il y eut un assez long silence, et Lupin marmotta :

— Je ne donnerais pas deux sous de ma peau.

Il ferma les yeux un instant, puis brusquement dit à Gabriel :

— Combien ?

Et comme l'autre ne semblait pas entendre, il s'irrita.

— Eh ! oui, combien ? Réponds, quoi ! Nous avons le même métier, tous deux. Je vole, tu voles, nous volons. Alors on est faits pour s'accorder. Hein ? ça va ? nous décampons ? Je t'offre une place dans ma bande, une place de luxe. Combien veux-tu pour toi ? Dix mille ? vingt mille ? Fixe ton prix, et n'y regarde pas. Le coffre est plein.

Il eut un frisson de colère en voyant le visage impassible de son gardien.

— Ah ! il ne répondra même pas ! Voyons, quoi, tu l'aimais tant que ça, le Dugrival ? Écoute, si tu veux me délivrer… Allons, réponds !

Mais il s'interrompit. Les yeux du jeune homme avaient cette expression cruelle qu'il connaissait si bien. Pouvait-il espérer le fléchir ?

— Crénom de crénom, grinça-t-il, je ne vais pourtant pas crever ici, comme un chien… Ah ! si je pouvais…

Se raidissant, il fit, pour rompre ses liens, un effort qui lui arracha un cri de douleur et il retomba sur son lit, exténué.

— Allons, murmura-t-il au bout d'un instant, la veuve l'a dit, je suis fichu. Rien à faire. *De profundis*, Lupin…

Un quart d'heure s'écoula, une demi-heure…

Gabriel, s'étant approché de Lupin, vit qu'il tenait les yeux fermés et que sa respiration était égale comme celle d'un homme qui dort. Mais Lupin lui dit :

— Crois pas que je dorme, le gosse. Non, on ne dort pas à cette minute-là. Seulement je me fais une raison… Faut bien, n'est-ce pas ?… Et puis, je pense à ce qui va suivre… Parfaitement, j'ai ma petite théorie là-dessus. Tel que tu me vois, je suis partisan de la métempsycose et de la migration des âmes. Mais ce serait un peu long à t'expliquer… Dis donc, petit… avant de se séparer, si on se donnait la main ? Non ? Alors, adieu… Bonne santé et longue vie, Gabriel…

Il baissa les paupières, se tut, et ne bougea plus jusqu'à l'arrivée de Mme Dugrival.

La veuve entra vivement, un peu avant midi. Elle semblait très surexcitée.

— J'ai l'argent, dit-elle à son neveu. File. Je te rejoins dans l'auto qui est en bas.

— Mais…

— Pas besoin de toi pour en finir avec lui. Je m'en charge à moi toute seule. Pourtant, si le cœur t’en dit, de voir la grimace d’un coquin… Passe-moi l’instrument.

Gabriel lui donna le revolver, et la veuve reprit :

– Tu as bien brûlé nos papiers ?

– Oui.

– Allons-y. Et sitôt son compte réglé, au galop. Les coups de feu peuvent attirer les voisins. Il faut qu’on trouve les deux appartements vides.

Elle s’avança vers le lit.

– Tu es prêt, Lupin ?

– C’est-à-dire que je brûle d’impatience.

– Tu n’as pas de recommandation à me faire ?

– Aucune…

– Alors…

– Un mot cependant.

– Parle.

– Si je rencontre Dugrival dans l’autre monde, qu’est-ce qu’il faut que je lui dise de ta part ?

Elle haussa les épaules et appliqua le canon du revolver sur la tempe de Lupin.

– Parfait, dit-il, et surtout ne tremblez pas, ma bonne dame… Je vous jure que cela ne vous fera aucun mal. Vous y êtes ? Au commandement, n’est-ce pas ? une… deux… trois…

La veuve appuya sur la détente. Une détonation retentit.

– C’est ça, la mort ? dit Lupin. Bizarre ! j’aurais cru que c’était plus différent de la vie.

Il y eut une seconde détonation. Gabriel arracha l’arme des mains de sa tante et l’examina.

– Ah ! fit-il, on a enlevé les balles… Il ne reste plus que les capsules…

Sa tante et lui demeurèrent un moment immobiles, confondus.

— Est-ce possible ? balbutia-t-elle… Qui aurait pu ? Un inspecteur ? Le juge d'instruction ?

Elle s'arrêta, et, d'une voix étranglée :

— Écoute du bruit…

Ils écoutèrent, et la veuve alla jusqu'au vestibule. Elle revint, furieuse, exaspérée par l'échec et par la crainte qu'elle avait eue.

— Personne… Les voisins doivent être sortis nous avons le temps… Ah ! Lupin, tu riais déjà… Le couteau, Gabriel.

— Il est dans ma chambre.

— Va le chercher.

Gabriel s'éloigna en hâte. La veuve trépignait de rage.

— Je l'ai juré !… Tu y passeras, mon bonhomme !… Je l'ai juré à Dugrival, et chaque matin et chaque soir je refais le serment… je le refais à genoux, oui, à genoux devant Dieu qui m'écoute ! C'est mon droit de venger le mort !… Ah ! dis donc, Lupin, il me semble que tu ne ris plus… Bon sang ! mais on dirait même que tu as peur. Il a peur ! il a peur ! Je vois ça dans ses yeux ! Gabriel, arrive, mon petit… Regarde ses yeux ! Regarde ses lèvres… Il tremble… Donne le couteau, que je le lui plante dans le cœur, tandis qu'il a le frisson… Ah ! froussard ! Vite, vite, Gabriel, donne le couteau.

— Impossible de le trouver, déclara le jeune homme, qui revenait en courant, tout effaré, il a disparu de ma chambre ! Je n'y comprends rien !

— Tant mieux ! cria la veuve Dugrival à moitié folle, tant mieux ! je ferai la besogne moi-même.

Elle saisit Lupin à la gorge et l'étreignit de ses dix doigts crispés, à pleines mains, à pleines griffes, et elle se mit à serrer désespérément. Lupin eut un râle et s'abandonna. Il était perdu.

Brusquement, un fracas du côté de la fenêtre. Une des vitres avait sauté en éclats.

— Quoi ? qu'y a-t-il ? bégaya la veuve en se relevant, bouleversée.

Gabriel, plus pâle encore qu'à l'ordinaire, murmura :

— Je ne sais pas… je ne sais pas !

— Comment a-t-on pu ? répéta la veuve.

Elle n'osait bouger, dans l'attente de ce qui allait se produire. Et quelque chose surtout l'épouvantait, c'est que par terre, autour d'eux, il n'y avait aucun projectile, et que la vitre pourtant, cela était visible, avait cédé au choc d'un objet lourd et assez gros, d'une pierre, sans doute.

Après un instant, elle chercha sous le lit, sous la commode.

— Rien, dit-elle.

— Non, fit son neveu qui cherchait également.

Et elle reprit en s'asseyant à son tour :

— J'ai peur… les bras me manquent… achève-le…

— J'ai peur… moi aussi.

— Pourtant… pourtant…, bredouilla-t-elle, il faut bien… j'ai juré…

Dans un effort suprême, elle retourna près de Lupin et lui entoura le cou de ses doigts raidis. Mais Lupin, qui scrutait son visage blême, avait la sensation très nette qu'elle n'aurait pas la force de le tuer. Pour elle, il devenait sacré, intangible. Une puissance mystérieuse le protégeait contre toutes les attaques, une puissance qui l'avait déjà sauvé trois fois par des moyens inexplicables, et qui trouverait d'autres moyens pour écarter de lui les embûches de la mort.

Elle lui dit à voix basse :

– Ce que tu dois te ficher de moi !

– Ma foi, pas du tout. À ta place j'aurais une venette !

– Fripouille, va ! Tu t'imagines qu'on te secourt… que tes amis sont là, hein ? Impossible, mon bonhomme.

– Je le sais. Ce n'est pas eux qui me défendent… Personne même ne me défend…

– Alors ?

– Alors, tout de même, il y a quelque chose d'étrange là-dessous, de fantastique, de miraculeux, qui te donne la chair de poule, ma bonne femme.

– Misérable !… Tu ne riras plus bientôt.

– Ça m'étonnerait.

– Patiente.

Elle réfléchit encore et dit à son neveu :

– Qu'est-ce que tu ferais ?

– Rattache-lui le bras, et allons-nous-en, répondit-il.

Conseil atroce ! C'était condamner Lupin à la mort la plus affreuse, la mort par la faim.

– Non, dit la veuve, il trouverait peut-être encore une planche de salut. J'ai mieux que cela.

Elle décrocha le récepteur du téléphone. Ayant obtenu la communication, elle demanda :

– Le numéro 822.48, s'il vous plaît ?

Et, après un instant :

– Allô… le service de la Sûreté ?… M. l'inspecteur principal Ganimard est-il ici ?… Pas avant vingt minutes ? Dommage !... Enfin !... quand il sera là, vous lui direz ceci de la part de Mme Dugrival... Oui, Mme Nicolas Dugrival... Vous lui direz qu'il vienne chez moi. Il ouvrira la porte de mon armoire à glace, et, cette porte ouverte, il constatera que l'armoire cache une issue qui fait communiquer ma chambre avec deux pièces. Dans l'une d'elles, il y a un homme solidement ligoté. C'est le voleur, l'assassin de Dugrival. Vous ne me croyez pas ? Avertissez M. Ganimard. Il me croira, lui. Ah ! j'oubliais le nom de l'individu... Arsène Lupin !

Et, sans un mot de plus, elle raccrocha le récepteur.

– Voilà qui est fait, Lupin. Au fond, j'aime autant cette vengeance. Ce que je vais me tordre en suivant les débats de l'affaire Lupin ! Tu viens, Gabriel ?

– Oui, ma tante.

– Adieu, Lupin, on ne se reverra sans doute pas, car nous passons à l'étranger. Mais je te promets de t'envoyer des bonbons quand tu seras au bagne.

– Des chocolats, la mère ! Nous les mangerons ensemble.

– Adieu !

– Au revoir !

La veuve sortit avec son neveu, laissant Lupin enchaîné sur le lit.

Tout de suite il remua son bras libre et tâcha de se dégager. Mais à la première tentative, il comprit qu'il n'aurait jamais la force de rompre les cordons d'acier qui le liaient. Épuisé par la fièvre et par l'angoisse, que pouvait-il faire durant les vingt ou trente minutes peut-être qui lui restaient avant l'arrivée de Ganimard ?

Il ne comptait pas davantage sur ses amis. Si, trois fois, il avait été sauvé de la mort, cela provenait évidemment de hasards prodigieux, mais non point d'une intervention de ses amis. Sans quoi, ils ne se fussent pas contentés de ces coups de théâtre invraisemblables. Ils l'eussent bel et bien délivré.

Non, il fallait renoncer à toute espérance. Ganimard venait, Ganimard le trouverait là. C'était inévitable. C'était un fait accompli.

Et la perspective de l'événement l'irritait d'une façon singulière. Il entendait déjà les sarcasmes de son vieil ennemi. Il devinait l'éclat de rire qui, le lendemain, accueillerait l'incroyable nouvelle. Qu'il fût arrêté en pleine action, sur le champ de bataille, pour ainsi dire, et par une escouade imposante d'adversaires, soit ! Mais arrêté, cueilli plutôt, ramassé dans de telles conditions, c'était vraiment trop stupide. Et Lupin, qui tant de fois avait bafoué les autres, sentait tout ce qu'il y avait de ridicule pour lui dans le dénouement de l'affaire Dugrival, tout ce qu'il y avait de grotesque à s'être laissé prendre au piège infernal de la veuve, et, en fin de compte, à être « servi » à la police comme un plat de gibier, cuit à point et savamment assaisonné.

— Sacré veuve ! bougonna-t-il. Elle aurait mieux fait de m'égorger tout simplement.

Il prêta l'oreille. Quelqu'un marchait dans la pièce voisine. Ganimard ? Non. Quelle que fût sa hâte, l'inspecteur ne pouvait encore être là. Et puis Ganimard n'eût pas agi de cette manière, n'eût pas ouvert la porte aussi doucement que l'ouvrait cette autre personne. Lupin se rappela les trois interventions miraculeuses auxquelles il devait la vie. Était-il possible que ce fût réellement quelqu'un qui l'eût protégé contre la veuve, et que ce quelqu'un entreprît maintenant de le secourir ? Mais qui, en ce cas ?

Sans que Lupin réussît à le voir, l'inconnu se baissa derrière le lit. Lupin devina le bruit des tenailles qui s'attaquaient aux cordelettes d'acier et qui le délivraient peu à peu. Son buste d'abord fut dégagé, puis les bras, puis les jambes.

Et une voix lui dit :

— Il faut vous habiller.

Très faible, il se souleva à demi, au moment où l'inconnu se redressait.

— Qui êtes-vous ? murmura-t-il. Qui êtes-vous ?

Et une grande surprise l'envahit.

À côté de lui, il y avait une femme vêtue d'une robe noire et coiffée d'une dentelle qui recouvrait une partie de son visage. Et cette femme, autant qu'il pouvait en juger, était jeune, et de taille élégante et mince.

— Qui êtes-vous ? répéta-t-il.

— Il faut venir, dit la femme, le temps presse.

— Est-ce que je peux ! dit Lupin en faisant une tentative désespérée… Je n'ai pas la force.

— Buvez cela.

Elle versa du lait dans une tasse, et, comme elle la lui tendait, sa dentelle s'écarta, laissant la figure à découvert.

— Toi ! C'est toi ! balbutia-t-il. C'est vous qui êtes ici ? c'est vous qui étiez ?

Il regardait stupéfié cette femme dont les traits offraient avec ceux de Gabriel une si frappante analogie, dont le visage, délicat et régulier, avait la même pâleur, dont la bouche avait la même expression dure et antipathique. Une sœur n'eût pas présenté avec un frère une telle ressemblance. À n'en pas douter, c'était le même être. Et, sans croire un instant que Gabriel se cachât sous des vêtements de femme, Lupin au contraire eut l'impression profonde qu'une femme était auprès de lui, et que l'adolescent qui l'avait poursuivi de sa haine et qui l'avait frappé d'un coup de poignard était bien vraiment une femme. Pour l'exercice plus commode de leur métier, les époux Dugrival l'avaient accoutumée à ce déguisement de garçon.

— Vous vous, répétait-il. Qui se serait douté ?

Elle vida dans la tasse le contenu d'une petite fiole.

— Buvez ce cordial, dit-elle.

Il hésita, pensant à du poison.

Elle reprit :

— C'est moi qui vous ai sauvé.

— En effet, en effet, dit-il… C'est vous qui avez désarmé le revolver ?

— Oui.

— Et c'est vous qui avez dissimulé le couteau ?

— Le voici, dans ma poche.

— Et c'est vous qui avez brisé la vitre au moment où votre tante m'étranglait ?

— C'est moi, avec le presse-papiers qui était sur cette table et que j'ai jeté dans la rue.

— Mais pourquoi ? pourquoi ? demanda-t-il, absolument interdit.

— Buvez.

— Vous ne vouliez donc pas que je meure ? Mais alors pourquoi m'avez-vous frappé, au début ?

— Buvez.

Il vida la tasse d'un trait, sans trop savoir la raison de sa confiance subite.

— Habillez-vous… rapidement, ordonna-t-elle, en se retirant du côté de la fenêtre.

Il obéit, et elle revint près de lui, car il était retombé sur une chaise, exténué.

— Il faut partir, il le faut, nous n'avons que le temps… Rassemblez toutes vos forces.

Elle se courba un peu pour qu'il s'appuyât à son épaule, et elle le mena vers la porte et vers l'escalier.

Et Lupin marchait, marchait, comme on marche dans un rêve, dans un de ces rêves bizarres où il se passe les choses du monde les plus incohérentes, et qui était la suite heureuse du cauchemar épouvantable qu'il vivait depuis deux semaines.

Une idée cependant l'effleura. Il se mit à rire.

— Pauvre Ganimard… Vraiment il n'a pas de veine. Je donnerais bien deux sous pour assister à mon arrestation.

Après avoir descendu l'escalier, grâce à sa compagne qui le soutenait avec une énergie incroyable, il se trouva dans la rue, en face d'une automobile où elle le fit monter.

— Allez, dit-elle au chauffeur.

Lupin, que le grand air et le mouvement étourdissaient, se rendit à peine compte du trajet et des incidents qui le marquaient. Il reprit toute sa connaissance chez lui, dans un des domiciles qu'il occupait, et gardé par un de ses domestiques auquel la jeune femme donnait des instructions.

— Va-t'en, dit-elle au domestique.

Et, comme elle s'éloignait également, il la retint par un pli de sa robe.

— Non… non… il faut m'expliquer d'abord… Pourquoi m'avez-vous sauvé ? C'est à l'insu de votre tante que vous êtes revenue ? Mais pourquoi m'avez-vous sauvé ? Par pitié ?

Elle se taisait, et, le buste droit, la tête un peu renversée, elle conservait son air énigmatique et dur.

Pourtant il crut voir que le dessin de sa bouche offrait moins de cruauté que d'amertume. Ses yeux, ses beaux yeux noirs, révélaient de la mélancolie. Et Lupin, sans comprendre encore, avait l'intuition confuse de ce qui se passait en elle. Il lui saisit la main. Elle le repoussa, en un sursaut de révolte où il sentait de la haine, presque de la répulsion. Et comme il insistait, elle s'écria :

— Mais laissez-moi !... laissez-moi !... vous ne savez donc pas que je vous exècre ?

Ils se regardèrent un moment, Lupin déconcerté, elle frémissante et pleine de trouble, son pâle visage tout coloré d'une rougeur insolite. Il lui dit doucement.

— Si vous m'exécrez, il fallait me laisser mourir... C'était facile. Pourquoi ne l'avez-vous pas fait ?

— Pourquoi ? Pourquoi ? Est-ce que je sais ?

Sa figure se contractait. Vivement, elle la cacha dans ses deux mains, et il vit deux larmes qui coulaient entre ses doigts.

Très ému, il fut sur le point de lui dire des mots affectueux, comme à une petite fille qu'on veut consoler, et de lui donner de bons conseils, et de la sauver à son tour, de l'arracher à la vie mauvaise qu'elle menait.

Mais de tels mots eussent été absurdes, prononcés par lui, et il ne savait plus que dire, maintenant qu'il comprenait toute l'aventure, et qu'il pouvait évoquer la jeune femme à son chevet de malade, soignant l'homme qu'elle avait blessé, admirant son courage et sa gaieté, s'attachant à lui, s'éprenant de lui, et, trois fois, malgré elle sans doute, en une sorte d'élan instinctif avec des accès de rancune et de rage, le sauvant de la mort.

Et tout cela était si étrange, si imprévu, un tel étonnement bouleversait Lupin, que, cette fois, il n'essaya pas de la retenir quand elle se dirigea vers la porte, à reculons et sans le quitter du regard.

Elle baissa la tête, sourit un peu, et disparut.

Il sonna d'un coup brusque.

– Suis cette femme, dit-il à un domestique… Et puis non, reste ici… Après tout, cela vaut mieux…

Il demeura pensif assez longtemps. L'image de la jeune femme l'obsédait. Puis il repassa dans son esprit toute cette curieuse, émouvante et tragique histoire, où il avait été si près de succomber, et, prenant sur la table un miroir, il contempla longuement, avec une certaine complaisance, son visage que la maladie et l'angoisse n'avaient pas trop abîmé.

– Ce que c'est, pourtant, murmura-t-il, que d'être joli garçon !

L'écharpe de soie rouge

Ce matin-là, en sortant de chez lui, à l'heure ordinaire où il se rendait au Palais de justice, l'inspecteur principal Ganimard nota le manège assez curieux d'un individu qui marchait devant lui, le long de la rue Pergolèse.

Tous les cinquante ou soixante pas, cet homme, pauvrement vêtu, coiffé, bien qu'on fût en novembre, d'un chapeau de paille, se baissait, soit pour renouer les lacets de ses chaussures, soit pour ramasser sa canne, soit pour tout autre motif. Et, chaque fois, il tirait de sa poche, et déposait furtivement sur le bord même du trottoir, un petit morceau de peau d'orange.

Simple manie, sans doute, divertissement puéril auquel personne n'eût prêté attention ; mais Ganimard était un de ces observateurs perspicaces que rien ne laisse indifférents, et qui ne sont satisfaits que quand ils savent la raison secrète des choses.

Il se mit donc à suivre l'individu.

Or, au moment où celui-ci tournait à droite par l'avenue de la Grande-Armée, l'inspecteur le surprit qui échangeait des signes avec un gamin d'une douzaine d'années, lequel gamin longeait les maisons de gauche.

Vingt mètres plus loin, l'individu se baissa et releva le bas de son pantalon. Une pelure d'orange marqua son passage. À cet instant même, le gamin s'arrêta, et, à l'aide d'un morceau de craie, traça sur la maison qu'il côtoyait une croix blanche, entourée d'un cercle.

Les deux personnages continuèrent leur promenade. Une minute après, nouvelle halte. L'inconnu ramassa une épingle et laissa tomber une peau d'orange, et aussitôt le gamin dessina sur le mur une seconde croix qu'il inscrivit également dans un cercle blanc.

« Sapristi, pensa l'inspecteur principal avec un grognement d'aise, voilà qui promet… Que diable peuvent comploter ces deux clients-là ? »

Les deux « clients » descendirent par l'avenue Friedland et par le faubourg Saint-Honoré, sans que, d'ailleurs, il se produisît un fait digne d'être retenu.

À intervalles presque réguliers, la double opération recommençait, pour ainsi dire mécaniquement. Cependant il était visible, d'une part, que l'homme aux pelures d'orange n'accomplissait sa besogne qu'après avoir choisi la maison qu'il fallait marquer, et, d'autre part, que le gamin ne marquait cette maison qu'après avoir observé le signal de son compagnon.

L'accord était donc certain, et la manœuvre surprise présentait un intérêt considérable aux yeux de l'inspecteur principal.

Place Beauvau, l'homme hésita. Puis, semblant se décider, il releva et rabattit deux fois le bas de son pantalon. Alors le gamin s'assit sur le bord du trottoir, en face du soldat qui montait la garde au ministère de l'Intérieur, et il marqua la pierre de deux petites croix et de deux cercles.

À hauteur de l'Élysée, même cérémonie. Seulement, sur le trottoir où cheminait le factionnaire de la Présidence, il y eut trois signes au lieu de deux.

« Qu'est-ce que ça veut dire ? », murmura Ganimard, pâle d'émotion, et qui, malgré lui, pensait à son éternel ennemi Lupin, comme il y pensait chaque fois que s'offrait une circonstance mystérieuse…

« Qu'est-ce que ça veut dire ? »

Pour un peu, il eût empoigné et interrogé les deux « clients ». Mais il était trop habile pour commettre une pareille bêtise. D'ailleurs, l'homme aux peaux d'orange avait allumé une cigarette, et le gamin, muni également d'un bout de cigarette, s'était approché de lui dans le but apparent de lui demander du feu.

Ils échangèrent quelques paroles. Rapidement, le gamin tendit à son compagnon un objet qui avait, du moins l'inspecteur le crut, la forme d'un revolver dans sa gaine. Ils se penchèrent ensemble sur cet objet, et six fois, l'homme tourné vers le mur porta la main à sa poche et fit un geste comme s'il eût chargé une arme.

Sitôt ce travail achevé, ils revinrent sur leurs pas, gagnèrent la rue de Surène, et l'inspecteur, qui les suivait d'aussi près que possible, au risque d'éveiller leur attention, les vit pénétrer sous le porche d'une vieille maison dont tous les volets étaient clos, sauf ceux du troisième et dernier étage.

Il s'élança derrière eux. À l'extrémité de la porte cochère, il avisa au fond d'une grande cour l'enseigne d'un peintre en bâtiment et, sur la gauche, la cage d'un escalier.

Il monta, et dès le premier étage, sa hâte fut d'autant plus grande qu'il entendit, tout en haut, un vacarme, comme des coups que l'on frappe.

Quand il arriva au dernier palier, la porte était ouverte. Il entra, prêta l'oreille une seconde, perçut le bruit d'une lutte, courut jusqu'à la chambre d'où ce bruit semblait venir, et resta sur le seuil fort essoufflé et très surpris de voir l'homme aux peaux d'orange et le gamin qui tapaient le parquet avec des chaises.

À ce moment, un troisième personnage sortit d'une pièce voisine. C'était un jeune homme de vingt-huit à trente ans, qui portait des favoris coupés court, des lunettes, un veston d'appartement fourré d'astrakan, et qui avait l'air d'un étranger, d'un Russe.

— Bonjour, Ganimard, dit-il.

Et s'adressant aux deux compagnons :

— Je vous remercie, mes amis, et tous mes compliments pour le résultat obtenu. Voici la récompense promise.

Il leur donna un billet de cent francs, les poussa dehors, et referma sur lui les deux portes.

— Je te demande pardon, mon vieux, dit-il à Ganimard. J'avais besoin de te parler…, un besoin urgent.

Il lui offrit la main, et comme l'inspecteur restait abasourdi, la figure ravagée de colère, il s'exclama :

— Tu ne sembles pas comprendre… C'est pourtant clair… J'avais un besoin urgent de te voir… Alors, n'est-ce pas ?

Et affectant de répondre à une objection :

— Mais non, mon vieux, tu te trompes. Si je t'avais écrit ou téléphoné, tu ne serais pas venu…, ou bien tu serais venu avec un régiment. Or je voulais te voir tout seul, et j'ai pensé qu'il n'y avait qu'à envoyer ces deux braves gens à ta rencontre, avec ordre de semer des peaux d'orange, de dessiner des croix et des cercles, bref, de te tracer un chemin jusqu'ici. Eh bien, quoi ?

tu as l'air ahuri. Qu'y a-t-il ? Tu ne me reconnais pas, peut-être ? Lupin... Arsène Lupin... Fouille dans ta mémoire... Ce nom-là ne te rappelle pas quelque chose ?

— Animal, grinça Ganimard entre ses dents.

Lupin sembla désolé, et d'un ton affectueux :

— Tu es fâché ? Si, je vois ça à tes yeux... L'affaire Dugrival, n'est-ce pas ? J'aurais dû attendre que tu vinsses m'arrêter ? Saperlipopette, l'idée ne m'en est pas venue ! Je te jure bien qu'une autre fois...

— Canaille, mâchonna Ganimard.

— Et moi qui croyais te faire plaisir ! Ma foi oui, je me suis dit : « Ce bon gros Ganimard, il y a longtemps qu'on ne s'est vus. Il va me sauter au cou. »

Ganimard, qui n'avait pas encore bougé, parut sortir de sa stupeur. Il regarda autour de lui, regarda Lupin, se demanda visiblement s'il n'allait pas, en effet, lui sauter au cou, puis, se dominant, il empoigna une chaise et s'installa, comme s'il eût pris subitement le parti d'écouter son adversaire.

— Parle, dit-il, et pas de balivernes. Je suis pressé.

— C'est ça, dit Lupin, causons. Impossible de rêver un endroit plus tranquille. C'est un vieil hôtel qui appartient au duc de Rochelaure, lequel, ne l'habitant jamais, m'a loué cette étape et a consenti la jouissance des communs à un entrepreneur de peinture. J'ai quelques logements analogues, fort pratiques. Ici, malgré mon apparence de grand seigneur russe, je suis M. Jean Dubreuil, ancien ministre... Tu comprends, j'ai choisi une profession un peu encombrée pour ne pas attirer l'attention...

— Qu'est-ce que tu veux que ça me fiche ? interrompit Ganimard.

— En effet, je bavarde et tu es pressé. Excuse-moi, ce ne sera pas long… Cinq minutes… Je commence… Un cigare ? Non. Parfait. Moi non plus.

Il s'assit également, joua du piano sur la table tout en réfléchissant et s'exprima de la sorte :

— Le 17 octobre 1599, par une belle journée chaude et joyeuse… Tu me suis bien ?… Donc, le 17 octobre 1599… Au fait, est-il absolument nécessaire de remonter jusqu'au règne d'Henri IV et de te documenter sur la chronique du Pont-Neuf ? Non, tu ne dois pas être ferré en histoire de France, et je risque de te brouiller les idées. Qu'il te suffise donc de savoir que, cette nuit, vers une heure du matin, un batelier qui passait sous la dernière arche de ce même Pont-Neuf, côté rive gauche, entendit tomber, à l'avant de sa péniche, une chose qu'on avait lancée du haut du pont, et qui était visiblement destinée aux profondeurs de la Seine. Son chien se précipita en aboyant, et, quand le batelier parvint à l'extrémité de sa péniche, il vit que sa bête secouait avec sa gueule un morceau de journal qui avait servi à envelopper divers objets. Il recueillit ceux des objets qui n'étaient pas tombés à l'eau et, rentré dans sa cabine, les examina. L'examen lui parut intéressant, et, comme cet homme est en relations avec un de mes amis, il me fit prévenir. Et ce matin, on me réveillait pour me mettre au courant de l'affaire et en possession des objets recueillis. Les voici.

Il les montra, rangés sur une table. Il y avait d'abord les bribes déchirées d'un numéro de journal. Il y avait ensuite un gros encrier de cristal, au couvercle duquel était attaché un long bout de ficelle. Il y avait un petit éclat de verre, puis une sorte de cartonnage flexible, réduit en chiffon. Et il y avait enfin un morceau de soie rouge écarlate, terminé par un gland de même étoffe et de même couleur.

— Tu vois nos pièces à conviction, mon bon ami, reprit Lupin. Certes, le problème à résoudre serait plus facile si nous avions les autres objets que la stupidité du chien a dispersés. Mais il me semble cependant qu'on peut s'en tirer avec un peu de réflexion et d'intelligence. Et ce sont là précisément tes qualités maîtresses. Qu'en dis-tu ?

Ganimard ne broncha pas. Il consentait à subir les bavardages de Lupin, mais sa dignité lui commandait de n'y répondre ni par un seul mot ni même par un hochement de tête qui pût passer pour une approbation ou une critique.

— Je vois que nous sommes entièrement du même avis, continua Lupin, sans paraître remarquer le silence de l'inspecteur principal. Et je résume ainsi, en une phrase définitive, l'affaire telle que la racontent ces pièces à conviction. Hier soir, entre neuf heures et minuit, une demoiselle d'allures excentriques fut blessée à coups de couteau, puis serrée à la gorge jusqu'à ce que mort s'ensuivît, par un monsieur bien habillé, portant monocle, appartenant au monde des courses, et avec lequel ladite demoiselle venait de manger trois meringues et un éclair au café.

Lupin alluma une cigarette, et, saisissant la manche de Ganimard :

— Hein ! ça t'en bouche un coin, inspecteur principal ! Tu t'imaginais que, dans le domaine des déductions policières, de pareils tours de force étaient interdits au profane. Erreur, monsieur. Lupin jongle avec les déductions comme un détective de roman. Mes preuves ? Aveuglantes et enfantines.

Et il reprit, en désignant les objets au fur et à mesure de sa démonstration:

— Ainsi, donc, hier soir après neuf heures (ce fragment de journal porte la date d'hier et la mention «journal du soir»; en outre tu peux voir ici, collée au papier, une parcelle de ces bandes jaunes sous lesquelles on envoie les numéros d'abonnés, numéros qui n'arrivent à domicile qu'au courrier de neuf heures), donc, après neuf heures, un monsieur bien habillé (veuille bien noter que ce petit éclat de verre présente sur un des bords le trou rond d'un monocle, et que le monocle est un ustensile essentiellement aristocratique), un monsieur bien habillé est entré dans une pâtisserie (voici le cartonnage très mince, en forme de boîte, où l'on voit encore un peu de la crème des meringues et de l'éclair qu'on y rangea selon l'habitude). Muni de son paquet, le monsieur au monocle rejoignit cette jeune personne dont cette écharpe de soie rouge écarlate indique suffisamment les allures excentriques. L'ayant rejointe, et pour des motifs encore inconnus, il la frappa d'abord à coups de couteau, puis l'étrangla à l'aide de cette écharpe de soie. (Prends ta loupe, inspecteur principal, et tu verras, sur la soie, des marques d'un rouge plus foncé qui sont, ici, les marques d'un couteau que l'on essuie, et là, celles d'une main sanglante qui se cramponne à une étoffe.) Son crime commis, et afin de ne laisser aucune trace derrière lui, il sort de sa poche: 1° le journal auquel il est abonné, et qui (parcours ce fragment) est un journal de courses dont il te sera facile de connaître le titre; 2° une corde qui se trouve être une corde à fouet (et ces deux détails te prouvent, n'est-ce pas, que notre homme s'intéresse aux courses et s'occupe lui-même de cheval). Ensuite, il recueille les débris de son monocle dont le cordon s'est cassé pendant la lutte. Il coupe avec des ciseaux (examine les hachures des ciseaux), il coupe la partie maculée de l'écharpe, laissant l'autre sans doute aux mains crispées de la victime. Il fait une boule avec le cartonnage du pâtissier. Il dépose aussi certains objets dénonciateurs qui, depuis, ont dû glisser dans la Seine, comme le couteau. Il enveloppe le tout avec un journal, ficelle et attache, pour faire poids, cet encrier de cristal. Puis il décampe. Un instant plus tard, le paquet tombe sur la péniche du marinier. Et voilà. Ouf ! j'en ai chaud. Que dis-tu de l'aventure ?

Il observa Ganimard pour se rendre compte de l'effet que son discours avait produit sur l'inspecteur. Ganimard ne se départit pas de son mutisme.

Lupin se mit à rire.

— Au fond, tu es estomaqué. Mais tu te défies. « Pourquoi ce diable de Lupin me passe-t-il cette affaire, au lieu de la garder pour lui, de courir après l'assassin, et de le dépouiller, s'il y a eu vol ? » Évidemment, la question est logique. Mais il y a un mais : je n'ai pas le temps. À l'heure actuelle, je suis débordé de besogne. Un cambriolage à Londres, un autre à Lausanne, une substitution d'enfant à Marseille, le sauvetage d'une jeune fille autour de qui rôde la mort, tout me tombe à la fois sur les bras. Alors je me suis dit : « Si je passais l'affaire à ce bon Ganimard ? Maintenant qu'elle est à moitié débrouillée, il est bien capable de réussir. Et quel service je lui rends ! comme il va pouvoir se distinguer ! » Aussitôt dit, aussitôt fait. À huit heures du matin, j'expédiais à ta rencontre le type aux peaux d'orange. Tu mordais à l'hameçon, et, à neuf heures, tu arrivais ici tout frétillant.

Lupin s'était levé. Il se baissa un peu vers l'inspecteur et lui dit, les yeux dans les yeux :

– Un point c'est tout. L'histoire est finie. Tantôt, probablement, tu connaîtras la victime…, quelque danseuse de ballet, quelque chanteuse de café-concert. D'autre part, il y a des chances pour que le coupable habite aux environs du Pont-Neuf, et plutôt sur la rive gauche. Enfin, voici toutes les pièces à conviction. Je t'en fais cadeau. Travaille. Je ne garde que ce bout d'écharpe. Si tu as besoin de reconstituer l'écharpe tout entière, apporte-moi l'autre bout, celui que la justice recueillera au cou de la victime. Apporte-le-moi dans un mois, jour pour jour, c'est-à-dire le 28 décembre prochain, à 10 heures. Tu es sûr de me trouver. Et sois sans crainte : tout cela est sérieux, mon bon ami, je te le jure. Aucune fumisterie. Tu peux aller de l'avant. Ah ! à propos, un détail qui a son importance. Quand tu arrêteras le type au monocle, attention ; il est gaucher. Adieu, ma vieille, et bonne chance !

Lupin fit une pirouette, gagna la porte, l'ouvrit et disparut, avant même que Ganimard ne songeât à prendre une décision. D'un bond, l'inspecteur se précipita, mais il constata aussitôt que la poignée de la serrure, grâce à un mécanisme qu'il ignorait, ne tournait pas. Il lui fallut dix minutes pour dévisser cette serrure, dix autres pour dévisser celle de l'antichambre. Quand il eut dégringolé les trois étages, Ganimard n'avait plus le moindre espoir de rejoindre Arsène Lupin.

D'ailleurs, il n'y pensait pas. Lupin lui inspirait un sentiment bizarre et complexe où il y avait de la peur, de la rancune, une admiration involontaire et aussi l'intuition confuse que, malgré tous ses efforts, malgré la persistance de ses recherches, il n'arriverait jamais à bout d'un pareil adversaire. Il le poursuivait par devoir et par amour-propre, mais avec la crainte continuelle d'être dupé par ce redoutable mystificateur, et bafoué devant un public toujours prêt à rire de ses mésaventures.

En particulier, l'histoire de cette écharpe rouge lui sembla bien équivoque. Intéressante, certes, par plus d'un côté, mais combien invraisemblable ! Et combien aussi l'explication de Lupin, si logique en apparence, résistait peu à un examen sévère :

« Non, se dit Ganimard, tout cela c'est de la blague…, un ramassis de suppositions et d'hypothèses qui ne repose sur rien. Je ne marche pas. »

Quand il parvint au 36 du quai des Orfèvres, il était absolument décidé à tenir l'incident pour nul et non avenu.

Il monta au service de la Sûreté. Là, un de ses camarades lui dit :

— Tu as vu le chef ?

— Non.

— Il te demandait tout à l'heure.

— Ah ?

— Oui, va le rejoindre.

— Où ?

— Rue de Berne…, un assassinat qui a été commis cette nuit…

— Ah ! et la victime ?

— Je ne sais pas trop une chanteuse de café-concert, je crois.

Ganimard murmura simplement :

— Crebleu de crebleu !

Vingt minutes après, il sortait du métro et se dirigeait vers la rue de Berne.

La victime, connue dans le monde des théâtres sous le sobriquet de Jenny Saphir, occupait un modeste appartement situé au second étage. Conduit par un agent de police, l'inspecteur principal traversa d'abord deux pièces, puis pénétra dans la chambre où se trouvaient déjà les magistrats chargés de l'enquête, le chef de la Sûreté, M. Dudouis, et un médecin légiste.

Au premier coup d'œil, Ganimard tressaillit. Il avait aperçu, couché sur un divan, le cadavre d'une jeune femme dont les mains se crispaient à un lambeau de soie rouge ! L'épaule, qui apparaissait hors du corsage échancré, portait la marque de deux blessures autour desquelles le sang s'était figé. La face, convulsée, presque noire, gardait une expression d'épouvante folle.

Le médecin légiste, qui venait de terminer son examen, prononça :

— Mes premières conclusions sont très nettes. La victime a d'abord été frappée de deux coups de poignard, puis étranglée. La mort par asphyxie est visible.

« Crebleu de crebleu », pensa de nouveau Ganimard qui se rappelait les paroles de Lupin, son évocation du crime…

Le juge d'instruction objecta :

— Cependant le cou n'offre point d'ecchymose.

— La strangulation, déclara le médecin, a pu être pratiquée à l'aide de cette écharpe de soie que la victime portait et dont il reste ce morceau auquel elle s'était cramponnée des deux mains pour se défendre.

— Mais pourquoi, dit le juge, ne reste-t-il que ce morceau ? Qu'est devenu l'autre ?

— L'autre, maculé de sang peut-être, aura été emporté par l'assassin. On distingue très bien le déchiquetage hâtif des ciseaux.

« Crebleu de crebleu, répéta Ganimard entre ses dents pour la troisième fois, cet animal de Lupin a tout vu sans être là ! »

— Et le motif du crime ? demanda le juge. Les serrures ont été fracturées, les armoires bouleversées. Avez-vous quelques renseignements, monsieur Dudouis ?

Le chef de la Sûreté répliqua :

— Je puis tout au moins avancer une hypothèse, qui résulte des déclarations de la bonne. La victime, dont le talent de chanteuse était médiocre, mais que l'on connaissait pour sa beauté, a fait, il y a deux ans, un voyage en Russie, d'où elle est revenue avec un magnifique saphir que lui avait donné, paraît-il, un personnage de la cour. Jenny Saphir, comme on appelait la jeune femme depuis ce jour, était très fière de ce cadeau, bien que, par prudence, elle ne le portât pas. N'est-il pas à supposer que le vol du saphir fut la cause du crime ?

— Mais la femme de chambre connaissait l'endroit où se trouvait la pierre ?

— Non, personne ne le connaissait. Et le désordre de cette pièce tendrait à prouver que l'assassin l'ignorait également.

— Nous allons interroger la femme de chambre, prononça le juge d'instruction.

M. Dudouis prit à part l'inspecteur principal, et lui dit :

— Vous avez l'air tout drôle, Ganimard. Qu'y a-t-il ? Est-ce que vous soupçonnez quelque chose ?

— Rien du tout, chef.

— Tant pis. Nous avons besoin d'un coup d'éclat à la Sûreté. Voilà plusieurs crimes de ce genre dont l'auteur n'a pu être découvert. Cette fois-ci, il nous faut le coupable, et rapidement.

— Difficile, chef.

— Il le faut. Écoutez-moi, Ganimard. D'après la femme de chambre, Jenny Saphir, qui avait une vie très régulière, recevait fréquemment, depuis un mois, à son retour du théâtre, c'est-à-dire vers dix heures et demie, un individu qui restait environ jusqu'à minuit. « C'est un homme du monde, prétendait Jenny Saphir : il veut m'épouser. » Cet homme du monde prenait d'ailleurs toutes les précautions pour n'être pas vu, relevant le col de son vêtement et rabattant les bords de son chapeau quand il passait devant la loge de la concierge. Et Jenny Saphir, avant même qu'il n'arrivât, éloignait toujours sa femme de chambre. C'est cet individu qu'il s'agit de retrouver.

— Il n'a laissé aucune trace ?

— Aucune. Il est évident que nous sommes en présence d'un gaillard très fort, qui a préparé son crime, et qui l'a exécuté avec toutes les chances possibles d'impunité. Son arrestation nous fera grand honneur. Je compte sur vous, Ganimard.

— Ah ! vous comptez sur moi, chef, répondit l'inspecteur. Eh bien, on verra..., on verra... Je ne dis pas non... Seulement...

Il semblait très nerveux et son agitation frappa M. Dudouis.

— Seulement, poursuivit Ganimard, seulement je vous jure vous entendez, chef, je vous jure...

— Vous me jurez quoi ?

— Rien…, on verra ça, chef on verra…

Ce n'est que dehors, une fois seul, que Ganimard acheva sa phrase. Et il l'acheva tout haut, en frappant du pied, et avec l'accent de la colère la plus vive :

« Seulement, je jure devant Dieu que l'arrestation se fera par mes propres moyens, et sans que j'emploie un seul des renseignements que m'a fournis ce misérable. Ah ! non, alors. »

Pestant contre Lupin, furieux d'être mêlé à cette affaire, et résolu cependant à la débrouiller, il se promena au hasard des rues. Le cerveau tumultueux, il cherchait à mettre un peu d'ordre dans ses idées et à découvrir, parmi les faits épars, un petit détail, inaperçu de tous, non soupçonné de Lupin, qui pût le conduire au succès.

Il déjeuna rapidement chez un marchand de vins, puis reprit sa promenade, et tout à coup s'arrêta, stupéfié, confondu. Il pénétrait sous le porche de la rue de Surène, dans la maison même où Lupin l'avait attiré quelques heures auparavant. Une force plus puissante que sa volonté l'y conduisait de nouveau. La solution du problème était là. Là, se trouvaient tous les éléments de la vérité. Quoi qu'il fît, les assertions de Lupin étaient si exactes, ses calculs si justes, que, troublé jusqu'au fond de l'être par une divination aussi prodigieuse, il ne pouvait que reprendre l'œuvre au point où son ennemi l'avait laissée.

Sans plus de résistance, il monta les trois étages. L'appartement était ouvert. Personne n'avait touché aux pièces à conviction. Il les empocha.

Dès lors, il raisonna et il agit pour ainsi dire mécaniquement, sous les impulsions du maître auquel il ne pouvait pas ne pas obéir.

En admettant que l'inconnu habitât aux environs du Pont-Neuf, il fallait découvrir, sur le chemin qui mène de ce pont, à la rue de Berne, l'importante pâtisserie ouverte le soir, où les gâteaux avaient été achetés. Les recherches ne furent pas longues. Près de la gare Saint-Lazare, un pâtissier lui montra de petites boîtes en carton, identiques, comme matière et comme forme, à celle que Ganimard possédait. En outre, une des vendeuses se rappelait avoir servi, la veille au soir, un monsieur engoncé dans son col de fourrure, mais dont elle avait aperçu le monocle.

– Voilà, contrôlé, un premier indice, pensa l'inspecteur, notre homme porte un monocle.

Il réunit ensuite les fragments du journal de courses, et les soumit à un marchand de journaux qui reconnut aisément *Le Turf illustré*. Aussitôt, il se rendit aux bureaux du *Turf* et demanda la liste des abonnés. Sur cette liste, il releva les noms et adresses de tous ceux qui demeuraient dans les parages du Pont-Neuf, et principalement, puisque Lupin l'avait dit, sur la rive gauche du fleuve.

Il retourna ensuite à la Sûreté, recruta une demi-douzaine d'hommes, et les expédia avec les instructions nécessaires.

À sept heures du soir, le dernier de ces hommes revint et lui annonça la bonne nouvelle. Un M. Prévailles, abonné au *Turf*, habitait un entresol sur le quai des Augustins. La veille au soir, il sortait de chez lui, vêtu d'une pelisse de fourrure, recevait des mains de la concierge sa correspondance et son journal *Le Turf illustré*, s'éloignait et rentrait vers minuit.

Ce M. Prévailles portait un monocle. C'était un habitué des courses, et lui-même possédait plusieurs chevaux qu'il montait ou mettait en location.

L'enquête avait été si rapide, les résultats étaient si conformes aux prédictions de Lupin que Ganimard se sentit bouleversé en écoutant le rapport de l'agent. Une fois de plus, il mesurait l'étendue prodigieuse des ressources dont Lupin disposait. Jamais, au cours de sa vie déjà longue, il n'avait rencontré une telle clairvoyance, un esprit aussi aigu et aussi prompt.

Il alla trouver M. Dudouis.

— Tout est prêt, chef. Vous avez un mandat ?

— Hein ?

— Je dis que tout est prêt pour l'arrestation, chef.

— Vous savez qui est l'assassin de Jenny Saphir ?

— Oui.

— Mais comment ? Expliquez-vous.

Ganimard éprouva quelque scrupule, rougit un peu, et cependant répondit :

— Un hasard, chef. L'assassin a jeté dans la Seine tout ce qui pouvait le compromettre. Une partie du paquet a été recueillie et me fut remise.

— Par qui ?

— Un batelier qui n'a pas voulu dire son nom, craignant les représailles. Mais j'avais tous les indices nécessaires. La besogne était facile.

Et l'inspecteur raconta comment il avait procédé.

— Et vous appelez cela un hasard ! s'écria M. Dudouis. Et vous dites que la besogne était facile ! Mais c'est une de vos plus belles campagnes. Menez-la jusqu'au bout vous-même, mon cher Ganimard, et soyez prudent.

Ganimard avait hâte d'en finir. Il se rendit au quai des Augustins avec ses hommes qu'il répartit autour de la maison. La concierge, interrogée, déclara que son locataire prenait ses repas dehors, mais qu'il passait régulièrement chez lui après son dîner. De fait, un peu avant neuf heures, penchée à sa fenêtre, elle avertit Ganimard, qui donna aussitôt un léger coup de sifflet. Un monsieur en chapeau haut de forme, enveloppé dans sa pelisse de fourrure, suivait le trottoir qui longe la Seine. Il traversa la chaussée et se dirigea vers la maison.

Ganimard s'avança :

— Vous êtes bien monsieur Prévailles ?

— Oui, mais vous-même ?

— Je suis chargé d'une mission…

Il n'eut pas le temps d'achever sa phrase. À la vue des hommes qui surgissaient de l'ombre, Prévailles avait reculé vivement jusqu'au mur, et tout en faisant face à ses adversaires, il se tenait adossé contre la porte d'une boutique située au rez-de-chaussée et dont les volets étaient clos.

— Arrière, cria-t-il, je ne vous connais pas.

Sa main droite brandissait une lourde canne, tandis que sa main gauche, glissée derrière lui, semblait chercher à ouvrir la porte.

Ganimard eut l'impression qu'il pouvait s'enfuir par là et par quelque issue secrète.

— Allons, pas de blague, dit-il en s'approchant… Tu es pris… Rends-toi.

Mais au moment où il empoignait la canne de Prévailles, Ganimard se souvint de l'avertissement donné par Lupin : Prévailles était gaucher, et c'était son revolver qu'il cherchait de la main gauche.

L'inspecteur se baissa rapidement, il avait vu le geste subit de l'individu. Deux détonations retentirent. Personne ne fut touché.

Quelques secondes après, Prévailles recevait un coup de crosse au menton, qui l'abattait sur-le-champ. À neuf heures, on l'écrouait au Dépôt.

Ganimard, à cette époque, jouissait déjà d'une grande réputation. Cette capture opérée si brusquement, et par des moyens très simples que la police se hâta de divulguer, lui valut une célébrité soudaine. On chargea aussitôt Prévailles de tous les crimes demeurés impunis, et les journaux exaltèrent les prouesses de Ganimard.

L'affaire, au début, fut conduite vivement. Tout d'abord on constata que Prévailles, de son véritable nom Thomas Derocq, avait eu déjà maille à partir avec la justice. En outre, la perquisition que l'on fit chez lui, si elle ne provoqua pas de nouvelles preuves, amena cependant la découverte d'un peloton de corde semblable à la corde employée autour du paquet, et la découverte de poignards qui auraient produit une blessure analogue aux blessures de la victime.

Mais, le huitième jour, tout changea. Prévailles, qui, jusqu'ici, avait refusé de répondre, Prévailles, assisté de son avocat, opposa un alibi très net : le soir du crime, il était aux Folies-Bergère.

De fait on finit par trouver, dans la poche de son smoking, un coupon de fauteuil et un programme de spectacle qui tous deux portaient la date de ce soir-là.

— Alibi préparé, objecta le juge d'instruction.

— Prouvez-le, répondit Prévailles.

Des confrontations eurent lieu. La demoiselle de la pâtisserie crut reconnaître le monsieur au monocle.

La concierge de la rue de Berne crut reconnaître le monsieur qui rendait visite à Jenny Saphir. Mais personne n'osait rien affirmer de plus.

Ainsi, l'instruction ne rencontrait rien de précis, aucun terrain solide sur lequel on pût établir une accusation sérieuse.

Le juge fit venir Ganimard et lui confia son embarras.

– Il m'est impossible d'insister davantage, les charges manquent.

– Cependant, vous êtes convaincu, monsieur le juge d'instruction ! Prévailles se serait laissé arrêter sans résistance s'il n'avait pas été coupable.

– Il prétend qu'il a cru à une attaque. De même il prétend qu'il n'a jamais vu Jenny Saphir, et, en vérité, nous ne trouvons personne pour le confondre. Et pas davantage, en admettant que le saphir ait été volé, nous n'avons pu le trouver chez lui.

– Ailleurs non plus, objecta Ganimard.

– Soit, mais ce n'est pas une charge contre lui, cela. Savez-vous ce qu'il nous faudrait, monsieur Ganimard, et avant peu ? L'autre bout de cette écharpe rouge.

– L'autre bout ?

– Oui, car il est évident que si l'assassin l'a emporté, c'est que les marques sanglantes de ses doigts sont sur l'étoffe.

Ganimard ne répondit pas. Depuis plusieurs jours il sentait bien que toute l'aventure tendait vers ce dénouement. Il n'y avait pas d'autre preuve possible. Avec l'écharpe de soie, et avec cela seulement, la culpabilité de Prévailles était certaine. Or la situation de Ganimard exigeait cette culpabilité. Responsable de l'arrestation, illustré par elle, prôné comme l'adversaire le plus redoutable des malfaiteurs, il devenait absolument ridicule si Prévailles était relâché.

Par malheur, l'unique et indispensable preuve était dans la poche de Lupin. Comment l'y reprendre ?

Ganimard chercha, il s'épuisa en nouvelles investigations, refit l'enquête, passa des nuits blanches à scruter le mystère de la rue de Berne, reconstitua l'existence de Prévailles, mobilisa dix hommes pour découvrir l'invisible saphir. Tout fut inutile.

Le 27 décembre, le juge d'instruction l'interpella dans les couloirs du Palais.

— Eh bien, monsieur Ganimard, du nouveau ?

— Non, monsieur le juge d'instruction.

— En ce cas, j'abandonne l'affaire.

— Attendez un jour encore.

— Pourquoi ? Il nous faudrait l'autre bout de l'écharpe, l'avez-vous ?

— Je l'aurai demain.

— Demain ?

— Oui, mais confiez-moi le morceau qui est en votre possession.

— Moyennant quoi ?

— Moyennant quoi je vous promets de reconstituer l'écharpe complète.

— Entendu.

Ganimard entra dans le cabinet du juge. Il en sortit avec le lambeau de soie.

« Crénom de bon sang, bougonnait-il, j'irai la chercher, la preuve, et je l'aurai… Si toutefois M. Lupin ose venir au rendez-vous. »

Au fond, il ne doutait pas que M. Lupin n'eût cette audace, et c'était ce qui, précisément, l'agaçait.

Pourquoi Lupin le voulait-il, ce rendez-vous ? Quel but poursuivait-il en l'occurrence ?

Inquiet, la rage au cœur, plein de haine, il résolut de prendre toutes les précautions nécessaires, non seulement pour ne pas tomber dans un guet-apens, mais même pour ne pas manquer, puisque l'occasion s'en présentait, de prendre son ennemi au piège. Et le lendemain, qui était le 28 décembre, jour fixé par Lupin, après avoir étudié, toute la nuit, le vieil hôtel de la rue de Surène et s'être convaincu qu'il n'y avait d'autre issue que la grande porte, après avoir prévenu ses hommes qu'il allait accomplir une expédition dangereuse, c'est avec eux qu'il arriva sur le champ de bataille.

Il les posta dans un café. La consigne était formelle : s'il apparaissait à l'une des fenêtres du troisième étage, ou s'il ne revenait pas au bout d'une heure, les agents devaient envahir la maison et arrêter quiconque essaierait d'en sortir.

L'inspecteur principal s'assura que son revolver fonctionnait bien, et qu'il pourrait le tirer facilement de sa poche. Puis il monta.

Il fut assez surpris de revoir les choses comme il les avait laissées, c'est-à-dire les portes ouvertes et les serrures fracturées. Ayant constaté que les fenêtres de la chambre principale donnaient bien sur la rue, il visita les trois autres pièces qui constituaient l'appartement. Il n'y avait personne.

— M. Lupin a eu peur, murmura-t-il, non sans une certaine satisfaction.

— T'es bête, dit une voix derrière lui.

S'étant retourné, il vit sur le seuil un vieil ouvrier en longue blouse de peintre.

— Cherche pas, dit l'homme. C'est moi, Lupin. Je travaille depuis ce matin chez l'entrepreneur de peinture. En ce moment, c'est l'heure du repas. Alors je suis monté.

Il observait Ganimard avec un sourire joyeux, et il s'écria :

— Vrai ! c'est une satanée minute que j'te dois là, mon vieux. J'la vendrais pas pour dix ans de ta vie, et cependant j't'aime bien ! Qu'en penses-tu, l'artiste ? Est-ce combiné, prévu ? prévu depuis *A* jusqu'à *Z* ? J'l'ai t'i comprise, l'affaire ? J'lai ti pénétré, l'mystère de l'écharpe ? Je n'te dis pas qu'il n'y avait pas des trous dans mon argumentation, des mailles qui manquaient à la chaîne… Mais quel chef-d'œuvre d'intelligence ! Quelle reconstitution, Ganimard ! Quelle intuition de tout ce qui avait eu lieu, et de tout ce qui allait avoir lieu depuis la découverte du crime jusqu'à ton arrivée ici, en quête d'une preuve ! Quelle divination vraiment merveilleuse ! T'as l'écharpe ?

— La moitié, oui. Tu as l'autre ?

— La voici. Confrontons.

Ils étalèrent les deux morceaux de soie sur la table. Les échancrures faites par les ciseaux correspondaient exactement. En outre les couleurs étaient identiques.

— Mais je suppose, dit Lupin, que tu n'es pas venu seulement pour cela. Ce qui t'intéresse, c'est de voir les marques du sang. Suis-moi, Ganimard, le jour n'est pas suffisant ici.

Ils passèrent dans la pièce voisine, située du côté de la cour, et plus claire en effet, et Lupin appliqua son étoffe sur la vitre.

— Regarde, dit-il en laissant la place à Ganimard.

L'inspecteur tressaillit de joie. Distinctement on voyait les traces des cinq doigts et l'empreinte de la paume. La preuve était irrécusable. De sa main ensanglantée, de cette même main qui avait frappé Jenny Saphir, l'assassin avait empoigné l'étoffe et noué l'écharpe autour du cou.

— Et c'est l'empreinte d'une main gauche, nota Lupin… D'où mon avertissement, qui n'avait rien de miraculeux, comme tu vois. Car, si j'admets que tu me considères comme un esprit supérieur, mon bon ami, je ne veux pas cependant que tu me traites de sorcier.

Ganimard avait empoché prestement le morceau de soie. Lupin l'approuva.

— Mais oui, mon gros, c'est pour toi. Ça me fait tant de plaisir de te faire plaisir ! Et tu vois, il n'y avait pas de piège dans tout cela rien que de l'obligeance…, un service de camarade à camarade, de copain à copain… Et aussi, je te l'avoue, un peu de curiosité… Oui, je voulais examiner l'autre morceau de soie… Celui de la police… N'aie pas peur. N'aie pas peur, je vais te le rendre… Une seconde seulement.

D'un geste nonchalant, et tandis que Ganimard l'écoutait malgré lui, il s'amusait avec le gland qui terminait la moitié de l'écharpe.

— Comme c'est ingénieux, ces petits ouvrages de femme ! As-tu remarqué ce détail de l'enquête ? Jenny Saphir était très adroite, et confectionnait elle-même ses chapeaux et ses robes. Il est évident que cette écharpe a été faite par elle… D'ailleurs, je m'en suis aperçu dès le premier jour. Curieux de ma nature, comme j'ai eu l'honneur de te le dire, j'avais étudié à fond le morceau de soie que tu viens d'empocher, et dans l'intérieur même du gland, j'avais découvert une petite médaille de sainteté que la pauvre fille avait mise là comme un porte-bonheur. Détail touchant, n'est-ce pas, Ganimard ? Une petite médaille de Notre-Dame-de-Bon-Secours.

L'inspecteur ne le quittait pas des yeux, très intrigué. Et Lupin continuait :

— Alors, je me suis dit comme il serait intéressant d'explorer l'autre moitié de l'écharpe, celle que la police trouvera au cou de la victime ! Car cette autre moitié, que je tiens enfin, est terminée de la même façon… De sorte que je saurai si la même cachette existe et ce qu'elle renferme… Mais regarde donc, mon bon ami, est-ce habilement fait ! Et si peu compliqué ! Il suffit de prendre un écheveau de cordonnet rouge et de le tresser autour d'une olive de bois creuse, tout en réservant, au milieu, une petite retraite, un petit vide, étroit forcément, mais suffisant pour qu'on puisse y mettre une médaille de sainteté…, ou tout autre chose… Un bijou, par exemple… Un saphir…

Au même instant, il achevait d'écarter les cordonnets de soie, et, au creux d'une olive, il saisissait entre le pouce et l'index une admirable pierre bleue, d'une pureté et d'une taille parfaites.

— Hein, que disais-je, mon bon ami ?

Il leva la tête. L'inspecteur, livide, les yeux hagards, semblait ahuri, fasciné par la pierre qui miroitait devant lui. Il comprenait enfin toute la machination.

— Animal, murmura-t-il, retrouvant son injure de la première entrevue.

Les deux hommes étaient dressés l'un contre l'autre.

— Rends-moi ça, fit l'inspecteur.

Lupin tendit le morceau d'étoffe.

— Et le saphir ! ordonna Ganimard.

— T'es bête.

— Rends-moi ça, sinon…

— Sinon, quoi, espèce d'idiot ? s'écria Lupin. Ah ça ! mais, t'imagines-tu que c'est pour des prunes que je t'ai octroyé l'aventure ?

— Rends-moi ça !

— Tu m'as pas regardé ? Comment, voilà quatre semaines que je te fais marcher comme un daim, et tu voudrais… Voyons, Ganimard, un petit effort, mon gros… Comprends que, depuis quatre semaines, tu n'es que le bon caniche Ganimard, apporte, apporte au monsieur… Ah ! le bon toutou à son père… Faites le beau… Susucre ?

Contenant la colère qui bouillonnait en lui, Ganimard ne songeait qu'à une chose, appeler ses agents. Et comme la pièce où il se trouvait donnait sur la cour, peu à peu, par un mouvement tournant, il essayait de revenir à la porte de communication. D'un bond, il sauterait alors vers la fenêtre et casserait l'un des carreaux.

— Faut-il tout de même, continuait Lupin, que vous en ayez une couche, toi et les autres ! Depuis le temps que vous tenez l'étoffe, il n'y en a pas un qui ait eu l'idée de la palper, pas un qui se soit demandé la raison pour laquelle la pauvre fille s'accrochait à son écharpe. Pas un ! Vous agissez au hasard, sans réfléchir, sans rien prévoir.

L'inspecteur avait atteint son but. Profitant d'une seconde où Lupin s'éloignait de lui, il fit volte-face soudain, et saisit la poignée de la porte. Mais un juron lui échappa, la poignée ne bougea pas.

Lupin s'esclaffa.

— Même pas ça ! tu n'avais même pas prévu ça ! Tu me tends un traquenard, et tu n'admets pas que je puisse flairer la chose d'avance… Et tu te laisses conduire dans cette chambre, sans te demander si je ne t'y conduis pas exprès, et sans te rappeler que les serrures sont munies de mécanismes spéciaux ! Voyons, en toute sincérité, qu'est-ce que tu dis de cela ?

— Ce que j'en dis ? proféra Ganimard, hors de lui.

Rapidement, il avait tiré son revolver et visait l'ennemi en pleine figure.

— Haut les mains ! s'écria-t-il.

Lupin se planta devant lui, en levant les épaules.

— Encore la gaffe.

— Haut les mains, je te répète !

— Encore la gaffe. Ton ustensile ne partira pas.

— Quoi ?

— Ta femme de ménage, la vieille Catherine, est à mon service. Elle a mouillé la poudre ce matin, pendant que tu prenais ton café au lait.

Ganimard eut un mouvement de rage, empocha l'arme, et se jeta sur Lupin.

— Après ? fit celui-ci, en l'arrêtant net d'un coup de pied sur la jambe.

Leurs vêtements se touchaient presque. Leurs regards se provoquaient, comme les regards de deux adversaires qui vont en venir aux mains.

Pourtant, il n'y eut pas de combat. Le souvenir des luttes précédentes rendait la lutte inutile. Et Ganimard, qui se rappelait toutes les défaites passées, ses vaines attaques, les ripostes foudroyantes de Lupin, ne bougeait pas. Il n'y avait rien à faire, il le sentait. Lupin disposait des forces contre lesquelles toute force individuelle se brisait. Alors, à quoi bon ?

— N'est-ce pas ? prononça Lupin, d'une voix amicale, il vaut mieux en rester là. D'ailleurs, mon bon ami, réfléchis bien à tout ce que l'aventure t'a rapporté : la gloire, la certitude d'un avancement prochain, et, grâce à cela, la perspective d'une heureuse vieillesse. Tu ne voudrais pas cependant y ajouter la découverte du saphir et la tête de ce pauvre Lupin… Ce ne serait pas juste. Sans compter que ce pauvre Lupin t'a sauvé la vie. Mais oui, monsieur ! Qui donc vous avertissait ici même que Prévailles était gaucher ? Et c'est comme ça que tu me remercies ? Pas chic, Ganimard. Vrai, tu me fais de la peine.

Tout en bavardant, Lupin avait accompli le même manège que Ganimard et s'était approché de la porte.

Ganimard comprit que l'ennemi allait lui échapper. Oubliant toute prudence, il voulut lui barrer la route et reçut dans l'estomac un formidable coup de tête qui l'envoya rouler jusqu'à l'autre mur.

En trois gestes, Lupin fit jouer un ressort, tourna la poignée, entrouvrit le battant et s'esquiva en éclatant de rire.

Lorsque Ganimard, vingt minutes après, réussit à rejoindre ses hommes, l'un de ceux-ci lui dit :

— Il y a un ouvrier peintre qui est sorti de la maison, comme ses camarades rentraient de déjeuner, et qui m'a remis une lettre. « Vous donnerez ça à votre patron », qu'il m'a dit. « À quel patron ? », que j'ai répondu. Il était loin déjà. Je suppose que c'est pour vous.

— Donne.

Ganimard décacheta la lettre. Elle était griffonnée en hâte, au crayon, et contenait ces mots…

Ceci, mon bon ami, pour te mettre en garde contre une excessive crédulité. Quand un quidam te dit que les cartouches de ton revolver sont mouillées, si grande que soit ta confiance en ce quidam, se nommât-il Arsène Lupin, ne te laisse pas monter le coup. Tire d'abord, et, si le quidam fait une pirouette dans l'éternité, tu auras la preuve : 1° que les cartouches n'étaient pas mouillées ; 2° que la vieille Catherine est la plus honnête des femmes de ménage.

En attendant que j'aie l'honneur de la connaître, accepte, mon bon ami, les sentiments affectueux de ton fidèle

Arsène Lupin.

La mort qui rôde

Après avoir contourné les murs du château, Arsène Lupin revint à son point de départ. Décidément aucune brèche n'existait, et l'on ne pouvait s'introduire dans le vaste domaine de Maupertuis que par une petite porte basse et solidement verrouillée à l'intérieur, ou par la grille principale auprès de laquelle veillait le pavillon du garde.

— Soit, dit-il, nous emploierons les grands moyens.

Pénétrant au milieu des taillis où il avait caché sa motocyclette, il détacha un paquet de corde légère enroulé sous la selle, et se dirigea vers un endroit qu'il avait noté au cours de son examen. À cet endroit, situé loin de la route, à la lisière d'un bois, de grands arbres plantés dans le parc débordaient le mur.

Lupin fixa une pierre à l'extrémité de la corde, et, l'ayant lancée, attrapa une grosse branche, qu'il lui suffit dès lors d'attirer à lui et d'enjamber.

La branche, en se redressant, le souleva de terre. Il franchit le mur, glissa le long de l'arbre, et sauta doucement sur l'herbe du parc.

C'était l'hiver. Entre les rameaux dépouillés, par-dessus le vallonnement des pelouses, il aperçut au loin le petit château de Maupertuis. Craignant d'être vu, il se dissimula derrière un groupe de sapins. Là, à l'aide d'une lorgnette, il étudia la façade mélancolique et sombre du château. Toutes les fenêtres étaient closes et comme défendues par des volets hermétiques. On eût dit un logis inhabité.

« Pristi, murmura Lupin, pas gai, le manoir ! Ce n'est pas ici que je finirai mes jours. »

Mais, comme trois heures sonnaient à l'horloge, une des portes du rez-de-chaussée s'ouvrit sur la terrasse, et une silhouette de femme, très mince, enveloppée dans un manteau noir, apparut.

La femme se promena de long en large durant quelques minutes, entourée aussitôt d'oiseaux auxquels elle jetait des miettes de pain. Puis elle descendit les marches de pierre qui conduisaient à la pelouse centrale, et elle la suivit en prenant l'allée de droite.

Avec sa lorgnette, Lupin la voyait distinctement venir de son côté. Elle était grande, blonde, d'une tournure gracieuse, l'air d'une toute jeune fille. Elle avançait d'un pas allègre, regardant le pâle soleil de décembre, et s'amusant à briser les petites branches mortes aux arbustes du chemin.

Elle était arrivée à peu près aux deux tiers de la distance qui la séparait de Lupin, quand des aboiements furieux éclatèrent, et un chien énorme, un danois de taille colossale, surgit d'une cabane voisine et se dressa au bout de la chaîne qui le retenait.

La jeune fille s'écarta un peu et passa, sans prêter plus d'attention à un incident qui devait se reproduire chaque jour. Le chien redoubla de colère, debout sur ses pattes, et tirant sur son collier au risque de s'étrangler.

Trente ou quarante pas plus loin, impatientée sans doute, elle se retourna et fit un geste de la main. Le danois eut un sursaut de rage, recula jusqu'au fond de sa niche, et bondit de nouveau, irrésistible. La jeune fille poussa un cri de terreur folle. Le chien franchissait l'espace, en traînant derrière lui sa chaîne brisée.

Elle se mit à courir, à courir de toutes ses forces, et elle appelait au secours désespérément. Mais, en quelques sauts, le chien la rejoignait.

Elle tomba, tout de suite épuisée, perdue. La bête était déjà sur elle, la touchait presque.

À ce moment précis, il y eut une détonation. Le chien fit une cabriole en avant, se remit d'aplomb, gratta le sol à coups de patte, puis se coucha en hurlant à diverses reprises, un hurlement rauque, essoufflé, qui s'acheva en une plainte sourde et en râles indistincts. Et ce fut tout.

– Mort, dit Lupin, qui était accouru aussitôt, prêt à décharger son revolver une seconde fois.

La jeune fille s'était relevée, toute pâle, chancelante encore. Elle examina, très surprise, cet homme qu'elle ne connaissait pas, et qui venait de lui sauver la vie, et elle murmura :

– Merci… J'ai eu bien peur… Il était temps… Je vous remercie, monsieur.

Lupin ôta son chapeau.

– Permettez-moi de me présenter, mademoiselle, Paul Daubreuil… Mais, avant toute explication, je vous demande un instant…

Il se baissa vers le cadavre du chien, et examina la chaîne à l'endroit où l'effort de la bête l'avait brisée.

– C'est bien ça ! fit-il entre ses dents, c'est bien ce que je supposais. Bigre ! les événements se précipitent… J'aurais dû arriver plus tôt.

Revenant à la jeune fille, il lui dit vivement…

— Mademoiselle, nous n'avons pas une minute à perdre. Ma présence dans ce parc est tout à fait insolite. Je ne veux pas qu'on m'y surprenne, et cela, pour des raisons qui vous concernent uniquement. Pensez-vous qu'on ait pu, du château, entendre la détonation ?

La jeune fille semblait remise déjà de son émotion, et elle répondit avec une assurance où se révélait toute sa nature courageuse :

— Je ne le pense pas.

— Monsieur votre père est au château, aujourd'hui ?

— Mon père est souffrant, couché depuis des mois. En outre, sa chambre donne sur l'autre façade.

— Et les domestiques ?

— Ils habitent également et travaillent de l'autre côté. Personne ne vient jamais par ici. Moi seule m'y promène.

— Il est donc probable qu'on ne m'a pas vu non plus, d'autant que ces arbres nous cachent.

— C'est probable.

— Alors, je puis vous parler librement ?

— Certes, mais je ne m'explique pas…

— Vous allez comprendre.

Il s'approcha d'elle un peu plus et lui dit :

— Permettez-moi d'être bref. Voici. Il y a quatre jours, Mlle Jeanne Darcieux…

— C'est moi, dit-elle en souriant.

— Mlle Jeanne Darcieux, continua Lupin, écrivait une lettre à l'une de ses amies du nom de Marceline, laquelle habite Versailles…

— Comment savez-vous tout cela ? dit la jeune fille stupéfaite, j'ai déchiré la lettre avant de l'achever.

— Et vous avez jeté les morceaux sur le bord de la route qui va du château à Vendôme.

— En effet je me promenais…

— Ces morceaux furent recueillis, et j'en eus communication le lendemain même.

— Alors…, vous avez lu ? fit Jeanne Darcieux avec une certaine irritation.

— Oui, j'ai commis cette indiscrétion, et je ne le regrette pas, puisque je puis vous sauver.

— Me sauver de quoi ?

— De la mort.

Lupin prononça cette petite phrase d'une voix très nette. La jeune fille eut un frisson.

— Je ne suis pas menacée de mort.

— Si, mademoiselle. Vers la fin d'octobre, comme vous lisiez sur un banc de la terrasse où vous aviez coutume de vous asseoir chaque jour, à la même heure, un moellon de la corniche s'est détaché, et il s'en est fallu de quelques centimètres que vous ne fussiez écrasée.

— Un hasard…

— Par une belle soirée de novembre, vous traversiez le potager, au clair de la lune. Un coup de feu fut tiré, la balle siffla à vos oreilles.

— Du moins je l'ai cru…

— Enfin, la semaine dernière, le petit pont de bois qui enjambe la rivière du parc, à deux mètres de la chute d'eau, s'écroula au moment où vous passiez. C'est par miracle que vous avez pu vous accrocher à une racine.

Jeanne Darcieux essaya de sourire.

— Soit, mais il n'y a là, ainsi que je l'écrivais à Marceline, qu'une série de coïncidences, de hasards…

— Non, mademoiselle, non. Un hasard de cette sorte est admissible… Deux le sont également et encore ! Mais on n'a pas le droit de supposer que, trois fois, le hasard s'amuse et parvienne à répéter le même acte, dans des circonstances aussi extraordinaires. C'est pourquoi je me suis cru permis de venir à votre secours. Et, comme mon intervention ne peut être efficace que si elle demeure secrète, je n'ai pas hésité à m'introduire ici autrement que par la porte. Il était temps, ainsi que vous le disiez. L'ennemi vous attaquait une fois de plus.

— Comment ! Est-ce que vous pensez ? Non, ce n'est pas possible… Je ne veux pas croire…

Lupin ramassa la chaîne et, la montrant :

— Regardez le dernier anneau. Il est hors de doute qu'il a été limé. Sans quoi, une chaîne de cette force n'eût pas cédé. D'ailleurs la marque de la lime est visible.

Jeanne avait pâli, et l'effroi contractait son joli visage.

— Mais qui donc m'en veut ainsi ? balbutia-t-elle. C'est terrible… Je n'ai fait de mal à personne… Et pourtant il est certain que vous avez raison… Bien plus…

Elle acheva plus bas :

— Bien plus, je me demande si le même danger ne menace pas mon père.

— On l'a attaqué, lui aussi ?

— Non, car il ne bouge pas de sa chambre. Mais sa maladie est si mystérieuse ! Il n'a plus de forces…, il ne peut plus marcher… En outre, il est sujet à des étouffements, comme si son cœur s'arrêtait. Ah ! quelle horreur !

Lupin sentit toute l'autorité qu'il pouvait prendre sur elle en un pareil moment, et il lui dit :

— Ne craignez rien, mademoiselle. Si vous m'obéissez aveuglément, je ne doute pas du succès.

— Oui… oui je veux bien mais tout cela est si affreux…

— Ayez confiance, je vous en prie. Et veuillez m'écouter. J'aurais besoin de quelques renseignements.

Coup sur coup il lui posa des questions, auxquelles Jeanne Darcieux répondit hâtivement.

— Cette bête n'était jamais détachée, n'est-ce pas ?

— Jamais.

— Qui la nourrissait ?

— Le garde. À la tombée du jour il lui apportait sa pâtée.

— Il pouvait, par conséquent, s'approcher d'elle sans être mordu ?

— Oui, et lui seul, car elle était féroce.

— Vous ne soupçonnez pas cet homme ?

— Oh non, Baptiste ! Jamais…

— Et vous ne voyez personne ?

— Personne. Nos domestiques nous sont très dévoués. Ils m'aiment beaucoup.

— Vous n'avez pas d'amis au château ?

— Non.

— Pas de frère ?

— Non.

— Votre père est donc seul à vous protéger ?

— Oui, et je vous ai dit dans quel état il se trouvait.

— Vous lui avez raconté les diverses tentatives ?

— Oui, et j'ai eu tort. Notre médecin, le vieux docteur Guéroult, m'a défendu de lui donner la moindre émotion.

— Votre mère ?

— Je ne me souviens pas d'elle. Elle est morte, il y a seize ans, il y a juste seize ans.

— Vous aviez ?

— Un peu moins de cinq ans.

— Et vous habitiez ici ?

— Nous habitions Paris. C'est l'année suivante seulement que mon père a acheté ce château.

Lupin demeura quelques instants silencieux, puis il conclut :

— C'est bien, mademoiselle, je vous remercie. Pour le moment, ces renseignements me suffisent. D'ailleurs, il ne serait pas prudent de rester plus longtemps ensemble.

— Mais, dit-elle, le garde, tout à l'heure, trouvera ce chien… Qui l'aura tué ?

— Vous, mademoiselle, vous, pour vous défendre contre une attaque.

— Je ne porte jamais d'arme.

— Il faut croire que si, dit Lupin en souriant, puisque vous avez tué cette bête, et que vous seule pouvez l'avoir tuée. Et puis on croira ce qu'on voudra. L'essentiel est que, moi, je ne sois pas suspect, quand je viendrai au château.

— Au château ? Vous avez l'intention… ?

— Je ne sais pas encore comment mais je viendrai. Et dès ce soir… Ainsi donc, je vous le répète, soyez tranquille, je réponds de tout.

Jeanne le regarda et, dominée par lui, conquise par son air d'assurance et de bonne foi, elle dit simplement :

— Je suis tranquille.

— Alors, tout ira pour le mieux. À ce soir, mademoiselle.

— À ce soir.

Elle s'éloigna, et Lupin, qui la suivit des yeux, jusqu'au moment où elle disparut à l'angle du château, murmura :

– Jolie créature ! il serait dommage qu'il lui arrivât malheur. Heureusement, ce brave Arsène veille au grain.

Peu soucieux qu'on le rencontrât, l'oreille aux aguets, il visita le parc en ses moindres recoins, chercha la petite porte basse qu'il avait notée à l'extérieur, et qui était celle du potager, ôta le verrou, prit la clef, puis longea les murs, et se retrouva près de l'arbre qu'il avait escaladé. Deux minutes plus tard, il remontait sur sa motocyclette.

Le village de Maupertuis était presque contigu au château. Lupin s'informa et apprit que le Dr Guéroult habitait à côté de l'église.

Il sonna, fut introduit dans le cabinet de consultation, et se présenta sous son nom de Paul Daubreuil, demeurant à Paris, rue de Surène, et entretenant avec le service de la Sûreté des relations officieuses sur lesquelles il réclamait le secret. Ayant eu connaissance, par une lettre déchirée, des incidents qui avaient mis en péril la vie de Mlle Darcieux, il venait au secours de la jeune fille.

Le Dr Guéroult, vieux médecin de campagne, qui chérissait Jeanne, admit aussitôt, sur les explications de Lupin, que ces incidents constituaient les preuves indéniables d'un complot. Très ému, il offrit l'hospitalité à son visiteur et le retint à dîner.

Les deux hommes causèrent longtemps. Le soir, ils se rendirent ensemble au château.

Le docteur monta dans la chambre du malade qui était située au premier étage, et demanda la permission d'amener un de ses jeunes confrères, auquel, désireux de repos, il avait l'intention de transmettre sa clientèle à bref délai.

En entrant, Lupin aperçut Jeanne Darcieux au chevet de son père. Elle réprima un geste d'étonnement, puis, sur un signe du docteur, sortit.

La consultation eut alors lieu en présence de Lupin. M. Darcieux avait une figure amaigrie par la souffrance et des yeux brûlés de fièvre. Ce jour-là, il se plaignit surtout de son cœur. Après l'auscultation, il interrogea le médecin avec une anxiété visible, et chaque réponse semblait un soulagement pour lui. Il parla aussi de Jeanne, persuadé qu'on le trompait et que sa fille avait échappé à d'autres accidents. Malgré les dénégations du docteur, il était inquiet. Il aurait voulu que la police fût avertie et qu'on fît des enquêtes.

Mais son agitation l'épuisa, et il s'assoupit peu à peu.

Dans le couloir, Lupin arrêta le docteur.

— Voyons, docteur, votre opinion exacte. Pensez-vous que la maladie de M. Darcieux puisse être attribuée à une cause étrangère ?

— Comment cela ?

— Oui, supposons qu'un même ennemi ait intérêt à faire disparaître le père et la fille…

Le Dr Guéroult sembla frappé de l'hypothèse.

— En effet, en effet, cette maladie affecte parfois un caractère si anormal ! Ainsi, la paralysie des jambes, qui est presque complète, devrait avoir pour corollaire…

Le docteur réfléchit un instant, puis il prononça, à voix basse :

— Le poison, alors…, mais quel poison ? Et d'ailleurs, je ne vois aucun symptôme d'intoxication, il faudrait supposer… Mais que faites-vous ? Qu'y a-t-il ?

Les deux hommes causaient alors devant une petite salle du premier étage, où Jeanne, profitant de la présence du docteur chez son père, avait commencé son repas du soir. Lupin, qui la regardait par la porte ouverte, la vit porter à ses lèvres une tasse dont elle but quelques gorgées.

Soudain il se précipita sur elle et lui saisit le bras.

— Qu'est-ce que vous buvez là ?

— Mais, dit-elle, interloquée une infusion…, du thé.

— Vous avez fait une grimace de dégoût, pourquoi ?

— Je ne sais pas il m'a semblé…

— Il vous a semblé ?

— Qu'il y avait…, une sorte d'amertume… Mais cela provient sans doute du médicament que j'y ai mêlé.

— Quel médicament ?

— Des gouttes que je prends à chaque dîner selon votre ordonnance, n'est-ce pas, docteur ?

— Oui, déclara le Dr Guéroult, mais ce médicament n'a aucun goût… Vous le savez bien, Jeanne, puisque vous en usez depuis quinze jours, et que c'est la première fois…

— En effet…, murmura la jeune fille, et celui-là a un goût… Ah ! tenez, j'en ai encore la bouche qui me brûle.

À son tour le Dr Guéroult avala une gorgée de la tasse :

— Ah ! pouah ! s'écria-t-il, en recrachant, l'erreur n'est pas possible !

De son côté, Lupin examinait le flacon qui contenait le médicament, et il demanda :

— Dans la journée, où range-t-on ce flacon ?

Mais Jeanne ne put répondre. Elle avait porté la main à sa poitrine, et, le visage blême, les yeux convulsés, elle paraissait souffrir infiniment.

— Ça me fait mal, ça me fait mal, bégaya-t-elle.

Les deux hommes la portèrent vivement dans sa chambre et l'étendirent sur le lit.

— Il faudrait un vomitif, dit Lupin.

— Ouvrez l'armoire, ordonna le docteur… Il y a une trousse de pharmacie… Vous l'avez ? Sortez un des petits tubes… Oui, celui-là… Et de l'eau chaude maintenant… Vous en trouverez sur le plateau de la théière.

Appelée par un coup de sonnette, la bonne, qui était plus spécialement au service de Jeanne, accourut. Lupin lui expliqua que Mlle Darcieux était prise d'un malaise inexplicable.

Il revint ensuite à la petite salle à manger, visita le buffet et les placards, descendit à la cuisine où il prétexta que le docteur l'avait dépêché pour étudier l'alimentation de M. Darcieux. Sans en avoir l'air, il fit causer la cuisinière, le domestique, et le garde Baptiste, lequel mangeait au château.

En remontant, il trouva le docteur.

— Eh bien ?

— Elle dort.

— Aucun danger ?

— Non. Heureusement elle n'avait bu que deux ou trois gorgées. Mais c'est la seconde fois aujourd'hui que vous lui sauvez la vie. L'analyse de ce flacon nous en donnera la preuve.

— Analyse inutile, docteur. La tentative d'empoisonnement est certaine.

— Mais qui ?

— Je ne sais pas. Mais le démon qui machine tout cela connaît évidemment les habitudes du château. Il va et vient à sa guise, se promène dans le parc, lime la chaîne du chien, mêle du poison aux aliments, bref se remue et agit comme s'il vivait de la vie même de celle ou plutôt de ceux qu'il veut supprimer.

— Ah ! vous pensez décidément que le même péril menace M. Darcieux ?

— Sans doute.

— Un des domestiques, alors ? Mais c'est inadmissible. Est-ce que vous croyez ?

— Je ne crois rien. Je ne sais rien. Tout ce que je puis dire, c'est que la situation est tragique, et qu'il faut redouter les pires événements. La mort est ici, docteur, elle rôde dans ce château, et, avant peu, elle atteindra ceux qu'elle poursuit.

— Que faire ?

— Veiller, docteur. Prétextons que la santé de M. Darcieux nous inquiète, et couchons dans cette petite salle. Les deux chambres du père et de la fille sont proches. En cas d'alerte, nous sommes sûrs de tout entendre.

Ils avaient un fauteuil à leur disposition. Il fut convenu qu'ils y dormiraient à tour de rôle.

En réalité, Lupin ne dormit que deux ou trois heures. Au milieu de la nuit, sans prévenir son compagnon, il quitta la chambre, fit une ronde minutieuse dans le château, et sortit par la grille principale.

Vers neuf heures, il arrivait à Paris avec sa motocyclette. Deux de ses amis, auxquels il avait téléphoné en cours de route, l'attendaient. Tous trois, chacun de son côté, passèrent la journée à faire les recherches que Lupin avait méditées.

À six heures, il repartit précipitamment, et jamais peut-être, ainsi qu'il me le raconta par la suite, il ne risqua sa vie avec plus de témérité qu'en effectuant ce retour à une vitesse folle, un soir brumeux de décembre, où la lumière de son phare trouait à peine les ténèbres.

Devant la grille, encore ouverte, il sauta de machine, et courut jusqu'au château dont il monta le premier étage en quelques bonds.

Dans la petite salle, personne.

Sans hésiter, sans frapper, il entra dans la chambre de Jeanne.

— Ah ! vous êtes là, dit-il avec un soupir de soulagement en apercevant Jeanne et le docteur, qui causaient, assis l'un près de l'autre.

— Quoi ? Du nouveau ? fit le docteur inquiet de voir dans un tel état d'agitation cet homme, dont il savait le sang-froid.

— Rien, répondit-il, rien de nouveau. Et ici ?

— Ici non plus. Nous venons de quitter M. Darcieux. Il mangeait de bon appétit, après une excellente journée. Quant à Jeanne, vous voyez, elle a déjà retrouvé ses belles couleurs.

— Alors il faut partir.

— Partir ! mais c'est impossible, protesta la jeune fille.

— Il le faut, s'écria Lupin en frappant du pied et avec une véritable violence.

Tout de suite, il se maîtrisa, prononça quelques paroles d'excuse, puis il resta trois ou quatre minutes dans un silence profond que le docteur et Jeanne se gardèrent de troubler.

Enfin, il dit à la jeune fille :

– Vous partirez demain matin, mademoiselle, et pour une semaine ou deux seulement. Je vous conduirai chez votre amie de Versailles, celle à qui vous écrivez. Je vous supplie de préparer tout, dès ce soir, et ouvertement. Avertissez les domestiques… De son côté, le docteur voudra bien prévenir M. Darcieux, et lui faire comprendre, avec toutes les précautions possibles, que ce voyage est indispensable pour votre sécurité. D'ailleurs il vous rejoindra aussitôt que ses forces le lui permettront. C'est convenu, n'est-ce pas ?

– Oui, dit-elle, absolument dominée par la voix impérieuse et douce de Lupin.

– En ce cas, dit-il, faites vite, et ne quittez plus votre chambre.

– Mais, objecta la jeune fille avec un frisson, cette nuit…

– Ne craignez rien. S'il y avait le moindre danger, nous reviendrions, le docteur et moi. N'ouvrez votre porte que si l'on frappe trois coups très légers.

Jeanne sonna aussitôt la bonne. Le docteur passa chez M. Darcieux, tandis que Lupin se faisait servir quelques aliments dans la petite salle.

– Voilà qui est terminé, dit le docteur au bout de vingt minutes. M. Darcieux n'a pas trop protesté. Au fond, lui aussi, il trouve qu'il est bon d'éloigner Jeanne.

Ils se retirèrent tous deux et sortirent du château.

Près de la grille, Lupin appela le garde.

– Vous pouvez fermer, mon ami. Si M. Darcieux avait besoin de nous, qu'on vienne nous chercher aussitôt.

Dix heures sonnaient à l'église de Maupertuis. Des nuages noirs, entre lesquels la lune se glissait par moments, pesaient sur la campagne.

Les deux hommes firent une centaine de pas.

Ils approchaient du village quand Lupin empoigna le bras de son compagnon.

– Halte !

– Qu'y a-t-il donc ? s'écria le docteur.

– Il y a, prononça Lupin d'un ton saccadé, que, si mes calculs sont justes, si je ne me blouse pas du tout au tout dans cette affaire, il y a que, cette nuit, Mlle Darcieux sera assassinée.

– Hein ! que dites-vous ? balbutia le docteur épouvanté... Mais alors, pourquoi sommes-nous partis ?

– Précisément pour que le criminel, qui suit tous nos gestes dans l'ombre, ne diffère pas son forfait, et qu'il l'accomplisse, non pas à l'heure choisie par lui, mais à l'heure que j'ai fixée.

– Nous retournons donc au château ?

– Certes, mais chacun de notre côté.

– Tout de suite, en ce cas.

– Écoutez-moi bien, docteur, dit Lupin d'une voix posée, et ne perdons pas notre temps en paroles inutiles. Avant tout, il faut déjouer toute surveillance. Pour cela, rentrez directement chez vous, et n'en repartez que quelques minutes après, lorsque vous aurez la certitude de n'avoir pas été suivi. Vous gagnerez alors les murs du château vers la gauche, jusqu'à la petite porte du potager. En voici la clef. Quand l'horloge de l'église sonnera onze coups, vous ouvrirez doucement, et vous marcherez droit vers la terrasse, derrière le château. La cinquième fenêtre ferme mal.

Vous n'aurez qu'à enjamber le balcon. Une fois dans la chambre de Mlle Darcieux, poussez le verrou et ne bougez plus. Vous entendez, ne bougez plus, ni l'un ni l'autre, quoi qu'il arrive. J'ai remarqué que Mlle Darcieux laisse entrouverte la fenêtre de son cabinet de toilette, n'est-ce pas ?

— Oui, une habitude que je lui ai donnée.

— C'est par là que l'on viendra.

— Mais vous ?

— C'est aussi par là que je viendrai.

— Et vous savez qui est ce misérable ?

Lupin hésita, puis répondit :

— Non… Je ne sais pas… Et justement, comme cela, nous le saurons. Mais, je vous en conjure, du sang-froid. Pas un mot, pas un geste, quoi qu'il arrive.

— Je vous le promets.

— Mieux que cela, docteur. Je vous demande votre parole.

— Je vous donne ma parole.

Le docteur s'en alla. Aussitôt, Lupin monta sur un tertre voisin d'où l'on apercevait les fenêtres du premier et du second étage. Plusieurs d'entre elles étaient éclairées.

Il attendit assez longtemps. Une à une les lueurs s'éteignirent. Alors, prenant une direction opposée à celle du docteur, il bifurqua sur la droite, et longea le mur jusqu'au groupe d'arbres, près duquel il avait caché sa motocyclette, la veille.

Onze heures sonnèrent. Il calcula le temps que le docteur pouvait mettre à traverser le potager et à s'introduire dans le château.

« Et d'un, murmura-t-il. De ce côté-là, tout est en règle. À la rescousse, Lupin. L'ennemi ne va pas tarder à jouer son dernier atout et fichtre, il faut que je sois là… »

Il exécuta la même manœuvre que la première fois, attira la branche et se hissa sur le bord du mur, d'où il put gagner les plus gros rameaux de l'arbre.

À ce moment, il dressa l'oreille. Il lui semblait entendre un frémissement de feuilles mortes. Et, de fait, il discerna une ombre, qui remuait au-dessous de lui, et trente mètres plus loin.

« Crebleu, se dit-il, je suis fichu, la canaille a flairé le coup… »

Un rayon de lune passa. Distinctement, Lupin vit que l'homme épaulait. Il voulut sauter à terre et se retourna. Mais il sentit un choc à la poitrine, perçut le bruit d'une détonation, poussa un juron de colère, et dégringola de branche en branche, comme un cadavre…

Cependant le Dr Guéroult, suivant les prescriptions d'Arsène Lupin, avait escaladé le rebord de la cinquième fenêtre, et s'était dirigé à tâtons vers le premier étage. Arrivé devant la chambre de Jeanne, il frappa trois coups légers, fut introduit, et poussa aussitôt le verrou.

— Étends-toi sur ton lit, dit-il tout bas à la jeune fille qui avait gardé ses vêtements du soir. Il faut que tu paraisses couchée. Brrrr, il ne fait pas chaud ici. La fenêtre de ton cabinet de toilette est ouverte ?

— Oui… Voulez-vous que…

— Non, laisse-la. On va venir.

— On va venir ! bredouilla Jeanne effarée.

— Oui, sans aucun doute.

— Mais qui est-ce que vous soupçonnez ?

— Je ne sais pas… Je suppose que quelqu'un est caché dans le château ou dans le parc.

– Oh ! j'ai peur.

– N'aie pas peur. Le gaillard qui te protège semble rudement fort et ne joue qu'à coup sûr. Il doit être à l'affût quelque part dans la cour.

Le docteur éteignit la veilleuse et s'approcha de la croisée, dont il souleva le rideau. Une corniche étroite, qui courait le long du premier étage, ne lui permettant de voir qu'une partie éloignée de la cour, il revint s'installer auprès du lit.

Il s'écoula des minutes très pénibles et qui leur parurent infiniment longues. L'horloge sonnait au village, mais, absorbés par tous les petits bruits nocturnes, c'est à peine s'ils en percevaient le tintement. Ils écoutaient, ils écoutaient de tous leurs nerfs exaspérés.

– Tu as entendu ? souffla le docteur.

– Oui, oui, dit Jeanne qui s'était assise sur son lit.

– Couche-toi… couche-toi, reprit-il au bout d'un instant… On vient…

Un petit claquement s'était produit dehors, contre la corniche. Puis il y eut une suite de bruits indiscrets, dont ils n'auraient su préciser la nature. Mais ils avaient l'impression que la fenêtre voisine s'ouvrait davantage, car des bouffées d'air froid les enveloppaient.

Soudain ce fut très net : il y avait quelqu'un à côté.

Le docteur, dont la main tremblait un peu, saisit son revolver. Il ne bougea pas néanmoins, se rappelant l'ordre formel qui lui avait été donné, et redoutant de prendre une décision contraire.

L'obscurité était absolue dans la chambre. Ils ne pouvaient donc voir où se trouvait l'ennemi. Mais ils devinaient sa présence. Ils suivaient ses gestes invisibles, sa marche assourdie par le tapis, et ils ne doutaient point qu'il n'eût franchi le seuil de la chambre.

Et l'ennemi s'arrêta. Cela, ils en furent certains. Il était debout, à cinq pas du lit, immobile, indécis peut-être, cherchant à percer l'ombre de son regard aigu.

Dans la main du docteur, la main de Jeanne frissonnait, glacée et couverte de sueur.

De son autre main, le docteur serrait violemment son arme, le doigt sur la détente. Malgré sa parole, il n'hésitait pas: que l'ennemi touchât l'extrémité du lit, le coup partait, jeté au hasard.

L'ennemi fit un pas encore, puis s'arrêta de nouveau. Et c'était effrayant, ce silence, cette impassibilité, ces ténèbres où des êtres s'épiaient éperdument.

Qui donc surgissait ainsi dans la nuit profonde? Qui était cet homme? Quelle haine horrible le poussait contre la jeune fille, et quelle œuvre abominable poursuivait-il?

Si terrifiés qu'ils fussent, Jeanne et le docteur ne pensaient qu'à cela, voir, connaître la vérité, contempler le masque de l'ennemi.

Il fit un pas encore et ne bougea plus. Il leur semblait que sa silhouette se détachait, plus noire sur l'espace noir, et que son bras se levait peu à peu.

Une minute passa, et puis une autre.

Et tout à coup, plus loin que l'homme, vers la droite, un bruit sec... Une lumière jaillit, ardente, fut projetée contre l'homme, l'éclaira en pleine face, brutalement.

Jeanne poussa un cri d'épouvante. Elle avait vu, dressé au-dessus d'elle, un poignard à la main, elle avait vu son père!

En même temps presque, et, comme la lumière était éteinte, une détonation… Le docteur avait tiré.

— Crebleu… Ne tirez donc pas, hurla Lupin.

À bras-le-corps, il empoigna le docteur, qui suffoquait :

— Vous avez vu… Vous avez vu… Écoutez… Il s'enfuit…

— Laissez-le s'enfuir… C'est ce qu'il y a de mieux.

Lupin fit jouer de nouveau le ressort de sa lanterne électrique, courut dans le cabinet de toilette, constata que l'homme avait disparu et, revenant tranquillement vers la table, alluma la lampe.

Jeanne était couchée sur son lit, blême, évanouie.

Le docteur, accroupi dans un fauteuil, émettait des sons inarticulés.

— Voyons, dit Lupin en riant, reprenez-vous. Il n'y a pas à se frapper, puisque c'est fini.

— Son père… son père…, gémissait le vieux médecin.

— Je vous en prie, docteur, Mlle Darcieux est malade. Soignez-la.

Sans plus s'expliquer, Lupin regagna le cabinet de toilette et passa sur la corniche. Une échelle s'y trouvait appuyée. Il descendit rapidement. En longeant le mur, vingt pas plus loin, il se heurta aux barreaux d'une échelle de corde à laquelle il grimpa, et qui le conduisit dans la chambre de M. Darcieux. Cette chambre était vide.

« Parfait, se dit-il. Le client a jugé la situation mauvaise, et il a décampé. Bon voyage… Et, sans doute, la porte est-elle barricadée ? Justement… C'est ainsi que notre malade, roulant ce brave docteur, se relevait la nuit en toute sécurité, fixait au balcon son échelle de corde, et préparait ses petits coups. Pas si bête, le Darcieux… »

Il ôta les verrous et revint à la chambre de Jeanne. Le docteur, qui en sortait, l'entraîna vers la petite salle.

— Elle dort, ne la dérangeons pas. La secousse a été rude, et il lui faudra du temps pour se remettre.

Lupin prit une carafe et but un verre d'eau. Puis il s'assit et, paisiblement :

— Bah ! demain il n'y paraîtra plus.

— Que dites-vous ?

— Je dis que demain il n'y paraîtra plus.

— Et pourquoi ?

— D'abord parce qu'il ne m'a pas semblé que Mlle Darcieux éprouvât pour son père une affection très grande…

— Qu'importe ! Pensez à cela, un père qui veut tuer sa fille ! un père qui, pendant des mois, recommence quatre, cinq, six fois sa tentative monstrueuse ! Voyons, n'y a-t-il pas là de quoi flétrir à jamais une âme moins sensible que celle de Jeanne ? Quel souvenir odieux !

— Elle oubliera.

— On n'oublie pas cela.

— Elle oubliera, docteur, et pour une raison très simple…

— Mais parlez donc !

— Elle n'est pas la fille de M. Darcieux !

— Hein ?

— Je vous répète qu'elle n'est pas la fille de ce misérable.

— Que dites-vous ? M. Darcieux…

— M. Darcieux n'est que son beau-père. Elle venait de naître quand son père, son vrai père est mort. La mère de Jeanne épousa alors un cousin de son mari, qui portait le même nom que lui, et elle mourut l'année même de ses secondes noces. Elle laissait Jeanne aux soins de M. Darcieux. Celui-ci l'emmena d'abord à l'étranger, puis acheta ce château, et, comme personne ne le connaissait dans le pays, il présenta l'enfant comme sa fille. Elle-même ignore la vérité sur sa naissance.

Le docteur demeurait confondu. Il murmura :

– Vous êtes certain de ces détails ?

– J'ai passé ma journée dans les mairies de Paris. J'ai compulsé les états civils, j'ai interrogé deux notaires, j'ai vu tous les actes. Le doute n'est pas possible.

– Mais cela n'explique pas le crime, ou plutôt la série des crimes.

– Si, déclara Lupin, et, dès le début, dès la première heure où j'ai été mêlé à cette affaire, une phrase de Mlle Darcieux me fit pressentir la direction qu'il fallait donner à mes recherches. « J'avais presque cinq ans lorsque ma mère est morte, me dit-elle. Il y a de cela seize ans. » Donc Mlle Darcieux allait prendre vingt et un ans, c'est-à-dire qu'elle était sur le point de devenir majeure. Tout de suite, je vis là un détail important. La majorité, c'est l'âge où l'on vous rend des comptes. Quelle était la situation de fortune de Mlle Darcieux, héritière naturelle de sa mère ? Bien entendu, je ne songeai pas une seconde au père. D'abord on ne peut imaginer pareille chose, et puis la comédie que jouait Darcieux impotent, couché, malade…

– Réellement malade, interrompit le docteur.

– Tout cela écartait de lui les soupçons d'autant plus que, lui-même, je le croyais en butte aux attaques criminelles. Mais n'y avait-il point dans leur famille quelque personne intéressée à leur disparition ? Mon voyage à Paris m'a révélé la vérité. Mlle Darcieux tient de sa mère une grosse fortune dont son beau-père a l'usufruit. Le mois prochain, il devait y avoir à Paris, sur convocation du notaire, une réunion du conseil de famille. La vérité éclatait, c'était la ruine pour Darcieux.

— Il n'a donc pas mis d'argent de côté ?

— Si, mais il a subi de grosses pertes par suite de spéculations malheureuses.

— Mais enfin, quoi ! Jeanne ne lui eût pas retiré la gestion de sa fortune.

— Il est un détail que vous ignorez, docteur, et que j'ai connu par la lecture de la lettre déchirée, c'est que Mlle Darcieux aime le frère de son amie de Versailles, Marceline, et que, M. Darcieux s'opposant au mariage – vous en comprenez maintenant la raison – elle attendait sa majorité pour se marier.

— En effet, dit le docteur, en effet… C'était la ruine.

— La ruine, je vous le répète. Une seule chance de salut lui restait, la mort de sa belle-fille, dont il est l'héritier le plus direct.

— Certes, mais à condition qu'on ne le soupçonnât point.

— Évidemment, et c'est pourquoi il a machiné la série des accidents, afin que la mort parût fortuite. Et c'est pourquoi, de mon côté, voulant précipiter les choses, je vous ai prié de lui apprendre le départ imminent de Mlle Darcieux. Dès lors, il ne suffisait plus que le soi-disant malade errât dans le parc ou dans les couloirs, à la faveur de la nuit, et mît à exécution un coup longuement combiné. Non, il fallait agir, et agir tout de suite, sans préparation, brutalement, à main armée. Je ne doutais pas qu'il ne s'y déterminât. Il est venu.

— Il ne se méfiait donc pas ?

— De moi, si. Il a pressenti mon retour cette nuit, et il veillait à l'endroit même où j'avais déjà franchi le mur.

— Eh bien ?

— Eh bien, dit Lupin en riant, j'ai reçu une balle en pleine poitrine ou plutôt mon portefeuille a reçu une balle… Tenez, on peut voir le trou… Alors, j'ai dégringolé de l'arbre, comme un homme mort. Se croyant délivré de son seul adversaire, il est parti vers le château. Je l'ai vu rôder pendant deux heures. Puis, se décidant, il a pris dans la remise une échelle qu'il a appliquée contre la fenêtre. Je n'avais plus qu'à le suivre.

Le docteur réfléchit et dit :

— Vous auriez pu lui mettre la main au collet, auparavant. Pourquoi l'avoir laissé monter ? L'épreuve était dure pour Jeanne et inutile…

— Indispensable ! Jamais Mlle Darcieux n'aurait pu admettre la vérité. Il fallait qu'elle vît la face même de l'assassin. Dès son réveil, vous lui direz la situation. Elle guérira vite.

— Mais M. Darcieux…

— Vous expliquerez sa disparition comme bon vous semblera…, un voyage subit…, un coup de folie… On fera quelques recherches… Et soyez sûr qu'on n'entendra plus parler de lui…

Le docteur hocha la tête.

— Oui en effet… vous avez raison… Vous avez mené tout cela avec une habileté extraordinaire, et

Jeanne vous doit la vie… Elle vous remerciera elle-même. Mais, de mon côté, ne puis-je vous être utile en quelque chose ? Vous m'avez dit que vous étiez en relations avec le service de la Sûreté… Me permettrez-vous d'écrire, de louer votre conduite, votre courage ?

Lupin se mit à rire.

– Certainement ! une lettre de ce genre me sera profitable. Écrivez donc à mon chef direct, l'inspecteur principal Ganimard. Il sera enchanté de savoir que son protégé, Paul Daubreuil, de la rue de Surène, s'est encore signalé par une action d'éclat. Je viens précisément de mener une belle campagne sous ses ordres, dans une affaire dont vous avez dû entendre parler, l'affaire de « l'écharpe rouge ». Ce brave M. Ganimard, ce qu'il va se réjouir !

Édith au cou de cygne

– Arsène Lupin, que pensez-vous au juste de l'inspecteur Ganimard ?

– Beaucoup de bien, cher ami.

– Beaucoup de bien ? Mais alors pourquoi ne manquez-vous jamais l'occasion de le tourner en ridicule ?

– Mauvaise habitude, et dont je me repens. Mais que voulez-vous ? C'est la règle. Voici un brave homme de policier, voilà des tas de braves types qui sont chargés d'assurer l'ordre, qui nous défendent contre les apaches, qui se font tuer pour nous autres, honnêtes gens, et en revanche nous n'avons pour eux que sarcasmes et dédain. C'est idiot !

– À la bonne heure, Lupin, vous parlez comme un bon bourgeois.

– Qu'est-ce que je suis donc ? Si j'ai sur la propriété d'autrui des idées un peu spéciales, je vous jure que ça change du tout au tout quand il s'agit de ma propriété à moi. Fichtre, il ne faudrait pas s'aviser de toucher à ce qui m'appartient. Je deviens féroce, alors. Oh… Oh ! ma bourse, mon portefeuille, ma montre… à bas les pattes ! J'ai l'âme d'un conservateur, cher ami, les instincts d'un petit rentier, et le respect de toutes les traditions et de toutes les autorités. Et c'est pourquoi Ganimard m'inspire beaucoup d'estime et de gratitude.

— Mais peu d'admiration.

— Beaucoup d'admiration aussi. Outre le courage indomptable, qui est le propre de tous ces messieurs de la Sûreté, Ganimard possède des qualités très sérieuses, de la décision, de la clairvoyance, du jugement. Je l'ai vu à l'œuvre. C'est quelqu'un. Connaissez-vous ce qu'on a appelé l'histoire d'Édith au Cou de Cygne ?

— Comme tout le monde.

— C'est-à-dire pas du tout. Eh bien, cette affaire est peut-être celle que j'ai le mieux combinée, avec le plus de soins et le plus de précautions, celle où j'ai accumulé le plus de ténèbres et le plus de mystères, celle dont l'exécution demanda le plus de maîtrise. Une vraie partie d'échecs, savante, rigoureuse et mathématique. Pourtant Ganimard finit par débrouiller l'écheveau. Actuellement, grâce à lui, on sait la vérité au quai des Orfèvres. Et je vous assure que c'est une vérité pas banale.

— Peut-on la connaître ?

— Certes un jour ou l'autre quand j'aurai le temps… Mais, ce soir, la Brunelli danse à l'Opéra, et si elle ne me voyait pas à mon fauteuil !

Mes rencontres avec Lupin sont rares. Il se confesse difficilement, quand cela lui plaît. Ce n'est que peu à peu, par bribes, par échappées de confidences, que j'ai pu noter les diverses phases de l'histoire, et la reconstituer dans son ensemble et dans ses détails.

L'origine, on s'en souvient, et je me contenterai de mentionner les faits :

Il y a trois ans, à l'arrivée, en gare de Rennes, du train qui venait de Brest, on trouva démolie la porte d'un fourgon loué pour le compte d'un riche Brésilien, le colonel Sparmiento, lequel voyageait avec sa femme dans le même train.

Le fourgon démoli transportait tout un lot de tapisseries. La caisse qui contenait l'une d'elles avait été brisée et la tapisserie avait disparu.

Le colonel Sparmiento déposa une plainte contre la Compagnie du chemin de fer, et réclama des dommages-intérêts considérables, à cause de la dépréciation que faisait subir ce vol à la collection des tapisseries.

La police chercha. La Compagnie promit une prime importante. Deux semaines plus tard, une lettre mal fermée ayant été ouverte par l'administration des postes, on apprit que le vol avait été effectué sous la direction d'Arsène Lupin, et qu'un colis devait partir le lendemain pour l'Amérique du Nord. Le soir même, on découvrait la tapisserie dans une malle laissée en consigne à la gare Saint-Lazare.

Ainsi donc le coup était manqué. Lupin en éprouva une telle déception qu'il exhala sa mauvaise humeur dans un message adressé au colonel Sparmiento, où il lui disait ces mots suffisamment clairs : « J'avais eu la délicatesse de n'en prendre qu'une. La prochaine fois, je prendrai les douze. À bon entendeur, salut. A. L. »

Le colonel Sparmiento habitait, depuis quelques mois, un hôtel situé au fond d'un petit jardin, à l'angle de la rue de la Faisanderie et de la rue Dufrénoy. C'était un homme un peu fort, large d'épaules, aux cheveux noirs, au teint basané, et qui s'habillait avec une élégante sobriété. Il avait épousé une jeune

Anglaise extrêmement belle, mais de santé précaire et que l'aventure des tapisseries affecta profondément. Dès le premier jour, elle supplia son mari de les vendre à n'importe quel prix. Le colonel était d'une nature trop énergique et trop obstinée pour céder à ce qu'il avait le droit d'appeler un caprice de femme. Il ne vendit rien, mais il multiplia les précautions et s'entoura de tous les moyens propres à rendre impossible tout cambriolage.

Tout d'abord, pour n'avoir à surveiller que la façade donnant sur le jardin, il fit murer toutes les fenêtres du rez-de-chaussée et du premier étage qui ouvraient sur la rue Dufrénoy. Ensuite il demanda le concours d'une maison spéciale qui assurait la sécurité absolue des propriétés. On plaça chez lui, à chaque fenêtre de la galerie où furent pendues les tapisseries, des appareils à déclenchement, invisibles, dont il connaissait seul la position et qui, au moindre contact, allumaient toutes les ampoules électriques de l'hôtel et faisaient fonctionner tout un système de timbres et de sonneries.

En outre, les compagnies d'assurances auxquelles il s'adressa ne consentirent à s'engager de façon sérieuse, que s'il installait la nuit, au rez-de-chaussée de son hôtel, trois hommes fournis par elles et payés par lui. À cet effet, elles choisirent trois anciens inspecteurs, sûrs, éprouvés, et auxquels Lupin inspirait une haine vigoureuse.

Quant à ses domestiques, le colonel les connaissait de longue date. Il en répondait.

Toutes ces mesures prises, la défense de l'hôtel organisée comme celle d'une place forte, le colonel donna une grande fête d'inauguration, sorte de vernissage où furent conviés les membres des deux cercles dont il faisait partie, ainsi qu'un certain nombre de dames, de journalistes, d'amateurs et de critiques d'art.

Aussitôt franchie la grille du jardin, il semblait que l'on pénétrât dans une prison. Les trois inspecteurs, postés au bas de l'escalier, vous réclamaient votre carte d'invitation et vous dévisageaient d'un œil soupçonneux. On eût dit qu'ils allaient vous fouiller ou prendre les empreintes de vos doigts.

Le colonel, qui recevait au premier étage, s'excusait en riant, heureux d'expliquer les dispositions qu'il avait imaginées pour la sécurité de ses tapisseries.

Sa femme se tenait auprès de lui, charmante de jeunesse et de grâce, blonde, pâle, flexible, avec un air mélancolique et doux, cet air de résignation des êtres que le destin menace.

Lorsque tous les invités furent réunis, on ferma les grilles du jardin et les portes du vestibule. Puis on passa dans la galerie centrale, à laquelle on accédait par de doubles portes blindées, et dont les fenêtres, munies d'énormes volets, étaient protégées par des barreaux de fer. Là se trouvaient les douze tapisseries.

C'étaient des œuvres d'art incomparables, qui, s'inspirant de la fameuse tapisserie de Bayeux, attribuée à la reine Mathilde, représentaient l'histoire de la conquête de l'Angleterre. Commandées au XVIe siècle par le descendant d'un homme d'armes qui accompagnait Guillaume le Conquérant, exécutées par un célèbre tisserand d'Arras, Jehan Gosset, elles avaient été retrouvées quatre cents ans après, au fond d'un vieux manoir de Bretagne. Prévenu, le colonel avait enlevé l'affaire au prix de cinquante mille francs. Elles en valaient vingt fois autant.

Mais la plus belle des douze pièces de la série, la plus originale, bien que le sujet ne fût pas traité par la reine Mathilde, était précisément celle qu'Arsène Lupin avait cambriolée et qu'on avait réussi à lui reprendre. Elle représentait Édith au Cou de Cygne, cherchant parmi les morts d'Hastings le cadavre de son bien-aimé, Harold, le dernier roi saxon.

Devant celle-là, devant la beauté naïve du dessin, devant les couleurs éteintes, et le groupement animé des personnages, et la tristesse affreuse de la scène, les invités s'enthousiasmèrent… Édith au Cou de Cygne, la reine infortunée, ployait comme un lis trop lourd. Sa robe blanche révélait son corps alangui. Ses longues mains fines se tendaient en un geste d'effroi et de supplication. Et rien n'était plus douloureux que son profil qu'animait le plus mélancolique et le plus désespéré des sourires.

— Sourire poignant, nota l'un des critiques, que l'on écoutait avec déférence, un sourire plein de charme, d'ailleurs, et qui me fait penser, colonel, au sourire de Mme Sparmiento.

Et, la remarque paraissant juste, il insista :

— Il y a d'autres points de ressemblance qui m'ont frappé tout de suite, comme la courbe très gracieuse de la nuque, comme la finesse des mains et aussi quelque chose dans la silhouette, dans l'attitude habituelle…

— C'est tellement vrai, avoua le colonel, que cette ressemblance m'a décidé à l'achat des tapisseries. Et il y avait à cela une autre raison. C'est que, par une coïncidence véritablement curieuse, ma femme s'appelle précisément Édith, Édith au Cou de Cygne, l'ai-je appelée depuis.

Et le colonel ajouta en riant :

— Je souhaite que les analogies s'arrêtent là et que ma chère Édith n'ait pas, comme la pauvre amante de l'histoire, à chercher le cadavre de son bien-aimé. Dieu merci je suis bien vivant, et n'ai pas envie de mourir. Il n'y a que le cas où les tapisseries disparaîtraient… Alors, ma foi, je ne répondrais pas d'un coup de tête…

Il riait en prononçant ces paroles, mais son rire n'eut pas d'écho, et les jours suivants, dans tous les récits qui parurent au sujet de cette soirée, on retrouva la même impression de gêne et de silence. Les assistants ne savaient plus que dire.

Quelqu'un voulut plaisanter :

— Vous ne vous appelez pas Harold, colonel ?

— Ma foi, non, déclara-t-il, et sa gaieté ne se démentait pas. Non, je ne m'appelle pas ainsi, et je n'ai pas non plus la moindre ressemblance avec le roi saxon.

Tout le monde, depuis, fut également d'accord pour affirmer que, à ce moment, comme le colonel terminait sa phrase, du côté des fenêtres (celle de droite ou celle du milieu, les opinions ont varié sur ce point), il y eut un premier coup de timbre, bref, aigu, sans modulations. Ce coup fut suivi d'un cri de terreur que poussa Mme Sparmiento, en saisissant le bras de son mari. Il s'exclama :

— Qu'est-ce que c'est ? Qu'est-ce que ça veut dire ?

Immobiles, les invités regardaient vers les fenêtres. Le colonel répéta :

— Qu'est-ce que ça veut dire ? Je ne comprends pas. Personne que moi ne connaît l'emplacement de ce timbre…

Et, au même instant, là-dessus encore unanimité des témoignages, au même instant, l'obscurité soudaine, absolue, et, tout de suite, du haut en bas de l'hôtel, dans tous les salons, dans toutes les chambres, à toutes les fenêtres, le vacarme étourdissant de tous les timbres et de toutes les sonneries.

Ce fut, durant quelques secondes, le désordre imbécile, l'épouvante folle. Les femmes vociféraient. Les hommes cognaient aux portes closes, à grands coups de poing. On se bousculait, on se battait. Des gens tombèrent, que l'on piétina. On eût dit la panique d'une foule terrifiée par la menace des flammes, ou par la détonation d'obus. Et, dominant le tumulte, la voix du colonel qui hurlait :

– Silence ! ne bougez pas ! Je réponds de tout ! L'interrupteur est là dans le coin… Voici…

De fait, s'étant frayé un passage à travers ses invités, il parvint à l'angle de la galerie et, subitement, la lumière électrique jaillit de nouveau, tandis que s'arrêtait le tourbillon des sonneries.

Alors, dans la clarté brusque, un étrange spectacle apparut. Deux dames étaient évanouies. Pendue au bras de son mari, agenouillée, livide, Mme Sparmiento semblait morte. Les hommes, pâles, la cravate défaite, avaient l'air de combattants.

– Les tapisseries sont là ! cria quelqu'un.

On fut très étonné, comme si la disparition de ces tapisseries eût dû résulter naturellement de l'aventure et en donner la seule explication plausible.

Mais rien n'avait bougé. Quelques tableaux de prix, accrochés aux murs, s'y trouvaient encore. Et, bien que le même tapage se fût répercuté dans tout l'hôtel, bien que les ténèbres se fussent produites partout, les inspecteurs n'avaient vu personne entrer ni personne tenter de s'introduire…

— D'ailleurs, dit le colonel, il n'y a que les fenêtres de la galerie qui soient munies d'appareils à sonnerie, et ces appareils, dont je suis le seul à connaître le mécanisme, je ne les avais pas remontés.

On rit bruyamment de l'alerte, mais on riait sans conviction, et avec une certaine honte, tellement chacun sentait l'absurdité de sa propre conduite. Et l'on n'eut qu'une hâte, ce fut de quitter cette maison où l'on respirait, malgré tout, une atmosphère d'inquiétude et d'angoisse.

Deux journalistes pourtant demeurèrent, que le colonel rejoignit après avoir soigné Édith et l'avoir remise aux mains des femmes de chambre. À eux trois, ils firent, avec les détectives, une enquête qui n'amena pas d'ailleurs la découverte du plus petit détail intéressant. Puis le colonel déboucha une bouteille de champagne. Et ce n'est par conséquent qu'à une heure avancée de la nuit – exactement deux heures quarante-cinq – que les journalistes s'en allèrent, que le colonel regagna son appartement, et que les détectives se retirèrent dans la chambre du rez-de-chaussée qui leur était réservée.

À tour de rôle, ils prirent la garde, garde qui consistait d'abord à se tenir éveillé, puis à faire une ronde dans le jardin et à monter jusqu'à la galerie.

Cette consigne fut ponctuellement exécutée, sauf de cinq heures à sept heures du matin où, le sommeil l'emportant, ils ne firent point de ronde. Mais, dehors, c'était le grand jour. En outre, s'il y avait eu le moindre appel des sonneries, n'auraient-ils pas été réveillés ?

Cependant, à sept heures vingt, quand l'un d'eux eut ouvert la porte de la galerie et poussé les volets, il constata que les douze tapisseries avaient disparu.

Par la suite, on a reproché à cet homme et à ses camarades de n'avoir pas donné l'alarme immédiatement, et d'avoir commencé les investigations avant de prévenir le colonel et de téléphoner au commissariat. Mais en quoi ce retard, si excusable, a-t-il entravé l'action de la police ?

Quoi qu'il en soit, c'est à huit heures et demie seulement que le colonel fut averti. Il était tout habillé et se disposait à sortir. La nouvelle ne sembla pas l'émouvoir outre mesure, ou, du moins, il réussit à se dominer. Mais l'effort devait être trop grand, car, tout à coup, il tomba sur une chaise et s'abandonna quelques instants à un véritable accès de désespoir, très pénible à considérer chez cet homme d'une apparence si énergique.

Se reprenant, maître de lui, il passa dans la galerie, examina les murailles nues, puis s'assit devant une table et griffonna rapidement une lettre qu'il mit sous enveloppe et cacheta.

– Tenez, dit-il, je suis pressé, un rendez-vous urgent… voici une lettre pour le commissaire de police.

Et comme les inspecteurs l'observaient, il ajouta :

– C'est mon impression que je donne au commissaire… un soupçon qui me vient… Qu'il se rende compte… De mon côté, je vais me mettre en campagne…

Il partit, en courant, avec des gestes dont les inspecteurs devaient se rappeler l'agitation.

Quelques minutes après, le commissaire de police arrivait. On lui donna la lettre. Elle contenait ces mots :

Que ma femme bien-aimée me pardonne le chagrin que je vais lui causer. Jusqu'au dernier moment, son nom sera sur mes lèvres.

Ainsi, dans un moment de folie, à la suite de cette nuit où la tension nerveuse avait suscité en lui une sorte de fièvre, le colonel Sparmiento courait au suicide. Aurait-il le courage d'exécuter un tel acte ? ou bien, à la dernière minute, sa raison le retiendrait-elle ?

On prévint Mme Sparmiento.

Pendant qu'on faisait des recherches et qu'on essayait de retrouver la trace du colonel, elle attendit, toute pantelante d'horreur.

Vers la fin de l'après-midi, on reçut de Ville-d'Avray un coup de téléphone. Au sortir d'un tunnel, après le passage d'un train, des employés avaient trouvé le corps d'un homme affreusement mutilé, et dont le visage n'avait plus forme humaine. Les poches ne contenaient aucun papier. Mais le signalement correspondait à celui du colonel.

À sept heures du soir, Mme Sparmiento descendait d'automobile à Ville-d'Avray. On la conduisit dans une des chambres de la gare. Quand on eut écarté le drap qui le recouvrait, Édith, Édith au Cou de Cygne, reconnut le cadavre de son mari.

En cette circonstance, Lupin, selon l'expression habituelle n'eut pas une bonne presse.

« Qu'il prenne garde ! écrivit un chroniqueur ironiste, lequel résumait bien l'opinion générale, il ne faudrait pas beaucoup d'histoires de ce genre pour lui faire perdre toute la sympathie que nous ne lui avons pas marchandée jusqu'alors. Lupin n'est acceptable que si ses coquineries sont commises au préjudice de banquiers véreux, de barons allemands, de rastaquouères équivoques, de sociétés financières et anonymes. Et surtout, qu'il ne tue pas ! Des mains de cambrioleur, soit, mais des mains d'assassin, non… Or, s'il n'a pas tué, il est du moins responsable de cette mort. Il y a du sang sur lui. Les armes de son blason sont rouges »

La colère, la révolte publique s'aggravaient de toute la pitié qu'inspirait la pâle figure d'Édith. Les invités de la veille parlèrent. On sut les détails impressionnants de la soirée, et aussitôt une légende se forma autour de la blonde Anglaise, légende qui empruntait un caractère vraiment tragique à l'aventure populaire de la reine au Cou de Cygne.

Et pourtant on ne pouvait se retenir d'admirer l'extraordinaire virtuosité avec laquelle le vol avait été accompli. Tout de suite, la police l'expliqua de cette façon : les détectives ayant constaté, dès l'abord, et ayant affirmé par la suite qu'une des trois fenêtres de la galerie était grande ouverte, comment douter que Lupin et ses complices ne se fussent introduits par cette fenêtre ?

Hypothèse fort plausible. Mais alors comment avaient-ils pu : 1° Franchir la grille du jardin, à l'aller et au retour, sans que personne les aperçût ? 2° Traverser le jardin et planter une échelle dans la platebande, sans laisser la moindre trace ? 3° Ouvrir les volets et la fenêtre, sans faire jouer les sonneries et les lumières de l'hôtel ?

Le public, lui, accusa les trois détectives. Le juge d'instruction les interrogea longuement, fit une enquête minutieuse sur leur vie privée, et déclara de la manière la plus formelle qu'ils étaient au-dessus de tout soupçon.

Quant aux tapisseries, rien ne permettait de croire qu'on pût les retrouver.

C'est à ce moment que l'inspecteur principal Ganimard revint du fond des Indes, où, après l'aventure du diadème et la disparition de Sonia Krichnoff, et sur la foi d'un ensemble de preuves irréfutables qui lui avaient été fournies par d'anciens complices de Lupin, il suivait la piste de Lupin. Roulé une fois de plus par son éternel adversaire, et supposant que celui-ci l'avait envoyé en Extrême-Orient pour se débarrasser de lui pendant l'affaire des tapisseries, il demanda à ses chefs un congé de quinze jours, se présenta chez Mme Sparmiento, et lui promit de venger son mari.

Édith en était à ce point où l'idée de la vengeance n'apporte même pas de soulagement à la douleur qui vous torture. Le soir même de l'enterrement, elle avait congédié les trois inspecteurs, et remplacé, par un seul domestique et par une vieille femme de ménage, tout un personnel dont la vue lui rappelait trop cruellement le passé. Indifférente à tout, enfermée dans sa chambre, elle laissa Ganimard libre d'agir comme il l'entendait.

Il s'installa donc au rez-de-chaussée et, tout de suite, se livra aux investigations les plus minutieuses. Il recommença l'enquête, se renseigna dans le quartier, étudia la disposition de l'hôtel, fit jouer vingt fois, trente fois, chacune des sonneries.

Au bout de quinze jours, il demanda une prolongation de son congé. Le chef de la Sûreté, qui était alors M. Dudouis, vint le voir, et le surprit au haut d'une échelle dans la galerie.

Ce jour-là, l'inspecteur principal avoua l'inutilité de ses recherches.

Mais, le surlendemain, M. Dudouis, repassant par là, trouva Ganimard fort soucieux. Un paquet de journaux s'étalait devant lui. À la fin, pressé de questions, l'inspecteur principal murmura :

– Je ne sais rien, chef, absolument rien, mais il y a une diable d'idée qui me tracasse... Seulement, c'est tellement fou ! Et puis ça n'explique pas... Au contraire, ça embrouille les choses plutôt...

– Alors ?

– Alors, chef, je vous supplie d'avoir un peu de patience de me laisser faire. Mais si, tout à coup, un jour ou l'autre, je vous téléphonais, il faudrait sauter dans une auto et ne pas perdre une minute... C'est que le pot aux roses serait découvert.

Il se passa encore quarante-huit heures. Un matin, M. Dudouis reçut un petit bleu : « Je vais à Lille. Signé Ganimard. »

« Que diable, se dit le chef de la Sûreté, peut-il aller faire là-bas ? »

La journée s'écoula sans nouvelles, et puis une autre encore.

Mais M. Dudouis avait confiance. Il connaissait son Ganimard et n'ignorait pas que le vieux policier n'était point de ces gens qui s'emballent sans raison. Si Ganimard « marchait », c'est qu'il avait des motifs sérieux pour marcher.

De fait, le soir de cette seconde journée, M. Dudouis fut appelé au téléphone.

– C'est vous, chef ?

– Est-ce vous, Ganimard ?

Hommes de précaution tous deux, ils s'assurèrent qu'ils ne se trompaient pas l'un et l'autre sur leur identité. Et, tranquillisé, Ganimard reprit hâtivement...

— Dix hommes tout de suite, chef. Et venez vous-même, je vous en prie.

— Où êtes-vous ?

— Dans la maison, au rez-de-chaussée. Mais je vous attendrai derrière la grille du jardin.

— J'arrive. En auto, bien entendu ?

— Oui, chef. Faites arrêter l'auto à cent pas. Un léger coup de sifflet, et j'ouvrirai.

Les choses s'exécutèrent selon les prescriptions de Ganimard. Un peu avant minuit, comme toutes les lumières étaient éteintes aux étages supérieurs, il se glissa dans la rue et alla au-devant de M. Dudouis. Il y eut un rapide conciliabule. Les agents obéirent aux ordres de Ganimard. Puis le chef et l'inspecteur principal revinrent ensemble, traversèrent sans bruit le jardin, et s'enfermèrent avec les plus grandes précautions.

— Eh bien quoi ? dit M. Dudouis. Qu'est-ce que tout cela signifie ? Vraiment, nous avons l'air de conspirateurs.

Mais Ganimard ne riait pas. Jamais son chef ne l'avait vu dans un tel état d'agitation et ne l'avait entendu parler d'une voix aussi bouleversée.

— Du nouveau, Ganimard ?

— Oui, chef, et cette fois… ! Mais c'est à peine si je peux y croire… Pourtant je ne me trompe pas… Je tiens toute la vérité… Et elle a beau être invraisemblable, c'est la vraie vérité… Il n'y en a pas d'autre… C'est ça et pas autre chose.

Il essuya les gouttes de sueur qui découlaient de son front, et, M. Dudouis l'interrogeant, il se domina, avala un verre d'eau, et commença :

— Lupin m'a souvent roulé…

— Dites donc, Ganimard ? interrompit M. Dudouis, si vous alliez droit au but ? En deux mots, qu'y a-t-il ?

— Non, chef, objecta l'inspecteur principal, il faut que vous sachiez les différentes phases par où j'ai passé. Excusez-moi, mais je crois cela indispensable.

Et il répéta :

— Je disais donc, chef, que Lupin m'a souvent roulé, et qu'il m'en a fait voir de toutes les couleurs. Mais dans ce duel où j'ai toujours eu le dessous jusqu'ici j'ai du moins gagné l'expérience de son jeu, la connaissance de sa tactique. Or, en ce qui concerne l'affaire des tapisseries, j'ai été presque aussitôt conduit à me poser ces deux questions : 1° Lupin, ne faisant jamais rien sans savoir où il va, devait envisager le suicide de M. Sparmiento comme une conséquence possible de la disparition des tapisseries. Cependant Lupin, qui a horreur du sang, a tout de même volé les tapisseries.

— L'appât des cinq ou six cent mille francs qu'elles valent, observa M. Dudouis.

— Non, chef, je vous répète, quelle que soit l'occasion, pour rien au monde, même pour des millions et des millions, Lupin ne tuerait, ni même ne voudrait être la cause d'un mort. Voilà un premier point. 2° Pourquoi ce vacarme, la veille au soir, pendant la fête d'inauguration ? Évidemment pour effrayer, n'est-ce pas, pour créer autour de l'affaire, et en quelques minutes, une atmosphère d'inquiétude et de terreur, et finalement pour détourner les soupçons d'une vérité qu'on eût peut-être soupçonnée sans cela... Vous ne comprenez pas, chef ?

— Ma foi, non.

— En effet, dit Ganimard, en effet ce n'est pas clair. Et moi-même, tout en me posant le problème en ces termes, je ne comprenais pas bien… Pourtant, j'avais l'impression d'être sur la bonne voie… Oui, il était hors de doute que Lupin voulait détourner les soupçons, les détourner sur lui, Lupin, entendons-nous afin que la personne même qui dirigeait l'affaire demeurât inconnue.

— Un complice ? insinua M. Dudouis, un complice qui, mêlé aux invités, a fait fonctionner les sonneries et qui, après le départ, a pu se dissimuler dans l'hôtel ?

— Voilà… Voilà… Vous brûlez, chef. Il est certain que les tapisseries, n'ayant pu être volées par quelqu'un qui s'est introduit subrepticement dans l'hôtel, l'ont été par quelqu'un qui est resté dans l'hôtel, et non moins certain qu'en examinant la liste des invités, et qu'en procédant à une enquête sur chacun d'eux, on pourrait…

— Eh bien ?

— Eh bien, chef, il y a un mais, c'est que les trois détectives tenaient cette liste en main quand les invités sont arrivés, et qu'ils la tenaient encore au départ. Or soixante-trois invités sont entrés, et soixante-trois sont partis. Donc…

— Alors un domestique ?

— Non.

— Les détectives ?

— Non.

— Cependant… Cependant, dit le chef avec impatience, si le vol a été commis de l'intérieur…

— C'est un point indiscutable, affirma l'inspecteur, dont la fièvre semblait croître. Là-dessus, pas d'hésitation. Toutes mes recherches aboutissaient à la même certitude. Et ma conviction devenait peu à peu si grande que j'en arrivai un jour à formuler cet axiome ahurissant : en théorie et en fait, le vol n'a pu être commis qu'avec l'aide d'un complice habitant l'hôtel. Or il n'y a pas eu de complice.

— Absurde, dit M. Dudouis.

— Absurde, en effet, dit Ganimard, mais à l'instant même où je prononçais cette phrase absurde, la vérité surgissait en moi.

— Hein ?

— Oh ! une vérité bien obscure, bien incomplète, mais suffisante. Avec ce fil conducteur, je devais aller jusqu'au bout. Comprenez-vous chef ?

M. Dudouis demeurait silencieux. Le même phénomène devait se produire en lui, qui s'était produit en Ganimard. Il murmura :

— Si ce n'est aucun des invités, ni les domestiques, ni les détectives, il ne reste plus personne…

— Si chef, il reste quelqu'un…

M. Dudouis tressaillit comme s'il eût reçu un choc, et, d'une voix qui trahissait son émotion :

— Mais non, voyons, c'est inadmissible.

— Pourquoi ?

— Voyons, réfléchissez…

— Parlez donc, chef… Allez-y.

— Quoi ! Non, n'est-ce pas ?

— Allez-y, chef.

— Impossible ! Quoi ! Sparmiento aurait été le complice de Lupin !

Ganimard eut un ricanement :

— Parfait… le complice d'Arsène Lupin… De la sorte tout s'explique. Pendant la nuit, et tandis que les trois détectives veillaient en bas, ou plutôt qu'ils dormaient, car le colonel Sparmiento leur avait fait boire du champagne peut-être pas très catholique, ledit colonel a décroché les tapisseries et les a fait passer par les fenêtres de sa chambre, laquelle chambre, située au deuxième étage, donne sur une autre rue, que l'on ne surveillait pas, puisque les fenêtres inférieures sont murées.

M. Dudouis réfléchit, puis haussa les épaules :

— Inadmissible !

— Et pourquoi donc ?

— Pourquoi ? Parce que si le colonel avait été le complice d'Arsène Lupin, il ne se serait pas tué après avoir réussi son coup.

— Et qui vous dit qu'il s'est tué ?

— Comment ! Mais on l'a retrouvé, mort.

— Avec Lupin, je vous l'ai dit, il n'y a pas de mort.

— Cependant celui-ci fut réel. En outre, Mme Sparmiento l'a reconnu.

— Je vous attendais là, chef. Moi aussi, l'argument me tracassait. Voilà que, tout à coup, au lieu d'un individu, j'en avais trois en face de moi : 1° Arsène Lupin, cambrioleur ; 2° Son complice, le colonel Sparmiento ; 3° Un mort. Trop de richesses : Seigneur Dieu ! n'en jetez plus !

Ganimard saisit une liasse de journaux, la déficela et présenta l'un d'eux à M. Dudouis.

— Vous vous rappelez, chef… Quand vous êtes venu, je feuilletais les journaux… Je cherchais si, à cette époque, il n'y avait pas eu un incident qui pût se rapporter à votre histoire et confirmer mon hypothèse. Veuillez lire cet entrefilet.

M. Dudouis prit le journal et, à haute voix, il lut :

— « Un fait bizarre nous est signalé par notre correspondant de Lille. À la morgue de cette ville, on a constaté hier matin la disparition d'un cadavre, le cadavre d'un inconnu qui s'était jeté la veille sous les roues d'un tramway à vapeur… On se perd en conjectures sur cette disparition. »

M. Dudouis demeura pensif, puis demanda :

– Alors… Vous croyez ?

– J'arrive de Lille, répondit Ganimard, et mon enquête ne laisse subsister aucun doute à ce propos. Le cadavre a été enlevé la nuit même où le colonel Sparmiento donnait sa fête d'inauguration. Transporté dans une automobile, il a été conduit directement à Ville-d'Avray où l'automobile resta jusqu'au soir près de la ligne de chemin de fer.

– Par conséquent, acheva M. Dudouis, près du tunnel.

– À côté, chef.

– De sorte que le cadavre que l'on a retrouvé n'est autre que ce cadavre-là, habillé des vêtements du colonel Sparmiento.

– Précisément, chef.

– De sorte que le colonel Sparmiento est vivant ?

– Comme vous et moi, chef.

– Mais alors, pourquoi toutes ces aventures ? Pourquoi ce vol d'une seule tapisserie, puis sa restitution, puis le vol des douze ? Pourquoi cette fête d'inauguration ? et ce vacarme ? et tout enfin ? Votre histoire ne tient pas debout, Ganimard.

– Elle ne tient pas debout, chef, parce que vous vous êtes, comme moi, arrêté en chemin, parce que, si cette aventure est déjà étrange, il fallait cependant aller encore plus loin, beaucoup plus loin vers l'invraisemblable et le stupéfiant. Et pourquoi pas, après tout ? Est-ce qu'il ne s'agit pas d'Arsène Lupin ?

Est-ce que nous ne devons pas, avec lui, nous attendre justement à ce qui est invraisemblable et stupéfiant ? Ne devons-nous pas nous orienter vers l'hypothèse la plus folle ? Et quand je dis la plus folle, le mot n'est pas exact. Tout cela, au contraire, est d'une logique admirable et d'une simplicité enfantine. Des complices ? Ils vous trahissent. Des complices ? À quoi bon ! quand il est si commode et si naturel d'agir soi-même, en personne, avec ses propres mains, et par ses seuls moyens !

— Qu'est-ce que vous dites ? Qu'est-ce que vous dites ? scanda M. Dudouis, avec un effarement qui croissait à chaque exclamation.

Ganimard eut un nouveau ricanement.

— Ça vous suffoque, n'est-ce pas, chef ? C'est comme moi le jour où vous êtes venu me voir ici et que l'idée me travaillait. J'étais abruti de surprise. Et pourtant, je l'ai pratiqué, le client. Je sais de quoi il est capable… Mais celle-là, non, elle est trop raide !

— Impossible ! Impossible ! répétait M. Dudouis, à voix basse.

— Très possible, au contraire, chef, et très logique, et très normal, aussi limpide que le mystère de la Sainte-Trinité. C'est la triple incarnation d'un seul et même individu ! Un enfant résoudrait ce problème en une minute, par simple élimination. Supprimons le mort, il nous reste Sparmiento et Lupin. Supprimons Sparmiento…

— Il nous reste Lupin, murmura le chef de la Sûreté.

— Oui, chef, Lupin tout court, Lupin en deux syllabes et en cinq lettres. Lupin décortiqué de son enveloppe brésilienne. Lupin ressuscité d'entre les morts,

Lupin qui, transformé depuis six mois en colonel Sparmiento, et voyageant en Bretagne, apprend la découverte de douze tapisseries, les achète, combine le vol de la plus belle, pour attirer l'attention sur lui, Lupin, et pour la détourner de lui, Sparmiento, organise à grand fracas, devant le public ébahi, le duel de Lupin contre Sparmiento et de Sparmiento contre Lupin, projette et réalise la fête d'inauguration, épouvante ses invités, et, lorsque tout est prêt, se décide, en tant que Lupin vole les tapisseries de Sparmiento, en tant que Sparmiento disparaît victime de Lupin et meurt insoupçonné, insoupçonnable, regretté par ses amis, plaint par la foule et laissant derrière lui, pour empocher les bénéfices de l'affaire…

Ici, Ganimard s'arrêta, regarda le chef, et, d'un ton qui soulignait l'importance de ses paroles, acheva :

— Laissant derrière lui une veuve inconsolable.

— Mme Sparmiento ! Vous croyez vraiment…

— Dame, fit l'inspecteur principal, on n'échafaude pas toute une histoire comme celle-ci sans qu'il y ait quelque chose au bout, des bénéfices sérieux.

— Mais les bénéfices, il me semble qu'ils sont constitués par la vente que Lupin fera des tapisseries en Amérique ou ailleurs.

— D'accord, mais cette vente, le colonel Sparmiento pouvait aussi bien l'effectuer. Et même mieux. Donc, il y a autre chose.

— Autre chose ?

— Voyons, chef, vous oubliez que le colonel Sparmiento a été victime d'un vol important, et que, s'il est mort, du moins sa veuve demeure. C'est donc sa veuve qui touchera.

— Qui touchera quoi ?

— Comment, quoi ? Mais ce qu'on lui doit, le montant des assurances.

M. Dudouis fut stupéfait. Toute l'aventure lui apparaissait d'un coup, avec sa véritable signification. Il murmura :

— C'est vrai, c'est vrai, le colonel avait assuré ses tapisseries…

— Parbleu ! Et pas pour rien.

— Pour combien ?

— Huit cent mille francs.

— Huit cent mille francs !

— Comme je vous le dis. À cinq compagnies différentes.

— Et Mme Sparmiento les a touchés ?

— Elle a touché cent cinquante mille francs hier, deux cent mille francs aujourd'hui, pendant mon absence. Les autres paiements s'échelonneront cette semaine.

— Mais c'est effrayant ! Il eût fallu…

— Quoi, chef ? D'abord, ils ont profité de mon absence pour les règlements de compte. C'est à mon retour, par la rencontre imprévue d'un directeur de compagnie d'assurances que je connais et que j'ai fait parler, que j'ai appris la chose.

Le chef de la Sûreté se tut assez longtemps, abasourdi, puis il marmotta :

— Quel homme, tout de même !

Ganimard hocha la tête.

— Oui, chef, une canaille, mais on doit l'avouer, un rude homme. Pour que son plan réussît, il fallait avoir manœuvré de telle sorte que, pendant quatre ou cinq semaines, personne ne pût émettre ou même concevoir le moindre doute sur le colonel

Sparmiento. Il fallait que toutes les colères et toutes les recherches fussent concentrées sur le seul Lupin. Il fallait que, en dernier ressort, on se trouvât simplement en face d'une veuve douloureuse, pitoyable, la pauvre Édith au Cou de Cygne, vision de grâce et de légende, créature si touchante que ces messieurs des Assurances étaient presque heureux de déposer entre ses mains de quoi atténuer son chagrin. Voilà ce qui fut.

Les deux hommes étaient tout près l'un de l'autre et leurs yeux ne se quittaient pas.

Le chef dit :

— Qu'est-ce que c'est que cette femme ?

— Sonia Krichnoff !

— Sonia Krichnoff ?

— Oui, cette Russe que j'avais arrêtée l'année dernière, lors de l'affaire du diadème, et que Lupin a fait fuir.

— Vous êtes sûr ?

— Absolument. Dérouté comme tout le monde par les machinations de Lupin, je n'avais pas porté mon attention sur elle. Mais, quand j'ai su le rôle qu'elle jouait, je me suis souvenu. C'est bien Sonia, métamorphosée en Anglaise, Sonia, qui, par amour pour Lupin, n'hésiterait pas à se faire tuer.

M. Dudouis approuva :

— Bonne prise, Ganimard.

— J'ai mieux à vous offrir, chef.

— Ah ! et quoi donc ?

— La vieille nourrice de Lupin.

— Victoire ?

— Elle est ici depuis que Mme Sparmiento joue les veuves : c'est la cuisinière.

— Oh ! Oh ! fit M. Dudouis, mes compliments, Ganimard !

— J'ai encore mieux à vous offrir, chef !

M. Dudouis tressauta. La main de l'inspecteur, de nouveau accrochée à la sienne, tremblait.

— Que voulez-vous dire, Ganimard ?

— Pensez-vous, chef, que je vous aurais dérangé à cette heure, s'il ne s'agissait que de ce gibier-là ? Sonia et Victoire. Peuh ! Elles auraient bien attendu.

— Alors ? murmura M. Dudouis qui comprenait enfin l'agitation de l'inspecteur principal.

— Alors, vous avez deviné, chef !

— Il est là ?

— Il est là.

— Caché ?

— Pas du tout, camouflé, simplement. C'est le domestique.

Cette fois, M. Dudouis n'eut pas un geste, pas une parole. L'audace de Lupin le confondait.

Ganimard ricana :

— La Sainte-Trinité s'est accrue d'un quatrième personnage, Édith au Cou de Cygne aurait pu faire des gaffes. La présence du maître était nécessaire ; il a eu le culot de revenir. Depuis trois semaines, il assiste à mon enquête et en surveille tranquillement les progrès.

— Vous l'avez reconnu ?

— On ne reconnaît pas Lupin. Il a une science du maquillage et de la transformation qui le rend méconnaissable. Et puis j'étais à mille lieues de penser… Mais ce soir, comme j'épiais Sonia dans l'ombre de l'escalier, j'ai entendu Victoire qui parlait au domestique et l'appelait « mon petit ». La lumière s'est faite en moi; «mon petit», c'est ainsi qu'elle l'a toujours désigné: j'étais fixé.

À son tour, M. Dudouis semblait bouleversé par la présence de l'ennemi, si souvent poursuivi et toujours insaisissable.

— Nous le tenons, cette fois nous le tenons, dit-il sourdement. Il ne peut plus nous échapper.

— Non, chef, il ne le peut plus, ni lui ni les deux femmes…

— Où sont-ils?

— Sonia et Victoire sont au second étage, Lupin au troisième.

— Mais, observa M. Dudouis avec une inquiétude soudaine, n'est-ce pas précisément par les fenêtres de ces chambres que les tapisseries ont été passées, lors de leur disparition?

— Oui.

— En ce cas, Lupin peut s'enfuir par là également, puisque ces fenêtres donnent dans la rue Dufrénoy.

— Évidemment, chef, mais j'ai pris mes précautions. Dès votre arrivée, j'ai envoyé quatre de nos hommes sous la fenêtre, dans la rue Dufrénoy. La consigne est formelle si quelqu'un apparaît aux fenêtres et fait mine de descendre, qu'on tire. Le premier coup à blanc, le deuxième à balle.

— Allons, Ganimard, vous avez pensé à tout, et, dès le petit matin…

— Attendre, chef! Prendre des gants avec ce coquin-là! s'occuper des règlements et de l'heure légale et de toutes ces bêtises! Et s'il nous brûle la politesse pendant ce temps? S'il a recours à l'un de ses trucs à la Lupin? Ah non, pas de blagues. Nous le tenons, sautons dessus, et tout de suite.

Et Ganimard, indigné, tout frémissant d'impatience, sortit, traversa le jardin et fit entrer une demidouzaine d'hommes.

– Ça y est, chef ! j'ai fait donner l'ordre, rue Dufrénoy, de mettre le revolver au point et de viser les fenêtres. Allons-y.

Ces allées et venues avaient fait un certain bruit, qui certainement n'avait pas échappé aux habitants de l'hôtel. M. Dudouis sentait qu'il avait la main forcée. Il se décida.

– Allons-y.

L'opération fut rapide.

À huit, armés de leurs brownings, ils montèrent l'escalier sans trop de précautions, avec la hâte de surprendre Lupin avant qu'il n'eût le temps d'organiser sa défense.

– Ouvrez, hurla Ganimard, en se ruant sur une porte qui était celle de la chambre occupée par Mme Sparmiento.

D'un coup d'épaule, un agent la démolit.

Dans la chambre, personne. Et dans la chambre de Victoire, personne non plus !

– Elles sont en haut ! s'écria Ganimard. Elles ont rejoint Lupin dans sa mansarde. Attention !

Tous les huit, ils escaladèrent le troisième étage. À sa grande surprise, Ganimard trouva la porte de la mansarde ouverte et la mansarde vide. Et les autres pièces étaient vides aussi.

– Crénom de crénom, proféra-t-il, que sont-ils devenus ?

Mais le chef l'appela. M. Dudouis, qui venait de redescendre au second étage, constatait que l'une des fenêtres était, non point fermée, mais simplement poussée.

— Tenez, dit-il à Ganimard, voilà le chemin qu'ils ont pris, le chemin des tapisseries. Je vous l'avais dit, la rue Dufrénoy.

— Mais on aurait tiré dessus, protesta Ganimard qui grinçait de rage, la rue est gardée.

— Ils seront partis avant que la rue ne soit gardée.

— Ils étaient tous les trois dans leur chambre quand je vous ai téléphoné, chef !

— Ils seront partis pendant que vous m'attendiez du côté du jardin.

— Mais pourquoi ? Pourquoi ? Il n'y avait aucune raison pour qu'ils partent aujourd'hui plutôt que demain, ou que la semaine prochaine, après avoir empoché toutes les assurances…

Si, il y avait une raison, et Ganimard la connut lorsqu'il eut avisé sur la table une lettre à son nom, lorsqu'il l'eut décachetée et qu'il en eut pris connaissance. Elle était formulée en ces mêmes termes de certificat que l'on délivre aux serviteurs dont on est satisfait :

Je soussigné, Arsène Lupin, gentleman cambrioleur, ex-colonel, ex-larbin, ex-cadavre, certifie que le nommé Ganimard a fait preuve, durant son séjour en cet hôtel, des qualités les plus remarquables. D'une conduite exemplaire, dévoué, attentif, il a, sans le secours d'aucun indice, déjoué une partie de mes plans et sauvé quatre cent cinquante mille francs aux compagnies d'assurances. Je l'en félicite et l'excuse bien volontiers de n'avoir pas prévu que le téléphone d'en bas communique avec le téléphone installé dans la chambre de Sonia Krichnoff et que, en téléphonant à M. le chef de la Sûreté, il me téléphonait en même temps d'avoir à déguerpir au plus vite. Faute vénielle, qui ne saurait obscurcir l'éclat de ses services ni diminuer le mérite de sa victoire.

En suite de quoi, je lui demande de bien vouloir accepter l'hommage de mon admiration et de ma vive sympathie.

Arsène Lupin

Le fétu de paille

Ce jour-là, vers quatre heures, comme le soir approchait, maître Goussot s'en revint de la chasse avec ses quatre fils. C'étaient de rudes hommes, tous les cinq, haut sur jambes, le torse puissant, le visage tanné par le soleil et par le grand air.

Et tous les cinq exhibaient, plantée sur une encolure énorme, la même petite tête au front bas, aux lèvres minces, au nez recourbé comme un bec d'oiseau, à l'expression dure et peu sympathique. On les craignait autour d'eux. Ils étaient âpres au gain, retors, et d'assez mauvaise foi.

Arrivé devant le vieux rempart qui entoure le domaine d'Héberville, maître Goussot ouvrit une porte étroite et massive, dont il remit, lorsque ses fils eurent passé, la lourde clef dans sa poche. Et il marcha derrière eux, le long du chemin qui traverse les vergers. De place en place il y avait de grands arbres dépouillés par l'automne, et des groupes de sapins, vestiges de l'ancien parc où s'étend aujourd'hui la ferme de maître Goussot.

Un des fils prononça :

— Pourvu que la mère ait allumé quelques bûches !

— Sûrement, dit le père. Tiens, il y a même de la fumée.

On voyait, au bout d'une pelouse, les communs et le logis principal, et, par-dessus, l'église du village dont le clocher semblait trouer les nuages qui traînaient au ciel.

— Les fusils sont déchargés? demanda maître Goussot.

— Pas le mien, dit l'aîné. J'y avais glissé une balle pour casser la tête d'un émouchet… Et puis…

Il tirait vanité de son adresse, celui-là. Et il dit à ses frères:

— Regardez la petite branche, au haut du cerisier. Je vous la casse net.

Cette petite branche portait un épouvantail, resté là depuis le printemps, et qui protégeait de ses bras éperdus les rameaux sans feuilles.

Il épaula. Le coup partit.

Le mannequin dégringola avec de grands gestes comiques et tomba sur une grosse branche inférieure où il demeura rigide, à plat ventre, sa tête en linge coiffée d'un vaste chapeau haut de forme, et ses jambes en foin ballottant de droite et de gauche, au-dessus d'une fontaine qui coulait, près du cerisier, dans une auge de bois.

On se mit à rire. Le père applaudit:

— Joli coup, mon garçon. Aussi bien, il commençait à m'agacer le bonhomme. Je ne pouvais pas lever les yeux de mon assiette, quand je mangeais, sans voir cet idiot-là…

Ils avancèrent encore de quelques pas. Une vingtaine de mètres, tout au plus, les séparaient de la maison, quand le père fit une halte brusque et dit:

— Hein ? Qu'y a-t-il ?

Les frères aussi s'étaient arrêtés, et ils écoutaient.

L'un d'eux murmura :

— Ça vient de la maison du côté de la lingerie…

Et un autre balbutia :

— On dirait des plaintes… Et la mère qui est seule !

Soudain un cri jaillit, terrible. Tous les cinq, ils s'élancèrent. Un nouveau cri retentit, puis des appels désespérés.

— Nous voilà ! nous voilà ! proféra l'aîné qui courait en avant.

Et, comme il fallait faire un détour pour gagner la porte, d'un coup de poing il démolit une fenêtre et il sauta dans la chambre de ses parents. La pièce voisine était la lingerie où la mère Goussot se tenait presque toujours.

— Ah ! crebleu, dit-il, en la voyant sur le parquet, étendue, le visage couvert de sang. Papa ! Papa !

— Quoi, où est-elle ? hurla maître Goussot qui survenait… Ah crebleu, c'est-i possible ? Qu'est-ce qu'on t'a fait, la mère ?

Elle se raidit et, le bras tendu, bégaya :

— Courez dessus ! Par ici ! Par ici ! Moi, c'est rien…, des égratignures… Mais courez donc ! il a pris l'argent !

Le père et les fils bondirent.

— Il a pris l'argent ! vociféra maître Goussot, en se ruant vers la porte que sa femme désignait… Il a pris l'argent ! Au voleur !

Mais un tumulte de voix s'élevait à l'extrémité du couloir par où venaient les trois autres fils.

— Je l'ai vu ! Je l'ai vu !

— Moi aussi ! Il a monté l'escalier.

— Non, le voilà, il redescend !

Une galopade effrénée secouait les planchers. Subitement maître Goussot, qui arrivait au bout du couloir, aperçut un homme contre la porte du vestibule, essayant d'ouvrir. S'il y parvenait, c'était le salut, la fuite par la place de l'Église et par les ruelles du village.

Surpris dans sa besogne, l'homme, stupidement, perdit la tête, fonça sur maître Goussot qu'il fit pirouetter, évita le frère aîné et, poursuivi par les quatre fils, reprit le long couloir, entra dans la chambre des parents, enjamba la fenêtre qu'on avait démolie et disparut.

Les fils se jetèrent à sa poursuite au travers des pelouses et des vergers, que l'ombre de la nuit envahissait.

— Il est fichu, le bandit, ricana maître Goussot. Pas d'issue possible pour lui. Les murs sont trop hauts. Il est fichu. Ah ! la canaille !

Et comme ses deux valets revenaient du village, il les mit au courant et leur donna des fusils.

— Si ce gredin-là fait seulement mine d'approcher de la maison, crevez-lui la peau. Pas de pitié !

Il leur désigna leurs postes, s'assura que la grande grille, réservée aux charrettes, était bien fermée, et, seulement alors, se souvint que sa femme avait peut-être besoin de secours.

— Eh bien, la mère ?

— Où est-il ? est-ce qu'on l'a ? demanda-t-elle aussitôt.

— Oui, on est dessus. Les gars doivent le tenir déjà.

Cette nouvelle acheva de la remettre, et un petit coup de rhum lui rendit la force de s'étendre sur son lit, avec l'aide de maître Goussot, et de raconter son histoire.

Ce ne fut pas long d'ailleurs. Elle venait d'allumer le feu dans la grande salle, et elle tricotait paisiblement à la fenêtre de sa chambre en attendant le retour des hommes, quand elle crut apercevoir, dans la lingerie voisine, un grincement léger.

«Sans doute, se dit-elle, que c'est la chatte que j'aurai laissée là.»

Elle s'y rendit en toute sécurité et fut stupéfaite de voir que les deux battants de celle des armoires à linge où l'on cachait l'argent étaient ouverts. Elle s'avança, toujours sans méfiance. Un homme était là, qui se dissimulait, le dos aux rayons.

— Mais par où avait-il passé ? demanda maître Goussot.

— Par où ? Mais par le vestibule, je suppose. On ne ferme jamais la porte.

— Et alors, il a sauté sur toi ?

— Non, c'est moi qui ai sauté. Lui, il voulait s'enfuir.

— Il fallait le laisser.

— Comment ! Et l'argent !

— Il l'avait donc déjà ?

— S'il l'avait ! Je voyais la liasse des billets dans ses mains, la canaille ! Je me serais plutôt fait tuer… Ah ! on s'est battu, va.

— Il n'était donc pas armé ?

— Pas plus que moi. On avait ses doigts, ses ongles, ses dents. Tiens, regarde, il m'a mordue, là. Et je criais ! et j'appelais. Seulement, voilà je suis vieille, il m'a fallu lâcher.

— Tu le connais, l'homme ?

— Je crois bien que c'est le père Traînard.

— Le chemineau ? Eh parbleu, oui, s'écria le fermier, c'est le père Traînard… Il m'avait semblé aussi le reconnaître… Et puis, depuis trois jours, il rôde autour de la maison. Ah ! le vieux bougre, il aura senti l'odeur de l'argent… Ah ! mon père Traînard, ce qu'on va rigoler ! Une raclée numéro un d'abord, et puis la justice. Dis donc, la mère, tu peux bien te lever maintenant ? Appelle donc les voisins. Qu'on coure à la gendarmerie… Tiens, il y a le gosse du notaire qui a une bicyclette… Sacré père Traînard, ce qu'il détalait ! Ah ! il a encore des jambes, pour son âge. Un vrai lapin !

Il se tenait les côtes, ravi de l'aventure. Que risquait-il ? Aucune puissance au monde ne pouvait faire que le chemineau s'échappât, qu'il ne reçût l'énergique correction qu'il méritait, et ne s'en allât, sous bonne escorte, à la prison de la ville.

Le fermier prit un fusil et rejoignit ses deux valets.

— Rien de nouveau ?

— Non, maître Goussot, pas encore.

— Ça ne va pas tarder. À moins que le diable ne l'enlève par-dessus les murs…

De temps à autre, on entendait les appels que se lançaient au loin les quatre frères. Évidemment le bonhomme se défendait, plus agile qu'on ne l'eût cru. Mais, avec des gaillards comme les frères Goussot…

Cependant l'un d'eux revint, assez découragé, et il ne cacha pas son opinion.

— Pas la peine de s'entêter pour l'instant. Il fait nuit noire. Le bonhomme se sera niché dans quelque trou. On verra ça demain.

— Demain ! mais tu es fou, mon garçon, protesta maître Goussot.

L'aîné parut à son tour, essoufflé, et fut du même avis que son frère. Pourquoi ne pas attendre au lendemain, puisque le bandit était dans le domaine comme entre les murs d'une prison ?

— Eh bien, j'y vais, s'écria maître Goussot. Qu'on m'allume une lanterne.

Mais, à ce moment, trois gendarmes arrivèrent, et il affluait aussi des gars du village qui s'en venaient aux nouvelles.

Le brigadier de gendarmerie était un homme méthodique. Il se fit d'abord raconter toute l'histoire, bien en détail, puis il réfléchit, puis il interrogea les quatre frères, séparément, et en méditant après chacune des dépositions. Lorsqu'il eut appris d'eux que le chemineau s'était enfui vers le fond du domaine, qu'on l'avait perdu de vue plusieurs fois, et qu'il avait disparu définitivement aux environs d'un endroit appelé « La Butte aux corbeaux », il réfléchit encore, et conclut :

— Vaut mieux attendre. Dans tout le fourbi d'une poursuite, la nuit, le père Traînard peut se faufiler au milieu de nous… Et, bonsoir la compagnie.

Le fermier haussa les épaules et se rendit, en maugréant, aux raisons du brigadier. Celui-ci organisa la surveillance, répartit les frères Goussot et les gars du village sous la surveillance de ses hommes, s'assura que les échelles étaient enfermées, et installa son quartier général dans la salle à manger où maître Goussot et lui somnolèrent devant un carafon de vieille eau-de-vie.

La nuit fut tranquille. Toutes les deux heures, le brigadier faisait une ronde et relevait les postes. Il n'y eut aucune alerte. Le père Traînard ne bougea pas de son trou.

Au petit matin la battue commença.

Elle dura quatre heures.

En quatre heures, les cinq hectares du domaine furent visités, fouillés, arpentés en tous sens par une vingtaine d'hommes qui frappaient les buissons à coups de canne, piétinaient les touffes d'herbe, scrutaient le creux des arbres, soulevaient les amas de feuilles sèches. Et le père Traînard demeura invisible.

– Ah ! bien, elle est raide, celle-là, grinçait maître Goussot.

– C'est à n'y rien comprendre, répliquait le brigadier.

Phénomène inexplicable, en effet. Car enfin, à part quelques anciens massifs de lauriers et de fusains, que l'on battit consciencieusement, tous les arbres étaient dénudés. Il n'y avait aucun bâtiment, aucun hangar, aucune meule, bref, rien qui pût servir de cachette.

Quant au mur, un examen attentif convainquit le brigadier lui-même que l'escalade en était matériellement impossible.

L'après-midi on recommença les investigations en présence du juge d'instruction et du substitut. Les résultats ne furent pas plus heureux. Bien plus, cette affaire parut aux magistrats tellement suspecte, qu'ils manifestèrent leur mauvaise humeur et ne purent s'empêcher de dire :

– Êtes-vous bien sûr, maître Goussot, que vos fils et vous n'avez pas eu la berlue ?

– Et ma femme, cria maître Goussot, rouge de colère, est-ce qu'elle avait la berlue quand le chenapan lui serrait la gorge ? Regardez voir les marques !

— Soit, mais alors, où est-il, le chenapan ?

— Ici, entre ces quatre murs.

— Soit. Alors cherchez-le. Pour nous, nous y renonçons. Il est trop évident que, si un homme était caché dans l'enceinte de ce domaine, nous l'aurions déjà découvert.

— Eh bien, je mettrai la main dessus, moi qui vous parle, gueula maître Goussot. Il ne sera pas dit qu'on m'aura volé six mille francs. Oui, six mille ! il y avait trois vaches que j'avais vendues, et puis la récolte de blé, et puis les pommes. Six billets de mille que j'allais porter à la Caisse. Eh bien, je vous jure Dieu que c'est comme si je les avais dans ma poche.

— Tant mieux, je vous le souhaite, fit le juge d'instruction en se retirant, ainsi que le substitut et les gendarmes.

Les voisins s'en allèrent également, quelque peu goguenards. Et il ne resta plus, à la fin de l'après-midi, que les Goussot et les deux valets de ferme.

Tout de suite maître Goussot expliqua son plan. Le jour, les recherches. La nuit, une surveillance de toutes les minutes. Ça durerait ce que ça durerait. Mais quoi ! le père Traînard était un homme comme les autres, et, les hommes, ça mange et ça boit. Il faudrait donc bien que le père Traînard sortît de sa tanière pour manger et pour boire.

— À la rigueur, dit maître Goussot, il peut avoir dans sa poche quelques croûtes de pain, ou encore ramasser la nuit quelques racines. Mais pour ce qui est de la boisson, rien à faire. Il n'y a que la fontaine. Bien malin, s'il en approche.

Lui-même, ce soir-là, il prit la garde auprès de la fontaine. Trois heures plus tard l'aîné de ses fils le relaya. Les autres frères et les domestiques couchèrent dans la maison, chacun veillant à son tour, et toutes bougies, toutes lampes allumées, pour qu'il n'y eût pas de surprise.

Quinze nuits consécutives, il en fut de même. Et quinze jours durant, tandis que deux hommes et que la mère Goussot restaient de faction, les cinq autres inspectaient le clos d'Héberville.

Au bout de ces deux semaines, rien.

Le fermier ne dérageait pas.

Il fit venir un ancien inspecteur de la Sûreté qui habitait la ville voisine.

L'inspecteur demeura chez lui toute une semaine. Il ne trouva ni le père Traînard ni le moindre indice qui pût donner l'espérance de le trouver.

– Elle est raide, répétait maître Goussot. Car il est là, le vaurien ! Pour la question d'y être, il y est. Alors…

Se plantant sur le seuil de la porte, il invectivait l'ennemi à pleine gueule :

– Bougre d'idiot, t'aimes mieux donc crever au fond de ton trou que de cracher l'argent ? Crève donc, saligaud !

Et la mère Goussot, à son tour, glapissait de sa voix pointue :

– C'est-y la prison qui te fait peur ? Lâche les billets et tu pourras déguerpir.

Mais le père Traînard ne soufflait mot, et le mari et la femme s'époumonaient en vain. Des jours affreux passèrent. Maître Goussot ne dormait plus, tout frissonnant de fièvre. Les fils devenaient hargneux, querelleurs, et ils ne quittaient pas leurs fusils, n'ayant d'autre idée que de tuer le chemineau.

Au village on ne parlait que de cela, et l'affaire Goussot, locale d'abord, ne tarda pas à occuper la presse. Du chef-lieu, de la capitale, il vint des journalistes, que maître Goussot éconduisit avec des sottises.

– Chacun chez soi, leur disait-il. Mêlez-vous de vos occupations. J'ai les miennes. Personne n'a rien à y voir.

– Cependant, maître Goussot…

– Fichez-moi la paix.

Et il leur fermait sa porte au nez.

Il y avait maintenant quatre semaines que le père Traînard se cachait entre les murs d'Héberville. Les Goussot continuaient leurs recherches par entêtement et avec autant de conviction, mais avec un espoir qui s'atténuait de jour en jour, et comme s'ils se fussent heurtés à un de ces obstacles mystérieux qui découragent les efforts. Et l'idée qu'ils ne reverraient pas leur argent commençait à s'implanter en eux.

Or, un matin, vers dix heures, une automobile, qui traversait la place du village à toute allure, s'arrêta net, par suite d'une panne.

Le mécanicien ayant déclaré, après examen, que la réparation exigerait un bon bout de temps, le propriétaire de l'automobile résolut d'attendre à l'auberge et de déjeuner.

C'était un monsieur encore jeune, à favoris coupés court, au visage sympathique, et qui ne tarda pas à lier conversation avec les gens de l'auberge.

Bien entendu, on lui raconta l'histoire des Goussot. Il ne la connaissait pas, arrivant de voyage, mais il parut s'y intéresser vivement. Il se la fit expliquer en détail, formula des objections, discuta des hypothèses avec plusieurs personnes qui mangeaient à la même table, et finalement s'écria :

— Bah ! cela ne doit pas être si compliqué. J'ai un peu l'habitude de ces sortes d'affaires. Et si j'étais sur place…

— Facile, dit l'aubergiste. Je connais maître Goussot… Il ne refusera pas…

Les négociations furent brèves, maître Goussot se trouvait dans un de ces états d'esprit où l'on proteste moins brutalement contre l'intervention des autres. En tout cas sa femme n'hésita pas.

— Qu'il vienne donc, ce monsieur…

Le monsieur régla son repas et donna l'ordre à son mécanicien d'essayer la voiture sur la grand-route, aussitôt que la réparation serait terminée.

— Il me faut une heure, dit-il, pas davantage. Dans une heure, soyez prêt.

Puis il se rendit chez maître Goussot.

À la ferme il parla peu. Maître Goussot, repris d'espérance malgré lui, multiplia les renseignements, conduisit son visiteur le long des murs et jusqu'à la petite porte des champs, montra la clef qui l'ouvrait, et fit le récit minutieux de toutes les recherches que l'on avait opérées.

Chose bizarre : l'inconnu, s'il ne parlait point, semblait ne pas écouter davantage. Il regardait, tout simplement, et avec des yeux plutôt distraits. Quand la tournée fut finie, maître Goussot dit anxieusement…

— Eh bien ?

— Quoi ?

— Vous savez ?

L'étranger resta un moment sans répondre. Puis il déclara :

— Non, rien du tout.

— Parbleu ! s'écria le fermier, en levant les bras au ciel, est-ce que vous pouvez savoir ? Tout ça, c'est de la frime. Voulez-vous que je vous dise, moi ? Eh bien, le père Traînard a si bien fait qu'il est mort au fond de son trou et que les billets pourriront avec lui. Vous entendez ? C'est moi qui vous le dis.

Le monsieur, très calme, prononça :

— Un seul point m'intéresse. Le chemineau, somme toute, étant libre, la nuit a pu se nourrir tant bien que mal. Mais comment pouvait-il boire ?

— Impossible ! s'écria le fermier, impossible ! il n'y a que cette fontaine, et nous avons monté la garde contre, toutes les nuits.

— C'est une source. Où jaillit-elle ?

— Ici même.

— Il y a donc une pression suffisante pour qu'elle monte seule dans le bassin ?

— Oui.

— Et l'eau, où s'en va-t-elle, quand elle sort du bassin ?

— Dans ce tuyau que vous voyez, qui passe sous terre, et qui la conduit jusqu'à la maison, où elle sert à la cuisine. Donc, pas moyen d'en boire, puisque nous étions là et que la fontaine est à vingt mètres de la maison.

— Il n'a pas plu durant ces quatre semaines ?

— Pas une fois, je vous l'ai déjà dit.

L'inconnu s'approcha de la fontaine et l'examina. L'auge était formée par quelques planches de bois assemblées au-dessus même du sol, et où l'eau s'écoulait, lente et claire.

— Il n'y a pas plus de trente centimètres d'eau en profondeur, n'est-ce pas ? dit-il.

Pour mesurer, il ramassa sur l'herbe un fétu de paille qu'il dressa dans le bassin. Mais, comme il était penché, il s'interrompit soudain au milieu de sa besogne, et regarda autour de lui.

– Ah ! que c'est drôle, dit-il en partant d'un éclat de rire.

– Quoi… Qu'est-ce que c'est ? balbutia maître Goussot qui se précipita sur le bassin, comme si un homme eût pu se tenir couché entre ces planches exiguës.

Et la mère Goussot supplia :

– Quoi ? Vous l'avez vu ? Où est-il ?

– Ni dedans… ni dessous, répondit l'étranger, qui riait toujours.

Il se dirigea vers la maison, pressé par le fermier, par la femme et par les quatre fils. L'aubergiste était là également, ainsi que les gens de l'auberge qui avaient suivi les allées et venues de l'étranger. Et on se tut, dans l'attente de l'extraordinaire révélation.

– C'est bien ce que je pensais, dit-il, d'un air amusé, il a fallu que le bonhomme se désaltérât, et comme il n'y avait que la source…

– Voyons, voyons, bougonna maître Goussot, nous l'aurions bien vu.

– C'était la nuit.

– Nous l'aurions entendu, et même vu, puisque nous étions à côté.

– Lui aussi.

– Et il a bu de l'eau du bassin ?

– Oui.

– Comment ?

– De loin.

– Avec quoi ?

— Avec ceci.

L'inconnu montra la paille qu'il avait ramassée.

— Tenez voilà le chalumeau du consommateur. Et vous remarquerez la longueur insolite de ce chalumeau, lequel, en réalité, est composé de trois fétus de paille, mis bout à bout. C'est cela que j'ai remarqué aussitôt, l'assemblage de ces trois fétus. La preuve était évidente.

— Mais sacrédieu, la preuve de quoi ? s'écria maître Goussot, exaspéré.

L'inconnu décrocha du râtelier une petite carabine.

— Elle est chargée ? demanda-t-il.

— Oui, dit le plus jeune des frères, je m'amuse avec contre les moineaux. C'est du menu plomb.

— Parfait. Quelques grains dans le derrière suffiront.

Son visage devint subitement autoritaire. Il empoigna le fermier par le bras, et scanda, d'un ton impérieux…

— Écoutez, maître Goussot, je ne suis pas de la police, moi, et je ne veux pas, à aucun prix, livrer ce pauvre diable. Quatre semaines de diète et de frayeur… C'est assez. Donc, vous allez me jurer, vous et vos fils, qu'on lui donnera la clef des champs, sans lui faire aucun mal.

— Qu'il rende l'argent !

— Bien entendu. C'est juré ?

— C'est juré.

Le monsieur se tenait de nouveau sur le pas de la porte, à l'entrée du verger. Vivement il épaula, un peu en l'air et dans la direction du cerisier qui dominait la fontaine. Le coup partit. Un cri rauque jaillit là-bas, et l'épouvantail que l'on voyait, depuis un mois, à califourchon sur la branche maîtresse, dégringola jusqu'au sol pour se relever aussitôt et se sauver à toutes jambes.

Il y eut une seconde de stupeur, puis des exclamations. Les fils se précipitèrent et ne tardèrent pas à rattraper le fuyard, empêtré qu'il était dans ses loques et affaibli par les privations. Mais l'inconnu déjà le protégeait contre leur colère.

– Bas les pattes ! Cet homme m'appartient. Je défends qu'on y touche… Je ne t'ai pas trop salé les fesses, père Traînard ?

Planté sur ses jambes de paille qu'enveloppaient des lambeaux d'étoffe effiloqués, les bras et tout le corps habillés de même, la tête bandée de linge, ligoté, serré, boudiné, le bonhomme avait encore l'apparence rigide d'un mannequin. Et c'était si comique, si imprévu, que les assistants pouffaient de rire.

L'étranger lui dégagea la tête, et l'on aperçut un masque de barbe grise ébouriffée, rabattue de tous côtés sur un visage de squelette où luisaient des yeux de fièvre.

Les rires redoublèrent.

– L'argent… Les six billets…, ordonna le fermier.

L'étranger le tint à distance.

– Un moment on va vous rendre cela. N'est-ce pas, père Traînard ?

Et, tout en coupant avec son couteau les liens de paille et d'étoffe, il plaisantait :

– Mon pauvre bonhomme, t'en as une touche. Mais comment as-tu réussi ce coup-là ? Il faut que tu sois diantrement habile, ou plutôt que tu aies eu une sacrée venette ? Alors, comme ça, la première nuit, tu as profité du répit qu'on te laissait pour t'introduire dans cette défroque ? Pas bête. Un épouvantail, comment aurait-on pu avoir l'idée ? On avait tellement l'habitude de le voir accroché à son arbre. Mais, mon pauvre vieux, ce que tu devais être mal ! à plat ventre ! les jambes et les bras pendants ! toute la journée comme ça… Fichue position ! Et quelles manœuvres pour risquer un mouvement, hein ? Quelle frousse quand tu t'endormais ! Et il fallait manger ! Et il fallait boire ! Et tu entendais la sentinelle ! et tu devinais le canon de son fusil à un mètre de ta frimousse ! Brrr… Mais le plus chouette, vois-tu c'est ton fétu de paille ! Vrai, quand on pense que sans bruit, sans geste pour ainsi dire, tu devais extirper des brins de paille de ta défroque, les ajuster bout à bout, projeter ton appareil jusqu'au bassin, et biberonner, goutte à goutte, un peu de l'eau bienfaisante… Vrai, c'est à hurler d'admiration… Bravo, père Traînard !

Et il ajouta entre ses dents :

— Seulement, tu sens trop mauvais, mon bonhomme. Tu ne t'es donc pas lavé depuis un mois, saligaud ? Tu avais pourtant de l'eau à discrétion. Tenez, vous autres, je vous le passe. Moi, je vais me laver les mains.

Maître Goussot et ses quatre fils s'emparèrent vivement de la proie qu'on leur abandonnait.

— Allons, ouste, donne l'argent.

Si abruti qu'il fût, le chemineau trouva encore la force de jouer l'étonnement.

— Prends donc pas cet air idiot, grogna le fermier. Les six billets… Donne.

— Quoi ? Qu'è qu'on me veut ? balbutia le père Traînard.

— L'argent et tout de suite…

— Quel argent ?

— Les billets !

— Les billets ?

— Ah ! Tu commences à m'embêter. À moi, les gars…

On renversa le bonhomme, on lui arracha la loque qui lui servait de vêtement, on chercha, on fouilla.

Il n'y avait rien.

— Brigand de voleur, cria maître Goussot, qu'est-ce que t'en as fait ?

Le vieux mendiant semblait encore plus ahuri. Trop malin pour avouer, il continuait à gémir :

— Qu'è qu'on m'veut ? D'largent ? J'ai pas seulement trois sous à moi…

Mais ses yeux écarquillés ne quittaient pas son vêtement, et il paraissait n'y rien comprendre, lui non plus.

La fureur des Goussot ne put se contenir davantage. On le roua de coups, ce qui n'avança pas les choses. Mais le fermier était convaincu qu'il avait caché l'argent, avant de s'introduire dans l'épouvantail.

— Où l'as-tu mis, canaille ? Dis ! Dans quel coin du verger ?

— L'argent ? répétait le chemineau d'un air niais.

— Oui, l'argent, l'argent que tu as enterré quelque part… Ah ! si on ne le trouve pas, ton compte est bon… Il y a des témoins, n'est-ce pas ? Vous tous, les amis. Et puis, le monsieur…

Il se retourna pour interpeller l'inconnu qui devait être du côté de la fontaine, à trente ou quarante pas sur la gauche. Et il fut tout surpris de ne pas l'y voir en train de se laver les mains.

— Est-ce qu'il est parti ? demanda-t-il.

Quelqu'un répondit :

— Non… non…, il a allumé une cigarette, et il s'est enfoncé dans le verger, en se promenant.

— Ah ! tant mieux, dit maître Goussot, c'est un type à nous retrouver les billets, comme il a retrouvé l'homme.

— À moins que…, fit une voix.

— À moins que… qu'est-ce que tu veux dire, toi ? interrogea le fermier. Tu as une idée ? Donne-la donc… Quoi ?

Mais il s'interrompit brusquement, assailli d'un doute, et il y eut un instant de silence. Une même pensée s'imposait à tous les paysans. Le passage de l'étranger à Héberville, la panne de son automobile, sa manière de questionner les gens à l'auberge, et de se faire conduire dans le domaine, tout cela n'était-ce pas un coup préparé d'avance, un truc de cambrioleur qui connaît l'histoire par les journaux, et qui vient sur place tenter la bonne affaire ?

— Rudement fort, prononça l'aubergiste. Il aura pris l'argent dans la poche du père Traînard, sous nos yeux, en le fouillant.

— Impossible, balbutia maître Goussot on l'aurait vu sortir par là du côté de la maison… Or il se promène dans le verger.

La mère Goussot, toute défaillante, risqua :

— La petite porte du fond là-bas ?

— La clef ne me quitte point.

— Mais tu la lui as fait voir.

— Oui, mais je l'ai reprise… Tiens, la voilà.

Il mit la main dans sa poche et poussa un cri.

— Ah ! cré bon Dieu, elle n'y est pas… il me l'a barbotée…

Aussitôt, il s'élança, suivi, escorté de ses fils et de plusieurs paysans.

À moitié chemin on perçut le ronflement d'une automobile, sans aucun doute celle de l'inconnu, qui avait donné ses instructions à son chauffeur pour qu'il l'attendît à cette issue lointaine.

Quand les Goussot arrivèrent à la porte, ils virent sur le battant de bois vermoulu, inscrits à l'aide d'un morceau de brique rouge, ces deux mots :

« Arsène Lupin ».

Malgré l'acharnement et la rage des Goussot, il fut impossible de prouver que le père Traînard avait dérobé de l'argent. Vingt personnes en effet durent attester que, somme toute, on n'avait rien découvert sur lui. Il s'en tira avec quelques mois de prison.

Il ne les regretta point. Dès sa libération, il fut avisé secrètement que, tous les trimestres, à telle date, à telle heure, sous telle borne de telle route, il trouverait trois louis d'or.

Pour le père Traînard, c'est la fortune.

Le mariage d'Arsène Lupin

Monsieur Arsène Lupin a l'honneur de vous faire part de son mariage avec Mademoiselle Angélique de Sarzeau-Vendôme, princesse de Bourbon-Condé, et vous prie d'assister à la bénédiction nuptiale qui aura lieu en l'église Sainte-Clothilde.

Le duc de Sarzeau-Vendôme a l'honneur de vous faire part du mariage de sa fille Angélique, princesse de Bourbon-Condé, avec Monsieur Arsène Lupin, et vous prie…

Le duc Jean de Sarzeau-Vendôme ne put achever la lecture des lettres qu'il tenait dans sa main tremblante. Pâle de colère, son long corps maigre agité de frissons, il suffoquait.

– Voilà, dit-il à sa fille en lui tendant les deux papiers. Voilà ce que nos amis ont reçu ! Voilà ce qui court les rues depuis hier. Hein ! Que pensez-vous de cette infamie, Angélique ? Qu'en penserait votre pauvre mère, si elle vivait encore ?

Angélique était longue et maigre comme son père, osseuse et sèche comme lui. Âgée de trente-trois ans, toujours vêtue de laine noire, timide, effacée, elle avait une tête trop petite, comprimée à droite et à gauche, et d'où le nez jaillissait comme une protestation contre une pareille exiguïté. Pourtant, on ne pouvait dire qu'elle fût laide, tellement ses yeux étaient beaux, tendres et graves, d'une fierté un peu triste, de ces yeux troublants qu'on n'oublie pas quand on les a vus une fois.

Elle avait rougi de honte d'abord en entendant son père, et en apprenant par lui l'offense dont elle était victime. Mais comme elle le chérissait, bien qu'il se montrât dur avec elle, injuste et despotique, elle lui dit :

— Oh ! je pense que c'est une plaisanterie, mon père, et qu'il n'y faut pas prêter attention.

— Une plaisanterie ? Mais tout le monde en jase ! Dix journaux, ce matin, reproduisent cette lettre abominable, en l'accompagnant de commentaires ironiques ! On rappelle notre généalogie, nos ancêtres, les morts illustres de notre famille. On feint de prendre la chose au sérieux.

— Cependant personne ne peut croire…

— Évidemment, personne. Il n'empêche que nous sommes la fable de Paris.

— Demain, on n'y pensera plus.

— Demain, ma fille, on se souviendra que le nom d'Angélique de Sarzeau-Vendôme a été prononcé plus qu'il ne devait l'être. Ah ! si je pouvais savoir quel est le misérable qui s'est permis…

À ce moment, Hyacinthe, son valet de chambre particulier, entra et prévint M. le duc qu'on le demandait au téléphone. Toujours furieux, il décrocha l'appareil et bougonna :

— Eh bien ? Qu'y a-t-il ? Oui, c'est moi, le duc de Sarzeau-Vendôme.

On lui répondit :

— J'ai des excuses à vous faire, monsieur le duc, ainsi qu'à Mlle Angélique. C'est la faute de mon secrétaire.

— Votre secrétaire ?

— Oui, les lettres de faire-part n'étaient qu'un projet dont je voulais vous soumettre la rédaction. Par malheur, mon secrétaire a cru…

— Mais enfin, monsieur, qui êtes-vous ?

— Comment, monsieur le duc, vous ne reconnaissez pas ma voix ? la voix de votre futur gendre ?

— Quoi ?

— Arsène Lupin.

Le duc tomba sur une chaise. Il était livide.

— Arsène Lupin… C'est lui Arsène Lupin…

Angélique eut un sourire.

— Vous voyez, mon père, qu'il n'y a là qu'une plaisanterie, une mystification…

Mais le duc, soulevé d'une nouvelle colère, se mit à marcher en gesticulant :

— Je vais déposer une plainte… Il est inadmissible que cet individu se moque de moi ! S'il y a encore une justice, elle doit agir !

Une seconde fois, Hyacinthe entra. Il apporta deux cartes.

— Chotois ? Lepetit ? Connais pas.

— Ce sont deux journalistes, monsieur le duc…

— Qu'est-ce qu'ils me veulent ?

— Ils voudraient parler à monsieur le duc au sujet du mariage.

— Qu'on les fiche à la porte ! s'exclama le duc. Et dites au concierge que mon hôtel est fermé aux paltoquets de cette espèce.

— Je vous en prie, mon père, risqua Angélique.

— Toi, ma fille, laisse-nous la paix. Si tu avais consenti autrefois à épouser un de tes cousins, nous n'en serions pas là.

Le soir même de cette scène, un des deux reporters publiait, en première page de son journal, un récit quelque peu fantaisiste de son expédition rue de Varenne, dans l'antique demeure des Sarzeau-Vendôme, et s'étendait complaisamment sur le courroux et sur les protestations du vieux gentilhomme.

Le lendemain, un autre journal insérait une interview d'Arsène Lupin, prétendue prise dans un couloir de l'Opéra. Arsène Lupin ripostait : « Je partage entièrement l'indignation de mon futur beau-père. L'envoi de ces lettres constitue une incorrection dont je ne suis pas responsable, mais dont je tiens à m'excuser publiquement. Pensez donc, la date de notre mariage n'est pas encore fixée ! Mon beau-père propose le début de mai. Ma fiancée et moi trouvons cela bien tard ! Six semaines d'attente ! »

Ce qui donnait à l'affaire une saveur toute spéciale et que les amis de la maison goûtaient particulièrement, c'était le caractère même du duc, son orgueil, l'intransigeance de ses idées et de ses principes. Dernier descendant des barons de Sarzeau, la plus noble famille de Bretagne, arrière-petit-fils de ce Sarzeau qui, ayant épousé une Vendôme, ne consentit qu'après dix ans de Bastille à porter le nouveau titre que Louis XV lui imposait, le duc Jean n'avait renoncé à aucun des préjugés de l'Ancien Régime. Dans sa jeunesse il avait suivi le comte de Chambord en exil. Devenu vieux, il refusait un siège au Palais-Bourbon sous prétexte qu'un Sarzeau ne peut s'asseoir qu'entre ses pairs.

L'aventure le toucha au vif. Il ne décolérait pas, invectivant Lupin à coups d'épithètes sonores, le menaçant de tous les supplices possibles, s'en prenant à sa fille.

– Voilà ! si tu t'étais mariée ! Ce ne sont pourtant pas les partis qui manquaient ! Tes trois cousins, Mussy, Emboise et Caorches sont de bonne noblesse, bien apparentés, suffisamment riches, et ils ne demandent encore qu'à t'épouser. Pourquoi les refuses-tu ? Ah ! C'est que mademoiselle est une rêveuse, une sentimentale, et ses cousins sont trop gros, ou trop maigres, ou trop vulgaires !

C'était une rêveuse, en effet. Livrée à elle-même depuis son enfance, elle avait lu tous les livres de chevalerie, tous les fades romans d'autrefois qui traînaient dans les armoires de ses aïeules, et elle voyait la vie comme un conte de fées où les jeunes filles très belles sont toujours heureuses, tandis que les autres attendent jusqu'à la mort le fiancé qui ne vient pas. Pourquoi eût-elle épousé l'un de ses cousins, puisqu'ils n'en voulaient qu'à sa dot, aux millions que sa mère lui avait laissés ? Autant rester vieille fille et rêver…

Elle répondit doucement :

– Vous allez vous rendre malade, mon père. Oubliez cette histoire ridicule.

Mais comment aurait-il oublié ? Chaque matin un coup d'épingle ravivait sa blessure. Trois jours de suite Angélique reçut une merveilleuse gerbe de fleurs où se dissimulait la carte d'Arsène Lupin. Il ne pouvait aller à son cercle, sans qu'un ami l'abordât :

– Elle est drôle, celle d'aujourd'hui.

– Quoi ?

— Mais la nouvelle fumisterie de votre gendre ! Ah ! vous ne savez pas ? Tenez, lisez…

M. Arsène Lupin demandera au Conseil d'État d'ajouter à son nom le nom de sa femme et de s'appeler désormais : Lupin de Sarzeau-Vendôme.

Et le lendemain on lisait :

La jeune fiancée portant en vertu d'une ordonnance, non abrogée, de Charles X, le titre et les armes de Bourbon-Condé, dont elle est la dernière héritière, le fils aîné des Lupin de Sarzeau-Vendôme aura nom prince Arsène de Bourbon-Condé.

Et le jour suivant une réclame annonçait :

La Grande Maison de Linge expose le trousseau de Mlle de Sarzeau-Vendôme. Comme initiales : L. S. V.

Puis une feuille d'illustrations publia une scène photographiée : le duc, son gendre et sa fille, assis autour d'une table, et jouant au piquet voleur.

Et la date aussi fut annoncée à grand fracas : le 4 mai.

Et des détails furent donnés sur le contrat. Lupin se montrait d'un désintéressement admirable. Il signerait, disait-on, les yeux fermés, sans connaître le chiffre de la dot.

Tout cela mettait le vieux gentilhomme hors de lui. Sa haine contre Lupin prenait des proportions maladives. Bien que la démarche lui coûtât, il se rendit chez le préfet de police qui lui conseilla de se méfier.

— Nous avons l'habitude du personnage, il emploie contre vous un de ses trucs favoris. Passez-moi l'expression, monsieur le duc, il vous « cuisine », ne tombez pas dans le piège.

— Quel truc, quel piège ? demanda-t-il anxieusement.

— Il cherche à vous affoler et à vous faire accomplir, par intimidation, tel acte auquel, de sang-froid, vous vous refuseriez.

— M. Arsène Lupin n'espère pourtant pas que je vais lui offrir la main de ma fille !

— Non, mais il espère que vous allez commettre comment dirai-je ? une gaffe.

— Laquelle ?

— Celle qu'il veut précisément que vous commettiez.

— Alors, votre conclusion, monsieur le préfet ?

— C'est de rentrer chez vous, monsieur le duc, ou, si tout ce bruit vous agace, de partir pour la campagne, et d'y rester bien tranquillement, sans vous émouvoir.

Cette conversation ne fit qu'aviver les craintes du vieux gentilhomme. Lupin lui parut un personnage terrible, usant de procédés diaboliques, et entretenant des complices dans tous les mondes. Il fallait se méfier.

Dès lors, la vie ne fut point tolérable.

Il devint de plus en plus hargneux et taciturne, et ferma la porte à tous ses anciens amis, même aux trois prétendants d'Angélique, les cousins Mussy, d'Emboise et Caorches, qui, fâchés tous les trois les uns avec les autres, par suite de leur rivalité, venaient alternativement toutes les semaines.

Sans le moindre motif, il chassa son maître d'hôtel et son cocher. Mais il n'osa les remplacer de peur d'introduire chez lui des créatures d'Arsène Lupin, et son valet de chambre particulier, Hyacinthe, en qui, l'ayant à son service depuis quarante ans, il avait toute confiance, dut s'astreindre aux corvées de l'écurie et de l'office.

— Voyons, mon père, disait Angélique, s'efforçant de lui faire entendre raison, je ne vois vraiment pas ce que vous redoutez. Personne au monde ne peut me contraindre à ce mariage absurde.

— Parbleu ! Ce n'est pas cela que je redoute.

— Alors, quoi, mon père ?

— Est-ce que je sais ? Un enlèvement ! Un cambriolage ! Un coup de force ! Il est hors de doute aussi que nous sommes environnés d'espions.

Un après-midi, il reçut un journal où cet article était souligné au crayon rouge :

« La soirée du contrat a lieu aujourd'hui à l'hôtel Sarzeau-Vendôme. Cérémonie tout intime, où quelques privilégiés seulement seront admis à complimenter les heureux fiancés. Aux futurs témoins de Mlle de Sarzeau-Vendôme, le prince de la Rochefoucault-Limours et le comte de Chartres, M. Arsène Lupin présentera les personnalités qui ont tenu à honneur de lui assurer leur concours, M. le préfet de police et M. le directeur de la prison de la Santé. »

C'était trop. Dix minutes plus tard, le duc envoyait son domestique Hyacinthe porter trois pneumatiques. À quatre heures, en présence d'Angélique, il recevait les trois cousins : Paul de Mussy, gros, lourd, et d'une pâleur extrême ; Jacques d'Emboise, mince, rouge de figure et timide ; Anatole de Caorches, petit, maigre et maladif ; tous trois de vieux garçons déjà, sans élégance et sans allure.

La réunion fut brève. Le duc avait préparé tout un plan de campagne, de campagne défensive, dont il dévoila, en termes catégoriques, la première partie.

– Angélique et moi nous quittons Paris cette nuit, et nous nous retirons dans nos terres de Bretagne. Je compte sur vous trois, mes neveux, pour coopérer à ce départ. Toi, Emboise, tu viendras nous chercher avec ta limousine. Vous, Mussy, vous amènerez votre automobile et vous voudrez bien vous occuper des bagages avec mon valet de chambre Hyacinthe. Toi, Caorches, tu seras à la gare d'Orléans, et tu prendras des sleepings pour Vannes au train de dix heures quarante. C'est promis ?

La fin de la journée s'écoula sans incidents. Après le dîner seulement, afin d'éviter toutes chances d'indiscrétion, le duc prévint Hyacinthe d'avoir à remplir une malle et une valise. Hyacinthe était du voyage, ainsi que la femme de chambre d'Angélique.

À neuf heures, tous les domestiques, sur l'ordre de leur maître, étaient couchés. À dix heures moins dix, le duc, qui terminait ses préparatifs, entendit la trompe d'une automobile. Le concierge ouvrit la porte de la cour d'honneur. De la fenêtre, le duc reconnut le landaulet de Jacques d'Emboise.

– Allez lui dire que je descends, ordonna-t-il à Hyacinthe, et prévenez mademoiselle.

Au bout de quelques minutes, comme Hyacinthe n'était pas de retour, il sortit de sa chambre. Mais, sur le palier, il fut assailli par deux hommes masqués, qui le bâillonnèrent et l'attachèrent avant qu'il eût pu pousser un seul cri. Et l'un de ces hommes lui dit à voix basse :

– Premier avertissement, monsieur le duc. Si vous persistez à quitter Paris, et à me refuser votre consentement, ce sera plus grave.

Et le même individu enjoignit à son compagnon :

— Garde-le. Je m'occupe de la demoiselle.

À ce moment, deux autres complices s'étaient déjà emparés de la femme de chambre, et Angélique, également bâillonnée, évanouie, gisait sur un fauteuil de son boudoir.

Elle se réveilla presque aussitôt sous l'action des sels qu'on lui faisait respirer, et, quand elle ouvrit les yeux, elle vit penché au-dessus d'elle un homme jeune, en tenue de soirée, la figure souriante et sympathique, qui lui dit :

— Je vous demande pardon, mademoiselle. Tous ces incidents sont un peu brusques, et cette façon d'agir plutôt anormale. Mais les circonstances nous entraînent souvent à des actes que notre conscience n'approuve pas. Excusez-moi.

Il lui prit la main très doucement, et passa un large anneau d'or au doigt de la jeune fille, en prononçant :

— Voici. Nous sommes fiancés. N'oubliez jamais celui qui vous offre cet anneau… Il vous supplie de ne pas fuir et d'attendre à Paris les marques de son dévouement. Ayez confiance en lui.

Il disait tout cela d'une voix si grave et si respectueuse, avec tant d'autorité et de déférence, qu'elle n'avait pas la force de résister. Leurs yeux se rencontrèrent. Il murmura :

— Les beaux yeux purs que vous avez ! Ce sera bon de vivre sous le regard de ces yeux. Fermez-les maintenant…

Il se retira. Ses complices le suivirent. L'automobile repartit, et l'hôtel de la rue de Varenne demeura silencieux jusqu'à l'instant où Angélique, reprenant toute sa connaissance, appela les domestiques.

Ils trouvèrent le duc, Hyacinthe, la femme de chambre, et le ménage des concierges, tous solidement ligotés. Quelques bibelots de grande valeur avaient disparu, ainsi que le portefeuille du duc et tous ses bijoux, épingles et cravate, boutons en perles fines, montre, etc.

La police fut aussitôt prévenue. Dès le matin on apprenait que la veille au soir, comme il sortait de chez lui en automobile, d'Emboise avait été frappé d'un coup de couteau par son propre chauffeur, et jeté, à moitié mort, dans une rue déserte. Quant à Mussy et à Caorches, ils avaient reçu un message téléphonique soi-disant envoyé par le duc et qui les contremandait.

La semaine suivante, sans plus se soucier de l'enquête, sans répondre aux convocations du juge d'instruction, sans même lire les communications d'Arsène Lupin à la presse sur «la fuite de Varennes», le duc, sa fille et son valet de chambre prenaient sournoisement un train omnibus pour Vannes, et descendaient, un soir, dans l'antique château féodal qui domine la presqu'île de Sarzeau. Tout de suite, avec l'aide de paysans bretons, véritables vassaux du Moyen Âge, on organisait la résistance. Le quatrième jour Mussy arrivait, le cinquième Caorches, et le septième Emboise, dont la blessure n'était pas aussi grave qu'on le craignait.

Le duc attendit deux jours encore avant de signifier à son entourage ce qu'il appelait, puisque son évasion avait réussi malgré Lupin, la seconde moitié de son plan. Il le fit en présence des trois cousins, par un ordre péremptoire dicté à Angélique, et qu'il voulut bien expliquer ainsi :

— Toutes ces histoires me font le plus grand mal. J'ai entrepris contre cet homme, dont nous avons pu juger l'audace, une lutte qui m'épuise. Je veux en finir coûte que coûte. Pour cela il n'est qu'un moyen, Angélique, c'est que vous me déchargiez de toute responsabilité en acceptant la protection d'un de vos cousins. Avant un mois, il faut que vous soyez la femme de Mussy, de Caorches ou d'Emboise. Votre choix est libre. Décidez-vous.

Durant quatre jours Angélique pleura, supplia son père. À quoi bon ? Elle sentait bien qu'il serait inflexible et qu'elle devrait, en fin de compte, se soumettre à sa volonté. Elle accepta.

— Celui que vous voudrez, mon père, je n'aime aucun d'eux. Alors, que m'importe d'être malheureuse avec l'un plutôt qu'avec l'autre…

Sur quoi, nouvelle discussion, le duc voulant la contraindre à un choix personnel. Elle ne céda point. De guerre lasse, et pour des raisons de fortune, il désigna Emboise.

Aussitôt les bans furent publiés.

Dès lors, la surveillance redoubla autour du château, d'autant que le silence de Lupin et la cessation brusque de la campagne menée par lui dans les journaux ne laissaient pas d'inquiéter le duc de Sarzeau-Vendôme. Il était évident que l'ennemi préparait un coup et qu'il tenterait de s'opposer au mariage par quelques-unes de ces manœuvres qui lui étaient familières.

Pourtant il ne se passa rien. L'avant-veille, la veille, le matin de la cérémonie, rien. Le mariage eut lieu à la mairie, puis il y eut la bénédiction nuptiale à l'église. C'était fini.

Seulement alors, le duc respira. Malgré la tristesse de sa fille, malgré le silence embarrassé de son gendre que la situation semblait gêner quelque peu, il se frottait les mains d'un air heureux, comme après la victoire la plus éclatante.

– Qu'on baisse le pont-levis ! dit-il à Hyacinthe, qu'on laisse entrer tout le monde ! Nous n'avons plus rien à craindre de ce misérable.

Après le déjeuner, il fit distribuer du vin aux paysans et trinqua avec eux. Ils chantèrent et ils dansèrent.

Vers trois heures, il rentra dans les salons du rez-de-chaussée.

C'était le moment de sa sieste. Il gagna, tout au bout des pièces, la salle des gardes. Mais il n'en avait pas franchi le seuil qu'il s'arrêta brusquement et s'écria :

– Qu'est-ce que tu fais donc là, Emboise ? En voilà une plaisanterie !

Emboise était debout, en vêtements de pêcheur breton, culotte et veston sales, déchirés, rapiécés, trop larges et trop grands pour lui.

Le duc semblait stupéfait. Il examina longtemps, avec des yeux ahuris, ce visage qu'il connaissait, et qui, en même temps, éveillait en lui des souvenirs vagues d'un passé très lointain. Puis, tout à coup, il marcha vers l'une des fenêtres qui donnaient sur l'esplanade et appela :

– Angélique !

– Qu'y a-t-il, mon père ? répondit-elle en s'avançant.

– Ton mari ?

– Il est là, mon père, fit Angélique en montrant Emboise qui fumait une cigarette et lisait à quelque distance.

Le duc trébucha et tomba assis sur un fauteuil, avec un grand frisson d'épouvante.

— Ah ! Je deviens fou !

Mais l'homme qui portait des habits de pêcheur s'agenouilla devant lui en disant :

— Regardez-moi, mon oncle… Vous me reconnaissez, n'est-ce pas, c'est moi votre neveu, celui qui jouait ici autrefois, celui que vous appeliez Jacquot… Rappelez-vous… Tenez, voyez cette cicatrice…

— Oui… oui, balbutia le duc, je te reconnais… C'est toi, Jacques. Mais l'autre…

Il se pressa la tête entre les mains.

— Et pourtant non, ce n'est pas possible. Explique-toi… Je ne comprends pas… Je ne veux pas comprendre…

Il y eut un silence pendant lequel le nouveau venu ferma la fenêtre et ferma la porte qui communiquait avec le salon voisin. Puis il s'approcha du vieux gentilhomme, lui toucha doucement l'épaule, pour le réveiller de sa torpeur, et sans préambule, comme s'il eût voulu couper court à toute explication qui ne fût pas strictement nécessaire, il commença en ces termes :

— Vous vous rappelez, mon oncle, que j'ai quitté la France depuis quinze ans, après le refus qu'Angélique opposa à ma demande en mariage. Or, il y a quatre ans, c'est-à-dire la onzième année de mon exil volontaire et de mon établissement dans l'extrême sud de l'Algérie, je fis la connaissance, au cours d'une partie de chasse organisée par un grand chef arabe, d'un individu dont la bonne humeur, le charme, l'adresse inouïe, le courage indomptable, l'esprit à la fois ironique et profond, me séduisirent au plus haut point.

« Le comte d'Andrésy passa six semaines chez moi. Quand il fut parti, nous correspondîmes l'un avec l'autre de façon régulière. En outre, je lisais souvent son nom dans les journaux, aux rubriques mondaines ou sportives. Il devait revenir et je me préparais à le recevoir, il y a trois mois, lorsqu'un soir, comme je me promenais à cheval, les deux serviteurs arabes qui m'accompagnaient se jetèrent sur moi, m'attachèrent, me bandèrent les yeux, et me conduisirent, en sept nuits et sept jours, par des chemins déserts, jusqu'à une baie de la côte, où cinq hommes les attendaient. Aussitôt, je fus embarqué sur un petit yacht à vapeur qui leva l'ancre sans plus tarder.

« Qui étaient ces hommes ? Quel était leur but en m'enlevant ? Aucun indice ne put me renseigner. Ils m'avaient enfermé dans une cabine étroite percée d'un hublot que traversaient deux barres de fer en croix. Chaque matin, par un guichet qui s'ouvrait entre la cabine voisine et la mienne, on plaçait sur ma couchette deux ou trois livres de pain, une gamelle abondante et un flacon de vin, et on reprenait les restes de la veille que j'y avais disposés.

« De temps à autre, la nuit, le yacht stoppait et j'entendais le bruit du canot qui s'en allait vers quelque havre, puis qui revenait chargé de provisions sans doute. Et l'on repartait, sans se presser, comme pour une croisière de gens du monde qui flânent et n'ont pas hâte d'arriver. Quelquefois, monté sur une chaise, j'apercevais par mon hublot la ligne des côtes, mais si indistincte que je ne pouvais rien préciser.

« Et cela dura des semaines. Un des matins de la neuvième, m'étant avisé que le guichet de communication n'avait pas été refermé, je le poussai. La cabine était vide à ce moment. Avec un effort, je réussis à prendre une lime à ongles sur une toilette.

« Deux semaines après, à force de patience, j'avais limé les barres de mon hublot, et j'aurais pu m'évader par là ; mais, si je suis bon nageur, je me fatigue assez vite. Il me fallait donc choisir un moment où le yacht ne serait pas trop éloigné de la terre. C'est seulement avant-hier que, juché à mon poste, je discernai les côtes, et que, le soir, au coucher du soleil, je reconnus, à ma stupéfaction, la silhouette du château de Sarzeau avec ses tourelles pointues et la masse de son donjon. Était-ce donc là le terme de mon voyage mystérieux ?

« Toute la nuit, nous croisâmes au large. Et toute la journée d'hier également. Enfin ce matin, on se rapprocha à une distance que je jugeai propice, d'autant plus que nous naviguions entre des roches derrière lesquelles je pouvais nager en toute sécurité. Mais, à la minute même où j'allais m'enfuir, je m'avisai que, une fois encore, le guichet de communication que l'on avait cru fermer s'était rouvert de lui-même, et qu'il battait contre la cloison. Je l'entrebâillai de nouveau par curiosité. À portée de mon bras, il y avait une petite armoire que je pus ouvrir, et où ma main, à tâtons, au hasard, saisit une liasse de papiers.

« C'était des lettres, des lettres qui contenaient les instructions adressées aux bandits dont j'étais prisonnier. Une heure après, lorsque j'enjambai le hublot et que je me laissai glisser dans la mer, je savais tout : les raisons de mon enlèvement, les moyens employés, le but poursuivi, et la machination abominable ourdie, depuis trois mois, contre le duc de Sarzeau-Vendôme et contre sa fille. Malheureusement, il était trop tard. Obligé, pour n'être pas vu du bateau, de me blottir dans le creux d'un récif, je n'abordai la côte qu'à midi. Le temps de gagner la cabane d'un pêcheur, de troquer mes vêtements contre les siens, de venir ici. Il était trois heures. En arrivant j'appris que le mariage avait été célébré le matin même. »

Le vieux gentilhomme n'avait pas prononcé une parole. Les yeux rivés aux yeux de l'étranger, il écoutait avec un effroi grandissant.

Parfois le souvenir des avertissements que lui avait donnés le préfet de police revenait à son esprit : « On vous cuisine, monsieur le duc… On vous cuisine. »

Il dit, la voix sourde :

– Parle achève… Tout cela m'oppresse… Je ne comprends pas encore et j'ai peur.

L'étranger reprit :

– Hélas… L'histoire est facile à reconstituer et se résume en quelques phrases. Voici : lors de sa visite chez moi, et des confidences que j'eus le tort de lui faire, le comte d'Andrésy retint plusieurs choses : d'abord que j'étais votre neveu, et que, cependant, vous me connaissiez relativement peu, puisque j'avais quitté Sarzeau tout enfant et que, depuis, nos relations s'étaient bornées au séjour de quelques semaines que je fis ici, il y a quinze ans, et durant lesquelles je demandai la main de ma cousine Angélique ; ensuite, que, ayant rompu avec tout mon passé, je ne recevais plus aucune correspondance ; et enfin, qu'il y avait, entre lui, Andrésy, et moi, une certaine ressemblance physique que l'on pouvait accentuer jusqu'à la rendre frappante. Son plan fut échafaudé sur trois points.

« Il soudoya mes deux serviteurs arabes, qui devaient l'avertir au cas où j'aurais quitté l'Algérie. Puis il revint à Paris avec mon nom et mon apparence exacte, se fit connaître de vous, chez qui il fut invité chaque quinzaine, et vécut sous mon nom, qui devint ainsi l'une des nombreuses étiquettes sous lesquelles il cache sa véritable personnalité. Il y a trois mois "la poire étant mûre", comme il dit dans ses lettres, il commença l'attaque par une série de communications à la presse, et en même temps, craignant sans doute qu'un journal ne révélât en Algérie le rôle que l'on jouait sous mon nom à Paris, il me faisait frapper par mes serviteurs, puis enlever par ses complices. Dois-je vous en dire davantage en ce qui vous concerne, mon oncle ? »

Un tremblement nerveux agitait le duc de Sarzeau-Vendôme. L'épouvantable vérité, à laquelle il refusait d'ouvrir les yeux, lui apparaissait tout entière, et prenait le visage odieux de l'ennemi. Il agrippa les mains de son interlocuteur et lui dit âprement, désespérément :

— C'est Lupin, n'est-ce pas ?

— Oui, mon oncle.

— Et c'est à lui, c'est à lui que j'ai donné ma fille en mariage !

— Oui, mon oncle, à lui qui m'a volé mon nom de Jacques d'Emboise, et qui vous a volé votre fille. Angélique est la femme légitime d'Arsène Lupin et cela conformément à vos ordres. Une lettre de lui que voici en fait foi. Il a bouleversé votre existence, troublé votre esprit, assiégé « les pensées de vos veilles et les rêves de vos nuits », cambriolé votre hôtel, jusqu'à l'instant où, pris de peur, vous vous êtes réfugié ici, et où, croyant échapper à ses manœuvres et à son chantage, vous avez dit à votre fille de désigner comme époux l'un de ses trois cousins, Mussy, Emboise ou Caorches.

— Mais pourquoi a-t-elle choisi celui-là plutôt que les deux autres ?

— C’est vous, mon oncle, qui l’avez choisi.

— Au hasard parce qu’il était plus riche…

— Non, pas au hasard, mais sur les conseils sournois, obsédants et très habiles de votre domestique Hyacinthe.

Le duc sursauta.

— Hein ! Quoi ! Hyacinthe serait complice ?

— D’Arsène Lupin, non, mais de l’homme qu’il croit être Emboise et qui a promis de lui verser cent mille francs, huit jours après le mariage.

— Ah le bandit ! il a tout combiné, tout prévu.

— Tout prévu, mon oncle, jusqu’à simuler un attentat contre lui-même, afin de détourner les soupçons, jusqu’à simuler une blessure, reçue à votre service.

— Mais dans quelle intention ? Pourquoi toutes ces infamies ?

— Angélique possède onze millions, mon oncle. Votre notaire à Paris devait en remettre les titres la semaine prochaine au pseudo d’Emboise, lequel les réalisait aussitôt et disparaissait. Mais, dès ce matin, vous lui avez remis, comme cadeau personnel, cinq cent mille francs d’obligations au porteur que ce soir, à neuf heures, hors du château, près du Grand-Chêne, il doit passer à l’un de ses complices, qui les négociera demain matin à Paris.

Le duc de Sarzeau-Vendôme s’était levé, et il marchait rageusement en frappant des pieds.

— Ce soir à neuf heures, dit-il… Nous verrons… Nous verrons… D’ici là… Je vais prévenir la gendarmerie.

— Arsène Lupin se moque bien des gendarmes.

— Télégraphions à Paris.

— Oui, mais les cinq cent mille francs… Et puis le scandale surtout, mon oncle… Pensez à ceci : votre fille, Angélique de Sarzeau-Vendôme, mariée à cet escroc, à ce brigand… Non, non à aucun prix…

— Alors quoi ?

— Quoi ?

À son tour, le neveu se leva et, marchant vers un râtelier où des armes de toutes sortes étaient suspendues, il décrocha un fusil qu'il posa sur la table près du vieux gentilhomme.

— Là-bas, mon oncle, aux confins du désert, quand nous nous trouvons en face d'une bête fauve, nous ne prévenons pas les gendarmes, nous prenons notre carabine et nous l'abattons, la bête fauve, sans quoi c'est elle qui nous écrase sous sa griffe.

— Qu'est-ce que tu dis ?

— Je dis que j'ai pris là-bas l'habitude de me passer des gendarmes. C'est une façon de rendre la justice un peu sommaire, mais c'est la bonne, croyez-moi, et, aujourd'hui, dans le cas qui nous occupe, c'est la seule. La bête morte, vous et moi l'enterrons dans quelque coin… ni vu ni connu.

— Angélique ?…

— Nous l'avertirons après.

— Que deviendra-t-elle ?

— Elle restera ce qu'elle est légalement, ma femme, la femme du véritable Emboise. Demain, je l'abandonne et je retourne en Algérie. Dans deux mois, le divorce est prononcé.

Le duc écoutait, pâle, les yeux fixes, la mâchoire crispée. Il murmura :

— Es-tu sûr que ses complices du bateau ne le préviendront pas de ton évasion ?

— Pas avant demain.

— De sorte que ?

— De sorte qu'à neuf heures, ce soir, Arsène Lupin prendra inévitablement, pour aller au Grand-Chêne, le chemin de ronde qui suit les anciens remparts et qui contourne les ruines de la chapelle. J'y serai, moi, dans les ruines.

— J'y serai, moi aussi, dit simplement le duc de Sarzeau-Vendôme en décrochant un fusil de chasse.

Il était à ce moment cinq heures du soir. Le duc s'entretint longtemps encore avec son neveu, vérifia les armes, les rechargea. Puis, dès que la nuit fut venue, par des couloirs obscurs, il le conduisit jusqu'à sa chambre et le cacha dans un réduit contigu.

La fin de l'après-midi s'écoula sans incidents. Le dîner eut lieu. Le duc s'efforça de rester calme. De temps en temps, à la dérobée, il regardait son gendre et s'étonnait de la ressemblance qu'il offrait avec le véritable Emboise. C'était le même teint, la même forme de figure, la même coupe de cheveux. Pourtant le regard différait, plus vif chez celui-là, plus lumineux, et, à la longue, le duc découvrit de petits détails inaperçus jusqu'ici, et qui prouvaient l'imposture du personnage.

Après le dîner, on se sépara. La pendule marquait huit heures. Le duc passa dans sa chambre et délivra son neveu. Dix minutes plus tard, à la faveur de la nuit, ils se glissaient au milieu des ruines, le fusil en main. Angélique cependant avait gagné, en compagnie de son mari, l'appartement qu'elle occupait au rez-de-chaussée d'une tour qui flanquait l'aile gauche du château. Au seuil de l'appartement, son mari lui dit :

— Je vais me promener un peu, Angélique. À mon retour, consentirez-vous à me recevoir ?

— Certes, dit-elle.

Il la quitta et monta au premier étage, ferma la porte à clef, ouvrit doucement une fenêtre qui donnait sur la campagne et se pencha. Au pied de la tour, à quarante mètres au-dessous de lui, il distingua une ombre. Il siffla. Un léger coup de sifflet lui répondit.

Alors il tira d'une armoire une grosse serviette en cuir, bourrée de papiers, qu'il enveloppa d'une étoffe noire et ficela. Puis il s'assit à sa table et écrivit :

Content que tu aies reçu mon message, car je trouve dangereux de sortir du château avec le gros paquet des titres. Les voici. Avec ta motocyclette, tu arriveras à Paris pour le train de Bruxelles du matin. Là-bas, tu remettras les valeurs à Z qui les négociera aussitôt.

A. L.

Post-scriptum. – En passant au Grand-Chêne, dis aux camarades que je les rejoins. J'ai des instructions à leur donner. D'ailleurs, tout va bien. Personne ici n'a le moindre soupçon.

Il attacha la lettre sur le paquet, et descendit le tout par la fenêtre, à l'aide d'une ficelle.

« Bien, se dit-il, ça y est. Je suis tranquille. »

Il patienta quelques minutes encore, en déambulant à travers la pièce, et en souriant à deux portraits de gentilshommes suspendus à la muraille…

« Horace de Sarzeau-Vendôme, maréchal de France, le Grand Condé… Je vous salue, mes aïeux. Lupin de Sarzeau-Vendôme sera digne de vous. »

À la fin, le moment étant venu, il prit son chapeau et descendit.

Mais, au rez-de-chaussée, Angélique surgit de son appartement, et s'exclama, l'air égaré :

— Écoutez, je vous en prie…, il serait préférable…

Et tout de suite, sans en dire davantage, elle rentra chez elle, laissant à son mari une vision d'effroi et de délire.

« Elle est malade, se dit-il. Le mariage ne lui réussit pas. »

Il alluma une cigarette et conclut, sans attacher d'importance à cet incident qui eût dû le frapper : « Pauvre Angélique, tout ça finira par un divorce. »

Dehors la nuit était obscure, le ciel voilé de nuages.

Les domestiques fermaient les volets du château. Il n'y avait point de lumière aux fenêtres, le duc ayant l'habitude de se coucher après le repas.

En passant devant le logis du garde, et en s'engageant sur le pont-levis :

— Laissez la porte ouverte, dit-il, je fais un tour et je reviens.

Le chemin de ronde se trouvait à droite, et conduisait, le long des anciens remparts qui jadis ceignaient le château d'une seconde enceinte beaucoup plus vaste, jusqu'à une poterne aujourd'hui presque démolie.

Ce chemin, qui contournait une colline et suivait ensuite le flanc d'un vallon escarpé, était bordé à gauche de taillis épais.

— Quel merveilleux endroit pour un guet-apens, dit-il. C'est un vrai coupe-gorge.

Il s'arrêta, croyant entendre du bruit. Mais non, c'était un froissement de feuilles. Pourtant une pierre dégringola le long des pentes, rebondissant aux aspérités du roc. Mais, chose bizarre, rien ne l'inquiétait, il se remit à marcher. L'air vif de la mer arrivait jusqu'à lui par-dessus les plaines de la presqu'île, il s'en remplissait les poumons avec joie.

« Comme c'est bon de vivre ! se dit-il. Jeune encore, de vieille noblesse, multimillionnaire, qu'est-ce qu'on peut rêver de mieux, Lupin de Sarzeau-Vendôme ? »

À une petite distance, il aperçut, dans l'obscurité, la silhouette plus noire de la chapelle dont les ruines dominaient le chemin de quelques mètres. Des gouttes de pluie commençaient à tomber, et il entendit une horloge frapper neuf coups. Il hâta le pas. Il y eut une courte descente, puis une montée. Et, brusquement, il s'arrêta de nouveau.

Une main saisit la sienne.

Il recula, voulut se dégager.

Mais quelqu'un émergeait d'un groupe d'arbres qu'il frôlait, et une voix lui dit :

— Taisez-vous… Pas un mot…

Il reconnut sa femme, Angélique.

— Qu'est-ce qu'il y a donc ? demanda-t-il.

Elle murmura, si bas que les mots étaient à peine intelligibles :

— On vous guette… Ils sont là, dans les ruines, avec des fusils…

— Qui ?

— Silence… Écoutez…

Ils restèrent immobiles un instant, puis elle dit :

— Ils ne bougent pas… Peut-être ne m'ont-ils pas entendue. Retournons…

— Mais…

— Suivez-moi !

L'accent était si impérieux qu'il obéit sans l'interroger davantage. Mais soudain elle s'effara.

– Courons… Ils viennent… J'en suis sûre…

De fait, on percevait un bruit de pas.

Alors, rapidement, lui tenant toujours la main, avec une force irrésistible elle l'entraîna par un raccourci, dont elle suivait les sinuosités sans hésitation, malgré les ténèbres et les ronces. Et, très vite, ils arrivèrent au pont-levis.

Elle passa son bras sous le sien. Le garde les salua. Ils traversèrent la grande cour, pénétrèrent dans le château, et elle le conduisit jusqu'à la tour d'angle où ils demeuraient tous deux.

– Entrez, dit-elle.

– Chez vous ?

– Oui.

Deux femmes de chambre attendaient. Sur l'ordre de leur maîtresse, elles se retirèrent dans les pièces qu'elles occupaient au troisième étage.

Presque aussitôt on frappait à la porte du vestibule qui commandait l'appartement, et quelqu'un appela.

– Angélique !

– C'est vous, mon père ? dit-elle en dominant son émotion.

– Oui, ton mari est ici ?

– Nous venons de rentrer.

– Dis-lui donc que j'aurais besoin de lui parler. Qu'il me rejoigne chez moi… C'est urgent.

– Bien, mon père, je vais vous l'envoyer.

Elle prêta l'oreille durant quelques secondes, puis revint dans le boudoir où se tenait son mari, et elle affirma :

— J'ai tout lieu de croire que mon père ne s'est pas éloigné.

Il fit un geste pour sortir.

— En ce cas, s'il désire me parler…

— Mon père n'est pas seul, dit-elle vivement, en lui barrant la route.

— Qui donc l'accompagne ?

— Son neveu, Jacques d'Emboise.

Il y eut un silence. Il la regarda avec une certaine surprise, ne comprenant pas bien la conduite de sa femme. Mais, sans s'attarder à l'examen de cette question, il ricana :

— Ah ! cet excellent Emboise est là ? Alors tout le pot aux roses est découvert ? À moins que…

— Mon père sait tout, dit-elle… J'ai entendu une conversation tantôt, entre eux. Son neveu a lu des lettres… J'ai hésité d'abord à vous prévenir… Et puis j'ai cru que mon devoir…

Il l'observa de nouveau. Mais aussitôt reprit par l'étrangeté de la situation, il éclata de rire !

— Comment ? mes amis du bateau ne brûlent pas mes lettres ? Et ils ont laissé échapper leur captif ? Les imbéciles ! Ah ! Quand on ne fait pas tout soi-même ! N'importe, c'est cocasse. Emboise contre Emboise… Eh ! mais, si l'on ne me reconnaissait plus, maintenant ? Si Emboise lui-même me confondait avec lui-même ?

Il se retourna vers une table de toilette, saisit une serviette qu'il mouilla et frotta de savon, et, en un tournemain, s'essuya la figure, se démaquilla et changea le mouvement de ses cheveux.

— Ça y est, dit-il, apparaissant à Angélique tel qu'elle l'avait vu le soir du cambriolage, à Paris, ça y est. Je suis plus à mon aise pour discuter avec mon beau-père.

— Où allez-vous ? dit-elle en se jetant devant la porte.

— Dame ! Rejoindre ces messieurs.

— Vous ne passerez pas !

— Pourquoi ?

— Et s'ils vous tuent ?

— Me tuer ?

— C'est cela qu'ils veulent, vous tuer… cacher votre cadavre quelque part… Qui le saurait ?

— Soit, dit-il, à leur point de vue ils ont raison. Mais si je ne vais pas au-devant d'eux, c'est eux qui viendront. Ce n'est pas cette porte qui les arrêtera… Ni vous, je pense. Par conséquent il vaut mieux en finir.

— Suivez-moi ! ordonna Angélique.

Elle souleva la lampe qui les éclairait, entra dans sa chambre, poussa l'armoire à glace, qui roula sur des roulettes dissimulées, écarta une vieille tapisserie et dit :

— Voici une autre porte qui n'a pas servi depuis longtemps. Mon père en croit la clef perdue. La voici. Ouvrez. Un escalier pratiqué dans les murailles vous mènera tout au bas de la tour. Vous n'aurez qu'à tirer les verrous d'une seconde porte. Vous serez libre.

Il fut stupéfait, et il comprit soudain toute la conduite d'Angélique. Devant ce visage mélancolique, disgracieux, mais d'une telle douceur, il resta un moment décontenancé, presque confus. Il ne pensait plus à rire. Un sentiment de respect, où il y avait des remords et de la bonté, pénétrait en lui. :

— Pourquoi me sauvez-vous ? murmura-t-il.

— Vous êtes mon mari.

Il protesta :

— Mais non... Mais non... C'est un titre que j'ai volé. La loi ne reconnaîtra pas ce mariage.

— Mon père ne veut pas de scandale, dit-elle.

— Justement, fit-il avec vivacité, justement j'avais envisagé tout cela, et c'est pourquoi j'avais emmené votre cousin Emboise à proximité. Moi disparu, c'est lui votre mari. C'est lui que vous avez épousé devant les hommes.

— C'est vous que j'ai épousé devant l'Église.

— L'Église ! l'Église ! il y a des accommodements avec elle... On fera casser votre mariage.

— Sous quel prétexte avouable ?

Il se tut, réfléchit à toutes ces choses insignifiantes pour lui et ridicules, mais si graves pour elle, et il répéta plusieurs fois :

— C'est terrible... c'est terrible... j'aurais dû prévoir...

Et tout à coup, envahi par une idée, il s'écria, en frappant dans ses mains :

— Voilà ! J'ai trouvé. Je suis au mieux avec un des principaux personnages du Vatican. Le pape fait ce que je veux... J'obtiendrai une audience et je ne doute pas que le Saint-Père, ému par mes supplications...

Son plan était si comique, sa joie si naïve qu'Angélique ne put s'empêcher de sourire, et elle lui dit :

— Je suis votre femme devant Dieu.

Elle le regardait avec un regard où il n'y avait ni mépris ni hostilité, et point même de colère, et il se rendit compte qu'elle oubliait de considérer en lui le bandit et le malfaiteur, pour ne penser qu'à l'homme qui était son mari et auquel le prêtre l'avait liée jusqu'à l'heure suprême de la mort.

Il fit un pas vers elle et l'observa plus profondément. Elle ne baissa pas les yeux d'abord. Mais elle rougit. Et jamais il n'avait vu un visage plus touchant, empreint d'une telle dignité. Il lui dit, comme au premier soir de Paris :

– Oh ! vos yeux… vos yeux calmes et tristes… et si beaux !

Elle baissa la tête et balbutia :

– Allez-vous-en !… Allez-vous-en !

Devant son trouble, il eut l'intuition subite des sentiments plus obscurs qui la remuaient et qu'elle ignorait elle-même. Dans cette âme de vieille fille dont il connaissait l'imagination romanesque, les rêves inassouvis, les lectures surannées, ne représentait-il pas soudain, en cette minute exceptionnelle, et par suite des circonstances anormales de leurs rencontres, quelque chose de spécial, le héros à la Byron, le bandit romantique et chevaleresque ? Un soir, malgré les obstacles, aventurier fameux, ennobli déjà par la légende, grandi par son audace, un soir, il était entré chez elle, et il lui avait passé au doigt l'anneau nuptial. Fiançailles mystiques et passionnées, telles qu'on en voyait au temps du *Corsaire* et d'*Hernani*.

Ému, attendri, il fut sur le point de céder à un élan d'exaltation et de s'écrier :

« Partons ! Fuyons ! Vous êtes mon épouse, ma compagne… Partagez mes périls, mes joies et mes angoisses… C'est une existence étrange et forte, superbe et magnifique… »

Mais les yeux d'Angélique s'étaient relevés vers lui, et ils étaient si purs et si fiers qu'il rougit à son tour.

Ce n'était pas là une femme à qui l'on pût parler ainsi. Il murmura :

– Je vous demande pardon… J'ai commis beaucoup de mauvaises actions, mais aucune dont le souvenir me sera plus amer. Je suis un misérable… J'ai perdu votre vie.

– Non, dit-elle doucement, vous m'avez au contraire indiqué ma voie véritable.

Il fut près de l'interroger. Mais elle avait ouvert la porte et lui montrait le chemin. Aucune parole ne pouvait plus être prononcée entre eux. Sans dire un mot, il sortit en s'inclinant très bas devant elle.

Un mois après, Angélique de Sarzeau-Vendôme, princesse de Bourbon-Condé, épouse légitime d'Arsène Lupin, prenait le voile, et, sous le nom de sœur Marie-Auguste, s'enterrait au couvent des religieuses dominicaines.

Le jour même de cette cérémonie, la mère supérieure du couvent recevait une lourde enveloppe cachetée et une lettre…

La lettre contenait ces mots : « Pour les pauvres de sœur Marie-Auguste. »

Dans l'enveloppe, il y avait cinq cents billets de mille francs.

Table

Chronologie d'Arsène Lupin

Ordre de parution des recueils et romans de la série[1]

Arsène Lupin, gentleman cambrioleur	1907
Arsène Lupin contre Herlock Sholmès	1908
L'Aiguille creuse	1909
813	1910
Le Bouchon de cristal	1912
Les Confidences d'Arsène Lupin	1913
L'Éclat d'obus	1916
Le Triangle d'or	1918
L'Île aux trente cercueils	1919
Les Dents du tigre	1921
Les Huit Coups de l'horloge	1923
La Comtesse de Cagliostro	1924
La Demoiselle aux yeux verts	1927
L'Homme à la peau de bique	1927
L'Agence Barnett et Cie	1928
La Demeure mystérieuse	1929
Le Cabochon d'émeraude	1930
La Barre-y-va	1931
La Femme aux deux sourires	1933
Victor, de la brigade mondaine	1933
La Cagliostro se venge	1935
Les Milliards d'Arsène Lupin	1941

1. Tous ayant paru en feuilleton avant leur publication en volume.

DU MÊME AUTEUR

DANS LA MÊME COLLECTION

Arsène Lupin contre Herlock Sholmès

L'Aiguille creuse

Accusé de deux cambriolages et d'une escroquerie, Arsène Lupin doit faire face en 1908 au redoutable détective Herlock Sholmès, venu d'outre-Manche faire la lumière sur ces affaires… au risque de causer sa perte !

Dans *L'Aiguille creuse*, l'année suivante, le gentleman cambrioleur est cette fois confronté à la sagacité d'un jeune étudiant, Isidore Beautrelet, sur la piste du trésor des anciens rois de France. Une quête qui les mènera tous deux sur les falaises d'Étretat chères à Leblanc.

ISBN 978-2-37735-950-9 / 552 pages / 7,95 €

Le Bouchon de cristal

La Demoiselle aux yeux verts

Le Bouchon de cristal (1912) met aux prises Arsène Lupin avec le député Daubrecq, maître-chanteur sans vergogne, détenteur d'un document explosif. La tête d'un innocent en dépend… mais que contenait le bouchon égaré dans sa fuite ?

Quinze ans plus tard, nous le retrouvons dans les rues de Paris, sur les traces d'un homme élégant qui lui-même suit une blonde Anglaise aux yeux verts. Sous le nom d'emprunt de « Raoul », Lupin court cette fois le risque… de tomber amoureux.

ISBN 978-2-37735-951-6 / 600 pages / 8,95 €

813

La Double Vie d'Arsène Lupin
Les Trois Crimes d'Arsène Lupin

C'est un autre Lupin que l'on découvre dans *813* : plus sombre, presque effrayant. Confronté au machiavélique et invisible L. M., il lui faudra s'innocenter d'un meurtre crapuleux : celui du milliardaire Kesselbach.

Et, pour cela, retrouver un lot de lettres au contenu politique explosif et décrypter la signification de ce « 813 », dont la clef pourrait avoir de profondes répercussions sur l'Europe tout entière, sur fond de rivalités franco-allemandes…

ISBN 978-2-37735-952-3 / 504 pages / 7,95 €

L'Île aux trente cercueils

Entreprise après la Première Guerre mondiale, cette nouvelle aventure *mêle intrigue policière, fantastique et horreur*. Venue retrouver son fils après quatorze ans d'absence, Véronique d'Hergemont prend la mer jusqu'à l'île bretonne de Sarek, défendue par trente récifs redoutés des marins.

La jeune femme va apprendre à ses dépens que la malédiction attachée à cette terre n'est pas une légende. Quant à Lupin, il lui faudra arracher Véronique aux griffes de l'infâme comte Vorski. Mais saura-t-il empêcher que sa raison ne vacille ?

ISBN 978-2-37735-953-0 / 408 pages / 6,95 €

Les Huit Coups de l'horloge

La Demeure mystérieuse

En 1923, Arsène Lupin a délaissé son costume de cambrioleur pour celui de détective. Mais est-ce bien lui, ou le prince Rénine, qui s'éprend de la jeune Hortense ? Et qui, pour la séduire, a juré de résoudre huit énigmes sanglantes – comme autant de coups d'horloge ?

Six ans plus tard, il mène cette fois l'enquête sur l'enlèvement d'une chanteuse, prisonnière d'un mystérieux châtelain et dépouillée de ses diamants avant d'être relâchée. Un scénario qui ne va pas tarder à se répéter…

ISBN 978-2-37735-954-7 / 504 pages / 7,95 €

Cet ouvrage a été composé
par Atlant'Communication au Bernard (Vendée)

Impression réalisée par
CPI France
en août 2021
pour le compte des Éditions Archipoche

Imprimé en France
N° d'impression : 3045008
Dépôt légal : mars 2021